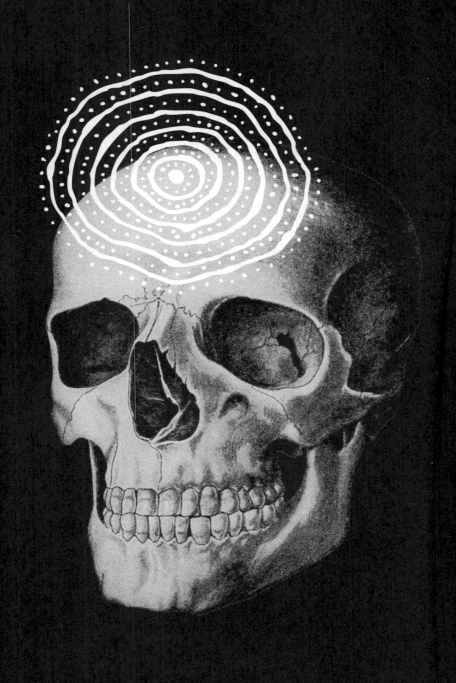

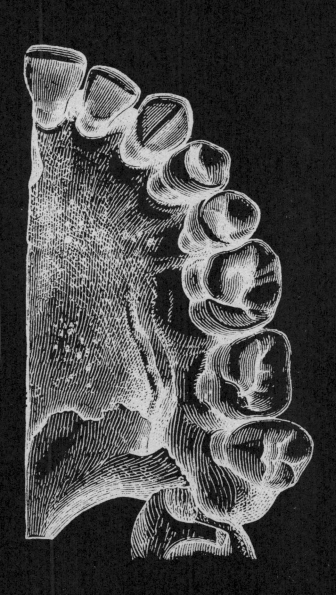

DADOS INTERNACIONAIS DE
CATALOGAÇÃO NA PUBLICAÇÃO (CIP)
Jéssica de Oliveira Molinari CRB-8/9852

Kraus, Daniel
Exumados / Daniel Kraus ; tradução de Débora Isidoro.
— Rio de Janeiro : DarkSide Books, 2023.
320 p.

ISBN: 978-65-5598-266-4
Título original: Rotters

1. Ficção norte-americana 2. Terror
I. Título II. Isidoro, Débora

23-1947   CDD 813

Índice para catálogo sistemático:
1. Ficção norte-americana

Impressão: Leograf.

ROTTERS
Copyright © 2011 by Daniel Kraus
Todos os direitos reservados

Tradução para a língua portuguesa
© Débora Isidoro, 2023

"Uma morte é sempre excitante,
sempre faz com que você perceba quão vivo
e vulnerável está, mas quão sortudo é."
— Fábrica de Vespas

Acervo de Imagens © Dreamstime/Elena Ray e Macabra.

Fazenda Macabra
Reverendo Menezes
Pastora Moritz
Coveiro Assis
Caseiro Moraes

Leitura Sagrada
floresta
Camila Fernandes
Débora Grenzel
Lais Curvão

Direção de Arte
Macabra

Coord. de Diagramação
Sergio Chaves

Colaboradores
Jefferson Cortinove
Jéssica Reinaldo
Tinhoso e Ventura
A toda Família DarkSide

MACABRA
DARKSIDE

Todos os direitos desta edição reservados à
DarkSide® Entretenimento Ltda. • darksidebooks.com
Macabra™ Filmes Ltda. • macabra.tv

© 2023 MACABRA/ DARKSIDE

Daniel Kraus
EXUMADOS

tradução Débora Isidoro

MACABRA™
DARKSIDE

Para Amanda

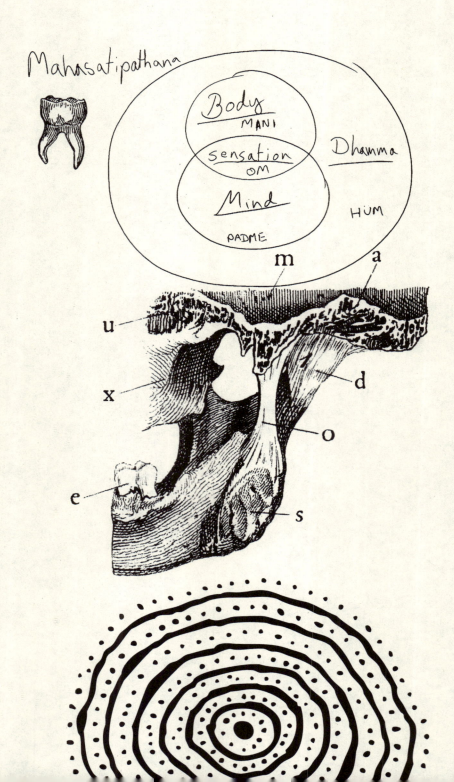

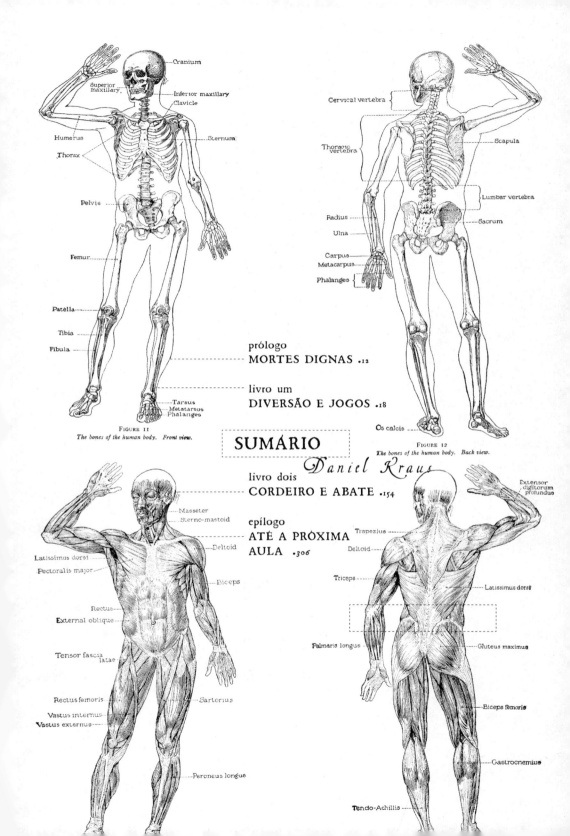

SUMÁRIO

Daniel Kraus

prólogo
MORTES DIGNAS .12

livro um
DIVERSÃO E JOGOS .18

livro dois
CORDEIRO E ABATE .154

epílogo
ATÉ A PRÓXIMA AULA .306

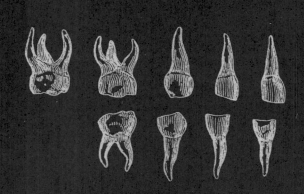

"Minha história não poderia ser anunciada em público; seu horror assombroso seria visto como loucura pelo vulgo."
— Mary Shelley, *Frankenstein*

"Quem faz uma cova, nela cairá..."
— Provérbios 26.27

Prólogo
MORTES DIGNAS

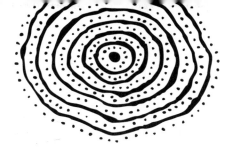

Hoje é o dia em que minha mãe morre. Eu sinto de imediato: sal nos lábios, ar seco, ar-condicionado desligado porque o coração dela parou e ela morreu recostada na frente da televisão, suando nas roupas íntimas, pensando até o último instante que precisava ligar o ar, porque o pobre Joey devia estar assando no quarto. Embolia pulmonar: foi o que matou todo mundo na família e agora a matou enquanto eu dormia, e esse sal é o gosto amargo do adeus dela.

No fim, o problema não foi o coração. Escuto os ruídos matinais. A porta do apartamento destranca e abre. Eu me ajoelho na cama para olhar pela janela. O amanhecer é amarelo-mijo, mas bonito, porque é outro dia e ela está viva, e eu estou vivo, e a cidade à nossa volta grita cheia de vida. Pássaros se empurram nos galhos, os pés estranhos deles removem a casca da árvore. Tem uma casa de passarinho vazia; ouço o cantarolar utilitário da minha mãe e percebo que ela está embaixo da casinha e que, enquanto se empurram, as aves balançam o barbante que prende a casa ao galho, e ela cai. Se cair na trajetória correta, pode matá-la e vai. Eu construí a casinha. A culpa é minha. Hoje é o dia em que ela morre.

Agora estou em pé na cama. A casa de passarinho para de balançar. Minha mãe está viva; vejo sua sombra confiante se movendo em torno do canto do prédio, e a direção em que vai sugere a lavanderia do edifício e o assassino sem-teto escondido atrás da fileira de máquinas de lavar. Desde a infância eu vejo ela mostrar as garras ao menor sinal de perigo; minha mãe quase atacou estranhos que cometeram o único crime de olhar para mim de jeito desaprovador. Agora é ela que está em perigo, mas eu não tenho a coragem da minha mãe: eu a deixo morrer. Meu fracasso é insuportável. Subo a escada correndo e vou para o chuveiro esconder as lágrimas. Eu amo muito minha mãe, sei disso. Sou um adolescente, o que é constrangedor. Sua presença duradoura, circundante e exigente deveria me irritar e enfurecer, mas não. Ela é mais forte do que eu poderia esperar. É tudo que eu tenho, e ainda que seja por culpa dela, eu a amo mesmo assim, especialmente hoje, no último dia.

Ouço os ruídos de novo; ela entrou e tem alguma coisa desagradável tocando no aparelho de som. Ela o ligou, agora que eu estou acordado, e de repente me lembro do vaso. Ai, não. O aniversário dela foi há dois dias, e eu comprei aquelas flores de merda na Jewel e, num impulso, um balão prateado com texto besta sobre fazer quarenta anos. A fita do balão foi amarrada no vaso. Nosso apartamento, entupido de produtos não perecíveis em quantidade suficiente para mais de um inverno nuclear, fotos de nós dois em vários lugares de Chicago e outras evidências de vida isolada do mundo exterior, obrigou minha mãe a colocar o vaso em cima do som. Daqui a pouquinho ela vai estender a mão e pular a segunda faixa do CD — nós odiamos a segunda faixa — e seus dedos vão bater no vaso, e o balão vai se inclinar e subir. O vaso vai tombar e derrubar tudo que tem nele, e vai derramar água no som, a água vai descer pelo fio, entrar na parede e na tomada. Ela vai tentar limpar e vai morrer do jeito que tantas vezes me proibiu de agir quando era pequeno. A eletricidade leva ela embora.

Ou não. Ela entra no banheiro carregando um monte de toalhas que saíram da secadora, cantando a odiada segunda faixa. Ela canta alto, e depois escuto o ruído de água e espero por uma brecha de silêncio para implorar que ela recue, evitando a desgraça certa, mas ela já está tagarelando que eu acordo cedo demais, querendo saber se não passei a noite toda no videogame com Boris e como sobrevivo com tão poucas horas de sono, apesar de ser ela a insone a vida inteira, a paranoica a vida inteira, não eu. O que você quer no café, ela pergunta. Qualquer coisa, respondo enxaguando a boca, pode ser ovo. Tem vazamento na banheira, e minha mãe vai escorregar na poça e bater com a cabeça na quina do vaso sanitário — a morte é rápida, pelo menos — e a última coisa que vou dizer não vai ser quanto aprendi com ela, quanto preciso dela. Vai ser *ovo*.

Ela é durona, muito durona: ela está viva e bem na cozinha, os cachos arranjados sem capricho, as bochechas sardentas, os ombros rosados, de regata, bermuda cortada e chinelos vermelhos, curvada pelo tédio na frente da frigideira. É tudo por mim, essa rotina tediosa. Ela poderia ter sido pesquisadora de física nuclear, advogada competente, montanhista. A inteligência e o talento dela eram provados diariamente, ela sabe todas as respostas quando *Jeopardy!* passa na TV, é capaz de desmontar e remontar um forninho elétrico em menos de cinco minutos, é inabalável diante de ferimentos, astuta diante de empresas de cobrança, mas, por minha causa, aceita as indignidades de criar um garoto ingrato de dezesseis anos e a opressão desanimadora de um emprego burocrático ofensivo. Apesar desses sacrifícios dela, não posso comer. Como poderia? A cozinha é só ameaças. A gordura pula da frigideira; vai queimar os olhos dela tão atentos e ela vai perder o equilíbrio, e eu nem preciso listar todos os objetos cortantes que a esperam na bancada.

Engulo os ovos. Eu observo minha mãe limpando a cozinha. Ela levanta a bainha da bermuda cortada para lamentar a celulite. Contorcida desse jeito, ela me deixa ver o sulco que se estende pelas curvas da orelha esquerda. Meu pai causou esse ferimento. Não conheci ele, e minha mãe nunca deu nenhuma informação nem demonstrou qualquer sentimento por meu pai. Essa ferida faz parte do quebra-cabeça em que não consigo pensar por estar preocupado demais comigo mesmo, e é razão das noites de insônia da minha mãe. O pouco que sei é: para desviar a atenção da deformidade, ela estica os lóbulos com brincos extravagantes; os da vez são azuis com pingentes pequenos que giram e se enroscam. Então, é *assim* que ela morre. As tarefas de hoje incluem cortar a grama da frente do prédio (pelo desconto de uns dólares no nosso aluguel), trocar o óleo do carro e tirar a poeira dos ventiladores que ficaram imundos no verão. Parece inconcebível que aparelhos tão insignificantes possam tirar a vida da minha guardiã invencível, mas vão. Cortador, carro, ventilador: todos têm peças giratórias que vão enroscar nos brincos, alavancas que prendem a pele, depois rasgam a carne viva antes de se lubrificarem com sangue. Só tenho tempo para desligar um aparelho, e a decisão me paralisa.

Ela não para. Toda vez do mesmo jeito. Já desceu a escada procurando minha roupa suja. Tem um rasgo no carpete do terceiro degrau, do tamanho certo para enganchar a ponta do chinelo. Quando, de alguma forma, ela sobrevive, passa pela porta e sai com o cesto de roupa suja apoiado no quadril, gritando para eu levantar o rabo e ir praticar com o trompete. Ouço a batida da porta. Lá fora é caos. Punks magrões com canivetes que precisam de algo. Membros de gangues que não estão nem aí para quem é pego no fogo cruzado. Há um milhão de maneiras de morrer numa cidade grande, mesmo para quem é destemido que nem a minha mãe. Pego o trompete. A canção vai ser um réquiem.

Toco mal. Meus dedos enrijecem em solidariedade ao rigor da morte que já domina as articulações dela. Daqui a um mês começo o penúltimo ano no colégio, e meu quarto é mais uma prova de que sou impotente sem ela de vigilante protetora. No quadro de avisos estão presos os últimos seis anos de notas máximas, prova de seu habilidoso tormento. Espalhadas pelo quarto estão as evidências de muitos fins de semana juntos, jogando jogos de tabuleiro. Ela não devia ter me protegido tanto. Tento ficar bravo. Porque aí perder ela ia ser um pouco mais fácil.

Saem os chinelos, entram as sapatilhas, a regata dá lugar a uma blusa. Preciso sair. Ela que disse. Metade do verão já foi, minha mãe comenta, e meu rosto parece farelo de pão. Ela também está saindo — a comida não se compra sozinha. Anda rápido, os óculos escuros nos olhos, a bolsa no ombro. Fico ali descalço. Essa força implacável é minha mãe, e eu nunca mais vou ver ela de novo. Preciso agradecer e dizer a verdade para ela: eu a amo. Seu sorriso largo anuncia que está pensando em outras coisas. Está dizendo alguma coisa sobre como eu deveria fechar as janelas antes da chuva, e se eu quero comida tailandesa mais tarde... não, não, vamos de vietnamita. É uma comida que nunca vou comer. O espaço entre a gente despenca e estamos cada um de um lado no penhasco. Tenho a sensação de que toquei trompete a noite toda: meus lábios estão dormentes, os dedos tremem, os pulmões doem. Ela saiu, e dez minutos depois, às 10h15, hora de sua morte, quando atravessa a rua e é despedaçada por um ônibus, eu me viro no lugar onde estou, na sala de estar, e olho para o apartamento que já foi o nosso paraíso. Há tantas mortes mais dignas aqui, pensando bem, do que aquela que minha mãe escolhe.

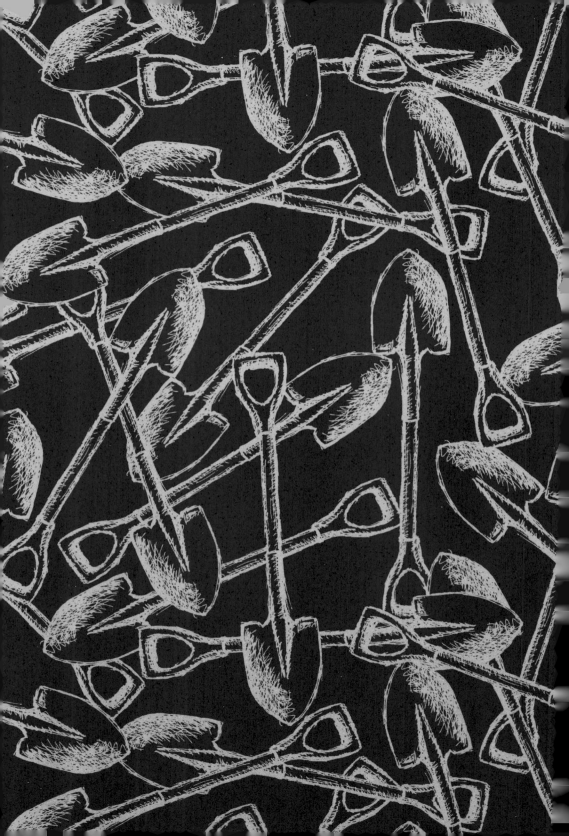

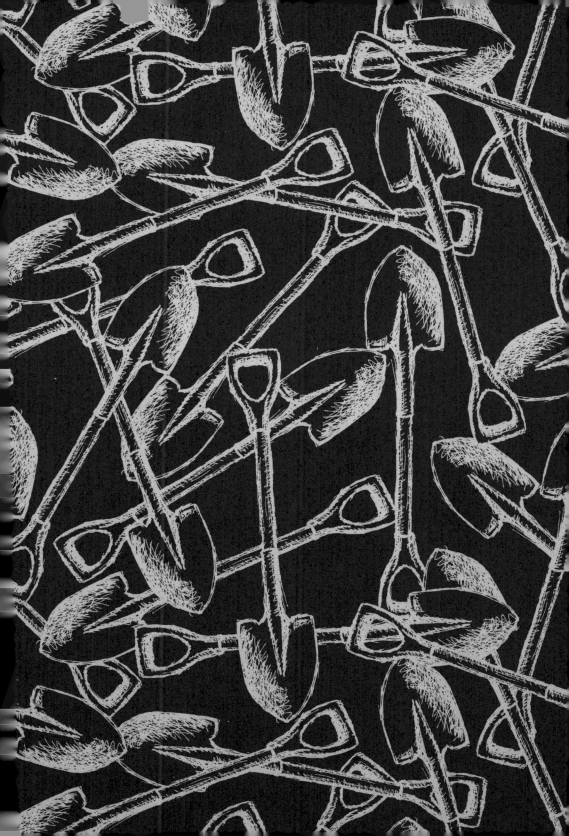

livro um
DIVERSÃO E JOGOS

1

O nome do meu pai era Ken Harnett. A assistente social do Departamento de Serviços para a Criança e a Família me falou que achou ele numa cidadezinha em Iowa, não muito longe do rio Mississippi, a menos de cinco horas de Chicago. Minha assistente social, uma jovem chamada Claire, se orgulhava da descoberta. Quando ela me contou que estava dando prioridade máxima à busca depois do funeral de minha mãe, tive a impressão de que era uma daquelas coisas que tinha que dizer. Acho que assenti e talvez até tenha sorrido. Nunca acreditei que Claire conseguiria. E me parece que ela também não acreditava.

Tentei imaginar como era o meu pai. Tirei os traços de minha mãe de mim. O exercício não foi só fútil, mas também foi chato. Eu não me importava. Ele não era de verdade, não para mim, pelo menos. Até o nome parecia inventado. Meu sobrenome era Crouch. Eu não conhecia nenhum Harnett e nunca tinha encontrado um Ken. Pensar nisso me fez pegar o passaporte e considerar a cara de imbecil na foto me olhando. Tive passaporte a vida inteira, um presente da infância que não fazia muito sentido. Talvez tenha existido um tempo em que minha mãe fantasiava que a gente ia embora não só da cidade, mas do país. Ao longo dos anos, assumi a responsabilidade de renovar o passaporte como promessa pessoal de que não me tornaria alguém como ela, e que um dia eu veria o mundo, qualquer mundo. Se usasse ele agora, imediatamente, talvez pudesse escapar desse pai sem rosto.

Claire foi designada para cuidar do meu caso no mesmo dia em que minha mãe foi parar embaixo das oito rodas do ônibus. A morte foi instantânea, mas a papelada só saiu por volta do meio-dia. Mais ou menos na hora do jantar, o interfone tocou e eu perguntei quem era, e a voz de mulher não era da minha mãe. Nosso interfone era horrível, por isso desci para ver quem era e encontrei uma garota asiática bonita, cabelo curto e unhas roxas, que devia ter uns vinte e poucos anos, e de repente não fazia diferença se ela era sem-teto, testemunha de Jeová, ou se planejava me degolar. Eu só pensava em como eu parecia idiota com a camiseta manchada de suco e os shorts xadrez. Não que minha roupa importasse muito: eu era baixinho, magrelo, ninguém olhava para mim por muito tempo, e eu sabia que estava me enganando por pensar que essa mulher, qualquer mulher, ia me ver como mais que um borrão com espinhas e cabelo castanho desgrenhado. "Sua mãe morreu", disse ela. Falou antes de se apresentar, e foi impossível não considerar minha reação de maneira quase distraída. Tinha uma jovem atraente na minha porta. O protocolo masculino exigia que eu não chorasse. Era difícil, e foi ficando ainda mais difícil com o passar da noite, e me peguei desejando que Claire não fosse tão bonitinha, que fosse mais velha e, sei lá, que tivesse bigode.

Claire foi ao velório e ao funeral. Acho que fazia parte do trabalho. Meu melhor amigo, Boris Watson, a conheceu lá e ficou tão intimidado quanto eu com sua beleza imprópria. Os dois trocaram um aperto de mão, o dela profissional e afetuoso, o dele fraco e humilhado, e percebi que, sem minha mãe, essa dupla descoordenada era tudo que eu tinha. O aperto de mão breve e a conversa tensa e sem perspectivas foram desanimadores.

A cerimônia aconteceu na igreja de sempre com o pastor de sempre. Minha mãe tinha me levado lá quase todos os domingos da minha vida. Não sei quem cuidou dos detalhes do funeral e escolheu o caixão nem de onde saiu o dinheiro para o sepultamento e as flores. Claire certamente sabia; Boris também, talvez. Fui conduzido, às vezes literalmente pelos ombros, do necrotério do hospital para a sala de estar de Boris, de lá para um restaurante italiano horrível e depois de volta para a casa de Boris, e assim por diante até que, dois dias depois, lá estava minha mãe no caixão. Primeiro eu vi o rosto dela pelo canto do olho, e foi como notar alguém que não esperava ver. Atrás de mim, Boris e o restante dos Watson se mantinham afastados. As portas da funerária ficaram fechadas por mais vinte minutos. Esse era um tempo só para a família, e a família era eu. O tapete vermelho me levou até ela. Minha mãe estava imóvel, quieta, com as bochechas artificialmente lisas. Tinha maquiagem demais, as únicas sardas que eu via eram as abaixo da garganta.

Alguns segundos foram suficientes. Estiquei o pescoço. Aquela aranha balançando na teia no teto... tinha mais vida ali do que naquela caixa prateada cara, e devorei todos os detalhes, o movimento delicado das pernas da aranha, o brilho e movimento da teia. Era um talento meu, ou um problema, depende para quem, ficar obcecado por detalhes triviais em situações estressantes. No quarto ano, o terapeuta da escola disse que era uma técnica para evitar essas situações. Minha mãe, que não se importava muito com essas coisas, chamava de "especificar". Uma vez, no consultório médico, quando o velho dava detalhes sombrios da minha iminente cirurgia de remoção das amígdalas, minha mãe me pegou especificando o chão. Quando saímos de lá, ela não me perguntou do procedimento. Perguntou sobre os sapatos do médico, a cor, quantos buracos para o cadarço e em que condição. Não consegui deixar de sorrir e respondi:

— *preto-esverdeado* —
— *doze* —
— *velhos pra caramba* —

A habilidade não veio do nada. A não ser pela amizade com Boris, minha mãe e eu vivemos numa solidão tão hermética quanto misteriosa. Totalmente dependente dela desde cedo, eu era tomado pela ansiedade quando ela se atrasava para chegar do trabalho, mesmo se fossem só uns minutos. Para me distrair, eu me concentrava. Partes de insetos ou lâmpadas, desenhos de poeira nas persianas, caricaturas escondidas na massa corrida do teto. E, quando ela chegava, eu recitava todos os detalhes. Ela aplaudia e incentivava, mas para mim era até fácil demais. Havia muitas coisas na vida que queria esquecer. Quando tinha nove ou dez anos, achava que especificar era uma maldição.

A pedido dos Watson, e por recomendação de Claire ao departamento, fui deixado com a família de Boris até que fossem tomadas as outras providências. Ele ficou do meu lado durante os intermináveis cumprimentos no velório e sentou perto de mim no funeral. Quando a cerimônia à beira da sepultura acabou e as pessoas começaram a ir, foi Boris quem disse que eu precisava tocar no caixão. "É só botar a mão", falou. Eu não entendia por que era importante. "Vai, tonto", cochichou. "Fiz isso quando minha avó morreu. Confia." As pessoas passavam por nós. Era minha única chance. Eu me inclinei e toquei o caixão com dois dedos. A solidez da madeira dura me trouxe um conforto inesperado, e coloquei a mão inteira sobre o canto chanfrado. Sentia embaixo da mão o retumbar das pessoas se retirando. Essas vibrações eram vida e, por um momento, minha mãe fez parte disso. Prolonguei o contato por vários segundos. Era a primeira vez que tocava num caixão e presumi que fosse a última. Estava errado, é claro. Eu tocaria em centenas, e logo.

Ken Harnett estava por aí, mas Claire ainda ia demorar duas semanas para encontrá-lo. Com duas bolsas de viagem e minha amada mochila verde, mudei para a empoeirada atmosfera de livros e discos de vinil, todos adornados com cobertura de pelo de cachorro, na casa dos Watson. Minha mãe e eu nunca atravessamos as fronteiras do estado, mas ir para a casa dos Watson era como atravessar o mundo. Os pais de Boris, Janelle e Thaddeus, eram um casal inter-racial, ele de Vermont, ela do Quênia, e a casa deles era decorada com artefatos bizarros e assustadores que haviam trazido de viagens para serem inevitavelmente destruídos por uma das irmãzinhas históricas de Boris. Andei pelo museu familiar de máscaras, espadas e esculturas, desabei em cima de um colchonete no quarto do meu amigo e me peguei olhando para um punhado de estrelas fluorescentes que a gente tinha grudado no teto no terceiro ano. Quando o céu escureceu, fiquei pensando em todos os anos que haviam passado desde que colamos a constelação, como éramos pequenos e como aquelas estrelas — pedacinhos de adesivo — tinham durado mais que minha mãe. "As estrelas ainda tão lá", disse finalmente, incapaz de fechar os olhos e sem vontade de começar a especificar. Ali, aninhado na casa dos Watson, parecia covardia. "Hum?", respondeu Boris de imediato. Ele também estava acordado. "Que estrelas?" "As estrelas", insisti, e ele respondeu: "Sim, onde?". Pensei que estava maluco, mas aí ele falou: "Ah, *aquelas* estrelas. Nossa, acho que me esqueci das estrelas. Hum. Você é um observador lazarento, com certeza. Sei lá, acho que é só o teto do quarto. Melhor se acostumar". Limpei o suor do rosto e tirei os pelos de cachorro. Ele estava certo. Era melhor para mim, mesmo.

Boris não era só meu melhor amigo, era meu único amigo, na verdade. Quando se chega à segunda metade do Ensino Fundamental, um bom amigo é tudo que a gente precisa. Não éramos populares, mas também não éramos Mac Hill ou Alfie Sutherland. Frequentávamos uma escola grande, com quase dois mil atletas e esquisitos, e gente de todas as etnias e QIs possíveis. No meio dessa balbúrdia, era gloriosamente moleza passar despercebido.

Os adultos diziam que cada um tinha algum talento especial, mas estavam enganados se pensavam que todos os talentos eram iguais. Minhas notas máximas, por exemplo, não eram algo que eu saía por aí anunciando. Felizmente, havia outra área em que Boris e eu brilhávamos: ambos tocávamos trompete. Ele tocava desde pequeno. As aulas de trompete eram só mais uma atividade cultural imposta por Janelle e Thaddeus. Minha mãe ficava incomodada com qualquer coisa que me mantivesse fora de casa, mas eu a deixei culpada o bastante para me comprar um instrumento no sexto ano e, naturalmente, escolhi o que Boris tocava. Nós dois éramos muito bons. Podíamos ler e tocar as músicas de improviso e até compor alguns arranjos. Tocávamos nos eventos da escola, nos jogos de futebol e basquete e em shows sazonais, e somamos uns quatro ou cinco solos. Passávamos muito tempo reclamando que o trompete era uma invenção idiota, que praticamente nem contava pontos para alguém que já tinha passado do primeiro ano, e que planejávamos derreter o metal para vender assim que fôssemos para a faculdade. Mas na verdade, amávamos o trompete. Ele é, de fato, um instrumento bem pouco impressionante, mas é diferente quando tocado numa orquestra de oitenta músicos ou numa banda de jazz de vinte membros. Aí ele tem poder, e nós sentíamos esse poder depois de cada apresentação, inclusive quando revirávamos os olhos para os aplausos e fazíamos gestos libidinosos envolvendo a abertura do trompete.

Desde o começo do verão, eu havia praticado duas ou três vezes, sempre por insistência da minha mãe. Agora, deitado ao lado da cama de Boris em uma imitação bizarra das festas do pijama da infância, não conseguia parar de pensar em praticar. Foi o último pedido da minha mãe. Sentei embaixo das estrelas verdes e brilhantes, sentindo o lençol grudado na pele. Olhei para o relógio digital. Eram quase duas da manhã. Contei nos dedos. Minha mãe tinha morrido havia quase sessenta horas. Estava escuro no quarto de Boris, muito mais que meu quarto, então tateei o tapete até encontrar minha mochila e enfiei a mão dentro dela, passando pelas roupas, pelas dobras frágeis da carteira, pelas páginas amassadas do passaporte, até encontrar o plástico rígido do estojo do trompete. Com os olhos fixos no universo falso a dois metros acima da cabeça, tirei o instrumento da caixa e passei as mãos pelo metal morno, deslizei-as pelas válvulas, empurrei de leve a chave d'água. Apoiei os dedos nos pistões e aninhei o polegar no gancho.

"Que merda, cara", disse uma voz na cama de Boris. "Se quer tocar, me fala."
"Ah, desculpa."
"Tá tranquilo." Ele fez uma pausa breve. "A noite tá bonita."
"O quarto tá escuro", comentei. "Tentei não fazer barulho. Desculpa."
Boris inspirou profundamente pelo nariz.
"O som parece melhor de noite mesmo. Pensa em quando a gente toca nos jogos."
"Boris, é tarde. Muito tarde."
"Porra, se a gente tivesse em Birdland, agora a gente ia tá dançando."
"Teus pais vão matar a gente."
"Janelle e Thaddeus? Hoje? Esta noite não vão reclamar de nada, e a gente podia aproveitar." Ouvi o barulho das cobertas. Ele tinha saído da cama. Depois, o baque do estojo do trompete na mesa, o estalo do abrir das presilhas.
"E tuas irmãs? Elas vão ficar doidas. Esquece, vamos dormir."
Ouvi o rangido baixo do encaixe do bocal e vi a silhueta de Boris encobrir o sistema estelar e rir em silêncio. "Quer tocar ou não?"
E tocamos. No início, notas hesitantes. "Blues by Five" nunca soou tão pequena e frágil. Boris assumiu o comando em "Salt Peanuts". No que serviu de conclusão, comecei "Oleo" sem nem pensar, e lá estava o que procurávamos: um som verdadeiro. Ele me alcançou algumas frases depois, preenchendo os espaços antes que pudesse pressentir onde estavam, e agora tocávamos, tocávamos para valer, e Boris abriu a janela com o cotovelo. A noite entrou, a música saiu. Só depois de uns vinte minutos percebi que tocávamos alto; nós dois tocávamos mais alto. Eu continuava esperando a reação das irmãs dele ou dos vizinhos furiosos, o telefone avisando que a polícia estava a caminho. Nada. Era como se a performance transmitisse sua magnitude. Boris abriu a porta do quarto com o pé e atravessamos a cozinha e a sala de estar, e pensei nas procissões funerárias em New Orleans, nas celebrações sepulcrais nas ruas de vilarejos mexicanos. Outra janela aberta, e seguimos pela saída de incêndio, com o som adquirindo propriedades mais claras no ar da noite, as notas eletrizantes em cada ápice. Em algum momento, percebi Janelle e Thaddeus atrás de nós, observando em silêncio, segurando o pijama um do outro. Atrás deles, os cachorros bocejavam e as irmãs de Boris formavam fila, o rosto sempre carrancudo delas relaxado em expressão que sugeria fascínio. Lá embaixo, as pessoas na rua olhavam para cima. Toda essa plateia me fez ouvir também: nossas notas não faziam mais sentido. Não tinha importância, e ninguém parecia se incomodar. No fim, tudo é barulho.

2

Bloughton, Iowa, população: quatro mil habitantes. Claire entrou na sala dela no Serviço de Proteção à Criança com essa maldição escrita em um pedaço de papel estampado com gatinhos malhados. Ela desabou na cadeira e tocou as palavras com as unhas roxas.

"Olha só, relaxa. *Relaxa.* É um lugar legal, Joey. E antes que me pergunte, não, nunca fui lá, mas dei uma pesquisada on-line, e sério, tipo, quero que você dê uma chance antes de surtar."

"Por que eu surtaria?", perguntei. Fechei as mãos embaixo da mesa, sejamos francos, quase surtando.

"Eu ia surtar", respondeu ela. "Na real, surtei. Minha família se mudou quando eu estava no sexto ano, e é uma idade mais difícil ainda pra se adaptar a uma nova escola, pode acreditar."

Eu não tinha qualquer motivo para acreditar.

"Você me contou que nunca saiu de Chicago. Aliás, ainda acho difícil de acreditar, mas, vá lá, era conversa mole da sua mãe, sei lá... você não é o único que não gosta do interior, muita gente não gosta, tem gente que tem horror ao campo. Mas vamos lembrar que Bloughton não é só um monte de cabanas no meio do milharal. Assim, é verdade, uma cidade do tamanho de Bloughton", acrescentou Claire dando de ombros, "mal aparece na internet. Mas um jeito esperto de resolver a questão é ver os anúncios de imóveis. Olhei umas três ou quatro casas, a maioria com apresentação de slides. Você gosta de carpintaria? Não, né? Mesmo assim, Joey, é bacana. Até idílico, na real."

"Então, você falou com ele", perguntei.

Ela fez uma pausa, encostou os dentes de baixo no lábio superior, depois olhou para o papel estampado e fez um gesto ambíguo com a cabeça. "Olha, houve uma comunicação", respondeu.

"O que isso quer dizer?"

"Olha", ela falou e olhou para mim, provavelmente sabendo que os olhos eram suas melhores armas, "ele não tem telefone."

"Quer dizer que ele não tem telefone fixo."

"Quero dizer que esse homem não tem nenhum aparelho de comunicação."

Senti meu coração acelerar. "Todo mundo tem telefone!"

"Você está surtando, Joey. Calma. Quer água?" Ela olhou em volta. Não tinha bebedouro no escritório, nem garrafa. Plantei os punhos no tampo da mesa e abri as mãos, apoiando-as abertas. Inspirei mentalizando gatinhos malhados.

"Mas ele sabe de mim, né? Houve algum tipo de comunicação. Foi o que você disse, né?"

Ela estendeu o braço e pôs a mão sobre a minha. "Explicamos tudo", garantiu. "Do jeito clássico: por carta. Ele respondeu. Tá tudo certo."

Balancei a cabeça. "Não parece uma boa ideia."

A mão dela se afastou. Ela mordeu o lábio, como se engolisse palavras mais adequadas apenas para clientes mais maduros. Eu sabia que esse caso não era fácil para ela, eu tinha certeza que não era. Aconteceram surpresas incríveis e obstáculos inesperados, mais do que ela esperava quando aceitou o trabalho, o que parecia impossível ter acontecido mais do que alguns poucos meses antes.

"Não temos opção, Joey. A menos que tenha se lembrado de outro parente de sangue."

"De sangue", repeti, pensando em Janelle e Thaddeus, Boris e as três irmãs barulhentas. "Por que é tão importante ser de sangue?"

Ela deu de ombros. "Porque sim. Aos olhos da lei, é importante. Aos olhos de muita gente, na real."

Recolhi as mãos, deixando manchas paralelas na mesa. Nós dois olhamos para a umidade. Ela teria que limpar mais tarde, antes que o próximo saco de tristeza se sentasse ali. Sem olhar para ela, tive a impressão de que seus ombros se curvavam. Ouvi a cadeira estalar, o armário ranger e o farfalhar de papéis.

"Ken Harnett", leu ela na página. "Ele foi informado de que seu filho, Joey Crouch, chegará no trem Amtrak no dia 24 de agosto. No dia 25, Joey começará o segundo ano do Ensino Médio na Bloughton High School. Até dia 20 de agosto, no máximo, os livros de Joey devem ser retirados no colégio e todas as providências tomadas para a transferência. O sr. Harnett foi aconselhado a procurar um médico local para Joey, bem como um terapeuta para acompanhá-lo no luto, caso necessário. Foram fornecidas as informações do médico e do dentista atuais de Joey."

"Pelo correio", comentei em tom sombrio.

"O sr. Harnett foi informado de que Joey não tem problemas de saúde que requeiram atenção imediata. E também sabe que o seguro de saúde da mãe dele, do qual Joey é dependente, é válido até ele completar dezoito anos. De acordo com o procedimento padrão, os serviços sociais de Lomax foram acionados para garantir que o sr. Harnett atenda aos padrões residenciais considerados aceitáveis. O sr. Harnett trabalha como coletor de lixo."

"Espera aí. Como é que é?"

Claire virou a página. "O sr. Harnett trabalha como coletor de lixo." Ela olhou para mim e levantou as sobrancelhas, esperando uma reação. Não abri a boca. Ela abaixou a cabeça e desvirou a página.

"Conforme especificado no testamento da sra. Crouch, seus bens líquidos serão transferidos para uma conta-poupança em nome de Joey, à qual ele terá acesso em seu aniversário de dezoito anos. Seus bens físicos, exceto aqueles que passam a pertencer a Joey em 20 de agosto, vão a leilão público, e o valor resultante será depositado na conta acima mencionada."

Claire parou na última página. Uma unha roxa apontou o último parágrafo. Eu não estava gostando daquilo.

"É vontade explícita da sra. Crouch, conforme declarado em seu testamento, que a custódia de Joey seja entregue unicamente ao pai biológico, Ken Harnett", disse ela com tom que beirava o pesar. Claire parou a leitura e olhou para mim. "Não que haja outras opções", acrescentou em voz baixa.

Olhei além das pilhas de documentos que me acostumei a ver com nossos dois encontros por semana, e pela janela. Dava para ver ao longe o Hancock Center e o Tribune Tower, quase perfeitamente alinhados. Eu e minha mãe nunca fomos ao mirante do Hancock, embora tenhamos falado em ir lá mil vezes. É mais fácil ir nesses lugares quando é turista. Você chega na cidade com uma lista de coisas e vai fazendo, porque o tempo está contra você. Ele estava contra nós também; só não percebemos.

Eu precisava fazer as malas.

"Sempre tem opções", falei.

3

Em 24 de agosto, Janelle, Thaddeus e Boris pagaram o táxi e me acompanharam até a Union Station. Enquanto Janelle praticava seu árabe com o motorista, eu saí do carro como um recém-nascido, andei à sombra de gigantes, sem ouvir direito pelos ruídos do trânsito e sem ver direito pelos vidros. A exaustão me dominava. Pedestres passavam muito perto de mim e as mangas de suas camisas me pinicavam como mosquitos. O movimento de tesoura das calças sociais dos executivos, o grito estridente da sirene da viatura de polícia, um tipo de gemido subterrâneo: para mim, tudo soava como sangue circulando no ouvido. *Sangue, sim, é importante, Claire, e este é meu, em mim.*

Janelle e Thaddeus eram o tipo de pais que abraçavam crianças, qualquer uma, sempre que surgia a oportunidade. Os abraços deles doíam. Quando ficaram satisfeitos, eu me virei para Boris e dei de ombros, e ele também me deu um abraço, mas só para a posteridade. O que importava era o aperto de mão. A mão dele, mais magra e frágil que a minha, me segurou com força e balançou com confiança despreocupada, e senti uma certeza surpreendente de que nunca mais nos veríamos. Ele desapareceria no pântano humano da estação de trem, depois na confusão da cidade. E assim aconteceu: eles se afastaram e subiram a escada rolante. Sozinho pela primeira vez desde que fiquei ao lado do caixão aberto de minha mãe, pensei novamente na aranha do teto da funerária. Imaginei o inseto balançando no fio e encontrando uma brisa de sorte. Eu a vi dançando nas mãos cruzadas de minha mãe, correndo pelo decote e desafiando a gravidade para escalar seu queixo erguido antes de desaparecer dentro dela, onde passaria o resto da vida. Todos estávamos desaparecendo: a aranha, minha mãe, Boris, eu. O vento sopra, mesmo aqui na masmorra da cidade, e nós balançamos em nossos fios invisíveis. Os fios se partem e caímos, e onde caímos é o que chamamos de lar.

4

As cidades encolhiam. Primeiro foram os subúrbios que, diligentemente, construíram parques limpos no limite possível do concreto ao seu redor. Depois, outras cidades, menores, mas com estações de trem pintadas em um reconfortante amarelo-acampamento-de-verão. A seguir, veio a ferrugem, os tratores abandonados, seguidos por crianças sem camisa que nem olhavam para o trem. Finalmente, ruína: velhos celeiros engolindo a si mesmos, estradas pavimentadas se desfazendo, um homem careca na bicicleta sem assento ouvindo o rádio preso ao guidão com fita adesiva. Nunca na vida eu tinha estado num lugar sem prédios para bloquear a vista; os silos não eram mais que marcas pálidas no azul infinito. Descolei a nuca do vinil marrom do assento e deixei o trem barulhento me sacudir pela passagem estreita da saída, como alguém que sacode o copo para acomodar a torre de gelo.

O trem parou em Bloughton por cinco segundos, não mais que isso. O funcionário quase me empurrou para fora. Em terra firme de novo, cambaleei sob as muitas alças nos ombros e senti o estojo do trompete batendo no meu joelho. A estação parecia deserta. De um lado dos trilhos havia um pequeno parque, praticamente sem árvores e reduzido a terra. Os restos de um balanço se destacavam contra o sol de fim de tarde como as garras de um prédio demolido. Um esquilo farejava uma lixeira tombada, recuando toda vez que a brisa atingia o saco de lixo Hefty. Do outro lado dos trilhos, uma casa de força e também um trailer azul-claro com cata-vento de girassol numa velocidade impossível. Eu tinha certeza que nada mais nessa cidade, se movia tão rápido.

Cada pedrinha rangia embaixo dos meus pés, enquanto eu o procurava. Distância de dez passos, nove, oito. Ele sairia do interior da estação que tinha apenas uma divisão, a sombra do telhado se esvaindo como um manto acima. Sete passos, seis. Ele não seria como eu esperava; essa expectativa eu tinha. Cinco passos, quatro. Haveria acanhamento, talvez camaradagem forçada. Três passos, dois. Quase certamente um aperto de mão, embora estivesse disposto a aceitar um abraço.

Meu último passo tocou o cimento, e entrei na estação. Dois bancos de madeira vazios se contemplavam. A máquina de lanches com cartaz amarelado preso com fita adesiva no coletor de moedas anunciava: DESLIGADA. Virei-me em direção ao ruído de um ventilador elétrico e atravessei o espaço rumo ao guichê de passagens. Tinha um velho lá dentro e bati no vidro. Ele levantou os olhos do livro de palavras cruzadas. Tinha óculos de lentes grossas e um curativo na testa.

"Você é o Joey?", perguntou.

Meu coração pulou. Senti que balançava a cabeça em concordância.

"Tenho uma coisa pra ti", avisou. Largou o livro, olhou para as palavras cruzadas por mais um tempinho, depois pegou um papel e o empurrou pela abertura do guichê. Estava amassado e tinha palavras a lápis. Eu li:

Hewn Oak Road
Sem saída
Perto da Jackson

Só isso. Sem nomes — nem o meu, nem o dele — e sem mapa. Olhei de novo para o velho. Ele tinha voltado às palavras cruzadas, os óculos escorregando pelo nariz. Bati no vidro: "Sabe onde fica?".

Ele não olhou para mim: "Perto da Jackson".

Encontrar a Jackson não foi difícil, pelo menos. Parecia ser a principal via pública de Bloughton. Passei por um mercado chamado Sookie's Foods, um posto de gasolina, uma oficina de costura, uma livraria cristã, duas igrejas, um lugar chamado 3-D Chow Box, um brechó, uma mistura de farmácia e loja de ferramentas, um banco, uma biblioteca e algumas fileiras de casas velhas espalhadas. Mas não passei por ninguém que pudesse me dar informações sobre o caminho certo. A noite caía, e eu já estava andando havia trinta minutos. Tinha opções limitadas de reorganizar minha carga pesada, e nenhuma ia adiantar muito. Pensei em minha mãe. Ela conheceu essas ruas? Alguma vez passou por elas? Como eu podia saber tão pouco dessa parte de sua vida, como podia ter perguntado tão pouco? Botei determinação no passo. Por ela, eu encontraria as respostas.

Cheguei num prédio maior que os outros. Tinha quase passado dele, quando percebi que era um colégio. E já tinha passado por ele antes de me dar conta de que era o *meu* colégio. Parei para dar uma olhada. Tijolos bege com a inscrição TURMA DE 99 DOMINA acima do auditório, calçadas brancas salpicadas de chicletes, gramado amarelo com trechos sem grama marcando a menor distância entre dois pontos: era um colégio, com certeza. Que dificuldade eu ia ter para entrar aqui amanhã de manhã? Eu poderia ser quem quisesse. Poderia me recriar. Repeti isso muitas vezes enquanto atravessava o campo de futebol escuro, duas quadras de tênis e um estacionamento vazio.

Hewn Oak surgiu logo depois de eu ter perdido a esperança. Calçadas haviam dado lugar à grama. Milharais balançavam ao longe e encontravam a rua. Eu ainda me arrastava pela Jackson, as bolsas escorregavam, o suor da mão removia as palavras do bilhete de meu pai. Logo não haveria mais nenhuma coordenada ali, nenhuma prova da existência dele, nenhuma evidência de que este era meu lugar. Então, o cruzamento apareceu e entrei na rua de terra que se estendia sinuosa através de um bosque.

Uns minutos depois, vi uma luz. Continuei andando, já com o coração mais pesado que todas as minhas bolsas. Uma casa, um pouco maior que uma cabana: eu a via, pequena, quadrada e silenciosa. Além da cabana, o brilho radiante de um rio. Pisava com meus sapatos em um gramado descuidado. A casa de meu pai, finalmente — *minha* casa. O lugar aonde minha mãe queria que eu fosse.

Era noite. As estrelas lá em cima, longe das imitações de Boris, brilhavam com intensidade que nunca tinha visto na cidade. Fechei a mão, bati na porta empenada de madeira. Senti meu rosto se contorcer numa careta defensiva e tentei forçar um sorriso. Houve uma longa pausa. Contei um minuto, depois dois. Perdi a noção do tempo. Fiquei ouvindo o rio.

Depois de um tempo, abri a porta e, lá dentro, bem na minha frente, vi um homem sentado na cadeira. Olhando para mim. Ele falou de um jeito que me lembrava cascalho e feno: "Me conta como que aconteceu."

5

Ele tinha ombros largos e era bronzeado de sol. Os olhos avermelhados estavam cravados em algum ponto acima de mim, enquanto as mãos grandes seguravam os joelhos sujos de terra. Sombras de um fogo que eu não via manchavam sua pele.

"Disseram que foi um ônibus", continuou ele. Eu ainda estava do lado de fora, nem lembrava mais do peso da bagagem. "Disseram que foi um ônibus", repetiu com uma careta, erguendo as mãos para deslizá-las pelo cabelo grisalho e revolto que descia da metade inferior da cabeça. "Mas preciso saber mais. Aonde ela tava indo. Qual era a rota do ônibus. Norte? Sempre pensei nela indo pro Norte."

Uma prova surpresa, minha especialidade. Fiz um mapa mental do cruzamento fatídico. Depois de um cálculo rápido, neguei com a cabeça.

"Sul", deduziu ele triste. Eu assenti. "E o ônibus? Ia pro Leste? Tava numa rua que ia pra Leste?" A direção do olhar mudou e, pela primeira vez, olhou para mim, e senti sua agonia. A resposta que ele queria, se eu soubesse, ia falar. Tudo o que eu tinha era a verdade e, por isso, balancei a cabeça. Não, ela ia atravessar a rua, quando o ônibus que ia pra Oeste veio do nada e pegou ela em cheio.

Ele assentiu devagar, como se essa fosse a resposta que temia. Virou para a lareira, e seu rosto se tingiu de amarelo. Aproveitei o momento, dei meio passo à frente e estreitei os olhos. Então, esse era meu pai. Procurei semelhanças físicas e me surpreendi: ele era eu, mas arrastado através do inferno. Senti um misto de repulsa e entusiasmo. Parte do que tornava esse homem tão enervante também existia em mim. Dei uma rápida olhada em volta e encontrei apenas dicas da vida dele: teto baixo, assoalho de madeira rústica, escuridão sinistra. A luz do fogo tremulava estranha na parede de tijolos multifacetados; não, não eram tijolos, eram livros de todos os tamanhos e formas, centenas deles, pilhas do chão até o teto. Não contive a exclamação de espanto. Um coletor de lixo intelectual não era tão ruim. Talvez catasse os livros do lixo e levasse para casa. Isso explicaria o cheiro forte.

Ele apoiou as mãos nos joelhos e se levantou. De pé, ele fazia eu me sentir um anão. Os antebraços fendiam os punhos da camisa. Fios grisalhos preenchiam o decote V no peito. Igual a mim, ele prendia o cinto no último furo, mas as coxas deixavam pouco espaço na calça surrada. Quanto às botas, só conseguia ver que eram pretas e grandes.

Havia dois grandes sacos cinzentos ao seu lado, que foram pendurados sobre os ombros. Ele deu um passo à frente, parou e olhou para o meu peito, como se preferisse esperar que eu saísse a continuar falando. A madeira crepitava e estalava. Estávamos a menos de dois metros um do outro, os dois plantados no chão sob todo aquele peso.

Ele fungou forte e cuspiu o catarro, imagino que no fogo. De cabeça baixa, veio em minha direção. Eu recuei, saí da cabana. Puxando um molho de chaves do bolso da frente, ele passou por mim, e o cheiro podre ficou mais forte por um instante. Separou uma chave com os dedos enquanto andava. Pela primeira vez, notei a silhueta de uma caminhonete ao lado da casa. Ele ia sair. Eu tinha acabado de chegar, e ele ia sair.

"Pai", chamei e só então percebi, tarde demais, que era a minha primeira palavra. De certa forma, também era a última: o nome que eu nunca mais ia usar para chamá-lo.

Ele foi até a caminhonete. O braço direito caiu, o molho de chaves tilintou. Depois de um momento, virou a cabeça, os dedos de luz da casa tocando seu rosto de leve: "Quer culpar alguém? A culpa é minha. Eu a matei".

Seu peito expandiu, me desafiando a prolongar o momento. Fiquei ali parado, sentindo os mosquitos no rosto e no pescoço. Satisfeito por ter encerrado a conversa, meu pai jogou um saco na carroceria da caminhonete. Vi o brilho das chaves, um lampejo de seu cabelo de palhaço, e a luz refletida no movimento de abrir e fechar a porta da caminhonete. O motor engasgou e os faróis deram precisão ao contorno das árvores. Pneus viraram. Galhos estalaram. Fiquei sozinho vendo a luz vermelha do freio se afastar. Ele foi embora.

Um mosquito bateu no meu olho e me despertou do transe. Entrei, fechei a porta e deixei no chão a mochila verde e as bolsas de viagem. Fechei os olhos, girei os ombros doloridos e respirei fundo. O odor era persistente. Ele era lixeiro, eu repetia. Cheiro ruim fazia parte do trabalho, como os horários estranhos. Talvez ele estivesse fazendo hora extra na cidade vizinha. O saco era seu equipamento: pegadores para o lixo espalhado, pás para raspar o fundo de caçambas, macacão de proteção, luvas plásticas. *Normal*, pensei, enquanto meu coração doía. É exatamente assim que um pai e um filho interagem.

Havia mesmo uma lareira e me sentei onde meu pai esteve antes. O assento ainda estava quente, e mudei de posição, incomodado com a temperatura estranha. Olhei em volta. A cabana era dominada por esse cômodo, ancorada em um extremo pela lareira cheia de cinzas e, no outro, pela pia, o fogão e a geladeira. Entre as duas pontas havia uma topografia aleatória de caixas de papelão, sacos meio fechados, baldes cheios de lixo e montanhas de livros. Em maior número que todo o resto havia jornais, pilhas e mais pilhas emboloradas. À primeira vista, notei que cada pilha era de uma publicação: vi manchetes com *Journal*, *Sentinel* e *Herald*. Misturado ao odor da cabana, senti o cheiro de tinta velha.

Eu me abaixei para tirar os sapatos dos meus pés doloridos, e meus dedos tocaram vidro. Uma garrafa de uísque. Eu peguei. Estava vazia. Lembrei dos olhos avermelhados de meu pai e imaginei seu corpo encurvado esvaziando a garrafa enquanto eu chegava na estação de trem, enquanto eu andava impotente pela cidade. *Irresponsável* foi a palavra que me surgiu. Minha mãe não era perfeita, longe disso, mas com essa irresponsabilidade nunca tive que lidar, muito menos conviver.

De repente, me senti exausto. Levantei e andei só de meias pelo espaço entulhado. Atrás de uma porta estava o vaso sanitário e a pia pequena ao lado do chuveiro sem cortina. Atrás da outra porta havia um quarto grande o bastante para o colchão encaixado entre as paredes. Os lençóis estavam embolados. Roupas imundas teciam um tapete estranho no chão. Era o quarto do meu pai.

Arrastei minha bagagem para o canto da sala principal, perto da pia e, com os músculos doloridos, afastei algumas pilhas de jornal que batiam na minha cintura. Tirei o estojo do trompete da mochila para que as roupas servissem de travesseiro. Cobri as pernas com uma jaqueta e usei um moletom com capuz para cobrir o tronco. Deitei e pus o antebraço sobre os olhos. O único som era o crepitar do fogo. Comecei a rezar, como minha mãe tinha me ensinado quando eu era pequeno, mas as frases se dispersaram e esqueci com quem estava falando, Deus, Jesus ou ela.

O sono chegou, mas um pensamento me impedia de dormir. *Eu a matei*, ele tinha dito. Era uma afirmação horrível. Um convite para que eu o odiasse. Não consegui resistir. Eu o odiei. Era arrogância, essa certeza de que, apesar de ele não ter falado com minha mãe pelos últimos dezesseis anos, ainda era importante o bastante para ter desempenhado algum papel na morte dela. *Desgraçado da porra*, pensei. *Você não vai fazer parte da morte dela, por mais que queira.*

Semiconsciente, vi as marcas na orelha esquerda da minha mãe e ouvi meu pai perguntando em que direção ela seguia e qual a direção do ônibus. Ela nunca escutou bem com o ouvido esquerdo. Por que demorei tanto para me lembrar disso? Ela não tocou no assunto por anos, é verdade, mas ficava evidente toda noite quando ela inclinava a cabeça para ver televisão, como só segurava o telefone na orelha direita, nunca na esquerda. Ela não ouviu o ônibus porque ele veio pela esquerda, a orelha que o ex-marido, meu pai, havia aleijado. Essa linha direta entre meus pais, a primeira que eu testemunhava, era espantosa. A vida deles se conectava, *de fato*, e de forma violenta; a morte dela também seguia essa linha, e em algum ponto havia a intersecção que era eu.

6

Quando acordei, era manhã. O gosto de madeira queimada ardia na garganta. Levantei com a ajuda do bloco de jornais mais próximo. Precisava fazer xixi e cambaleei pela sala, tropeçando em vários objetos, e desequilibrei uma pilha de jornais. Urinei na bacia amarela e rasa do vaso e pisquei para enxergar melhor no banheiro úmido, tentando entender de que sentia falta. Só quando estava lavando o rosto com água fria e sulfurosa eu percebi. Não tinha espelho.

Abri a porta e pus a cabeça para fora. As árvores eram muito verdes, emolduradas pelo dourado do sol nascente. O cheiro da floresta exuberante lavou meu corpo temporariamente do odor enjoativo da cabana. A caminhonete do meu pai não tinha voltado.

Era o primeiro dia de aula. A constatação foi um golpe. Eu esperava uma noite ocupada por conversas com meu pai sobre as aulas, os livros, os professores, meu horário, que horas teria que chegar no colégio e como ir até lá. Nada disso havia acontecido, era manhã de segunda-feira em Bloughton, Iowa, e não tinha livros, carona, instruções, nada.

Olhei meu relógio. Passava um pouco das sete. Em Chicago, as aulas começavam às oito. Baseado na trilha da minha chegada, deduzi que o colégio ficava a uns trinta ou quarenta minutos a pé. Chegaria a tempo, se corresse. Tirei as roupas e entrei no chuveiro. Os pingos caíam sem muito efeito em mim. Vi um pedaço de sabão no aparador e esfreguei as axilas e o pescoço, e segundos depois me enxugava com a toalha suja que encontrei embolada sobre o vaso. A bermuda que vesti no dia anterior cheirava a fumaça, mas não tinha tempo para procurar outra.

Abri uma bolsa e vesti a primeira camiseta que vi, uma atrocidade estampada dos dois lados com um personagem de desenho animado, um pato de óculos escuros. Livros. Claire imaginava que meu pai estaria com os meus. Olhei em volta: um milhão de livros, nenhum que parecesse ser meu. Amarrei os cadarços e saí, sem fechar a porta e parei no gramado, me sentindo nu e desprotegido sem o arsenal costumeiro de cadernos, pastas e canetas que fazia parte do primeiro dia de aula.

Segui pela sinuosa Hewn Oak. Quando alcancei a Jackson eram sete e quarenta. Corri.

Cheguei ao gramado da frente poucos minutos antes da hora. De longe, os alunos poderiam ser meus antigos colegas. Quando me aproximei, porém, as diferenças ficaram aparentes. Muitos usavam bonés de beisebol, acessório proibido em minha antiga escola. E eram mais fortes, no geral. Todos brancos. Os meninos com o pescoço vermelho, as meninas eram bronzeadas, com marca branca de biquíni e regata. Um menino mascava tabaco. Uma menina tinha a bandeira confederada bordada na mochila. Havia um trator no estacionamento.

O sinal tocou quando entrei. Tive um momento de pânico quando lembrei que não tinha identificação, nem mesmo o passaporte, mas relaxei ao ver que não havia seguranças, nem sequer detector de metais. Os alunos se dispersavam como se soubessem para onde ir. Havia mais armários fechados que abertos. Andei até encontrar a placa em letras desbotadas de madeira — DI ETO IA — e esperei na fila atrás de uma dezena de alunos. Alguns pareciam tão confusos quanto eu, estudavam o horário e olhavam para o relógio várias vezes. As duas mulheres atrás do balcão se comunicavam com a animação inexpressiva de vendedoras de loja no Natal. Em meio ao barulho, ouvi informações sobre a mudança dos horários de reforço escolar, receitas de remédios, combinações erradas de armários. Um sinal tocou às 8h05. As aulas iam começar. Senti uma nova onda de apreensão. Finalmente consegui ler a placa atrás do balcão: DIRETOR JESS SIMMONS/VICE-DIRETORA ESTELLE DIAMOND. Minha vez tinha chegado.

"Que foi, meu bem?", perguntou a mulher. Óculos de gatinho enfeitavam o rosto rechonchudo ainda mais prejudicado pelo excesso de sombra roxa nos olhos.

"Sou aluno novo", respondi.

"Nome?"

"Joey Crouch."

Ela lambeu o polegar e virou algumas páginas. "Tá certo, querido, achei você." E me olhou por cima dos óculos. "Devia estar na aula de inglês do Pratt."

"Não sei onde é."

"O número da sala está no horário, meu bem."

"Não tenho horário."

"Perdeu? Você tem o login? Todas as informações estão no computador."

"Não, espera." Ela já olhava por cima da minha cabeça para a pessoa atrás de mim na fila. "Não tenho nada. Cheguei ontem. Não tenho horário. Não tenho armário, não sei nem se tenho livros. Meu pai não conseguiu me dizer o que tenho que fazer."

A mulher parou e me olhou com atenção pela primeira vez. Comprimindo os lábios pintados, olhou de novo para os papéis, o queixo se fundindo ao pescoço de gelatina. "Joey Crouch?"

"Sim."

"Os pais são..." Ela leu. Piscou. Sem levantar a cabeça, disse: "Ken Harnett?". Ouvi alguém bufando atrás de mim, e um resmungo surpreso: "Ah, não".

Eu não tinha nada além da verdade. Assenti. A mulher moveu a língua no interior da bochecha enorme. Depois, começou a clicar com o mouse.

A outra mulher atrás do balcão, uma ruiva mais jovem, chamou: "Próximo", e o menino atrás de mim se adiantou. Ele olhou para mim de cima a baixo, e vi um sorriso maldoso no rosto quadrado e observador. Ele tinha cabelo loiro bem curto, e a camiseta justa exibia os braços fortes contornados por tatuagem de arame farpado. O pescoço estava irritado por uma rotina de barbear vigoroso.

"Woody!", exclamou a ruiva. "Você não para de crescer, cada dia mais alto!"

"Não, senhora", respondeu o rapaz, deslumbrando-a, e me surpreendendo, com a ferocidade e o tamanho do sorriso. Em meio à demonstração de dentes, olhou para mim outra vez. "Maior, talvez, por causa dos pesos e outras coisas."

"Ah, não duvido. Hoje de manhã a gente estava falando de como vamos ter algo grande do Woodrow Trask nesta temporada."

"Sim, senhora."

"E acabei de ver Celeste não faz nem dois minutos. É a coisinha mais linda que já vi."

"Tem razão, senhora."

Ouvi vagamente o ruído de impressora. A mulher de óculos na minha frente pôs bruscamente a folha de papel sobre o balcão.

"Este é seu horário, Joey Crouch", disse e apontou um dedo gorducho para a primeira linha. "Aqui: inglês com o Pratt. Sr. Pratt. Sala duzentos e catorze. Subindo a escada, à direita. Depois, cálculo e biologia, e aí almoço. É aqui neste andar, lá no fundo. Vai achar o caminho quando for lá." Ela apontou alguns números que tinha anotado à mão no papel. "Este é o número do seu armário e da combinação. Você tem quatro minutos entre uma aula e outra, então, depois do Pratt, vai lá ver se está tudo certo. Alguns são muito velhos e emperram. Metade abre sem a combinação, se você puxar com força, mas eu nunca disse isso. Agora..." E olhou para mim. "Você disse que não tem livros?"

"Não sei. Podem estar em casa. Meu pai não falou nada."

Ao me ouvir mencionar meu pai, ela empurrou novamente a bochecha com a língua. Estava pesando as palavras, era evidente. "Tudo certo por lá?"

Menti sem hesitar. "Sim. É que não deu tempo de conversar antes de ele sair pro trabalho. Acho que ele esqueceu de me dar os livros."

A mulher tirou os óculos. Eles ficaram pendurados no pescoço por um cordão. "Aqui diz que ele pegou os livros na sexta-feira." Ela suspirou de novo e esfregou a testa. "Conversa com ele hoje, encontra os livros. Por enquanto, pega essa outra pasta aqui. Tem informações sobre a escola, o código de vestimenta, instruções de acesso para o computador, essas coisas. Aqui também tem um envelope salmão com as atividades extracurriculares. Gosta de esportes?"

Fiquei olhando para a pasta na mão dela.

"Gosto de banda", respondi.

Ela balançou a mão. "Então, meu bem, tem tudo no envelope salmão. Vou dar uma caneta também, porque você vai precisar." Ela abriu a pasta, encaixou a caneta em um compartimento interno e deixou tudo em cima do balcão. Depois me encarou novamente, antes de devolver os óculos ao rosto. "Acho que você sobrevive por hoje. Em caso de qualquer problema, vem falar comigo. Meu nome é Laverne, como a do programa da televisão."

Peguei meu horário com uma das mãos, e com a outra, a pasta. Era vermelha, branca e preta, e tinha o desenho de uma ave descendo do céu com as garras prontas para o ataque. Li a inscrição BLOUGHTON SCREAMING EAGLES na capa.

"Obrigado", falei. Virei e dei uma olhada no horário das aulas. Sala duzentos e catorze. Subindo a escada. Inglês. Sr. Pratt. Pisei no corredor vazio e meio escuro. Minha testa bateu em alguma coisa dura, o peito de alguém.

"Desculpa", falei. Dei um passo para o lado e vi que era Woody Trask. O sorriso malicioso dele permanecia: "Teu pai é o Lixeiro, então?".

Eu tinha passado dezesseis anos sem saber o nome do meu pai e agora estava na cidade onde todo mundo parecia ter algo a dizer sobre ele. Pisquei algumas vezes. Não conseguia nem imaginar por que esse cara estava falando comigo. Ele era grande, bonito, obviamente atleta, o perfil que não combinava em nada com o meu. Mas eu precisava de um amigo, precisava muito.

Tentei exibir um sorriso simpático. "Sou Joey Crouch." Estendi a mão. Era um risco, mas também um esforço necessário para me afastar do precipício.

Woody Trask olhou para minha mão como se fosse uma mosca prejudicando seu campo de visão. Seu lábio se torceu. "Deve ser uma merda ter aquela latrina como pai", disse, se afastando e caminhando para a escada com passos gigantes, levando dois livros na mão enorme. Antes de desaparecer, fez uma careta. "Aliás, cara, você fede."

7

Não a vi na aula de inglês. O sr. Pratt deixou que eu entrasse mesmo atrasado e não disse nada, só apontou uma carteira bem na frente. Por isso, não tive chance de olhar para trás, e o nome dela na lista de chamada não me disse nada. Não a vi na aula de cálculo, porque ela não estava lá. Foi na aula de biologia que a vi pela primeira vez, entrando com o cabelo preso por um lápis e o livro apertado contra o peito. Os lábios dela eram escuros, o cabelo preto e os olhos lembravam os de uma egípcia. O vestido amarelo e solto suavizava a severidade intimidadora dos traços. Ela se sentou na minha frente e trocou segredos com as garotas à sua volta. Não sei como, mas a moldura geométrica da cadeira fazia ela parecer mais bonita. Eu via como a parte inferior das costas arqueava, se afastando do plástico, e como o assento plano deixava o formato de gota do traseiro mais acentuado. Quando ela mexeu as pernas, vi a parte de trás de seus joelhos desgrudar e grudar com o suor. Não queria falar com ela nem conhecê-la. Só queria observá-la pelo resto da vida.

O sr. Gottschalk fez a chamada. O nome de Justin Ambrose havia sido escrito errado em todas as folhas, *Justine*, e essa era a terceira aula em que eu o via ignorar as risadas. O próximo nome chamado foi Celeste Carpenter, e ela, a menina, levantou a mão. Uma pulseirinha trançada escorregou do pulso até o cotovelo. Celeste... o nome era familiar, mas como poderia conhecê-la? Eu me inclinei para enxergar em meio a dezenas de corpos mais feios, mas, de onde estava, só conseguia ver o contorno de seu rosto.

"Não tem nenhum Joey Crouch? Dou-lhe uma, dou-lhe duas..."

Há quanto tempo ele tava me chamando? Vi Gottschalk olhar para a lista, levantei a mão e disse: "Aqui!".

Quase todo mundo na sala virou. Vi as faces de minha nova vida: inquisitivas, territoriais, entediadas, debochadas. Senti o vermelho tingir meu rosto ao me lembrar daquela camiseta tosca de pato de óculos escuros. Não consegui me conter. Olhei para Celeste Carpenter, e ela também tinha me encontrado.

Gottschalk levantou a cabeça. Ele era baixo, encorpado, com um triângulo de cabelo escuro no topo da cabeça. Tinha um inchaço no rosto, como se a sua estrutura fosse de balões amarrados, revestida com pele. "Sr. Crouch, é maravilhoso tê-lo conosco!" E inclinou o rosto de bichinho de balão. "Seu nome não me é familiar. É aluno novo?"

Assenti, mas estava tão longe que não tive certeza de que ele viu.

"Levante-se", pediu ele.

Agarrei a mesa. Era áspera, dura e real, diferente do momento.

"Sr. Crouch", repetiu. "Faça o que eu pedi. Levante-se."

Escorreguei pela lateral da cadeira e fiquei em pé. Minha visão oscilava. Lá embaixo, os olhos dos alunos brilhavam como postes de luz.

"Senhoras e senhores, eis o que chamamos de momento didático", disse Gottschalk. "Observem o sr. Crouch. É o primeiro dia dele aqui. Ele está constrangido. Esse sentimento provoca uma perturbação nele. Mas esta aula não é psicologia, essa matéria é lá em cima, com a sra. Keaton. Aqui é biologia, queremos observar como os exercícios da mente induzem realidades físicas. Olhem para o sr. Crouch. O que veem?"

Meus braços caíram soltos junto ao corpo. Eu olhava para o professor, com medo de olhar para outro lugar. Ouvi risadinhas, mas ninguém disse nada.

"Só conheço dois de vocês pelo nome, o que me obriga a chamar o sr. Ambrose, sr. Justin Sem E Ambrose", continuou Gottschalk. "Sr. Ambrose, eis o sr. Crouch. O que você vê?"

Justin tinha uma postura de tensão que eu tinha visto muitas vezes. Era o desespero da vítima de bullying que finalmente tinha a chance de se tornar o opressor. Eu me preparei.

"Suor?", arriscou Justin. A classe explodiu como se conduzida por um maestro. Estendi a mão para me apoiar na cadeira, mas ela estava muito longe. Justin tinha razão, é claro. As manchas da corrida matinal ainda escureciam a camiseta nas axilas. Senti uma gota de transpiração pendurada no cílio e tentei não piscar. *Vejo lágrimas!* Quase podia ouvir a alegria de Justin Ambrose.

"Muito bom!", disse Gottschalk em meio à euforia. "Suor, também chamado transpiração: cortesia do bom e velho hipotálamo, o corpo gera água como forma de termorregulação, processo que nos resfria quando o suor evapora, mantendo tudo confortável para podermos continuar a caça à besta selvagem, ou, no caso da fêmea, a amamentação da ninhada."

Ele olhou para a folha de chamada. "Srta. Carpenter, sua vez. Olhe para o sr. Crouch e descreva o que vê."

Um gemido baixo de prazer brotou da turma. Dezenas de rostos sorridentes se voltaram para Celeste, que piscou os olhos escuros para o professor, depois se virou lentamente para mim. Longe, ouvi o tique-taque do relógio na frente da sala. A compulsão para especificar me invadiu, e lutei contra ela.

"Caso precise de óculos, srta. Carpenter", disse o sr. Gottschalk, "o sr. Crouch é aquele garoto suado quase desmaiando no fundo da sala. Dê uma olhada e conte o que vê."

Lábios perfeitos se entreabriram: "Vejo um garoto".

Um barulho desconfortável, talvez de decepção, surgiu das fileiras de alunos. "Diplomática, srta. Carpenter", comentou Gottschalk. "Diplomática, mas também correta. Ele é, podemos presumir de qualquer maneira, um garoto, o que significa que tem um conjunto específico de influências feromonais quando se trata de produzir aquela mistura pegajosa de água e solúveis que podemos ver brilhando do outro lado da sala. Outras respostas aceitáveis teriam incluído as bolsas embaixo dos olhos ou as manchas na pele, cujas origens, posso assegurar, conheceremos no devido tempo. Afinal, temos o semestre inteiro." E voltou à lista de chamada. "Pode sentar, sr. Crouch. Nota A+ por hoje."

8

Um garoto. Tinha sido bom ouvir isso, mas parado no corredor, vendo duzentos alunos entrarem na fila do almoço e na cantina, eu ouvia o eco dessas duas palavras como algo mais pejorativo. Não homem, nem mesmo rapaz, mas um garoto. Era como me sentia: ali estava uma simples tarefa humana, almoçar, e eu estava apavorado demais para me mexer.

Depois de ter comprado uns lanches no Amtrak, fiquei com menos de dez dólares na carteira, e a maior parte em notas pequenas. A minúscula fortuna de minha mãe, bem como a renda do leilão de seus bens, permaneceria inacessível por mais dois anos. Por ora, era isso: oito dólares e trinta e três centavos. Contei as notas do jeito mais discreto possível, mas as pessoas ainda estavam me olhando.

A fila diminuía. Eu me aproximei do balcão, pedi demais e usei quase até o último centavo para pagar pela comida. A mulher no balcão me olhava com uma cara divertida enquanto eu contava as moedas.

Esperar até todo mundo pedir primeiro foi um erro. Percebi imediatamente. Embora esse colégio fosse muito menor, em vez de dividir o almoço em diferentes períodos, eles serviam tudo de uma vez para todos os anos. As mesas estavam cheias de comida. Não havia lugar para me sentar sem correr o risco de invadir um território demarcado.

Eu queria fugir, mas minha bandeja cheia já tinha sido notada por muita gente. *Sou velho demais pra isso*, pensei enquanto andava pelo centro do refeitório. Olhava de um lado a outro e tentava passar a impressão de que não estava ligando para nada. Havia um lugar... mas eu teria que me espremer entre duas meninas. Tinha outro com um pouco mais de espaço, mas os punks de olhos vidrados reunidos ali pareciam menos convidativos. Eu me aproximava do fundo do refeitório. Voltar seria um desastre.

Sentei em um impulso. Os dois garotos perto de mim eram mais novos. "Oi", resmunguei, acenando com a cabeça para indicar que não precisávamos conversar. O menino bem ao meu lado se afastou como se eu tivesse uma doença contagiosa, mas o que estava diante de mim respondeu com a boca cheia de pizza. Olhei para minha comida, formas reconhecíveis em cores outonais. Nada daquilo parecia comestível.

"Ei, Crouch!", gritou alguém da mesa ao lado: Woody Trask estalando os lábios. Ele engoliu a comida e sorriu, o sorriso branco e perfeito maculado por algo verde. Os garotos em torno dele riram, enquanto as meninas reviraram os olhos e cobriram o rosto. Senti o coração apertado quando vi Celeste Carpenter sentada ao lado dele.

"Oi", respondi em voz baixa antes de olhar para minha bandeja.

"Queria te perguntar uma coisa", falou Woody. "Se tiver um tempinho, claro."

Olhei para o menino sentado na minha frente. Ele parecia furioso por eu ter atraído esse tipo de atenção para a mesa. Queria explicar que não conhecia Woody Trask e que não tinha feito nada de errado, mas ele agarrou a bandeja e foi embora. Peguei meus talheres e olhei para eles, sentindo o banco balançar quando mais dois ou três garotos se levantaram da mesa.

"Não é nada importante", disse Woody. "Só queria confirmar uma coisa. O Lixeiro é o seu pai, não é?"

Eu conseguia quase ouvir a narração de Gottschalk: *As substâncias químicas que inundam o sr. Crouch, senhoras e senhores, são nojentas, mas fazem parte da fisiologia adolescente masculina.* Podia acabar de várias maneiras, todas ruins. Minha cabeça examinava as opções. Minha melhor opção, decidi, era não falar nada. Com sorte, amanhã Woody escolheria outra vítima.

O entusiasmo da voz dele diminuiu. "Tô falando contigo, seu escroto. Ô."

"Escrotchi?", disse uma voz diferente. "Trask, você acabou de chamar esse garoto de escrotchi?" Levantei a cabeça. Um tipo enorme sentava do outro lado de Woody e babava em um cupcake. Sua cabeça tinha o tamanho, a cor e a textura de um porco depilado. Lembrei vagamente de uma professora se referir a ele como Reinhart na chamada.

"Pode crer, Rhino", Woody respondeu sem tirar os olhos de mim. "Foi bem isso que eu disse. E aí, Escrotchi, seu pai é ou não o Lixeiro?"

O Lixeiro: era mais que a descrição do cargo. Na Bloughton High, pelo menos, esse era o nome dele. À minha volta, o barulho dos talheres batendo na bandeja de plástico deu lugar a uma estranha onda de silêncio. Dessa vez, não consegui evitar. Comecei a entrar no suave nirvana da especificação...

— *a casca de tartaruga marmorizada da bandeja* —
— *o relevo de restos secos espalhados na mesa* —
— *o Band-Aid velho e escuro grudado no chão perto do meu pé* —
— *o padrão cadenciado de joelhos nervosos batendo nas mesas* —
— *a névoa de um espirro pairando no ar como partículas ao sol* —
— *na concavidade da colher, vinte alunos se virando em sincronia* —

... mas dependia de mim acabar com a pausa. Voltei à vida.

"Ele é, sim." Olhei para Celeste. Embaixo das bochechas impecáveis, a mandíbula se movia no movimento da mastigação. Sua expressão era observadora, mas distante.

"Fascinante", disse Woody. "Porque a gente tava falando que ninguém aqui nunca viu ele recolher o nosso lixo. Rhino, por exemplo. O pai dele *trabalha* no saneamento e falou pro Rhino que nunca viu teu pai recolher nem uma embalagem do McDonald's. Então, Escrotchi, a gente queria saber o que ele faz o dia inteiro."

Se dissesse que não tinha a menor ideia, eu só pareceria idiota. Especificar ainda era uma alternativa atraente...

— *falhas marrons em cada espiga de milho, como mancha de café no dente* —
— *o tremor incomum no cabo do meu garfo* —

"Meu pai falou que o Lixeiro tá sempre lá na loja de penhores", afirmou Rhino, cortando meu transe. "Vendendo tralha. Sempre sujo de lama e sempre vendendo tralha. Sabe o que meu pai acha?"

Woody me encarava sem esforço. "O que que ele acha, Rhino?"

"Meu pai acha que ele rouba. De onde ele ia ter tanta tralha pra penhorar?"

Procurei um relógio, um professor, qualquer desculpa para sair dali. Em vez disso, vi um telefone público velho na parede do refeitório. O impulso de ligar para Boris me dominou. Eu nem tinha ligado o celular depois que Claire sugeriu esperar para ver qual operadora tinha a melhor cobertura em Bloughton. Mas eu sabia de cor o número do Boris e, se tivesse mais algumas moedas, poderia ter ligado, contar o que estava acontecendo, explicar que as coisas tinham piorado muito e que eu precisava voltar à cidade assim que ele pudesse dar um jeito em tudo.

"Cara, nunca vou esquecer aquela vez que a gente foi pescar no Big Chief e tinha aquele cara dentro da água", contava Woody, "tipo, com água na cintura." E balançou a cabeça. O sorriso amarelo de Celeste sugeria que ela já havia escutado essa história.

"Não me lembro", disse Rhino.

"Você não tava, seu bosta", respondeu Woody. Ele olhou animado e radiante para todos na mesa, e os olhos dos seus amigos refletiram sua jovialidade até que todos, incluindo o próprio Woody, parecessem mais bonitos. "A gente tava no barco e chegou do ladinho dele, uns três metros de distância, e ele tava com água no peito, pescando com a mão. Um frio da porra, e o mané lá com água até o queixo, tentando agarrar um peixe. Tava eu, o Gilman e o Parker, e a gente não tinha pescado nada o dia inteiro, mas aquele cara, o pai do Escrotchi, o Lixeiro, tirou da água dois sargos de mais de meio metro cada bem na nossa frente. Com a mão! Sério, aquilo foi uma pira."

Minha cabeça rodava. Não conseguia imaginar o ser inerte que conheci na noite passada fazendo algo que exigisse uma habilidade tão bizarra.

Woody não pensava como eu. "É triste, cara", disse ele, os olhos pousando em mim de novo. "Um trabalhador daquele ter que pescar sem isca, sem anzol. O salário de um lixeiro deve ser ridículo."

"Eles ganham bem", falou Rhino com conhecimento de causa. "*Muito* bem."

"Bom, então você deve ter razão, Rhino", suspirou Woody. "Apelar pra uma maluquice dessas? O Lixeiro *deve* ser ladrão."

Celeste foi implacável. Sem dizer nada, decidiu que era hora de ir, e todos a seguiram, me esquecendo em um instante. Mesmo sem qualquer violência explícita, eu estava abalado. O intervalo do almoço era curto, só trinta e cinco minutos, e quando me acalmei para conseguir pensar em comer, todo mundo já estava saindo. Todos no refeitório se levantaram quase ao mesmo tempo; foi como se eu tivesse afundado.

O dia se arrastou. Mantive a cabeça baixa. No corredor lotado no intervalo entre as aulas seguintes, ouvi alguém me chamar de "Escrotchi!". Quando o último sinal tocou e eu andava apressado para a saída mais próxima, ouvi essa palavra de várias fontes. *Que não seja eu*, supliquei, sabendo que todas as escolas têm um pária intocável. *Por favor, que não seja eu.*

9

Recebi com alegria o calor que me queimou no caminho até em casa; ele entorpecia a angústia e a fome. Até a ideia do segundo encontro com meu pai era mais acolhedora. O dia desastroso e todos os outros que ainda viriam eram culpa dele, e eu não o perdoaria tão fácil.

A caminhonete ainda não tinha voltado. Meio sem querer, quase solucei aliviado. Corri. Dentro da cabana, me joguei no chão no meu canto perto da pia. Escondi os olhos na dobra do braço e senti o peito subir e descer com os soluços assustadores. Na escuridão, minha mãe me consolou e, depois de um tempo, sussurrou até eu dormir.

Quando acordei, o sol estava se pondo. A geladeira vibrava, e meu estômago se contorceu em resposta. Levantei, segurei a maçaneta enferrujada e a abri. O que vi foram paredes amarelas manchadas e quase nada. Um pedaço de carne questionável, uma fileira de potes de condimentos selados por crostas. Na parte de baixo, que minha mãe chamava de gaveta, tinha pedaços de casca de cebola grudados em gel preto.

Fechei a porta, apoiei as costas nela e escorreguei até sentar no chão. Não tinha nada para comer e eu não tinha dinheiro. Esses eram os fatos, e eu estava preparado para fazer meu pai se envergonhar deles quando voltasse. Enquanto isso, porém, reviraria a casa. Tinha coisas que podia aprender. E era melhor aprender enquanto ainda estava sozinho.

Havia muitos vestígios de trabalho pesado, uma bota emborcada ao lado de um tubo de supercola, um par de luvas com remendos meticulosamente costurados nos dedos gastos, uma coleção de pás e enxadas tortas, mas em nenhum lugar eu via provas do emprego de meu pai. Se ele recolhe lixo, cadê o caminhão? O uniforme? Os holerites do salário? Quanto mais eu chutava a tralha que cobria o chão e se apoiava nas paredes, mais confortável eu me sentia com o apelido. Ele era o Lixeiro por causa do lixo de vida que acumulava: pedaços de comida podre, carpete enlameado, remédio vencido, troco no pote de conserva, a escova tão velha que ainda tinha fios de cabelo escuro.

Mexi em gavetas e armários. Alguns pratos, um recipiente plástico cheio de grãos de café, uma variedade de utensílios tão aleatórios quanto galhos na floresta. Embaixo da pia, para minha surpresa, encontrei muitos produtos de limpeza industriais. Os perfumes abrasivos de pinho e cloro reviraram meu estômago vazio, mas afastaram temporariamente o cheiro ruim. Considerando o estado da cabana, pensei em colocar um produto de limpeza em cada pilha de jornal na sala. Quem sabe? Talvez ele entendesse a dica. Em vez disso, abri a porta da frente e todas as janelas. Através da última delas, descobri um pequeno jardim entre a cabana e o rio. Diferente da casa, o lugar era limpo, até meticuloso.

Perto do chão, ao lado da lareira, encontrei uma tomada de telefone, mas não achei o aparelho. *Tecnofóbico*: a palavra se adequava perfeitamente ao meu pai. Não tinha telefone, computador, televisão, nem rádio. Eu temia noites opressoras aqui neste espaço pequeninho, sem nada para preencher o silêncio.

Ajoelhado, comecei a ler os títulos dos livros na base das dez ou doze pilhas. A maioria era bem velho, e meus olhos resistiam às letras pequenas e às cores apagadas. Sentei no chão para ler melhor as lombadas. Havia dois livros caindo aos pedaços, presos por elásticos: *Antropologium* e *Mikrokosmographia*. Eu os segurei entre os dedos, e a pilha que subia até o teto balançou. Desisti. Acima deles, *Historical Sketch of the Edinburgh Anatomical School* e *Great Medical Disasters*. Havia um padrão, mas também um porquê: a amostra não era representativa, só um grupo de livros que podiam ser coletados no descarte da biblioteca de um hospital. Passei para outra pilha a alguns metros adiante. *The Confessions of an Undertaker*; uma fita de áudio chamada *Apontamentos sobre Caixões de Madeira*; uma pilha amarela de revistas *Casket and Sunnyside*. Uma pilha menor de exemplares de *American Funeral Director*. E, criando uns problemas de estabilidade perto do teto, o gigantesco *Gale Directory of Publications and Broadcast Media*. Pelo menos esse título tinha alguma relação com os jornais que me cercavam.

Essa era a biblioteca de Ken Harnett. Recuei, tentando recuperar a lembrança dos livros coloridos e reconfortantes que Janelle e Thaddeus deixavam entrar nos quartos de Boris e das irmãs dele. Em vez disso, só conseguia ver o rosto sombrio e perturbado do meu pai. Funcionário da companhia de limpeza pública ou não, ele era um homem com quem talvez eu não devesse me meter. Pensei novamente na orelha desfigurada da minha mãe. Mas, em vez de parar, fui até o quarto, arranquei os lençóis da cama e recolhi casacos do chão para ver o que havia embaixo.

Parei na frente do armário mais estreito que já tinha visto, encaixado atrás da porta do quarto. Dentro dele havia algumas camisas sociais brancas limpas, um terno preto, gravatas penduradas em um prego. Objetos interessantes que esqueci quando vi o cofre. Era de metal, grande, trava de combinação. Ajoelhei diante dele e puxei a maçaneta, só para testar. Nada. Tentei 10-20-30. Tentei a combinação do meu antigo armário na academia, 32-0-25. Empurrei o cofre para avaliar o peso. Ele nem mexeu.

Logo atrás, entre o cofre e a parede, havia mais uma surpresa. Enfiei a cabeça entre as camisas penduradas e as pernas das calças. Era uma caixa de papelão cheia de bebida. Peguei umas garrafas: bebida barata, forte e em grande quantidade. O mais inquietante era que estava bem escondida, e a única pessoa de quem Ken Harnett precisava se esconder era dele mesmo.

Não me faria nenhum bem encher a cara de gim, por mais fome que tivesse. Voltei ao meu canto sujo e, me sentindo como um cachorro, me encolhi sobre as bolsas de viagem que eram minha cama. Que estranha e confusa infelicidade eu sentia. *Volta pra casa*, eu pedia. Em seguida, pensei: *Fica longe*.

10

Com medo de chegar na escola encharcado outra vez por causa de uma corrida de trinta minutos, continuei desperto depois de acordar às quatro e meia. Tentei até fazer café, mas o resultado foi morno e amargo, e a cafeína só aumentou a fome. Esperei por ele enquanto pude, torcendo para que voltasse a qualquer instante.

Cheguei cedo na escola e abri meu armário sem dificuldades, embora ainda não tivesse nada para deixar ali. A mochila verde ficou em casa, e meus livros, se existiam, continuavam escondidos na pavorosa coleção do meu pai. Eu não queria ler aqueles títulos nunca mais.

Laverne me parou no corredor, na frente da sala de Pratt. "Bom dia, Joey! Encontrou seus livros?"

Alunos passavam por mim a caminho da sala. Vários deles me olhavam curiosos. Percebi no ato a cena que viam: o aluno novo, magro e baixinho, fazendo amizade com a gorda que gritava quando passavam correndo pela diretoria. Eu precisava de cada amigo que pudesse arrumar, inclusive Laverne, sabia disso, mas senti a mentira subir pela garganta: "Sim, achei".

"Muito bem, jovem", exclamou em aprovação, e balançou a cabeça criando meia dúzia de queixos novos. "Deu uma olhada no envelope salmão?"

"O quê?" Lembrava só vagamente da pasta BLOUGHTON SCREAMING EAGLES que eu segurava. Mais alunos, aula prestes a começar, outra mentira que não pude evitar. "Ah, sim, claro. Li, sim."

"Então, não se esqueça: hoje, no horário do reforço, pode vir na secretaria e ajeitar tudo pra entrar na banda." Ela piscou de maneira horripilante. "Lembro que você comentou que tinha interesse particularmente na banda."

Vi uma garota se virar para a amiga e mexer os lábios, repetindo incrédula as palavras *interesse particularmente*. Logo assenti para Laverne e apontei com a cabeça na direção da sala do sr. Pratt. Ela entendeu e acenou animada, sem perceber que metade da sala acenava para mim numa imitação perfeita quando entrei na sala. Mas a informação de Laverne tinha sido útil. Qualquer coisa servia para me livrar da sala de estudos, onde alunos preguiçosos e entediados se viam obrigados a dizer, ou jogar, qualquer coisa.

Passei pela aula de Pratt sem nenhum problema; cauteloso, me deixei nutrir algum entusiasmo. Cálculo também foi bem. O treinador Winter, aparentemente uma figura temida no campo, mantinha a ordem com a autoridade de um sargento. Era biologia que eu mais temia, e foi lá que os problemas recomeçaram.

Gottschalk exigia que fizéssemos anotações e o semestre estava só começando, então os alunos ainda prestavam atenção. As luzes foram diminuídas para facilitar a exposição de transparências em um antigo projetor suspenso. Fiquei feliz com a penumbra: ninguém podia me ver e eu conseguia resistir à vontade de olhar para alguns rostos, o de Celeste Carpenter em particular. Entre as explicações de Gottschalk, o único som era o de lápis rabiscando. Foi durante um momento como esse que meu estômago, vazio há quase quarenta e oito horas, se contraiu e fez um ruído que durou uns seis segundos, pelo menos.

Apertei a barriga e esperei as risadas. E elas vieram. "Falta só uma aula para o almoço", cantarolou Gottschalk na frente da sala. As risadas silenciaram. Continuei apertando a barriga e fiz apelos desesperados a Deus, embora eles fossem o que minha mãe teria chamado de preces desperdiçadas. Cerca de um minuto depois, outro som, esse parecido com uma explosão de flatulência. Mais risadas. De novo, Gottschalk conteve a turma; e de novo, alguns minutos depois, um guincho mais alongado e agudo. Se eu fosse alguém mais confiante e de cabeça mais fria, poderia ter rido disso tudo, até usado as ocorrências em proveito próprio. Já vi garotos que conquistaram meninas reivindicando seus gases de forma magistral. Para mim, era tarde demais; o absurdo da situação alcançava níveis ultrajantes. Por um arremedo de misericórdia, não consegui me concentrar em minha própria vergonha porque fui dominado por cãibras de fome que nunca tinha sentido. Precisava comer.

Passei o resto da aula fazendo anotações com tanto fanatismo que elas saíam da página e se estendiam pela mesa. Só conseguia pensar em comida: a combinação horrível do almoço do dia anterior era meu desejo mais ardente, mas eu não tinha dinheiro para isso. Quando ouvi o sinal do intervalo do almoço, tive que me controlar para não sair correndo. Fingi que amarrava os sapatos para poder ser o último a sair.

Cambaleei pelo corredor na direção errada, mantendo a mão sobre o estômago. Os cheiros vinham de todos os lados: xampu de baunilha, brilho labial de cereja, hálito de Cheetos, um desodorante com aroma de limão. Minha boca estava cheia de água. Ouvi gritos se afastando em direção à cantina, passos também, e o último som ecoando em minha cabeça foram as batidas de portas de armários.

Lembrei cada palavra do conselho de Laverne sobre as portas que se abriam com facilidade. Virei à direita e andei até parar diante de um armário qualquer. Olhei para os dois lados. Sentia meu sangue ralo.

Puxei a porta. Para minha surpresa, Laverne estava certa. A trava não funcionou. Só o canto inferior da porta permanecia preso. Dentro do armário, vi um moletom com capuz, uma mochila... e uma bolsa. Só uma refeição, o dinheiro seria devolvido, jurei, e eu o devolveria pelas frestas, com juros. Sacudi a porta e ela vibrou como uma folha de alumínio. Muito alto, embora não mais que meu estômago. Chutei o canto da porta e ela reverberou como um címbalo. Chutei de novo.

A porta se abriu e bateu na do armário vizinho. Meio encolhido, com a acidez fervendo no estômago, peguei a bolsa, abri o zíper e olhei dentro dela. Não percebi o bloco de luz do sol no corredor à minha direita até uma sombra interrompê-lo.

Era Gottschalk. Imóvel, ele me observava com seus traços densos, enrugados. Olhei para a bolsa em minha mão. Era pequena, cor-de-rosa e crivada de lantejoulas. Não havia a menor possibilidade de transformar a situação em algo que não era. Devagar, devolvi a bolsa para o armário e fechei a porta. Olhei para o professor de biologia, mas tudo que vi foi a expressão envergonhada da minha mãe. Minhas mãos tremiam. Podia ser falta de comida, ou não.

"A classe dominante deste colégio não está aplicando a disciplina de maneira efetiva", disse Gottschalk finalmente. "Não são eficientes na prevenção, não são eficientes na detecção, não são eficientes em pressentir fracassados. Enfim, não são eficientes. Por isso não os envolvo em nada, a menos que seja absolutamente necessário."

Assenti pensativo. Era uma tentativa patética de conquistar seu apoio. Eu me sentia como uma criança.

"Sr. Crouch, entendo as dificuldades da adaptação. Todos nós somos novos em algum lugar em algum momento. Mas isso, francamente, ultrapassa qualquer limite que possamos estabelecer. Não que eu tenha me surpreendido. Previ problemas com você imediatamente. Não é só culpa sua, é claro. Como vai aprender nas minhas aulas, a genética desempenha um papel importante em todos nós. Mesmo assim, cabe sempre ao indivíduo superar e transcender essa genética. Biologia, sr. Crouch, tudo sempre remete à biologia."

Eu continuava balançando a cabeça. Os músculos do meu pescoço, compostos de água e café, tremiam.

"Vou dizer o que vai acontecer. Você vai sair daqui sabendo que, na próxima vez que fizer isso, você não receberá suspensão, e sim expulsão. Também sairá daqui sabendo que tem um inimigo e está olhando para ele. Ah, surpreso? Será que um professor pode dizer essas coisas? Não sou da nova geração, sr. Crouch. O que você recebe de mim, na sala de aula ou fora dela, é o que faz por merecer agindo como um homem. Sugiro que se dedique à biologia. Porque, daqui pra frente, todo dia, vai ser você contra mim. Fui claro? Toda vez que eu quiser uma resposta, você será chamado primeiro. Sempre que eu quiser atribuir uma tarefa extra, adivinha? Você vai ser o primeiro convidado. Até eu sentir que compensou isso, esse ato vergonhoso, você não terá uma pedra onde pisar, um penico para cagar."— Os grumos espessos de seus traços se distenderam. "Isso é tudo, Crouch. Vá almoçar."

11

O esforço necessário para minhas pernas agirem e me levarem para fora da sala de estudos foi o mesmo exigido por qualquer empreitada naquele ponto da minha vida. Fui até a secretaria. Laverne não estava lá. Tudo bem. Resmunguei alguma coisa sobre me inscrever para tocar na banda. Eles me disseram que o sr. Granger, o instrutor, tinha um horário livre agora, e que eu poderia ir procurá-lo imediatamente. Indicaram a direção, e fui deslizando pela parede até chegar lá.

O sr. Granger era um homem alto, magro, com óculos redondos e um bigode pequeno. Quando apareci na porta de sua sala, ele piscou surpreso como se tivesse sangue escorrendo da minha boca. "Sou Joey Crouch", falei. "Vim por causa da banda."

Ele me chamou com um gesto rápido que me fez lembrar minha mãe em seus momentos de maior impaciência. Desabei em uma cadeira ao lado da mesa dele. Meus olhos pararam em um prato de balas de menta quase perdido no meio da bagunça da mesa.

"Bala?" Foi tudo o que consegui dizer.

"Quer uma?", ofereceu ele, mas, antes que terminasse de fazer a pergunta, eu já segurava três doces e os desembrulhava com desespero. Chupei e mastiguei de olhos fechados, sentindo o açúcar arder na língua. O sr. Granger cruzou os braços enquanto me observava.

"O que você toca?", perguntou ele depois de um tempo.

"Trompete", resmunguei com a boca cheia.

"Trouxe o instrumento?"

Balancei a cabeça enquanto triturava as balas.

"Meu nome é Ted Granger", disse ele. A apresentação pareceu deslocada na conversa. Assenti mesmo assim, pensando que talvez pudesse ganhar mais balas. "Minhas tropas me chamam de Ted."

"Joey."

"Joey, você foi transferido", afirmou. "Não tem o sotaque de Bloughton. Nem eu, como deve ter notado. Embora esteja aqui há quinze anos. O Exército do Ted nunca morre. As tropas podem mudar, mas a guerra nunca termina. O que veio fazer em Bloughton? O que seus pais fazem?"

Essas eram as perguntas que deviam ser evitadas. Usei o dedinho para desgrudar um pedaço de bala de um dente do fundo. Ele bateu as mãos na calça cinza e folgada com pregas nas coxas finas. "Tenho um instrumento pra emprestar. Vem, vamos ver o que você sabe fazer."

Com a barriga cheia de açúcar, troquei a cadeira onde estava por outra diante de uma estante de música. Ted pôs um trompete em minhas mãos e ficou atrás de mim, um pouco afastado.

"Toca uma escala em dó", pediu ele. Levantei o instrumento. O bocal me dava a sensação de estar em casa, e eu o aproximei dos lábios. Soprei, sentindo a pressão da boca ajustada ao dó. Assim que ouvi a nota, eu a sustentei, revendo mentalmente a imagem de Boris esvaziando a válvula de saliva sentado na cadeira ao lado, sentindo o cheiro de meu antigo quarto, onde eu praticava, ouvindo minha mãe no quarto ao lado cantarolando um eco de cada nota que eu tocava. Esse instrumento era *dela*. Mesmo morta, ela ainda poderia me salvar. A nota se manteve forte por uns quinze ou vinte segundos. Finalmente, perdeu consistência e falhou. Abri os olhos e fiquei ali sentado, ofegante.

"Bom, já estabelecemos que você consegue tocar um baita dó", disse Ted.
Dei a ele a escala desejada, ascendendo em dó, ré, mi, fá, sol, lá, si, dó e voltando. Percorri mais algumas escalas, depois toquei algumas coisas enquanto Ted me observava. "Espero que não use aparelho", disse. "Você aperta a boca contra o bocal como se quisesse dar um beijo de língua." Ele colocou na minha frente um pedaço de papel com pautas e notas. Toquei acompanhando a partitura da melhor maneira possível, sentindo com os dedos a necessidade de lubrificar melhor os pistos do instrumento, as depressões minúsculas que marcavam o metal. "Postura", disse Ted. "Lembra que o seu diafragma tem um propósito." A vibração anestesiava meus lábios, mas até as notas ruins soavam boas. Toquei mais depressa. "Pressão média, pressão média", falou Ted. "Por que essas bochechas de esquilo? Mantenha essas coisas murchas." Por mais que eu quisesse tocar depressa, por mais que eu quisesse manter a ilusão, a canção se fragmentava e meus dedos pareciam manteiga. As notas na página fugiam de mim como insetos. "Firmeza, Joey. Acabei de ver você respirando pelo nariz?"
Balancei a cabeça e comecei de novo na primeira linha: dó, dó, sol, si bemol, dó. Meus dedos — agora ligeiros — perderam algumas notas. Comecei de novo: dó, dó, sol, si bemol, dó — não conseguia me apegar a nada. As brechas na ilusão agora eram enormes: esse homem ao meu lado era um estranho, minha mãe estava morta, Boris tinha sumido. Chicago tinha sido varrida do mapa. Dó, dó, sol, si bemol, dó....
E dessa vez acertei todas. Um momento depois percebi que os dedos de Ted se moviam delicadamente sobre os meus, guiando-os para cima e para baixo com pressão quase imperceptível. "Não sei com o que está acostumando, mas o Exército do Ted é muito pequeno", disse. Seus dedos continuavam implorando. "Mas pode ter um lugar pra você. Perdeu o acampamento, é claro, mas aposto que aprende depressa. As aulas individuais acontecem uma ou duas vezes por semana, depende. O grupo se reúne às sextas, e durante três horas, todos os dias, depois das aulas. Na semana que vem vai acontecer nosso primeiro jogo de futebol, mas se não puder comparecer a esse, tudo bem." Em algum momento seus dedos finos tinham se afastado o suficiente para que apenas o peso de sua sombra transferisse a magia. Eu estava tocando bem.
Parei e olhei para ele, os lábios doloridos, a garganta raspando, os pulmões doendo. A esperança, o mais doloroso de todos os sentimentos, piscava em algum lugar ainda mais profundo.

12

No intervalo antes da última aula, quase esbarrei no Woody e uma parte da turma dele. Desviei depressa, torcendo para ele não me ver. Tarde demais. "Escrotchi!", gritou um deles.

Continuei andando. O barulho dos armários encobria a maior parte das gargalhadas. "Onde é o incêndio, Escrotchi?", disse outra pessoa. Parei na frente do meu armário para guardar os trabalhos de Ted. Eles vieram em minha direção, um coro masculino: "Escrooootchi!". Alguém empurrou a porta do armário, que quase acertou meu nariz. Eu me concentrei em meus sapatos e os fiz se moverem, direita, esquerda, um pé, depois outro. Uma voz de menina, agora, apreensiva, mas animada. "E aí, Escrotchi?"

Um pé, outro pé, virar no fim do corredor, meu apelido infeliz ecoando por onde eu passava. Pelo canto do olho, vi a parede de carne chamada Rhino. Vi meus pés se moverem mais depressa.

"Escrotchi", ronronou ele com tom agradável. Percebi uma movimentação. Em seguida, tive a sensação de que meus testículos explodiam. A pasta caiu da minha mão; vi papéis coloridos, inclusive o envelope salmão de Laverne, se espalhando pelo chão. O calor rasgava minhas entranhas. Lágrimas frias transbordavam de meus olhos. Minhas mãos agarraram instintivamente as bolas. Ouvi gargalhadas, mas elas eram abafadas pela tempestade de dor. Dei um passo trêmulo para o lado, pisei em cima de um papel salmão e escorreguei. Caí de joelhos. Sangue: jurei que podia sentir o sangue bombeado do escroto rompido. Meu corpo se encolheu sobre si mesmo como uma minhoca.

O sinal tocou. Em algum lugar, uma aula começava sem mim. Minha testa quente girou contra o assoalho frio. "Escrotchi"... eu devia ter imaginado. O resto da semana, do mês, do ano: o filme de terror da minha vida exibido diante de meus olhos. Eu nunca estaria seguro.

Consegui me levantar apoiado em um extintor de incêndio. Sem me importar com quem poderia estar olhando, enfiei a mão com cuidado na parte da frente da minha berbuda para avaliar o estrago. Só senti o inchaço. Manquei pelo corredor e desci vinte degraus com dificuldade. A cantina, o telefone público... levei mais cinco minutos para chegar lá. Torcia para encontrar dinheiro suficiente no compartimento de moedas para juntar àquelas no meu bolso. Um milagre: estavam lá. Peguei as moedas geladas com a mão suada e quase chorei.

Moedas de 25 e 10 centavos chacoalharam. Meu dedo apertou as teclas em uma sequência conhecida.

"É o Boris."

"Boris!" Minha voz saiu sufocada. "É o Joey."

"Joey, porra. Não reconheci o número", falou. "E aí? Você deu sorte, deixaram a gente ficar aqui fora, em vez de ir para a sala de estudos. Todo mundo está mandando mensagens e mexendo no celular. O sr. Tepper nem liga, é muito legal."

"Legal", falei, e meus ombros tremeram. Boris parecia estar bem, normal, feliz. Eu conhecia a colina de grama queimada de sol onde ele estava sentado, podia quase sentir a textura de pelo de cachorro.

"E aí? Como está em Iowa?"

Engoli o choro e tentei me concentrar nos desenhos de pênis e seios que cobriam a base do telefone. "Está ruim, Boris. Quero ir pra casa."

"Não vem com essa. Ruim como? Aposto que toca melhor que aqueles palhaços imitadores do Glenn Miller."

"Boris, é sério", falei, e alguma coisa em minha voz o silenciou. "As coisas tão muito mal. Não sei o que aconteceu. É tipo... Boris, ninguém aqui gosta de mim." Era muito inadequado, mas não conseguia pensar em um jeito melhor de me expressar.

"Tudo bem", disse Boris. "Tudo bem, vai com calma. Como pode dizer que ninguém gosta de você? Ninguém gosta de ninguém em dois dias."

"Boris, sabe o tipo de cara... os caras que são torturados? Empurrados pela escada, essas coisas?"

"Alfie Sutherland", respondeu ele imediatamente. "Mac Hill. Não tenho visto o Alfie... acho que mudou de colégio."

"Sou eu", falei com tom urgente. Olhei para um professor que passava pela cantina. Ele olhou para mim e reduziu a velocidade. Devia ser evidente que eu estava matando aula. Inclinei o corpo em direção à parede. "Boris, sou eu. Como o Alfie, pior que o Alfie. Virou uma loucura."

Houve uma pausa do outro lado. Pelo fone, ouvi o barulho de um carro e meninas gritando de alegria. "Olha, não vamos pirar", disse ele. "Foram só dois dias, cara. Acho que você está exagerando um pouco."

A fúria me invadiu. "Cala a boca. Você não sabe. Eu não como faz dois dias."

"Espera, e seu pai? Ele não te dá comida?"

"Meu pai? A culpa disso tudo é dele!" A resposta alta ecoou pela cantina. "Eu o vi por uns dois segundos quando cheguei, depois ele sumiu. Não tem comida em lugar nenhum. Não tenho dinheiro. Não sei quando ele volta. Estou dormindo no chão. Tentei tirar dinheiro de uma bolsa e me pegaram."

Agarrei o fone e respirei fundo. O professor que tinha passado pouco antes voltou, dessa vez acompanhado por uma mulher com um terninho azul. Eles vinham em minha direção.

"Você falou de uma bolsa?", perguntou Boris. "Bolsa de quem? E está dormindo no chão da casa de alguém?"

"Boris, eles estão vindo. Tenho que ir." Os dois adultos se aproximavam de mim.

"Espera, esse número é seu? Eu ligo de volta..."
"Não! Não liga pra esse número." Era muito fácil imaginar Woody ouvindo o toque inexplicável do telefone da cantina e atendendo o amiguinho do Escrotchi.
"Então, como vou...?"
"Joey Crouch?", disse a mulher de terninho azul.
Desliguei o telefone. O aparelho fez um ruído. A mulher franziu a testa e me olhou intrigada. "Muito bem, você vai ter que vir conosco."

13

A mulher de terninho azul era a vice-diretora Estelle Diamond. Ela sentou em uma cadeira de madeira de aparência desconfortável atrás do diretor Jess Simmons, inclinada como se estivesse pronta para atacar. Simmons estava apoiado em um canto da mesa numa paródia de juventude, seus joelhos disputando espaço com os meus. Laverne fez uma breve aparição, entregou a pasta errada e ficou vermelha quando o erro foi apontado. Quando voltou com a pasta certa, Jess a arrancou da mão dela e acenou impaciente ordenando que saísse.

"Hoje à tarde encontrei por acaso Ted Granger, instrutor da nossa banda, e ele expressou preocupação", disse Simmons, abrindo a pasta fina e examinando seu conteúdo. Ele era um homem largo, com um pescoço grosso que se acumulava sobre o colarinho, um ex-atleta, provavelmente. A caneta em sua mão fazia barulho porque ele ficava apertando o botão na ponta. "A preocupação do sr. Granger tem a ver com saúde."

"E você deveria estar na aula da sra. Peck neste momento", acrescentou Diamond. "Mas encontramos você usando o telefone *público*." A ênfase no *público* me fez pensar se a existência daquele aparelho era só uma armadilha para pegar alunos mal-intencionados.

Simmons sorriu e abriu as mãos, ainda apertando o botão da caneta. "Aqui na BHS, tentamos nos interessar pelo bem-estar dos alunos. Conhecemos a maioria pelo nome, sabemos quem são os irmãos, até demos aulas para os pais em alguns casos. Quero esclarecer essas coisas porque você é novo aqui. Todos aqui neste prédio são como uma família, em muitos casos."

Pensei em Woody Trask e na mulher de cabelo vermelho na secretaria se abanando com exagero. Eram família, sim.

"No mínimo, somos seus amigos", continuou Simmons. "Pense em nós desse jeito, por favor. Agora", o movimento do dedo no botão da caneta se tornava frenético, "vamos falar sobre o telefonema."

"Com quem você estava falando?", perguntou Diamond.

Olhei para os rostos cheios de expectativa. Eu estava perdendo alguma coisa ali.
"Com um amigo", respondi.
"Economize tempo e seja direto", pediu Simmons. "Tem a ver com drogas?"
"Seja franco", disse também Diamond.
Não consegui fazer nada além de encarar aquelas pessoas. A única coisa ilegal que já fiz foi tomar uns goles de *schnapps* de pêssego com Boris. Uma onda de tontura me fez desviar o olhar. Vi que mantinha as mãos sobre as pernas. Elas tremiam. De repente, levantei a cabeça.
"Não uso drogas", declarei. "Estou com fome, só isso."
Simmons e Diamond se olharam. Tentei fazer meu estômago se manifestar, roncar, como havia roncado o dia todo. Nada aconteceu.
"Fome", murmurou Diamond.
"Sim, fome", repetiu Simmons. "Como assim?"
Fiquei quieto. O relacionamento precário entre mim e meu pai poderia não sobreviver à verdade. Mas uma acusação de envolvimento com drogas? Isso não era pouco. Se eles pensassem que eu estava usando ou vendendo, as coisas poderiam piorar rapidamente, para mim e para o meu pai.
Então eu falei. Mesmo sem mencionar o comentário que meu pai fez sobre ter matado minha mãe, o cheiro horrível na cabana e os livros empilhados até o teto, ainda tinha muito para contar. Falei da falta de dinheiro, da escassez de comida na cabana, do destino desconhecido dos meus livros escolares. Comecei hesitante, mas logo as palavras foram ganhando volume. Ele merecia isso, o Lixeiro, por ter acabado com a minha vida e a da minha mãe, e quanto mais bile eu pudesse jogar em cima dele, melhor.
Quando terminei, o barulho da caneta de Simmons tinha parado. Ele passou a língua pelos dentes e olhou minha pasta de novo. De sua cadeira, Diamond o observava com tanta intensidade que parecia estar sexualmente excitada.
"O mais triste", disse Simmons, "é que isso nem me choca completamente."
Diamond reagiu. "Vamos mover uma ação. Isso se qualifica como abuso infantil?"
Simmons levantou a mão para silenciá-la, mas era evidente que estava satisfeito com seu entusiasmo. "Talvez essa não seja a melhor abordagem, Estelle. Joey, a sra. Diamond e eu sabemos quem é seu pai. Não o conhecemos bem, e certamente não sabíamos que tinha filhos, mas temos conhecimento de que ele leva uma vida atípica."
"Ele mora em um barraco", disse Diamond. "Todo mundo sabe disso."
Simmons levantou a mão de novo. Nela, a caneta voltou a estalar. "Joey, a decisão é sua. Que tipo de ajuda quer de nós?"
Joguem o homem na cadeia, pensei. *Acusem o cara de ter matado minha mãe, de tentar me matar.* "Só quero comer", falei, sabendo muito bem que tipo de tratamento esse pedido me renderia.

"Não precisa mais se preocupar com isso", disse Simmons. E apertou um botão em cima da mesa. "Terra para Laverne." A resposta foi incompreensível, mas Simmons e Diamond reviraram os olhos. "Por favor, para de se empanturrar e vem aqui." Eu me senti mal por ela, mas segundos depois a mulher apareceu, enfiando as dobras da metade superior do corpo na abertura da porta. "Laverne, inclua Joey Crouch na nossa lista de almoço gratuito. Acha que pode cuidar disso?"

O ódio entre o diretor e Laverne era palpável. A tensão estalou por um momento antes de Laverne abaixar a cabeça e sair.

"Ouvi comentários sobre Ken Harnett tirando coisas do quintal das pessoas", disse Diamond. "Histórias sobre roubos." Pensei imediatamente na bolsa cor-de-rosa tal pai, tal filho. "Ele mora lá perto do rio, e não sei nem se o terreno é dele, se ele alguma vez procurou emprego. Eu nunca soube disso. O homem vive sem trabalhar há muitos anos. Não contribui com nada. Já o viu em algum evento comunitário?"

"Ele não veio nem à reunião de volta às aulas", concordou Simmons, olhando para Diamond de um jeito aprovador, como se ela tivesse acabado de tirar uma peça de roupa.

A agitação por ter contado minha história se dissipava como o efeito de um anestésico; lá embaixo, os espasmos da dor surda no escroto haviam se transformado em uma agonia generalizada. O subtexto da declaração de Diamond ia ficando claro: era com meu pai que eles estavam preocupados, não comigo. Eu não conseguia entender como comparecer a uma reunião de volta às aulas tinha alguma coisa a ver com o valor de um cidadão.

"Não sei nada sobre roubos", falei. "Acho que ele ganha dinheiro recolhendo lixo."

Simmons me estudou. O botão da caneta fazia tanto barulho que pensei que poderia acompanhá-lo com o trompete. Finalmente, ele suspirou e sacudiu a pasta. "Vamos seguir as regras", disse olhando para mim, embora a afirmação fosse dirigida, obviamente, a Diamond, que reagiu lambendo os lábios. "Aqui diz que seu pai não tem telefone. É verdade?"

"É."

"Muito bem, vamos escrever uma carta. Isso está previsto nas regras. Vamos escrever a carta agora, enquanto você espera lá fora com Laverne, e depois você vai levá-la para casa e deixar em algum lugar onde ele possa ver."

"Prenda na porta da frente", grunhiu Diamond.

Simmons fez uma pausa e deu de ombros. "Em algum lugar onde ele a veja. Se até quinta-feira ele não aparecer aqui para uma reunião comigo e a sra. Diamond...", afirmou ele e se inclinou para trás na mesa, enquanto Diamond se inclinou para a frente na cadeira. Mais alguns centímetros, e eles poderiam se beijar. "Bom, se isso acontecer, vamos conversar sobre levar a situação adiante."

Os dois sorriram, mas era como se eu nem estivesse ali. Para eles, eu era só o filho do Lixeiro. Não era Joey. Não era nem Escrotchi.

Pelo ruído da caneta e o farfalhar da saia de Diamond, soube que eles encerravam o encontro e estavam satisfeitos com o que tinham feito. "Aqui fazemos tudo conforme as regras", disse Simmons a alguém.

14

O resfolegar da caminhonete de meu pai era um som que um dia eu conheceria com intimidade, mas que, no momento, me deixava nervoso. Ele se destacava do ruído do rio e da floresta e se aproximava da casa. Partículas de tinta passavam pela janela. O cheiro de fumaça se misturava ao odor horroroso do interior da cabana. Então, o barulho e a vibração pararam. Uma porta de metal rangeu, foi batida. Objetos pesados eram arrastados por uma superfície de metal e batiam uns contra os outros ao serem jogados perto da porta da frente.

Era quarta-feira à noite. Na noite anterior eu tinha seguido a sugestão de Diamond e empalado a carta em um espaço vazio para uma plaquinha de identificação na porta da cabana. A carta estava lacrada, por isso meu pai não poderia me responsabilizar pelo que havia nela. Depois de garantir que Simmons não estava olhando, Laverne me deu todo o dinheiro que tinha, dez dólares, e eu saí correndo para a máquina de lanches. Nunca na história da humanidade uma barra de chocolate teve um gosto tão bom, e eu soube que um dia, se tivesse sorte o bastante para fazer sexo, a experiência teria que competir com essa barra de chocolate. Depois de comer mais porcarias, fui para casa, dormi agitado perto da pia, acordei cedo e sobrevivi à quarta-feira sem sofrer outro ataque físico. Quando voltei para casa, a carta de Simmons tinha desaparecido da porta. Pegadas de botas davam pistas: meu pai havia encontrado e lido a carta, e saíra direto para o colégio. Meu sangue gelou. E se ele tivesse passado por mim enquanto eu devorava salgadinhos a caminho de Hewn Oak?

Eram quase dez horas. Passos pararam junto da porta. Todas as janelas estavam abertas; ouvi uma inspiração firme. A maçaneta tremeu e uma bota empurrou a porta. Ken Harnett entrou vestindo uma camisa suada e uma calça suja, carregando os sacos habituais pendurados nos ombros e duas grandes sacolas de supermercado nos braços. Ele deixou os sacos caírem no chão. Coisas estalaram e se chocaram dentro deles. Depois voltou os olhos claros para mim.

Eu tinha transformado o chão na frente da pia em alguma coisa parecida com os fortes de almofadas que construía quando era pequeno. A poeira que cobria a área tinha sido em grande parte removida. Quatro pilhas altas de jornal haviam sido arranjadas em uma espécie de biombo para me dar privacidade, e um balde de cabeça para baixo fazia as vezes de mesinha de cabeceira, onde eu deixava a caneca de café ou o copo com água. Minhas bolsas de viagem haviam sido usadas para improvisar uma cama. Um suéter enrolado era o travesseiro. Uma caixa de papelão molhada tinha virado minha escrivaninha. Uma bacia de plástico rachada que encontrei cheia de pregos, parafusos e arruelas agora guardava os restos de comida que eu trazia da escola.

Ele só deu atenção à minha obra por um instante, depois se dirigiu à pia. O cheiro ruim ficou mais forte. Ele começou a tirar os produtos das sacolas com o logotipo da *Sookie's Foods* e a colocá-los no balcão com tanta força que seu cabelo grisalho tremulava. Vi muitas coisas em latas: feijão, sopa, milho, beterraba, manteiga de amendoim, geleia, mais feijão. Ele reuniu os poucos perecíveis e jogou na geladeira. Ouvi os produtos caindo no espaço vazio mesmo com a porta fechada. Em seguida ele foi para o quarto, abriu o armário e produziu um som de xilofone com garrafas de bebida. O orgulho me fez erguer o queixo. Eu tinha feito o que era necessário para sobreviver, e esse bêbado repulsivo não me faria sentir mal por isso.

Momentos depois ele voltou virando uma garrafa de vodca pela metade. Com uma careta, engoliu a bebida, e seus olhos insanos traçaram linhas entre pontos aparentemente aleatórios da cabana, relacionando cada objeto que eu havia tirado do lugar. Então, ele olhou para mim.

"Não vai comer?", gritou. "Eles me fizeram comprar toda essa comida. E aí, vai deixar estragar?"

"Você está um pouco atrasado", respondi. A força da minha voz me deu coragem. Levantei e senti com precisão a folga da camiseta de caimento ruim e dos shorts amassados. "Três dias."

"Três dias", sussurrou ele para a parede. E passou a mão grande e suja pelo rosto. "Três dias não são nada, garoto."

Tinha esquecido como os tendões de seus ombros eram grossos, como as linhas dos músculos em seu pescoço eram salientes, como ele era alto. As mechas de cabelo quase tocavam o teto. A cabana já era pequena demais para ele. Nunca poderíamos compartilhar o espaço com conforto. Considerei o espacinho no chão que ousava chamar de meu. Na vasilha de plástico estavam as migalhas cor de laranja dos *nuggets* de frango que eu tinha guardado do almoço.

"Três dias são muito pra alguém que não tem dinheiro", respondi. "Estava morrendo de fome."

"Já soube", disse ele e bebeu mais um gole de vodca. Eu o imaginei sentado na frente de Simmons e Diamond na diretoria e percebi quanto sua aparência imunda devia ter correspondido às expectativas daqueles oportunistas arrumadinhos. Para ele, receber os ultimatos deve ter sido mortal. Senti uma onda inesperada — e não muito bem-vinda — de solidariedade.

"Eu não pedi pra eles escreverem aquela carta", falei. "Só queria comer. É pedir demais?"

"E onde está o *seu* dinheiro?" Ele enganchou um dedo machucado no passante esgarçado da calça. "Val não pensou em deixar uns trocos pra você?"

Val, Valerie. Não me lembrava de algum dia ter pensado em minha mãe com esses nomes, apesar do que foi impresso no programa do funeral e no obituário do jornal, no que foi entalhado na lápide do cemitério. Quando saía da boca do meu pai, o nome parecia natural a ponto de me deixar sem ar. Ele dissera esse nome antes, talvez milhares de vezes, e a familiaridade de seu tom me fez pensar pela primeira vez sobre quanto eu realmente a conhecia.

"O dinheiro está aplicado", expliquei.

Ele balançou a garrafa. "Está aplicado, está aplicado. Eu sei, eu leio minha correspondência. E o outro dinheiro?"

"Que outro dinheiro?"

A mão livre fechou e abriu. "O dinheiro, o dinheiro! O dinheiro do leilão, pra onde foi, se não está no seu bolso?"

Tentei lembrar o que Claire tinha dito. "Também foi aplicado", respondi hesitante, me censurando por ter esquecido os detalhes de algo tão importante. De forma impulsiva, acrescentei: "E quando eu fizer dezoito anos você não vai receber um centavo".

Ele arregalou os olhos diante da insubordinação. Depois se aproximou da lareira levando a garrafa.

"Não quero seu dinheiro." E desabou na cadeira. A torre de livros atrás dele balançou. "Não quero nada disso e não quero você."

"Nem ligo! Também não quero você!"

"Se estamos de acordo sobre isso, qual é o problema então?"

"O problema é que minha mãe me queria aqui."

"Mas ela foi ingênua. E eu também fui, quando concordei com isso."

"A lei te obriga a me acolher."

Ele segurou a cabeça. "Não quero isso."

"Para de se comportar como um bebê."

"EU NÃO QUERO *VOCÊ*!" Os braços da poltrona rangeram sob as mãos dele. A garrafa caiu em seu colo, e só sua curvatura mantinha a vodca balançando lá dentro. A cabana, que havia abrigado apenas silêncio por dias, parecia tremular numa crispação sobrenatural.

"Eu saio da cidade", continuou ele com a voz tremendo, acenando em direção à porta diante dele, "o dia todo. Pra trabalhar. Saio da cidade pra fazer *trabalhos*. Três dias? Garoto, três dias não são nada. Talvez cinco. Sete. Duas semanas. É assim que eu ganho a vida. Tenho 45 anos. E pra comer, comprar comida, alimentar nós dois, pelo jeito? Sair da cidade é o que vou ter que fazer. Como é que vou cuidar disso se tiver que voltar aqui todo dia pra trocar suas fraldas?"

"Minha mãe conseguiu por dezesseis anos", respondi. "Se me deixar sozinho de novo, vou direto falar com o diretor Simmons. Ele te manda pra cadeia na hora."

"Cadeia", murmurou ele. "Val, como as coisas chegaram a esse ponto?"

Eu não tive pena. "Devia ter pensado nisso antes de engravidar minha mãe."

A frase foi uma facada, até eu senti. No mesmo instante, meu pai jogou a garrafa na lareira. Ela fez um barulho surdo, mas não quebrou, e o gesto impotente o enfureceu ainda mais.

"Você não sabe do que está falando. Essa história é entre mim e a Val, mais ninguém."

Ele fechou os olhos e apoiou o queixo no peito. Os pelos pretos e brancos da barba de três dias arranhavam a pele. Vi seu pomo de adão se mexer.

"Cristo! Se acalma", falei. "A gente vai resolver isso. Deve ter um jeito."

"Cristo", repetiu ele. "Val te criou na religião? Essa merda sempre foi o ponto fraco dela. Se dependesse de mim, de jeito nenhum. Você nunca teria pisado em um lugar desses. Se dependesse de mim..."

Fui invadido pelo ressentimento. "*Não* dependeu de você."

"Se dependesse de mim, você não acreditaria em ídolos que não pudesse ver, tocar e pegar com as mãos, como a terra." E levantou as mãos diante dos olhos. "A relação da Val com a igreja foi ruim pra nós desde o primeiro dia, e se *eu* estivesse lá, seu Cristo e seus anjos..."

"Você *não estava!*", gritei. "Você não estava lá. Você não estava lá e a gente não ligou, nenhum de nós. Durante toda a minha vida, nunca pensei em onde você estava! Só fiquei feliz por você ter ido embora. E pode acreditar, ela também não ligava. Não sentia sua falta. Não falava de você. A única coisa que ela falou foi sobre a orelha deformada, e só porque não dava pra esconder. Então você não pode opinar sobre minhas crenças nem as dela, e se eu quiser falar Cristo isso, Cristo aquilo a noite toda, vai ter que aguentar, ou voltar pra caminhonete. Pronto. Sabe o que você era pra nós? Nada. Como é pra todo mundo nesta cidade de merda. Nada. O Lixeiro."

Do lado de fora da cabana, galhos balançavam suavemente, carregados de folhas. Grilos expressavam sua eterna agitação. Meu pai, de cabeça baixa como se ouvisse palavras nessa natureza, se levantou da cadeira e deu três passos até a porta. Em vez de sair, ele a trancou. Olhei para a gaveta onde, entre outros utensílios, ficavam as facas.

Com um langor sinistro, ele se moveu por entre os obstáculos até chegar à porta do quarto. Seu rosto estava assustador com tanta resignação. "O Lixeiro", ele murmurou. "É exatamente o que eu sou."

A porta se fechou. Quase não dava para ouvir o barulho das botas; depois, o ruído de dedos mexendo nas garrafas. Eu não queria ouvir isso. Virei-me para o balcão da cozinha e criei uma miniatura da paisagem de Chicago com a comida: Marina City, Trump Tower, Hancock, Sears. Um pacote de pretzels subia do Lago Michigan imaginário. Minha fome tinha sido saciada, mas peguei o pacote e o abri. Tirei um pretzel, coloquei na boca e me recostei na pia, sem energia para mastigar. Lembrei que tinha enfrentado Ken Harnett em seu território e tinha vencido. Era uma vitória, algo incomum para mim em Bloughton, mas eu só consegui sentir como mais uma perda.

15

Uma semana depois, contei a ele minha conclusão. "Você vai me matar", disse. Pelo menos isso parecia verdadeiro. Ele não respondeu; me deixou no vazio cruel que eu tinha aprendido a esperar. Sua atitude desesperada sugeria assassinato, eu tinha decidido por fim, e talvez fosse só uma questão de tempo antes que ele se livrasse do filho que tinha sido um engano.

Preso a Bloughton pela ameaça de Simmons, ele andava pelo bosque perto da cabana. E quase sempre quando voltava da escola eu o via a uns cem metros de distância, empoleirado na margem do rio, as mãos nos bolsos, os olhos fixos na água. Em outros dias, ele e a caminhonete já tinham sumido quando eu chegava em casa, voltando só no começo da noite, os sacos barulhentos e as roupas sujas de terra. Nesses dias, ele ia tomar banho sem dizer nada, e na manhã seguinte eu encontrava a área do chuveiro cheia de lama. Comíamos separados e dormíamos nas mesmas condições. Pelo menos eu tinha meus livros, finalmente. Um dia ele os tirou de uma pilha e jogou no chão, no meio da sala.

"Quando vai ser?", perguntei um dia, quando ele enfiava manteiga de amendoim em um pão partido com a mão.

Não esperava uma resposta, mas tive. Ele olhava para o sol poente através das janelas em cima da pia. "No amanhecer", sussurrou. A notícia, embora interessante, não me fez perguntar em que manhã. Eu não queria ser invasivo.

Assim, esperava minha morte todas as manhãs enquanto me vestia para ir ao colégio. Os dias de aula nessas semanas passavam cada vez mais rápido: o tempo só desacelerava para uma lentidão angustiante quando preso em uma tormenta momentânea. Gottschalk não quebrou a promessa. A primeira unidade da matéria era sobre pele e sistema endócrino, e quase todos os dias eu era chamado à frente da sala para ser usado como um modelo real. Ele usava um bastão de metal e às vezes cutucava meu pescoço, o braço ou o rosto com força suficiente para me fazer encolher. "Percebam o dano às múltiplas camadas de tecidos epiteliais", dizia ele, cutucando uma área de espinhas. "A glândula sebácea que envolve cada poro produz sebo, que é feito de lipídeos ou gordura. As camadas externas da epiderme descamam, e a pele morta permanece grudada por esse sebo, causando um bloqueio que pode produzir resultados bem desagradáveis, como vemos aqui no sr. Crouch. O consolo para ele é que o sebo é inodoro. Mas isso não é verdade para a *Propionibacterium acnes*, uma bactéria que existe no sebo. Considerando o cheiro que o sr. Crouch emana todos os dias, aposto que a pele dele nada nessa coisa. Aposto dez contra um. Quem topa?"

Gottschalk fez uma pausa para todo mundo rir. Eu nunca respondia. A primeira vez que ele fez isso comigo, eu só consegui ver Celeste Carpenter sentada a três metros de mim com sua pele linda, o decote cavado, um distanciamento determinado. Os dias foram passando, e comecei a deixar a visão desfocar, mergulhando a sala toda em um borrão multicolorido. Sim, era verdade que eu cheirava muito mal, embora duvidasse de que minhas glândulas sebáceas fossem culpadas disso. Era a terceira semana de aula, e era a terceira ou quarta vez que eu usava as mesmas roupas sem lavar. Não tinha lavanderia na cabana do meu pai, e eu ainda não sabia como ele lavava as roupas dele, se é que lavava.

No primeiro mês de aula, eu era chutado no saco mais ou menos uma vez por semana e ameaçado mais uma dezena de vezes. Embora o próprio Woody nunca recorresse ao contato físico, os ataques tinham o objetivo evidente de agradá-lo, e ele ainda me chamava de Escrotchi sempre que tinha uma oportunidade, embora tivesse o cuidado de não usar o apelido na frente dos professores e treinadores que o adoravam. Nas raras ocasiões em que ele foi pego contribuindo para minha desgraça, as reprimendas foram brandas, e os pedidos de desculpas com cara de inocência convenciam como modelos de desculpas emocionadas. Mais de uma vez fui incentivado a apertar a mão dele.

Muitos chutes aconteceram na educação física, que se tornou o evento regular mais angustiante da minha vida. A aula, que acontecia duas vezes por semana em alternância com o período de estudos, ainda não tinha ido além das preliminares chatas, mas enervantes. Em uma semana eram abdominais. Na outra, agachamento. Isso deixava muito tempo para me preocupar com meus genitais. Woody e Rhino eram da minha turma de educação física, e Celeste também, por isso eu mantinha as mãos na linha da cintura, em uma posição defensiva, até sermos mandados para o vestiário, onde trocávamos as bermudas escuras e camisetas brancas obrigatórias por roupas comuns.

O barulho abafado da aula era a ponte entre esses eventos mais vívidos. Eu fazia anotações, lia os textos propostos, e até estudava para os testes. Não via motivo para deixar minha média ir para o lixo junto com o resto da minha vida. Por volta da quarta semana, provas importantes foram aplicadas em todas as turmas, e tirei nota máxima em todas. Quando devolveram as provas, alguns professores fingiram aprovação da melhor maneira possível, embora fosse claro que consideravam minhas conquistas um golpe de sorte. Não sabiam que eu tinha puxado à minha mãe, e não ao meu pai.

Não havia uma classificação oficial de cadeiras em Bloughton, mas só precisei de um ensaio com a banda para deduzir que Ted colocava os músicos mais talentosos no centro, enquanto os menos talentosos ficavam nas extremidades. Fiquei contente ao descobrir que a linha divisória para os trompeteos ficava exatamente entre mim e uma menina chamada Tess. Ela era loira, com cabelos bem cacheados, traços pontiagudos suavizados com maquiagem, e uma técnica robótica que devia ter adquirido ao longo de uma vida inteira de aulas que detestava. Como costumava acontecer com as meninas que eu conhecia que tocavam metais, Tess parecia ficar constrangida com a força de sopro necessária para tocar o instrumento. Aquilo borrava o batom e a obrigava a abrir mão do sorriso e da postura cuidadosamente estudados. Ela tocava melhor que eu quando se esforçava, mas enrolava na maioria dos ensaios, deslizando as unhas pintadas pelo colar de um jeito distraído. A única vez que falou comigo foi em uma tarde quando Woody entrou na sala para entregar um bilhete a Ted. Super-herói residente, ele sempre era recrutado pelos professores para uma ou outra tarefa. Essa liberdade de movimento o tornava, naturalmente, mais perigoso e imprevisível, e nesse dia em especial ela o levou ao espaço fechado e à prova de som da sala da banda.

"Ele não é um gato?", cochichou Tess para mim, puxando o colar mais depressa que de costume.

Em dias melhores eu nem teria dado uma resposta para esse tipo de comentário, mas fazia semanas que ninguém falava comigo sem ser de um jeito hostil, e eu mordi a isca relutante. "Não sei", respondi. "Quem sabe, se ele for seu tipo."

"Ele é", gemeu ela fazendo biquinho. "Não acredito que ele sai com Celeste Carpenter." E olhou para mim. "Sabe quem é ela?"

Cada vez que eu virava num corredor no colégio e via uma menina, meu coração pulava na garganta com a possibilidade de ser a Celeste Carpenter. Eu via o rosto dela em minhas anotações, nos livros, nos meus sonhos. "Sei quem ela é, sim", falei.

"Ah, então", continuou Tess, dando de ombros. "Você também deve achar que ela é gata. Todo mundo acha. Ela faz parte da corte do Baile de Boas Vindas todos os anos. Mas, falando sério, eu acho que ela engordou um pouco na bunda. Tipo, não é *tão* gata. É? *Você* acha? Tão gata quanto o Woody Trask? Ouvi dizer que ela é careta. Acho que eles não fazem muito sentido juntos."

"Como assim?" Fantasiei que os outros observavam Escrotchi enquanto ele mantinha uma conversa perfeitamente normal com uma aluna perfeitamente normal.

"Como casal", explicou. Do outro lado da sala, até mesmo Ted parecia ceder ao charme de Woody — ele assentia e ria enquanto Woody dava tapinhas bem-humorados em sua barriga. "Não sei se são um casal muito yin e yang. Entende?"

Embora fosse obviamente difícil, ela desviou o olhar de Woody e olhou para mim. Desacostumado a esse tipo de atenção, fiquei vermelho e olhei para o instrumento em minhas mãos. "Acho que eles não combinam muito", respondi. "Quero dizer, não conheço os dois muito bem. Não como casal. Nem separados. Eles parecem um casal normal pra mim. Não sei. E não posso falar sobre a bunda dela ter aumentado. Nem sobre a dele. Não sei. Acho que não posso falar nada."

A expressão irritada de Tess era exatamente o que merecia minha resposta insossa. Depois de um momento, Ted pegou a batuta e começamos a pior versão de "Flight of the Bumblebee" da história. Na metade da canção, Ted jogou a batuta por cima do ombro e agarrou a cabeça com as duas mãos. Todo mundo parou de tocar, e a melodia foi substituída por risadas. O instrutor da banda sorriu para os idiotas sem talento que ele chamava de Exército do Ted e virou uma página de sua partitura. "Nunca mais vamos tocar isso de novo", disse ele, rindo.

As aulas individuais, que ocupavam um terço do período de estudo um dia por semana, compunham o único cenário no qual eu podia falar com um rosto simpático sem uma multidão de inimigos. Ted estava com o horário apertado — tinha um flautista bem na minha frente e um percussionista atrás de mim — por isso não podíamos conversar muito. Tudo bem. Víamos as peças, ele comentava e ajustava meu desempenho, e de vez em quando até ficava atrás de mim para usar seus dedos de sombra e transmitir a pressão correta. Normalmente, depois que sentava, enquanto ajustava a estante de música até a minha altura, eu aproveitava o momento para saborear o isolamento da sala apertada e tudo que havia nela: os pôsteres bregas de Bobby McFerrin e Yo-Yo Ma, os espelhos de embocadura na parede do fundo, os xilofones sem teclas no canto, a auto-harpa envernizada que, por alguma razão, ocupava o espaço em cima da porta, e o armário de suprimentos, um espaço pequeno que estava sempre aberto e brilhando com um milhão de bocais, cordas, baquetas e peças variadas. Era a variedade e a versatilidade do armário que provavam a longevidade e o valor de Ted, não a palhaçada de seu exército inepto.

Entre um e outro desses dias, que no restante do tempo eram amorfos, havia minhas fatídicas manhãs. Aquela pilha de pás, a vareta para revirar brasa ao lado da lareira, as mãos sujas do meu pai: qualquer uma funcionaria como instrumento da minha morte. Mesmo assim, eu estudava e comia a comida fria das latas, e meu pai andava pelo terreno olhando para o espaço e para a água como se buscasse orientação.

"Como?", perguntei certa noite.

Fazia dias que eu não falava com ele. O assunto, porém, ainda era o mesmo. "Faca", respondeu ele, olhando para mim por um momento antes de voltar a ler o jornal da pilha que chegava todas as manhãs com a correspondência. Mas ele já estava distraído demais para ler. E olhou para mim de novo, os olhos menos vermelhos que nas vezes anteriores, menos carregados de raiva. "Tenho uma faca da Escócia", falou em voz baixa. "A lâmina é tão afiada que quase não causaria dor." As marcas na orelha de minha mãe: talvez fosse a mesma lâmina, talvez fosse a última coisa que ela e eu dividiríamos.

Dois dias mais tarde, quando ele estava rachando lenha ao entardecer, as estranhas hélices de músculo engrossando em suas costas a cada golpe, eu me aproximei. Fiquei olhando o que ele fazia por dez minutos. O que tinha sido árvore era dividido e reduzido, muitas e muitas vezes; o que era escuro e revestido de casca se tornava amarelo, depois branco, até o centro da madeira brilhar. Sardas se destacavam como flocos brancos no marrom de sua pele. Ele suspirou alto e limpou a testa com um antebraço.

"Onde exatamente?", perguntei.

Ele engoliu o ar, lambeu os lábios secos. "No coração." Fungou e cuspiu o catarro engrossado pelo pó de serragem. "Se der pra evitar as costelas, a lâmina desliza com suavidade. Como se atravessasse manteiga."

Ele olhou para mim com insegurança, como se tivesse revelado demais e precisasse de minha aprovação. Assenti apressado, e ele pareceu satisfeito com minha bênção. Encarou a madeira massacrada segurando o machado com as duas mãos, tentando encontrar alguma coisa que pudesse ficar menor ainda. Foi quando eu soube que ele não me mataria. Nosso plano e o cronograma da minha execução tinham se tornado algo valioso, algo que envolvia uma troca crescente de confiança. No dia seguinte, quando perguntei a ele quanto tempo levaria para morrer de uma facada no coração, ele começou a responder antes de a pergunta ter sido totalmente formulada, como se houvesse passado o dia todo fazendo cálculos e esperasse impaciente pelo questionamento. Assassinato: era algo sobre o que falar e nós falamos, e logo outras conversas mais mundanas começaram a escapar de nossas mandíbulas tensas. "Aqui", disse ele, jogando para mim metade do bife que tinha incinerado no fogão. "Desculpa", falei quando nós dois entramos no banheiro ao mesmo tempo. "Eu volto lá pela meia-noite, ok?", avisou no fim de uma tarde, parado na porta com dois sacos vazios pendurados no ombro. Assenti uma vez e voltei ao dever de casa, mas mal conseguia respirar.

16

Meu pai continuou desaparecendo nos fins de semana. Quando ele não estava, comecei a ler os jornais. Eles chegavam todos os dias à caixa de correspondência que ficava onde a Hewn Oak e a Jackson se encontravam, dezenas de jornais de cidades de todo o Centro-Oeste. E, quando eram muitos para caber ali, ficavam empilhados em um caixote de madeira preso à base do poste da caixa. Sem nada melhor para fazer, comecei a levar os jornais para a cabana quando voltava do colégio. Os cabeçalhos citavam cidades grandes e pequenas de Iowa, Illinois, Indiana, Michigan, Wisconsin, Minnesota, Nebraska, Missouri e até algumas das Dakotas. Muitos desses jornais vinham de comunidades tão pequenas que eram publicados quatro dias por semana, ou menos; alguns eram semanais. Eram os que eu achava mais divertidos, com crônicas minuciosas sobre o crescimento da safra, colunas prolixas que se referiam a determinados faisões e guaxinins pelo primeiro nome, relatos pessoais de viagens excitantes a Omaha ou Ames, e históricos policiais rebuscados e repletos de pequenas colisões de automóveis e barulho depois da hora do jantar.

De vez em quando meu pai lia alguma coisa que chamava sua atenção de maneira especial, e então corria a uma das pilhas empoeiradas para procurar uma edição antiga. Ele fez exatamente isso na manhã do primeiro sábado de outubro, correndo para uma das pilhas que compunham a fronteira do meu espaço no chão. Bem em cima de mim, ele foi virando as páginas até encontrar o que procurava. O jornal era velho e fino o bastante para eu poder enxergar através dele e ler a manchete de trás para frente: SOIRÀUTIBO.

Com o jornal na mão, ele pegou os sacos e correu para a caminhonete. Examinei a pilha. Era o *Benjamin County Beacon*, publicado em Mazel, Nebraska. Visualizando meu mapa mental dos Estados Unidos, calculei que a viagem até a fronteira de Nebraska levaria umas cinco horas pelo menos. Ouvi o barulho das pedrinhas e dos galhos se partindo na Hewn Oak. Ele estava com pressa; eu tinha o dia todo.

O cofre no armário dele resistiu a dezenas de combinações. Colei a orelha à porta perto do disco, como fazem na televisão, para ouvir se os números provocavam reações. Sentei na cama dele, um colchão e uma estrutura box sem estrado, e tentei pensar em padrões óbvios. Minha mãe: tentei o aniversário dela, 12-15-60. Tentei ao contrário, 60-15-12. Tentei à maneira europeia, 15-12-60. Sem ideias, girei o disco marcando os números da minha data de nascimento, e a porta destravou com um estalo. Fiquei olhando para ela, dizendo a mim mesmo que era coincidência. Tudo a meu respeito, tudo que era anterior à minha chegada a Bloughton um mês atrás, deveria ser um mistério para o meu pai. Exceto que ali estava um contra-argumento assustador.

Puxei a maçaneta de leve, e a porta do cofre abriu com um rangido. O cheiro horrível da cabana tinha uma origem, e ele me atacou em uma explosão de ar pútrido. Senti ânsia de vômito e virei a cabeça para cuspir. Tossindo, lacrimejando, eu me controlei e olhei a escuridão no interior do cofre.

A primeira coisa que pensei foi em Woody, Rhino, Simmons e Diamond, e em como os filhos da mãe estavam certos. Ken Harnett era um ladrão. Minhas orelhas arderam com a humilhação. Dentro do cofre havia objetos valiosos tão variados que cada um devia ter saído de uma casa diferente: anéis, colares, abotoaduras, presilhas de cabelo antigas, bolsas enfeitadas, broches com pedras preciosas, fivelas de cinto incomuns. No fundo do cofre havia um saco de tecido transbordando moedas estranhas. Peguei uma embalagem de amendoins e a virei para mim. Assustado, eu a soltei. Estava cheia até a metade de dentes de ouro.

Também havia um envelope desbotado cheio de dinheiro. Meu desespero por dinheiro superou todas as outras emoções, e peguei três notas de vinte e guardei no bolso. Depois de roubar do ladrão, eu me afastei do cofre e de seu cheiro horrível. Encostei na cama do meu pai e fiquei olhando para as pilhas de joias. Rapidamente, fiz a ligação com os jornais. Meu pai lia os obituários para ver que casas haviam ficado vazias recentemente e usava seu arquivo para pesquisar o passado e a riqueza da pessoa. De posse das informações atualizadas, ele podia viajar à noite até lugares como Mazel, em Nebraska, para saquear o local antes que a família tivesse tempo de dividir a herança. Pensei na propriedade que minha mãe tinha deixado e se alguém como meu pai havia roubado as coisas dela. De repente, fui invadido por uma fúria indignada. Foi por isso que ela o abandonou, eu tinha certeza. Ele era um vigarista profissional, um sujeito desprezível, e eu tinha sido enviado para garantir que ele fosse colocado atrás das grades.

Fechei e tranquei o cofre. Depois fui até a cidade e almocei no Sookie's, me escondendo de vozes adolescentes em uma mesa de canto, onde me sentei de frente para a parede. Paguei com uma nota de vinte, levei o troco à loja de ferragens/farmácia, encontrei a câmera descartável que estava procurando e a levei ao caixa. Num impulso, peguei também um sabonete. Quando meu pai voltou tarde da noite e ouvi o barulho conhecido da torneira do chuveiro, imaginei a surpresa dele ao encontrar o estranho objeto cheiroso.

No domingo de manhã, folheei os jornais novos e usei técnicas de lição de casa para decorar o maior número possível de obituários. Tomei o café da manhã — cereal e café — e fingi que estava fazendo trabalhos da escola até meu pai levantar várias horas depois. Ele não disse bom-dia. Não tínhamos chegado a esse ponto de cordialidade, não ainda. E, considerando o que eu planejava fazer, era melhor assim.

Os jornais pareciam agradá-lo. Sua expressão se transformou várias vezes, passando por uma galeria complexa enquanto ele os lia: em um minuto ele parecia encantado, no outro estava quase rindo, depois exibia uma expressão de pesar tão autêntico que eu sentia uma piedade inesperada. No fim, a leitura parecia tê-lo animado. Ele ficou inquieto. Comeu andando de um lado para o outro. Vi quando, ainda descalço, pegou um dos sacos cinzentos lá fora. Arrumou a pilha de lenha e até passou quinze minutos recolhendo roupas sujas pela casa e as jogando em um grande saco de lixo que deixou ao lado da porta. Depois de um tempo, ele puxou um livro aparentemente aleatório do centro de uma das torres, mas o folheou com impaciência, balançando um pé. Estava esperando alguma coisa. Eu também.

Quando uma faixa cor-de-rosa se espalhou pelo céu, ele começou a pegar seus pertences. Eu me segurei até ele ir procurar alguma coisa no quarto, e então saí. A câmera que levava no bolso comprimia minha coxa a cada passo. Perto da intersecção da Jackson, me abaixei em uma vala na frente da caixa de correspondência. O céu agora estava roxo e me escondia. Meu estômago se contorceu e o peito formigou.

Mesmo atento ao ruído do veículo, fui pego de surpresa. De repente a caminhonete se lançou do túnel de árvores da Hewn Oak, movendo-se mais depressa do que eu esperava. Colei o corpo à grama seca. Em segundos a caminhonete estava em cima de mim, os pneus deslocando as pedrinhas bem ao lado da minha cabeça. Um jato de terra atingiu meu rosto e jogou lama em meus olhos. A caminhonete fez uma curva à esquerda — não a direção ideal para o que eu precisava fazer —, mas saí da vala contando com a nuvem de terra para me esconder. Corri atrás da caminhonete: senti que ela ganhava velocidade e se afastava. Corri ainda mais e estendi os braços, sentindo um jato de cascalho atingir minhas canelas como uma rajada de metralhadora. Agarrei a porta de trás. Com uma última explosão, forcei o corpo para cima. Caí dentro da carroceria, sentindo as saliências de metal nos ombros e nas costelas. Estava em cima de um saco de ferramentas. Rolei para o lado. A vibração do motor sacudia meu esqueleto com tanta força que o almoço em meu estômago girou e o céu se tornou um turbilhão de vômito. Fechei os olhos. Vento, insetos e sedimentos esfolavam minha pele.

Então chegamos à estrada. A velocidade aumentou. O barulho à minha volta perdeu a reverberação engaiolada e uniu-se ao de outras centenas de veículos em alta velocidade. Estávamos em movimento. Tínhamos saído de Bloughton, talvez até de Lomax County. A luz roxa se transformou na ruína vermelha de uma interestadual à noite. Minhas extremidades estavam entorpecidas com a vibração; a parte de trás da cabeça latejava. O tempo passou, eu não sabia quanto. Deviam ser horas. Com certeza eu havia cometido um erro de cálculo.

Essa era uma das viagens mais longas do meu pai, e eu perderia dias, se não semanas, de aula. Qualquer entusiasmo com essa possibilidade se misturou a um medo eterno de ficar para trás, irremediavelmente atrasado; pensei em Gottschalk e em seu sorrisinho satisfeito quando tomasse para si o crédito por ter me afugentado.

Mas a caminhonete reduziu a velocidade. Meu estômago pulou quando acompanhamos o vórtice de uma saída da estrada. Ouvi o ruído distante da seta ligada, senti o movimento brusco de uma repentina curva à direita. Mais curvas, e sem sinalização prévia. As vias iam se tornando cada vez mais acidentadas. O céu ficou preto, com um ou outro alívio temporário de uma lâmpada cercada de insetos. Arrastei o corpo até a beirada da carroceria, me preparando para o momento da fuga. Pela janela da cabine, vi meu pai observando as ruas da área rural pouco povoada. Ele apagou os faróis e começou a sair da pista para o acostamento. Verifiquei se ele olhava pelo retrovisor e, quando tive certeza que não, saí, pulando por cima da porta da carroceria.

O pulsar do motor tinha transformado minhas pernas em borracha. Os joelhos cederam e meu traseiro se acabou nas pedras. A caminhonete seguiu sem mim. Três metros, seis metros. Quando virou na esquina, ele pisou no freio por um momento e me coloriu de vermelho. Quando o veículo parou e o motor se calou, ajoelhei no meio da vegetação alta e esperei. Depois de um momento, meu pai saiu, uma sombra escura contra o manto preto da noite, e se dirigiu com rapidez surpreendente à parte de trás da caminhonete. Pegou os sacos cinzentos e se afastou, subiu a leve elevação na via e desceu do outro lado.

E desapareceu. Eu me arrastei pelo acostamento e parei para respirar ao lado da caminhonete. O motor estalou baixinho. Voltei a me mover até alcançar o topo da elevação. Além dela, vi os pontinhos distantes das luzes de uma casa de fazenda. Meu pai tinha sumido.

Podia não ser por acaso que a caminhonete tivesse sido estacionada embaixo de uma árvore frondosa de galhos baixos. Atravessei a sarjeta com cuidado, sentindo a água de esgoto ensopar o tecido gasto dos tênis. Usando as raízes salientes da árvore, pulei para o outro lado da canaleta e me abaixei atrás do tronco largo. Fiquei ali ofegante por um tempo, os joelhos nus tocando a casca áspera da árvore, com uma velha cerca de madeira atrás dos ombros.

Trinta minutos, no máximo. Era o que esperava ficar ali. Usava o brilho da lua para monitorar o relógio, e trinta minutos se passaram. Depois uma hora, duas horas... já passava da meia-noite. Apoiado à cerca, enganchava a unha do polegar nas saliências de plástico do disco de avançar o filme. Junto com as imagens incriminadoras que eu faria mais tarde na cabana, uma foto de um roubo em andamento era tudo de que precisava, embora planejasse tirar tantas quanto pudesse antes de me esconder novamente na carroceria da caminhonete.

Inquietação e antecipação se misturavam. Talvez os alunos do colégio ouvissem as notícias, então saberiam que Joey Crouch não era como Ken Harnett; na verdade, era o oposto, o justiceiro, um jovem com coragem suficiente para defender Bloughton de seu próprio sangue. Minha mãe teria ficado orgulhosa.

Há milhões de ruídos na noite, e, quando notei os passos, ele estava quase em cima de mim, vindo depressa, mais silencioso do que parecia ser possível. Afastei as costas da cerca e me abaixei, flexionando as pernas. Meus dedos, imediatamente suados, seguraram a câmera. Meu pai caminhava na direção da caminhonete. Levava um saco pendurado sobre o ombro esquerdo. A mão direita segurava um objeto. O saco foi jogado na carroceria e caiu sem fazer barulho. Ele abriu a porta do passageiro com a mão esquerda, ainda segurando o objeto com a direita. Atrás da árvore, inclinei a metade superior do corpo, aproximei a câmera do olho. Eu o vi tirar alguma coisa de baixo do banco. O luar iluminou chaves e martelos quando ele abriu uma caixa de ferramentas. As peças de metal se chocaram com um ruído característico quando ele revirou a caixa e encontrou o que procurava. Segurando a ferramenta escolhida, meu pai virou e se encostou na caminhonete.

O momento era perfeito. Apertei o botão da câmera, percebendo uma fração de segundo tarde demais que, mesmo com todo o planejamento, tinha esquecido o mais simples dos fatos: aquela era uma câmera automática, e todas as câmeras automáticas disparam flashes à noite. A luz branca nos chocou. Tudo ficou iluminado em um instante de claridade imóvel: folhas de grama, insetos imobilizados no ar como pedras arremessadas, a superfície espelhada da caminhonete, meu pai, sua expressão perplexa, o alicate que segurava, o brilho de muitos anéis de pedras preciosas e, na mão do meu pai, usando todos aqueles anéis, uma mão humana amputada.

17

Voltei para casa sentado na carroceria da caminhonete. Não tinha mais motivos para me esconder. Quando nos afastamos da árvore, notei com surpresa que a cerca de madeira à qual eu estivera encostado marcava o perímetro de um cemitério. Ela acompanhava a elevação suave, e os fantasmas brancos das lápides desapareciam silenciosos na escuridão.

Meu pai é ladrão de túmulos, eu repetia para mim mesmo muitas vezes. O único lixo que ele coletava era carniça. Eu esperava que o horror disso tudo diminuísse a cada repetição, mas, em vez de diminuir, estava me dominando. Meu cérebro girava em voltas lentas e aterrorizadas: repulsa diante de um ato tão indizível, incredulidade por minha mãe ter sido capaz de conviver com isso, as possíveis reações de Woody, Celeste, Gottschalk, Simmons, Diamond, Laverne ou Ted a essas revelações, e mais que tudo o cheiro, o odor que invadia todas as fibras das paredes da cabana e minhas roupas, a pele, o cabelo. Finalmente eu sabia de onde vinha.

Revi os últimos momentos na cerca do cemitério: sua perplexidade, minha imobilidade, o movimento lento que ele fez para tirar a câmera da minha mão. Ele guardou a câmera em um bolso, depois pegou novamente o alicate. Ouvi um estalo e o ruído abafado de osso se soltando de osso. Vi meu pai remover os dois anéis do dedo cortado, guardá-los no bolso, depois levar a mão e o dedo até o alto da elevação. Meus olhos o seguiram por cima da cerca do cemitério. Ele devolvia a mão ao lugar onde a havia encontrado. Era loucura. Eu mal conseguia pensar, mal me mexia. Muito mais tarde, talvez uma hora depois, meu pai voltou. Trazia outro saco, que deixou na carroceria da caminhonete. Parecia estar além do limite da ira. Os olhos estavam vidrados e ele não disse nada, nem uma palavra. Quando olhou para mim, levantei a mão trêmula para impedir o que estava por vir.

"Olha", falei, mas não tinha outras palavras.

Ele fez o oposto e desviou o olhar. Entrou na caminhonete, bateu a porta e ligou o motor. Depois do ronco, vi as luzes do freio colorindo a fumaça. Esperei que meu pai se afastasse. Em vez disso, ele permaneceu sentado atrás do volante, imóvel. Depois de um minuto, subi na carroceria.

Agora, quando a viagem se aproximava do fim, as rodas trocavam a suavidade relativa do asfalto pela terra. Ali estava minha última morada, o lugar onde ele cumpriria a promessa de uma lâmina escocesa manejada com precisão. Árvores cruzavam seus galhos sobre mim, depois se juntavam para esconder a noite. A caminhonete parou de repente. Ouvi a porta da cabine abrir e fechar. Sentei e vi que não estávamos em nenhum matagal desconhecido, mas de volta à cabana. Meu pai se dirigiu à porta da frente, deixando os sacos comigo. O murmúrio do rio era muito parecido com o grunhido gutural da caminhonete. Olhei para os sacos e me perguntei, fora de mim, se ele esperava que eu os levasse para dentro.

Um longo tempo se passou. Em um dado momento, fiquei em pé e urinei pela lateral da caminhonete. Deitei novamente, aceitando como cama a superfície em relevo da carroceria do veículo, da mesma forma que aceitava o chão perto da pia. Olhei para o relógio: quatro da manhã. O sol nasceria em duas horas, e já era segunda-feira. A escola parecia ser um meio de fuga: eu poderia ir para lá, como sempre, e me perder na rotina enquanto pensava no que fazer. Lá até havia quem pudesse me ajudar: Simmons, talvez, Ted, ou eu poderia contar a Laverne. Embora não conseguisse nem imaginar um jeito de começar essa conversa. Todas as abordagens em que conseguia pensar eram espetacularmente insanas. Fechei os olhos, embora soubesse que jamais conseguiria dormir, e então, minutos depois, peguei no sono.

18

A posição do sol dizia que eu tinha acordado no horário de costume. Bocejei e senti saliências desconhecidas marcando meu rosto. A minha lição de casa e os livros estavam lá dentro. Eu teria que entrar.

Cambaleei até a porta da frente e entrei. A porta do quarto do meu pai estava fechada. Prestei atenção e não ouvi nada. A porta do banheiro era convidativa demais para ser ignorada, e eu entrei, fechei a porta e lavei o rosto com água fria, esperando apagar as marcas. Lavei as mãos e olhei para elas, lembrando o que tinha visto. Era a mão de uma mulher. No dedo anelar havia um anel de noivado e uma aliança de casamento. Ela era casada. A mão pertencia à esposa de alguém, talvez mãe de alguém.

Peguei a mochila verde e fui até a porta da cabana. Quando a abri, ouvi o ruído da porta do quarto. Eu me virei e lá estava ele, os olhos queimando, o cabelo mais desgrenhado que nunca, os pelos do peito se projetando pela abertura da camisa. Eu me preparei para o ataque.

A expressão dele, porém, era tensa e aflita. *Ele não quer que eu denuncie ele*, percebi, sentindo novamente a repulsa e a raiva. Saí, bati a porta e atravessei o quintal. Estava embaixo das árvores, mas não me senti seguro até caminhar uma boa distância na Jackson, sentindo o novo suor de um novo dia produzindo um cheiro estranho em conjunto com os odores imundos da noite.

Na aula de biologia, as pessoas ficaram tampando o nariz. Eu sabia que estava fedendo. Baixei os olhos e tentei viver dentro de mim mesmo. Quando Gottschalk me chamou à frente da sala, tropecei na bolsa de livros de alguém e não me importei quando todo mundo riu. Fiquei ali, à beira da inconsciência, levantando os braços quando Gottschalk ordenava e suportando quando ele apontava para minhas axilas úmidas e falava sobre o milagre da transpiração. Pela fresta dos olhos, vi o rosto perfeitamente inexpressivo de Celeste Carpenter. Através dos cílios, eu a vi olhar para mim com a objetividade de uma zoóloga.

Suportei como um sonâmbulo as duas aulas e o almoço, até chegar a hora de ir para a sala de música para a prática individual. Quando cheguei lá, Karla, uma de nossas quatro flautistas, estava sentada na frente da porta com os fones de ouvido nas orelhas. Ela me viu, interrompeu a música e recolheu suas coisas.

"Ted está doente", disse, deixando os fones pendurados no pescoço. "Mas pode aproveitar seu tempo."

O silêncio na sala era sinistro. Duas cadeiras perto de uma estante de música davam a impressão de que Ted havia morrido no meio de uma aula. Andei pela sala me sentindo grato pela chance de ficar sozinho e olhei para uma das cadeiras, pensando que, caso me sentasse e fechasse os olhos por vinte minutos, Peyton, baterista, se daria ao trabalho de me acordar quando chegasse. Provavelmente não.

Ouvi um barulho. Virei e vi que o armário de Ted estava fechado. Nunca o tinha visto de outra forma que não exibindo abertamente sua fartura. Cheguei mais perto e agucei os ouvidos. Lá dentro, ouvi ruídos abafados. Meu cérebro embotado não os relacionou a nenhuma atividade humana. Só pensei que, se vasculhasse dentro do armário, conseguiria me manter acordado. Abri a porta.

Woody estava lá dentro chupando o pescoço de Tess, a blusa dela levantada até as axilas, a mão dele segurando seu sutiã. Minha colega trompetista me viu primeiro, e sua expressão era de contrariedade, não de choque. Woody levantou a cabeça, afastou a boca do pescoço dela com um estalo e olhou para mim com um meio sorriso curioso.

"Desculpa", resmunguei. O sorriso de Woody ficou mais largo.

"Vai embora", falou Tess, e levantou as sobrancelhas com tanta veemência que seus cachos balançaram.

"Desculpa", repeti.

"Fecha a porta, Escrotchi", ordenou. Vi os dedos dela segurarem a mão de Woody, que inconscientemente tinha se afastado, levando-a de volta ao seio. Eu segurava a maçaneta e, desviando o olhar, fechei a porta. Os ruídos abafados recomeçaram, mas me afastei para não ter mais que ouvir. Vi meu reflexo se espalhar e fragmentar nos espelhos de embocadura. O armário de Ted... eu lamentava por ele. Aqueles dois se pegando, eles iam derrubar as coisas e bagunçar as prateleiras; e não colocariam no lugar os objetos que caíssem. Não tinham respeito por Ted, nenhum dos dois, e depois de hoje debochariam dele em pensamento cada vez que o vissem: *A gente se pegou no seu armário e você nem sabe.*

A exaustão estava me deixando vazio e seco, e a centelha de raiva não demorou para pegar fogo. Eu não me importava com Tess, nem um pouco. Voltaríamos a nos ignorar nos ensaios da banda. Mas Woody, aquele filho da mãe... conseguia escapar impune de quase tudo, mas não disso, não desse desrespeito por Ted. E não só por Ted. Eu também pensava em Celeste. Embora tivesse presenciado uma ou outra ocasião em que Woody havia me atormentado, ela sempre me deu a impressão de que esperava permissão para sair de perto daquele babaca e se aproximar de outra pessoa, qualquer que fosse seu status social. Alguém como eu, por exemplo.

Eu tinha que encontrá-la, ela precisava saber. Os últimos vinte minutos do horário de reforço pareceram duas horas. Minha mente deixou de lado tudo que havia acontecido na noite anterior para se concentrar nessa missão da maior importância. Punir Woody, ganhar a gratidão de Celeste. Se eu conseguisse essas duas coisas antes de voltar para casa, a consequente luminosidade afastaria parte da escuridão.

Mais duas aulas, o último sinal. Alunos se levantavam de suas cadeiras, e eu tentava me manter entre eles. Deveria ir até o campo de futebol para o ensaio da banda, mas não fui. Dois andares, seis corredores, saídas por todos os lados. Como eu a encontraria? Olhei em volta, examinando grupos de meninas, cabelos penteados com capricho, saias curtas, os sapatos mais elegantes que alguém poderia comprar nos arredores de Bloughton. Percorri um corredor — nada. Outro corredor, uma centena de rostos, nenhum era o dela. Uma terceira ala, e ainda nada. Eu sentia, como o sangue em minhas veias, os alunos deixando o prédio às dezenas.

Ao virar num corredor próximo à porta da frente, vi um cabelo preto preso de um jeito exótico com uma presilha. Desci a escada olhando com atenção para a tarde abafada. Estava atrás dela; estava ao lado dela; mais um passo e me vi diante da personificação da beleza e da graça, Celeste Carpenter.

"Celeste", ofeguei. Ela teve que parar, eu estava bloqueando o caminho. Levantei a mão para ganhar um momento enquanto respirava ofegante. Meu cheiro: tarde demais, pensei e torci para que qualquer odor desagradável se dissipasse ao ar livre.

Como começar? Meu cérebro se esforçava para compor uma declaração direta. *Não achei que você estaria aqui fora*, considerei. Pelo menos era verdade. Até onde eu sabia, Celeste participava de várias atividades e era particularmente talentosa no teatro e na dança. Ouvi dizer que os ensaios da peça aconteciam todos os dias depois das aulas. Sim, era isso. Eu poderia perguntar se ela ia faltar ao ensaio, ou só tomaria um ar antes dele.

Em vez disso, praticamente arrotei: "Vi o Woody com a Tess".

A sombra delicada entre suas sobrancelhas se aprofundou. Sua expressão se manteve enigmática, apesar da suave inclinação da cabeça. Nesse momento percebi que ela não estava sozinha. Havia outras garotas meio passo atrás dela. Era mais fácil ler a expressão das outras, embora estivessem mais afastadas.

"Na sala da banda", consegui acrescentar, embora ainda chiasse. Tudo que ouvia era o sangue latejando em meus ouvidos. "Eu estava na sala da banda e olhei dentro do armário, e Woody e Tess estavam lá. Eles estavam se beijando. Ela estava com a blusa levantada. Achei que devia contar. Achei que você precisava saber."

Esperei ver a perplexidade em seu rosto, talvez o sofrimento. Se ela começasse a chorar, o que eu teria que fazer? Oferecer consolo? Um abraço? Eu não sabia se seria capaz disso. No fundo, uma convicção se formava: eu seria, sim.

O deslocamento de ar transformou seu cabelo em um halo de adagas quando ela projetou o braço. As unhas afiadas estalaram no meu rosto, e nesse instante compreendi meu erro. Ela já sabia que Woody não era fiel, o lance com Tess não devia ser o primeiro, mas esse tipo de coisa não era para ser levada a público. Ter falado a verdade na frente de outras alunas era detestável e destruía deliberadamente a persona que ela havia construído com tanto cuidado. Meu rosto queimava de dor. Senti agulhadas úmidas onde as unhas haviam rompido a pele. Olhei para sua mão repousando calmamente sobre a saia, as unhas pintadas e enfeitadas, mas em vez dela vi o membro amputado da noite anterior. Uma certeza gelada me invadiu: a de que seria aquela mão morta e inchada que um dia eu seguraria, e não a de Celeste.

Ela se mantinha como sempre, serena e inabalável. Seus lábios se distenderam num sorriso, e ela e as amigas se afastaram, deixando-me ali com a nova desgraça das quatro linhas finas de sangue secando no meu rosto.

19

O telefone engoliu meus trocados. Senti em minha testa a vibração das moedas abrindo caminho.

"É o Boris."

"Boris!", gritei. "É o Joey!"

Houve uma pausa. Sem planejar, contei o tempo. Cinco segundos inteiros.

"Joey", disse ele. "Oi."

"Preciso dar o fora daqui."

Outra pausa. Mais cinco segundos, pelo menos.

Boris suspirou. "Você me liga no meio do dia pra isso?"

"Está me ouvindo?" Minha voz tremia um pouco. "E não é o meio do dia, é o fim do dia."

"E a banda de jazz começa a ensaiar em dois segundos. Estou entrando na sala. Estou no corredor. Ah!" A voz dele ganhou um tom de interesse. "Sabia que Mac Hill tocava trombone?"

"Mac Hill? Boris, escuta."

"Você se lembra do Mac. Ele é muito bom, tem tocado sozinho há quase quatro anos. Ah, lá vem ele. Mac! Ei, Mac!" Risadas, outra voz perto do telefone. "Eu falei que essa merda não ia colar", Boris falou para Mac, e os dois riram juntos de uma piada que eu nunca entenderia. Massageei as têmporas. Era difícil imaginar que, para Boris, a vida seguia como sempre foi. A injustiça encheu os cantos dos meus olhos de lágrimas.

"Mac Hill", falei. "Eu me lembro dele." Mac Hill era um excluído, muito mais que eu e Boris. A ideia de que ele havia se reinventado como trombonista e parceiro de Boris me surpreendia. Como alguém conseguia sair de um buraco desse tipo?

"Ah, então, ele agora vive para os metais. Acho que a gente vai arrasar na estadual." Ele fez uma pausa. "Podia me ligar quando não for uma emergência, sabia? Não sou o 190."

"Desculpa."

"É só dizer não. Chapar é pra gente chapada. Não precisamos de outro Charlie Parker."

Levei um longo momento para decifrar o comentário. "Você acha que eu estou me drogando?" Isso era mais do que eu podia aturar, essa suspeita telepática compartilhada entre o diretor do meu colégio e meu melhor amigo.

"Não", suspirou ele irritado. "Você só se comporta como se estivesse. Escuta, foi uma piada. Esquece. Só, sei lá, liga outra hora. Os velhos querem notícias, estão sempre perguntando do Joey, o que o Joey está fazendo, como estão as coisas entre Joey e o pai... Aqueles dois parecem um disco arranhado."

"Manda um oi pra eles." Tínhamos pouco tempo, como eu poderia contar a verdade sobre meu pai ou a gravidade da perseguição que eu sofria? De qualquer maneira, o som da voz de Boris era a coisa mais reconfortante do mundo, e eu não queria perder isso. "O que mais está acontecendo?"

"Estou entrando no ensaio da banda de jazz, é isso que está acontecendo", contou ele, e ouvi a cacofonia de vários instrumentos sendo afinados. "E estão olhando pra mim. Então vou desligar. Liga quando quiser, menos durante o ensaio. Certo?"

20

O espelho de dois dólares que eu comprei na farmácia encaixava bem atrás das torneiras da pia do banheiro. Eu estava na frente dele sem camisa. A lâmpada do teto, já meio cheia de insetos mortos, estava com defeito e a luz amarela ficava piscando. Eu estava lá, não estava lá. Eu existia, não existia.

Era como se quatro pequenos projéteis tivessem passado de raspão pelo meu rosto. Limpei o sangue seco da pele com água, e gotas novas começaram a brotar. Tentei me concentrar em qual delas cairia primeiro, e não só no que Woody faria comigo quando soubesse o que tinha acontecido.

Eu era filho de Ken Harnett. Disse isso a mim mesmo várias vezes. Ao se recusar a me matar com sua lâmina escocesa, ele havia abdicado do direito de negar meu único pedido. Coloquei pedaços de lenço de papel no rosto. Explosões vermelhas coagularam. Sim, eu pediria quando ele voltasse para casa. Espera, não... não seria um pedido. Eu exigiria. A luz piscou, falhou, acendeu. Eu existia, não existia.

Na manhã seguinte, eu ainda estava sozinho. Tirei o papel do rosto. As cascas pretas me assustaram, mas ficaram melhores depois de um banho. O hematoma, no entanto, era impossível de esconder e se espalhava quase tão depressa quanto a notícia do escândalo envolvendo Woody e Tess. Até eu ouvi histórias sobre o grandão do colégio rastejando atrás de Celeste, e como ela estava castigando ele. Ela ignorou com elegância as súplicas de Woody durante a educação física, e mais tarde, no vestiário masculino, os olhares dele não tinham mais nenhuma sombra de humor. Ele disse que os sulcos no meu rosto pareciam outra virilha, uma bunda, uma vagina, ou os três juntos. E falou tudo isso com tanta crueldade que até as gargalhadas do grupo dele soaram desconfortáveis. Troquei de roupa e fui direto para casa, sem nem pensar nas duas últimas aulas. Meu pai ainda não tinha aparecido.

O hematoma em meu rosto se espalhou em tons de roxo, amarelo e vermelho. Na quarta-feira de manhã, Gottschalk parou animado ao meu lado com seu bastão. Ele confessou que estávamos pulando alguns capítulos, mas aquela beleza no sr. Crouch não podia esperar. Fechei os olhos e deixei o sermão improvisado de Gottschalk sobre danos aos capilares se desmanchar em tagarelice. Tinha certeza de que meu pai voltaria no começo da tarde. Saí da escola na hora do almoço. Ele não estava em casa.

Quinta-feira: tinha que ser hoje. Nem fui ao colégio, fiquei em casa comendo as poucas sobras de comida, cutucando com um dedo o estranho caleidoscópio do meu rosto. O pisca-pisca da lâmpada do banheiro tinha piorado. Eu estava lá, não estava. Não estava. Não estava.

Corri para fora ao primeiro sinal da caminhonete. Eram nove da noite. A luz saltitante dos faróis era dividida em duas e três pelas árvores. Quando meu pai parou a caminhonete no lugar de sempre e desligou o motor, percebi que não tinha sido levado àquele momento pelo que havia acontecido a "semana inteira". Mas pelo ano inteiro, minha vida inteira.

Ele saiu da caminhonete. A barba de uma semana tinha engolido seu rosto. Estava carregando uma pilha de jornais. Sem olhar para mim, tirou os dois sacos cinzentos da carroceria. O maior fazia barulho de ferramentas de metal, o menor batia nos tornozelos dele, não inteiramente cheio, mas bem pesado.

"Quero ir com você", falei.

Ele não parou até chegar à porta da frente, onde virou para trás.

"Não", respondeu.

"'Não' é uma resposta inaceitável." As palavras que eu tinha ensaiado por dias pareciam frágeis.

"Não, *isso* é inaceitável." Ele apontou para o gramado cheio de falhas. "Todo esse arranjo é inaceitável. Você morando comigo, na sua idade, ligado de alguma forma ao que eu faço. Val teria me matado. Lionel me *mataria*."

Eu não sabia o que minha idade tinha a ver com o assunto e nunca tinha ouvido falar de nenhum Lionel. Nada disso era importante.

"Estou sozinho", falei. "Sou seu filho e estou sozinho."

"Isso pode significar alguma coisa pra você. Ou não. Em todo caso, não é o suficiente. Você não vai ser o pequeno Jerry do meu Jerry Cruncher."

Fiquei ainda mais confuso. "Quem é Jerry Cruncher?"

"Dickens", resmungou ele, chutando a terra. "O que ensinam pra você naquele colégio?"

"Nada." Dei um passo na direção dele. "Não me ensinam nada. Quero que *você* me ensine."

"Você não sabe o que está dizendo." A voz dele tremeu. "Não sabe o que isso implica. Acha que sabe, mas não sabe." E deu de ombros com uma expressão infeliz. Parecia velho e cansado. "A vida é engolida."

"Você não tem opção." Dei mais um passo. "Ou me ensina, ou vou falar com Simmons e Diamond. Ou pior, com a polícia. O que você faz não pode ser legal."

"Você está muito falante hoje."

"Você também."

A noite nos cercava. As folhas de outubro começavam a cair. Mesmo à noite, dava para ver as primeiras folhas caídas. Em poucas semanas, o quintal estaria coberto. Passos rangeriam. A chuva transformaria a matéria seca em polpa. A polpa se decomporia e se tornaria parte do novo solo. Todos esses milagres aconteceriam à nossa volta em uma sucessão rápida, e nesse meio-tempo meu pai e eu continuaríamos estagnados, estranhos, a menos que alguém fizesse alguma coisa agora para alterar nossas trajetórias.

"Quando você for mais forte", respondeu ele. Depois levantou o queixo, decidiu que gostava do caráter irrefutável de sua resposta e assentiu. "Quando for mais forte, aí a gente vê."

Senti a bofetada no rosto, os chutes no saco, as cutucadas interrogativas de Gottschalk. "Já sou forte", insisti.

"Prove." Ele levantou o mais pesado dos dois sacos, desamarrou a corda e enfiou a mão dentro dele. Foi como tirar uma espada da bainha: meu pai pegou uma pá surrada, velha, e a segurou como se fosse algo de valor inestimável.

"Esta é a Trituradora." Ele acariciou a madeira castigada.

"Sua pá tem nome?"

De onde estava, a quase um metro e meio de distância, ele a jogou em minha direção. Estendi as mãos, e a pá caiu na grama aos meus pés. Olhamos para a ferramenta no chão, a prova da minha inutilidade. Sem dizer mais nada, ele entrou na cabana e fechou a porta.

Lá dentro, os ruídos habituais: os sacos levados para o quarto, as botas chutadas, a água corrente. Eu me abaixei e segurei o cabo da Trituradora. O peso era inesperadamente satisfatório. Voltei ao quintal, vi pela janela meu pai refletido no espelho novo do banheiro, batendo na barba e olhando intensamente para o próprio rosto, um objeto estranho. A luz piscou e, para mim, pelo menos por ora, ele deixou de existir. Apontei a pá para o chão.

21

Sete horas depois, a primeira luz do amanhecer iluminou minha obra. Eu estava de joelhos ao lado de um buraco rústico de quase dois metros de comprimento e pouco mais de um metro de largura, na metade do caminho entre o fundo da cabana e o rio. Os pelos da minha perna estavam cobertos de lama. A terra tinha entrado em todos os lugares: na cueca, nas axilas, nas orelhas e nos olhos. Cada vez que eu balançava a cabeça, ela se espalhava como caspa preta. Cada vez que eu engolia saliva, sentia o gosto do café mais amargo. Meus braços eram pura agonia. Sentei na beirada do buraco, usando os polegares para examinar as bolhas nos dedos, e pensei no metro e meio cúbico de terra que havia deslocado.

Depois de um tempo, meu pai apareceu bocejando e passando a mão no cabelo. Ele parou no canteiro e colheu uma cebola. Descascou a cebola enquanto se aproximava. Fiquei olhando para ele e esperando, flexionando as mãos castigadas por cãibras, o cansaço vencido pelo orgulho que eu sentia diante da minha façanha noturna.

"Cebola fortalece o sistema imunológico, reduz o colesterol e previne o câncer", disse ele. Cebolas... era sobre isso que ele queria falar? Eu não sabia o que dizer. Ele limpou o vegetal e deu uma mordida gigante nele, cutucando com a ponta do pé a beirada do buraco, avaliando suas dimensões, e resmungou:

"Então isso é o melhor que você consegue fazer".

Depois se virou e começou a andar na direção da cabana. A fúria me dominou, e eu peguei a Trituradora onde tinha deixado, levantei e ataquei Bloughton. Foram vários golpes seguidos, a terra voava para todos os lados, e meu pai certamente ouviu as pancadas antes de desaparecer. Eu não tinha terminado, não estava nem perto disso.

Mais quatro ou cinco horas. Não conseguia mais ouvir o rio por causa da terra nas orelhas. O sol tinha atingido seu ápice e queimava; eu sentia a pele fritar e esfregava lama na nuca para me proteger de queimaduras. O solo estava mudando. A Trituradora atingia pedras, e o contato provocava vibrações tão intensas que meus dentes se chocavam. Eu pegava as pedras maiores com a mão e as lançava para fora buraco, onde elas desapareciam na terra acumulada do lado de fora.

Um músculo até então desconhecido, que se estendia da axila até a cintura, sofreu uma convulsão. Levei a mão à região, tropecei e caí de joelhos. A grama estava na mesma altura dos meus olhos. Soltei a respiração lentamente e examinei meus membros instáveis. O lodo conferia uma definição inesperada ao meu corpo e me mostrava, melhor do que Gottschalk jamais poderia mostrar, como os grupos musculares funcionavam juntos. A construção incomum da metade superior do corpo de meu pai fez sentido de repente: eu sentia os nós se formando em partes correspondentes de minha musculatura. Criei uma fantasia de voltar aos corredores da Bloughton High procurando Woody Trask, meu pescoço se expandindo em ombros enormes, a camiseta esticada sobre lajotas de peito, costas e braços. Eu poderia ser assim. Só precisava continuar cavando.

Por volta do meio-dia, alguma coisa caiu no buraco. Estendi o braço e peguei o objeto. Era uma garrafa térmica. Abri a garrafa e despejei o conteúdo em meu rosto, bebendo toda a água que podia. A água era quase açucarada. Sacudi as últimas gotas na língua. Fiquei de olhos fechados para não ter que ver meu pai.

"Você é muito lento", falou ele. Senti o frescor de sua sombra dar lugar ao calor.

O dia escureceu. A fome queimava dentro de mim, mas não competia com o milhão de outras dores. Um metro e meio, dois. A sequência de movimentos que compunha o ato de cavar se tornava tão automática quanto respirar. A parte mais difícil então era jogar a terra numa altura suficiente para tirá-la do buraco. Quando eu não conseguia, caía tudo em cima de mim. Ao anoitecer, encontrei água. Uma poça rasa se formava no canto mais afastado do buraco. Caí de joelhos e uni as mãos.

Acordei piscando. Havia uma luminosidade de crepúsculo. Alguma coisa tinha caído sobre meu peito. Tateei a região e senti o papel-manteiga. Era um sanduíche feito e embrulhado com desleixo. O contorno de espantalho de meu pai se impunha alguns andares acima de mim. Rasguei o papel. O pão amanhecido e a carne-seca foram empurrados de um lado para o outro por minha língua árida. Mastiguei e engasguei, depois mastiguei mais e engasguei de novo. O rosto de meu pai permanecia contra a luz, escondido. "Você nunca vai terminar esse buraco", disse ele.

A noite chegou, e o frio transformou o suor quente em algo gelado e pegajoso. Ouvi minha própria risada e tentei entender o que era tão engraçado. Dois metros, dois metros e meio: quando eu havia parado, se é que tinha? Eu agora movia a pá como se o ato abastecesse meu coração e meus pulmões. Ao longe, no interior da cabana, ouvi meu pai mexendo nos jornais, urinando com a porta aberta, fechando a porta do quarto para dormir, mas, é claro, tudo o que eu via era um pequeno retângulo de céu.

Tentei calcular o tempo que havia passado ali e não consegui. Horas e minutos tinham perdido o significado, só metros e centímetros tinham importância agora. Eu cavava. Meu corpo se revoltava. A pontaria piorava. A Trituradora acertou meu pé direito algumas vezes, cortando o dedão. Tentei ignorar, mas vi a lona do tênis se tingir de vermelho. Abaixei e joguei terra em cima do sangue para não ter que olhar para ele; perdi o equilíbrio e caí de costas, a cabeça na poça fria, os olhos fixos em uma minhoca clara que saía do barro. Não conseguia me levantar e, mesmo que conseguisse, senti que finalmente tinha cavado fundo o suficiente. As paredes eram altas demais para serem escaladas, e o que aconteceria se meu pai saísse de manhã? Comecei a criar um plano de resgate que envolvia o uso assíduo da pá, mas as ideias eram muito grandiosas, muito cansativas. E eu aceitei o vazio.

22

Alguma coisa batia em meu rosto. Uma visão clara de minha mãe me acordando para ir à igreja escureceu na lama da realidade. Pisquei diante do sol de domingo e cuspi para me livrar do gosto de terra. Sentei. Enquanto eu dormia, as milhares de dores no meu corpo se fundiram em um peso generalizado que, de alguma forma, era mais fácil de aguentar. Queimaduras de sol davam a sensação de que minha testa e nariz eram de plástico, inflexíveis. Alguma coisa bateu no meu rosto de novo. Pisquei e olhei o objeto. Era uma um nó corrediço.

Ali estava, então, minha morte. Não era nenhuma lâmina escocesa, mas eu não podia criticá-lo pela mudança de planos. Era muito conveniente o fato de eu já estar dentro da minha cova. Aproximei a cabeça da corda.

"O pé", falou meu pai lá em cima. "Levanta e encaixa o pé no laço."

Mão a mão, usei a corda para me levantar. Quando atingi a altura necessária, encaixei o pé no laço. Metade do tênis estava marrom, cor de sangue seco. Sem aviso prévio, meu corpo foi içado. Agarrei a Trituradora com uma das mãos e subi girando, sentindo a tintura de terra fria na nuca e no rosto. Depois de ser puxado para a beirada do buraco, caí ao lado do meu pai, que arfava sobre uma pilha de terra com a outra ponta da corda amarrada na cintura. Senti os dedos dele apertando meu rosto. Com um polegar, ele puxou a pele e abriu um olho. Estudou minha pupila por um momento antes de se afastar, aparentemente satisfeito.

"São oito da manhã", disse ele. "Vai se lavar. E vamos ter que esfriar esses músculos. Comecei a fazer gelo ontem. Depois você vai dormir. Hoje à noite você e eu temos um compromisso." Ele se levantou e inclinou o corpo para a frente, segurou meus pulsos com as mãos grandes e me puxou, me colocando em pé. De um jeito distante, reconheci a vitória, algum tipo de respeito que minha loucura havia conquistado do louco. Mais distante ainda, entendi a importância do tal compromisso. Meu pai havia me tirado de um túmulo para me levar a outro.

23

Ele se movia depressa. Carregava um saco atravessado nas costas, preso ao corpo por cintas para silenciar o barulho. Eu levava um saco vazio, preso ao pulso por uma corda muito apertada. Minha mão já estava dormente, e eu a imaginava se separando do corpo, uma coisa desvinculada que um dia meu pai poderia atacar com alicates. Andávamos abaixados.

A cerca era um clássico dos pesadelos: ferro forjado laminado e lustroso, mais alta que eu. Meu pai me contou que era ali que noventa e nove por cento desistiam: garotos se divertindo no Halloween, dependentes químicos moradores de rua, ladrõezinhos amadores com fantasias de lápides usadas como mesas de centro e crânios como *bongs*. Explicou que a cerca é como os dentes em uma boca.

Ele pendurou a bolsa pelos cordões em duas estacas da cerca, organizando pás e picaretas de maneira que ficassem apoiadas nas traves horizontais. O resultado foi uma escada improvisada. Meu pai pisou na ponta das pás e foi escalando os cabos. Minha bolsa foi usada para cobrir as pontas da cerca. Assim que encaixou a ponta da bota entre as extremidades das estacas, ele deixou o corpo cair para o outro lado enquanto segurava os cordões do saco. Ele desceu, e a bolsa do meu lado subiu. Era complexo e impressionante.

Do outro lado, topei com os dedões do pé em lápides escondidas na grama comprida; pedras baixas bateram nas minhas canelas, as maiores roçavam em mim na altura da virilha como ancestrais de valentões do ensino médio. Continuei andando com medo de perder meu pai de vista, mas era atrapalhado pelas coisas que insistiam em aparecer nos limites do meu campo de visão: rostos, braços estendidos, asas, tudo esculpido em pedra. Imóveis, meus pés começaram a afundar. O chão era coberto de vegetação.

A cerca vacilou, e nós também. Fui lançado entre duas criptas e o cemitério inteiro se apresentou como uma grande área cheia de dominós brancos. Estar sozinho em um cemitério é ser minoria. Corri para achar meu pai e o encontrei parado no meio de uma quadra, quase indistinto em meio aos anjos e santos que o cercavam. Ele disse que as pedras eram nossa bússola, e seus rostos apontavam para o leste. Com a ponta do pé, ele expunha as pequenas pedras numeradas que os coveiros usavam para identificar os lotes. Assim que voltamos a andar, esses números passaram a brilhar em todos os lugares. Aves escuras, talvez morcegos, escoltavam nosso progresso. Eu as observava fascinado e caí de cara em cima do túmulo de alguém. *Aqui não é meu lugar*, pensei desesperado, respirando o aroma da grama verde.

Senti uma mão em minhas costas — e quase não contive um grito. Era meu pai me levantando pela cintura do jeans, como se eu fosse só mais um saco barulhento. Limpei os cotovelos, tirando grama e terra, que mais pareciam cabelo e cartilagem. Uma curva à direita, uma à esquerda; as alamedas eram mal sinalizadas. Percebi que havíamos chegado a um monte de terra que ainda não tinha se acomodado no mesmo nível das propriedades vizinhas. O sepultamento era recente, mas não muito.

Não olha o nome, avisou o meu pai, e eu segui o conselho. Não é uma pessoa, ele insistiu, é carne estragando dentro de uma caixa. Ele passou a mão pelo terreno como se procurasse uma pulsação. A pá menor e a serra estavam à mão. Ele marcou cantos, um quadrado de pouco mais de um metro de largura e comprimento. Dei um passo para trás, e alguém me segurou. Indiferente, meu pai fez uma incisão com a serra, depois usou a pá para tirar a terra e a grama como se descascasse uma laranja. Eu me atrevi a olhar para trás e vi Jesus olhando para mim do alto com olhos brancos e lisos e os braços abertos. Faltavam três dedos em sua mão direita, e eu me perguntei se ele ainda poderia me abençoar sem eles. E mesmo que pudesse, considerando o que eu estava fazendo ali, ele ainda me abençoaria?

Um lençol foi tirado da bolsa e desdobrado. Parecia ser idêntico ao que cobria a cama do meu pai. Ele colocou o pedaço de terra e grama sobre o lençol e o puxou para longe da cova, expondo um quadrado perfeito de terra. Era como a pele removida de um tronco antes de uma cirurgia.

Trinta a quarenta minutos para um túmulo novo, ele havia me falado. Duas horas para um velho. Se tivesse acontecido um alagamento, o tempo poderia aumentar para até quatro horas. Havia uma lanterna, mas ele não a usou. Para impedir iluminação acidental, as pilhas eram mantidas em outro saco. Chega mais perto, ele chamou com um gesto. Eu não queria me afastar do Jesus de Dois Dedos. Meu pai usou a voz. Se você quer aprender, chega mais perto.

Os primeiros golpes foram experimentais. Quase silenciosos, e meu pai aprovou. As aulas começaram. Um metro e meio, ele disse, e se apoiou na Trituradora. Isso era tudo que precisávamos cavar. Tinha algo engraçado nisso, e precisei de um momento para lembrar o que era: na verdade, meu buraco na cabana tinha ficado fundo demais.

A terra removida caía exatamente sobre uma lona aberta em cima da cova vizinha. Quando chegasse a hora de devolver a terra, pensei, poderíamos improvisar uma espécie de funil para colocá-la no lugar. O barulho da pá, o ruído da terra caindo sobre a lona — o volume era agoniante. Talvez fosse por causa de todas as superfícies duras, porque todo o resto também soava muito alto: a folha empurrada pelo vento, o esquilo, os galhos roçando uns nos outros lá em cima.

A única coisa que sussurrava em um tom adequado era meu pai. Segundo ele, tirar bens dos túmulos é a profissão mais antiga que existe. Os homens do passado pegavam tudo de que precisavam nas covas de seus companheiros mortos. Máscaras e sarcófagos egípcios, trajes fúnebres de jade dos chineses, tudo isso era inútil para o solo e, portanto, levado de volta ao mundo. Contou que Da Vinci roubava corpos do necrotério para estudar anatomia. Michelangelo também, embora não tivesse estômago para a indispensável dissecção. Meu estômago revirou — mais meio metro, e o estômago relutante seria o meu.

Ele aprofundava o buraco, quase dois metros já. Depois de um breve descanso, meu pai continuou relatando, Michelangelo retomava seus estudos; e esta era a verdadeira marca de um artista: ter a coragem de ver o que realmente existe dentro de um homem. Eu me inclinei para a frente para não perder nem uma palavra. Ele era melhor professor que qualquer um na Bloughton High, melhor que qualquer um que eu já tinha tido. A confusão em sua vida, bom, talvez só fosse uma confusão quando vista de uma perspectiva limitada. De repente considerei que poderia existir outro conhecimento de tamanha importância que superava as preocupações corriqueiras do mundo, e esse conhecimento vinha de dentro: corpos, ossos e tecidos, e talvez até uma camada mais profunda, almas.

Um som de tiro me jogou no chão. Era a Trituradora encontrando seu objetivo. Meu pai embrulhou a lâmina da pá com um pedaço de veludo. Depois disso, os ruídos ficaram abafados. Cheguei mais perto e percebi caixões vizinhos parcialmente visíveis em meio à terra, enterrados muito perto uns dos outros, fato do qual meu pai reclamou. No fundo da cova, a superfície do caixão cintilava em meio à terra como água. Olhei em sua direção e vi meu reflexo.

Ele ergueu a mão do túmulo, me assustando, e pegou uma marreta e um pé de cabra que tinha sido modificado com uma curvatura em ângulo reto. Ouvi um barulho de metal amassado e fibra de vidro se rompendo e, para mim, esse era o som dos ossos da minha mãe quebrando um para-brisa e explodindo faróis. Presta atenção, meu pai falou. Fragmentos da tampa do caixão voaram pelos ares quando ele fez pressão com o pé de cabra. Foi incrível a precisão com que a tampa se partiu ao meio. Fiquei impressionado com a precisão do movimento, a exatidão com que ele manejava as ferramentas. Ainda estava fascinado quando ele deixou a tampa de lado.

Uma coisa verde que um dia foi uma mulher gritava comigo, o queixo caído sobre o pescoço e as órbitas dos olhos cintilando animadas. Ela estava viva — fiquei tonto e me segurei à lápide para não cair. O cheiro estava para o odor da cabana como ser mergulhado no oceano estava para comer um grão de sal. Em algum lugar, as aulas do meu pai continuavam, narrando os horrores com agoniantes detalhes médicos. O inchaço, ele dizia, já tinha dominado o tronco da mulher; as entranhas, depois de tanto tempo se alimentando delas mesmas, tinham se expandido e rompido as roupas. Lodo marrom vazava da boca e das orelhas. O cérebro, meu pai continuou estoico, é uma das primeiras vítimas do processo de putrefação. Foi com grande horror que olhei dentro dos olhos que tinha tomado por vivos e, em um instante doentio, percebi que *estavam* vivos, de certa forma, pois cada órbita era um emaranhado de vermes em movimento.

Comecei a especificar...

— *o vestido amontoado em volta dos sacos murchos que um dia foram seios —*
— *língua e lábios inchados por bactérias, transformados em uma fruta roxa grotesca —*

...mas não, por favor, não aqui, não agora. Prestei atenção em meu pai. Ele trabalhava em outro anel que não saía do dedo inchado. Ele soltou a mão, que se espatifou em cinco centímetros de gosma preta. Chamamos isso aqui de necrochorume, meu pai falou enquanto pegava o alicate, e ele é o resultado das bactérias no vácuo do caixão transformando o cadáver em lama. Eu o vi segurar a mão esquerda da mulher. A maior parte da pele se desprendeu em uma peça única, como uma luva transparente — pele solta, meu pai garantiu, só isso. Ele deixou a pele se dissolver no chorume e outra vez pegou a mão verde e úmida. Notei com uma perplexidade entorpecida que as unhas dela estavam pintadas de cor-de-rosa.

Com um estalo seco, o dedo foi cortado, meu pai removeu o anel e o guardou no bolso. Depois tirou do bolso um carretel de arame e se dedicou a costurar o dedo à mão da mulher. Regra do acampamento, ele disse, torcendo as pontas do arame com um alicate de ponta fina: nunca deixe eles piores do que quando encontrou.

Para terminar o conserto, ele virou o braço. No pulso da mulher, uma surpresa: um corte enfeitado com mais vermes. Era um ferimento suicida; agora a necessidade de especificar pulsava na minha cabeça. Aquela pilha efervescente de carne que um dia foi uma mulher não era resultado de causas naturais, mas da crença de que o mundo embaixo da terra era melhor que aquele embaixo do sol. Não é verdade, não é verdade. Queria que o Jesus de Dois Dedos me segurasse de novo com seus braços de mármore.

Eu ia vomitar. Meu pai ouviu o barulho da ânsia e disse para eu contar as estrelas. Senti a grama em minhas costas e vi os pontinhos brilhantes lá em cima, mas tinha esquecido os números. Monges da Idade Média, explicava meu pai, aqueles a quem se atribuíam poderes milagrosos, podiam, supostamente, transportar os túmulos de santos e bispos do subterrâneo para o celestial, e as estrelas que eu contava eram seus corpos. Perguntei qual era o nome dessa magia. Translação, meu pai respondeu, enquanto fazia alguma coisa que fez o corpo balançar ruidosamente em sua poça. Com o tempo o termo perdeu seu significado, ele continuou, e se tornou só mais uma palavra para o que estamos fazendo agora. Translação.

Por que ela se matou? Eu me ouvi fazendo a pergunta em voz alta. Não houve resposta, é claro, mas a voz do meu pai era relaxante, pelo menos. Há muito tempo, ele disse, os suicidas eram enterrados fora da cidade, em encruzilhadas, de forma que, quando a alma atormentada acordasse, houvesse três chances em quatro de escolher o caminho errado para casa. Hoje em dia, meu pai continuou, ainda existem áreas para suicidas nos cemitérios, lugares feios e abandonados, com drenagem ruim. Seu tom de voz se tornou mais duro. Shakespeare, ele contou, condenou seus personagens à morte por suicídio treze vezes em suas peças, e se era bom o bastante para ele, e bom o bastante para o seu Jesus, não sei por que tanto escândalo, não é? Olhei para o Jesus de Dois Dedos e pensei se a crucificação havia sido, de fato, suicídio, e se minha presença à beira desse túmulo aberto também era um suicídio, a morte autoinfligida de alguma coisa importante dentro de mim.

Ela é bonita, disse meu pai. De maneira geral, os suicidas têm uma beleza ou uma feiura incomum. Ele pediu que eu chegasse mais perto pra ver. Fechei os olhos com força. Como ele conseguia ver beleza no meio daquela confusão retorcida no rosto dela era algo que me confundia, mas também me fazia mais humilde, só um pouquinho. Abri os olhos, e ele esperava com a mão estendida.

Não pensei que havia espaço suficiente para nós dois, mas meu pai deslocou o corpo para o lado direito da mulher, e eu me abaixei do lado esquerdo. O cheiro ali embaixo me revestia como uma calda e começou a se espalhar pela minha língua. Eu não podia deixar essa podridão entrar em mim. Prendi a respiração. Meu pai apontou. O colar, ele disse. Tinha deixado a joia para que eu a removesse.

Não foi muito diferente de enfiar a mão em uma abóbora aberta. A caminho do pescoço, meus dedos abriram túneis em seu rosto; por um segundo, aquele era o rosto de Celeste, e as feridas eram a vingança por aquelas que ela havia aberto em mim. A posição dos lábios de meu pai anunciava que estávamos perdendo muito tempo. Rangi os dentes e puxei o colar. Ele não se soltou. Ao meu lado, meu pai bateu de leve no ombro da mulher. Acho que ele não percebeu o que estava fazendo. O gesto continha mais gentileza do que ele tinha demonstrado em relação a mim, como se dissesse a ela, shh, já vai acabar.

O fecho, é claro. Tentei encontrá-lo, e cada milímetro de progresso empurrava a joia mais fundo no pescoço ulceroso. Finalmente achei, mas fiquei tonto e percebi que ainda estava prendendo a respiração. Inspirei com dificuldade e deixei o ar contaminado deslizar por minha garganta. Agora ele estava dentro de mim; a morte estava dentro de mim. De algum jeito, o colar se soltou e eu o entreguei ao meu pai. Meus joelhos dobraram; um pé mergulhou no chorume. De repente eu rastejava como um verme até a beirada da cova, me agarrava à lona, transladava para as estrelas.

A tampa do caixão foi colocada no lugar com um arremedo de ordem. Eu não olhei. Enrolei as beiradas da lona para ajudar meu pai a encher o túmulo de terra. Ele continuava falando, mas era difícil ouvi-lo em meio ao barulho doentio dos meus pulmões. A podridão se apoderava de minhas entranhas. Além do ruído da terra caindo, percebi que meu pai falava sobre uma coisa chamada *Satipatthana Sutta*, uma passagem chamada "As nove contemplações do cemitério". Era um dos livros na cabana, eu sabia, e pensei se mais tarde ele ia me atribuir a leitura. A passagem, ele disse enquanto batia na terra do buraco, detalha um processo em que monges aprendizes meditam sobre corpos em vários estágios de decomposição até superarem a repulsa e absorverem a serenidade da natureza efêmera dos corpos. Eu sabia que o objetivo dessa explicação era me confortar. Mas havia uma mortalidade fétida inchando dentro de mim, eu estava certo disso, podia sentir suas longas garras penetrando meus órgãos.

Estávamos em pé e andando. Um saco pesado balançava sobre minhas vértebras. Meu pai ainda falava, e eu ainda tentava ouvir, mas meus ouvidos vibravam com o murmúrio baixo da doença. Ele me disse, e eu tentei entender, que o que tínhamos feito era algo antigo e possivelmente nobre, mas também vilificado, e que devia ser praticado com a maior solenidade. E que, mais importante, esse era um ofício passado de geração em geração, de professor para aluno, e a partir desta noite o grupo incluía não só meu pai, não só um grupo de homens clandestinos espalhados por todo o país, mas também, de maneira horripilante, eu.

"Somos chamados de Escavadores", disse ele.

24

Segunda-feira, colégio — eu não iria de jeito nenhum, eles sentiriam o cheiro do meu pecado em mim. Rezei para o calmo e misericordioso Jesus de Dois Dedos: *me salva*. Embora eu não merecesse, minhas preces acabaram sendo atendidas. Cinco minutos depois, levantei e vomitei na pia. Hoje não suportaria a escola. Estava doente de verdade.

O estado consciente era esporádico. Meus olhos doíam, por isso os fechei e me concentrei no suor que colava a camiseta e os shorts à pele. Eu tinha lido sobre febres tão altas que o cérebro da pessoa literalmente cozinhava, e me lembrei do líquido escuro que escorria da boca e das orelhas da mulher morta. Tossi e cuspi até aquilo tudo sair de mim, purê de tecido de cadáver, necrochorume, tudo arrancado das minhas entranhas, despejado nos canos de esgoto e devolvido à terra. Olhei meu reflexo no espelho do banheiro e vi um cadáver.

As mãos de Harnett estavam geladas. Percebi que ele me erguia do vaso sanitário. Fui carregado e deixado na minha cama, e momentos depois senti um pano sobre a testa. Tinha gelo embrulhado nele, mas alguns minutos depois restava só água. Minha cabeça latejava, e aproveitei o barulho para me esconder lá dentro. Sem cemitério, sem mulher, sem vermes, só um fogo no qual eu queimava sozinho.

Depois de um tempo vi meu pai parado na frente do fogão, cercado por uma nuvem de vapor, e fiquei fascinado com a normalidade da cena. Ken Harnett não estava lidando com túmulos e a enormidade da morte, mas segurando uma colher e mexendo o conteúdo de uma panela de metal, um caldo. Ele serviu a sopa, e eu a tomei. Mais tarde foram bolachas salgadas, e água. Devia ser terça-feira, no mínimo, e comecei a me preocupar com as aulas que estava perdendo e que impacto isso teria no futuro que minha mãe havia planejado. Eu corria o risco de ser reprovado? Suspenso? Isso era pior que aguentar a ira de Woody e Gottschalk. Depois de um período de ausência, meu pai apareceu e deixou uma pilha de papéis em cima da minha mesinha de cabeceira de papelão. "Suas tarefas", disse ele.

Mexer nas folhas me fortaleceu. Mesmo suados, meus dedos ansiavam pelos livros. Eu ia mostrar a eles. Continuaria tirando nota máxima em todas as provas. Minha dedicação seria tão intensa que eles me acusariam de ter colado, e eu aceitaria o desafio. Cochilei imaginando o esforço frustrado daquela gente. Que tentassem.

Uma mão fria em meu rosto me acordou. Abri os olhos e vi um homem idoso ajoelhado ao meu lado. Ele tinha cabelo branco e ralo e um rosto enrugado e muito escuro. Usava uma golinha branca de clérigo. Meu primeiro pensamento foi de vaidade: meu cheiro, o fedor do túmulo, esse homem de Deus se afastaria.

"Oi, Joseph", disse ele. "Sou o reverendo Knox." A vibração de sua voz era profunda e sincera.

"Oi." Minha garganta queimava.

O sorriso de Knox era tão largo que os fios do bigode se afastavam uns dos outros. Ossos gemeram alto quando ele virou o pescoço para olhar para trás.

"Esse menino está com depressão pós-cemitério."

Atrás de Knox, vi meu pai com as mãos enfiadas nos bolsos, alternando o peso do corpo de um pé para o outro como um colegial repreendido. "Foi a primeira vez. O que você esperava?"

"Isso não é desculpa pra deixar o menino nesse chão frio", ralhou Knox. "Homem, você devia procurar um médico pra examinar sua cabeça."

"Para de paparicar o garoto", reclamou Harnett. "Vai passar."

"Vai passar, meu pé", resmungou Knox. Olhei para o tecido da calça social preta e vi que ele não tinha a metade inferior da perna direita. Estudei seu rosto, e ele balançou a mão como se apagasse as últimas reações. "Eu tenho a cura, Joseph. Vamos pôr seu pai pra trabalhar, amém?" Knox piscou com um olho, depois falou por cima do ombro. "Dá um pulo no seu canteiro, velho, e me traz tudo que tiver, um de cada. Não vem com aquelas cebolas nojentas. Também vamos precisar de uísque. E nem tenta me dizer que não tem. E dois limões, e se pra isso tiver que ir à cidade, bom, não sei o que dizer, senão que agora está cumprindo as tarefas do Senhor. Deus não é bom?"

Para minha surpresa, Harnett entrou em ação imediatamente. Pegou a jaqueta da cadeira de balanço e tirou as chaves do bolso. "Não vai encher a cabeça do garoto com essa merda de tarefas do Senhor, ok?"

Knox adotou um tom filosófico. "Basta ao discípulo ser como o seu mestre, e ao servo, como o seu senhor. Se o dono da casa foi chamado Belzebu, quanto mais os membros da sua família!"

Meu pai levantou a mão em sinal de rendição e saiu. Knox pôs a mão no joelho e, com um grunhido sofrido, se levantou. Em pé, ele encaixou a muleta embaixo de um braço.

"Você é um dos Escavadores?", perguntei.

"Sou só um dos soldados de Jesus. Deus não é bom? Não, criança, não aprovo praticamente nada do que seu pai sempre fez. É errado. Não preciso dizer, você sabe. Mas esse é o milagre de Jesus, Joseph." Knox sorriu. "Dois homens como seu pai e eu, compartilhando o pão? Deus é bom! A alma de Ken Harnett está em chamas, sim. Mas sabe o que isso significa? Significa que minha alma também queima. E nós dois, amém, apagamos o fogo um do outro." E bateu nas mangas como se ilustrasse o discurso.

"Você sabe? O que ele faz?"

"'Ai dos que chamam ao mal bem e ao bem, mal, que fazem das trevas luz e da luz, trevas, do amargo, doce e do doce, amargo...'"

Tentei me apoiar sobre um cotovelo. Knox piscou.

"Vamos te deixar bem, amém?"

As palavras simplesmente saíram da minha boca: "Deus é bom".

Quando Harnett voltou, Knox pôs uma colher de pau na mão dele, e em seguida meu pai estava na frente do fogão, carrancudo enquanto preparava alguns legumes. Knox enfileirou garrafas em cima da bancada e depois de um tempo me deu meio copo de um líquido dourado. Ele mancou até a cadeira de balanço do meu pai, sentou e descansou a muleta nos braços da cadeira.

Knox suspirou enquanto massageava o toco de perna. "Faz quarenta anos que tento enfiar um pouco de juízo na sua cabeça dura, e faz quarenta anos que você me diz pra não desperdiçar meu fôlego. Pois bem, não tenho mais muito fôlego pra gastar, por isso é melhor me deixar falar. Amém?"

Por um momento, meu pai ficou imóvel. "Não fala isso."

"Quando Deus chamar meu nome, pretendo ir saltitante para uma terra onde não existem muletas, dentaduras nem embalagens de remédio que ninguém consegue abrir. Você vai se debater e espernear pelo caminho até a glória. Não acredita em nada que é posto diante dos seus dois olhos. Não acredita nem nos Incorruptíveis."

"Eu dou cem dólares pra você não começar com isso de novo", disse Harnett. "Duzentos."

"Santa Teresa Margarida." Knox prolongava cada palavra com um prazer excêntrico. "Quinze dias depois de morta, ainda tinha as faces rosadas, glória a Jesus. E cheiro de flores também, todas as testemunhas juram que sim."

"Conheço truques que poderiam produzir o mesmo efeito", Harnett resmungou do fogão. "Só preciso das substâncias certas e cinco minutos com o corpo."

"Treze anos depois! O corpo abençoado foi transferido, e na exumação o corpo de Santa Teresa Margarida foi encontrado ainda incorrupto! Um milagre concedido a Santa Teresa Margarida pelos milagres de cura que ela operou como Sua serva. Oh, Deus é bom."

"Isso foi quando, século XIX? XVIII? Milagre é você acreditar nisso." Harnett mexeu os legumes na panela.

Knox bateu no joelho e riu. Um de seus dentes era revestido com ouro. "'Eu sou a ressurreição e a vida!'" Ele gargalhou e bateu no joelho de novo. "'Eu sou a ressureição e a vida! Quem crer em mim do seu interior fluirão rios de água viva.' Visite a capela do ministério de Santa Teresa dei Bruni. Veja você mesmo. Depois volte e explique isso pra mim."

"Ela foi embalsamada, Knox." Harnett suspirou. "E eu não vou pra Itália."

"O que é um Incorruptível?" Minha voz surpreendeu até a mim. Knox pareceu satisfeito por eu ter perguntado. A reação de Harnett foi menos entusiasmada.

"Responde pro menino", falou Knox. "Ele fez uma pergunta razoável."

Meu pai mordeu a boca por um momento. Quando falou, manteve os olhos fixos nos vegetais. "Existem dois tipos de preservação", começou de má vontade, "o embalsamamento e uma espécie de embalsamamento natural."

"Como o Homem do Gelo", falei.

"Mas algumas pessoas", continuou ele e fez uma pausa longa o bastante para indicar Knox, "afirmam que existe um terceiro tipo, corpos que não se decompõem por causa de suas... eu nem sei. Suas virtudes."

"E nós os chamamos de Incorruptíveis", ronronou Knox.

"Algumas pessoas chamam isso de bobagem", argumentou Harnett.

"São Francisco Xavier, ah, me deixa falar sobre São Francisco Xavier!" As mãos de Knox estavam erguidas na altura da cabeça em um júbilo só dele. "São Francisco Xavier morreu em 1552. Sabe o que disseram em 1974, quando examinaram seus restos mortais? Disseram: 'Ora, parece que São Francisco está só dormindo'. Ou Santo André Bobola, torturado e queimado vivo, ou São Josafá, que foi tirado de um rio! Incorruptos, cada um deles. Diz agora se Deus não é bom!"

Ouvi um estalo quando meu pai apagou a chama do fogão. Ele levantou a panela e despejou o conteúdo em um prato. "Tudo isso é muito interessante e nada disso significa coisa alguma."

"Significa que o túmulo é um cercado." A alegria no tom de Knox endureceu e se tornou autoritária. "É uma sala de espera. Um abrigo temporário, amém. Significa que enterramos nossos corpos na *alegria* de nosso Senhor, e Ele tem *conhecimento* daqueles corpos e até, amém, a *posse* deles. Usa os Incorruptíveis pra transmitir uma mensagem, Ken Harnett, a de que você não devia ir lá mexer no que pertence a Ele. Agora põe um pouco de sal e pimenta nisso aí antes de servir pro menino. Maria e José."

Algumas batidas irritadas mais tarde, minha bebida recebeu a companhia de um prato de comida: fatias assadas de pimentão vermelho e verde, tomate e muita cebola torrada, tudo jogado sem nenhuma cerimônia sobre um leito de arroz grudento. Comecei a comer com os dedos antes de meu pai colocar o garfo na minha mão. Depois de levar um pouco de comida à boca, bebi um grande gole da mistura líquida. Imediatamente, minha garganta ardeu e fechei os olhos. *Então isso* era uísque. Ele chegou ao meu estômago e radiou calor, e só momentos depois senti as notas de mel e limão. Minha primeira impressão foi de que era como aspirar vapores de gasolina. A segunda foi de que eu queria mais, e bebi tudo.

Knox ria. "Essa depressão vai desaparecer depressa", disse ele. Seus olhos brilharam e as mãos cobriram o coração. "Um filho. Deus é bom. Deus é *muito* bom. 'Os filhos são herança do Senhor', Salmo 127. É um presente, Harnett. Não o jogue fora."

Harnett olhou para o velho de um jeito quase carinhoso, e naquele momento reconheci dois homens com muita história em comum, dois homens em lados opostos de uma batalha que seguiam lutando, apesar de se respeitarem.

"Está calor para outubro", disse Harnett. "Bom pra sua artrite."

Eles ficaram em silêncio, e eu comi e bebi. O sol se punha. De repente, a luz incidiu sobre o espelho do banheiro e me cegou temporariamente; meus olhos ficaram repletos de luz branca e meus ouvidos se encheram de um som que pareciam gritos de corvos. Quando os abri novamente, Knox estava ajoelhado diante de mim, pegando o copo vazio de minha mão e trocando-o por outro com água. Eu pisquei. Acho que desmaiei. Por cima do ombro dele, vi meu pai lá fora cortando lenha com um machado. Também vi o carro de Knox, uma coisa pequena, velha e castigada que devia ter uns vinte anos de idade. A grande mão do reverendo bateu de leve na minha, e me encantei com a brancura pura de suas palmas.

"Seu pai", suspirou ele. "Salvo as almas que posso, mas só o Todo-Poderoso sabe que caminho seu pai vai seguir." Ele massageou meu pulso, e senti uma força viva nos ossos do velho. "Lembre-se dos Provérbios: 'Ouça, meu filho, a instrução de seu pai e não desprezo o ensino de sua mãe'. Entendeu? Quero que o Senhor tenha menos trabalho com você do que tem com seu pai. Amém?"

Fraco, fiz que sim com a cabeça.

"E o que quer que faça", continuou ele, arregalando os olhos amarelados e se inclinando para a frente até eu sentir o cheiro de café, amendoim e perfume de hortelã, "fique longe do sr. Boggs. Não se aproxime de Antiochus Boggs."

Abri a boca para dizer que não conhecia nenhum sr. Boggs, mas os passos de Harnett retumbaram dentro da cabana, e ouvi o estrondo das toras de madeira caindo ao lado da lareira. Knox se levantou e balançou por um instante antes de se apoiar na muleta.

"Sabe o que minha tataravó teria receitado para essa criança?", perguntou Knox a Harnett em voz alta.

"Outro uísque, provavelmente."

"Um melificado", disse Knox. E olhou para mim. "É uma múmia que permaneceu revestida com mel por muitos anos. Há os que acreditam que comer um melificado tem grande valor medicinal. Mais ou menos como essa bebida que preparei pra você. Só que mais forte."

"Para de enganar o menino." Harnett chutou a lenha contra a lareira. "Essa bobagem nunca existiu fora da China do século XVI."

Knox começou a mancar pela sala. Entrei em pânico ao pensar que ele estava indo embora. Tinha certeza de que Knox e o estranho conhecimento que dominava eram a chave para explicar muita coisa sobre Harnett, minha mãe e eu. "Se acha que não faziam esse tipo de coisa no pântano nos tempos da minha tataravó, não sei mais o que dizer. Ela chamava de múmias de mel. Ah!"

A respiração de Knox estava difícil quando ele seguiu mancando até a porta e pegou suas coisas. Jogou um cachecol sobre os ombros magros e pôs o chapéu, empurrando-o sobre as orelhas. Suspirou e hesitou junto à porta aberta, tirando do bolso um pequeno molho de chaves.

"Não sei quando venho de novo", disse. "Tenho muitos Escavadores pra visitar e vou mandando notícias."

"E dizendo a todos nós como estamos condenados", acrescentou Harnett.

"Também, também. Até o fim do ano, espero ter resgatado mais alguns. Talvez você também?"

Harnett parecia triste. "Talvez."

Knox bateu no ombro de meu pai. "Bom. Ouvi dizer que vai haver uma transferência no inverno. Pode ser antes do fim do ano. Mando notícias."

"Agradeço."

"E não tenho nenhuma novidade sobre..." Knox parou com a boca aberta, depois a fechou. Deu de ombros. De algum jeito, eu sabia o que aquilo significava: sr. Boggs. "Mas o que sei não é bom."

"Tudo bem. Obrigado."

Knox apontou para mim, mas continuou olhando para meu pai.

"Eu sei. Eu vou, eu vou", disse Harnett, assentindo.

Knox suspirou de novo e também assentiu com a cabeça. Ele se apoiou na muleta e virou de frente para o anoitecer. Depois respirou fundo antes de sair.

"Pode ser um outubro quente", disse, "mas vai ser um inverno dos infernos."

25

O nome era Diversão e Jogos. Duvido que alguém tivesse desconfiado de como alguma coisa com esse título inocente poderia acabar tão mal. Com o semestre quase na metade, os chatos, mas previsíveis, testes de aptidão tinham finalmente acabado. O fato de essa perda de tempo idiota ter fim parecia aborrecer os professores de educação física, o sr. Gripp e a sra. Stettlemeyer, que haviam passado boa parte das sete semanas anteriores relaxando na arquibancada.

"A partir de hoje, vamos dividir a turma", anunciou o sr. Gripp. Ele era um homem alto que ia a todos os lugares de moletom e shorts de ginástica e tinha o mau humor sonolento de alguém quem fazia tudo aqui havia muitos anos. "As meninas ficam com a Stettlemeyer aqui no ginásio. Os rapazes podem escolher: ou fazem a unidade que a sra. Stettlemeyer planejou, ou vêm comigo para a sala de musculação e, vocês sabem. Vão levantar peso."

Estávamos espalhados. Celeste estava alguns metros à minha frente. Um círculo de garotas a mantinha isolada de Woody, que mesmo assim a assediava com olhares de cachorrinho. Eu mantinha a cabeça baixa e dizia a mesma coisa a mim mesmo: os Incorruptíveis existiam, sim, e Celeste era um deles — nada que qualquer um fizesse poderia prejudicá-la. Tentei esconder com a mão o resquício amarelado do hematoma. *Fique longe*, lembrei, mas não por ter medo de sua ira. Era porque temia que ela pudesse sentir meu cheiro de cemitério, e que o contorcer de seus belos traços telegrafasse a todo mundo na sala que tipo de monstro eu realmente era.

"Escutem, todos! Vou chamar minha unidade de Diversão e Jogos!", gritou Stettlemeyer, sem soltar o apito revestido de borracha que mantinha entre os dentes. Ela falava sempre desse jeito, o que era bem engraçado quando nos incentivava com um "Força!", mas era hilário quando a pegavam tentando elogiar o penteado de alguém. Algumas pessoas riram, mas, como sempre, Stettlemeyer pareceu não ouvir. "Vou dizer o que podemos esperar! Várias modalidades leves! Vôlei! Badminton! Pingue-pongue! E vamos trocar de modalidade em quase todas as aulas! Acho que vão gostar da grande variedade!"

Eu não me animava com a incerteza da "grande variedade", mas a alternativa, a sala de musculação, me preocupava ainda mais. Localizada no topo de uma escada estreita, em cima do ginásio, o espaço ameaçador era mais ou menos dominado por Woody e sua turma. Imaginei halteres, barras e outros equipamentos mais complicados, todos usados de maneira bizarra e cruel contra mim.

Gripp ergueu a bermuda. "Muito bem, todo mundo que vem comigo pode vir."

Houve um momento tenso durante o qual ninguém se mexeu, depois Woody bocejou, bateu na parte de trás da cabeça raspada de Rhino e se levantou. Segundos depois, todos os garotos caminhavam para a porta da sala de musculação. Após um momento de atenção ao grupo, Gripp olhou para os que restavam até encontrar o desertor, eu, bem lá no fundo. Minha pele queimou quando todas as meninas da turma viraram e olharam para mim.

Então, Gripp olhou para o lugar onde outro garoto continuava sentado, do outro lado do grupo de meninas. Como eu, ele era baixo e magro, mas meus traços eram pequenos e escuros, e os dele eram largos e cobertos de sardas. E ele tinha um cabelo loiro na altura dos ombros. Era vagamente familiar. Fazia parte da minha turma de biologia? Inglês? Se fosse assim, eu não sabia nada sobre ele. Bom, sabia uma coisa: invejava sua capacidade de passar despercebido.

Gripp fez uma careta, como se fosse sua missão sagrada desmascarar os fracotes miseráveis. Depois, talvez velho demais para essa merda, mudou de ideia e foi embora. "Muito bem! Todo mundo! Formação calistênica!" Stettlemeyer bateu palmas. Ouvi gemidos e suspiros, depois tênis rangendo no assoalho brilhante de madeira, e finalmente vi a configuração automatizada das filas organizadas. Levantei e fui sem pressa me colocar na última fila. Notei o garoto loiro escolhendo um lugar longe de mim e fiquei contente. Ignorando um ao outro, talvez conseguíssemos escapar das imagens espelhadas de nossos fracassos. Lá na frente, Stettlemeyer ligou o som no volume máximo e gritou: "Sucessos dos anos oitenta! É isso aí! Sucessos dos anos oitenta!". The Pointer Sisters iam sumindo, Kenny Loggins entrava.

"Polichinelos!", berrou Stettlemeyer no ritmo sintetizado. "Um, dois, três e quatro! Um, dois, três e quatro!" Ela começou a andar entre as fileiras com a prancheta e uma caneta. Ouvi seu grito: "Nome!", e em seguida uma voz mais baixa que a minha responder: "Foley". Era o nome do menino loiro — Foley. Ele olhou para mim e desviei o olhar rapidamente, mas qualquer lugar para onde eu olhasse era ainda mais impróprio: rabos de cavalo balançando, seios pulando, a barra dos shorts subindo até bem perto das nádegas. Olhei mais para cima, para a cesta de basquete, e tentei sem sucesso banir da mente o pensamento que me incomodava como um inseto: todos esses corpos jovens, macios e firmes acabariam embaixo da terra, onde seus ossos seriam remexidos por um homem como meu pai. Talvez um homem como eu.

"Um, dois, três e quatro! Muito bom! Muito bom! Continuem, meninas!"

Risadas explodiram à minha volta. Localizei Stettlemeyer, que já fazia uma careta reconhecendo a gafe. Olhei de novo para a cesta de basquete: *Continua pulando, continua pulando*. Mas percebi que Stettlemeyer se aproximava e senti a mão dela em meu ombro. *Cai fora*, pensei. *Não dá pra perceber o que eu fiz? Todo mundo já não percebeu?*

"Nome!", gritou ela tão baixo quanto podia.

Parei na metade do salto. Partes do meu corpo se sacudiam. Eu me sentia homem de um jeito humilhante. Pelo menos quarenta pés batiam no chão em uníssono. Com o eco do ginásio, era como se fossem cem. E, acima de tudo, retumbavam os solos de guitarra e as batidas computadorizadas de sucessos da década de oitenta. Eu não deveria ser capaz de ouvir nada no meio de toda aquela comoção, muito menos um sussurro, mas as horas passadas em estado de alerta dentro de um cemitério desolado deviam ter aguçado meus sentidos. A resposta para Stettlemeyer chegou sibilando entre as fileiras de corpos femininos: meu nome, meu verdadeiro nome, o único que eu jamais teria na Bloughton High.

26

Harnett chegou em casa por volta das oito, muito tempo depois de eu ter jantado manteiga de amendoim e bolacha. Ele fez tanto barulho quanto era possível jogando suas coisas no quarto e se movimentando por lá, e eu olhava naquela direção entre um e outro problema de matemática. Logo ele estava ao meu lado, abrindo os armários em busca de comida. Segurei o riso. Eu já havia feito o mesmo esforço inútil mais cedo. Depois de um tempo, ouvi o barulho do pote de manteiga de amendoim, o tilintar de uma faca, o ruído do pacote de bolachas. *Bon apétit*, pensei.

Em vez de desabar na cadeira de balanço, ele se sentou na minha frente sobre uma pilha de jornais. Revirei os olhos e voltei à matemática. Apesar de minhas muitas ausências, eu ainda ameaçava tirar nota máxima em cálculo, e era exatamente esta a sensação — eu ameaçava as presunções ofensivas do treinador Winter. O fato de ele ser treinador do time de futebol tornava tudo ainda mais prazeroso.

Harnett começou a devorar as bolachas com manteiga de amendoim. Rangi os dentes e voltei a olhar para os números. Funções f, g e h. Cálculo do teorema do confronto. 1 negativo é menor ou igual a seno de x que é menor ou igual a um positivo. Era inútil. O olhar indulgente e cheio de expectativas pesava demais.

"Algum problema, Harnett?"

"No que você está tão concentrado?", perguntou ele de boca cheia.

"Cálculo."

"Cálculo", repetiu ele antes de engolir. "Isso não vai ajudar muito."

"Vai ajudar muito a manter minha média alta, então, com licença."

Ele enfiou uma bolacha na boca e mastigou pensativo. "Bom, geometria até pode ter alguma utilidade. Quando você vai ter geometria?"

Bati o lápis com irritação. "Tive já faz dois anos."

Ele assentiu lentamente. "Essa tarefa é importante?"

Balancei a cabeça numa resposta impressionada. "Quê? Quem liga? Você não liga. Por que está me perguntando isso?"

"Curiosidade", comentou, cutucando os dentes com o dedinho. "Essa tarefa é importante?"

Bati com o lápis na mesa e o soltei. A mesa de papelão não dava a ressonância que eu queria. "Não sei. É? Acho que é? Perdi tantas aulas que agora toda tarefa é importante."

"Pra quando é?"

Quase ri da pergunta absurda. Desde quando Ken Harnett tinha se tornado o pai do ano? "É pra amanhã de manhã. Segunda aula. E, se não for entregue no começo da segunda aula, sabe o que vai acontecer?"

Ele inclinou a cabeça demonstrando interesse, um gesto no qual eu não confiava. "O quê?", perguntou.

"Bom, eu vou dizer, Harnett", falei e cruzei os dedos, fingindo paciência. "Temos algumas tarefas no semestre, e cada uma vale uma porcentagem da nota final. Cada vez que há um atraso na entrega, outra porcentagem é subtraída da nota daquela tarefa, por mais bem feita que ela seja. Depois de um tempo, acontece o que está acontecendo comigo, eu olho pras últimas oito semanas de aula e não vejo nenhum espaço pra erro." Balancei a folha de papel com a tarefa. "Mesmo que eu acerte tudo — o que vai ficando cada vez mais improvável quanto mais tempo você ficar aí me fazendo perguntas —, mesmo assim, se eu entregar depois do começo da segunda aula de amanhã, a porcentagem subtraída vai tornar matematicamente impossível uma nota máxima nessa matéria."

"E isso é importante pra você."

"O quê, a nota máxima?"

Ele assentiu de novo.

Dei uma olhada séria para ele. Seus olhos podiam ser parecidos com os meus, mas o cérebro por trás deles não poderia ser mais diferente. Boas notas, não, notas perfeitas eram a única rota de fuga possível de Bloughton. Havia sido o sonho de minha mãe, e era o meu. Eu não podia ter esperança de que o Lixeiro entendesse.

"Sim." Alcancei o lápis. "É importante pra mim."

Ele apoiou as mãos nos joelhos e assentiu com firmeza, como se dissesse "Muito bem", depois se levantou e atravessou a sala, desabou em sua cadeira, pegou a pilha de jornais novos e, mais uma vez, fingiu que eu não existia.

27

Era uma pegadinha. Quando acordei, o livro de cálculo estava no chão ao meu lado, onde eu o tinha deixado. Sentei e olhei para o relógio. Eram pouco mais de cinco e meia. A porta do quarto de Harnett estava aberta, e o fogo tinha apagado. Vesti jeans e moletom com capuz, andei pelo chão frio na ponta dos pés e espiei pela fresta da porta da frente. A caminhonete continuava estacionada. Onde ele estava?

A grama molhada de orvalho escureceu meus sapatos quando saí no violeta cintilante da madrugada. Quando atravessei o jardim, vi Harnett em pé no quintal entre a cabana e o rio, segurando a Trituradora com a mão direita.

O buraco que eu havia cavado tinha sido fechado. Na verdade, a suave elevação lembrava desconfortavelmente um túmulo. Harnett estava a uns bons seis metros a oeste. Estava escuro demais para eu enxergar seu rosto. Dei mais alguns passos. O barulho da água parecia vidro sendo moído.

"Quando você cava, o tempo corre contra você", falou ele da escuridão. "O tempo está sempre contra você."

Alguma coisa em seu tom de voz me fez pensar em minha mãe, sua Val, e como o tempo tinha estado contra nós três.

"Mas você cava assim mesmo", continuou ele. "Porque no fundo de um buraco tem alguma coisa que você quer, mas ainda não há um buraco, porque você ainda não cavou. Entendeu? Então. O túmulo Merriman em Lancet County está lá esperando por nós. Estamos perdendo tempo e dinheiro todos os dias. Não vamos continuar arrastando essa história." Com rapidez alarmante, ele enterrou a Trituradora na terra. Ela fez um barulho parecido com o de uma espada embainhada e ficou ali, balançando suavemente com o brilho escuro do rio ao fundo.

Fechei um pouco os olhos e bocejei. O homem era doido, evidentemente. Estava escuro demais para enxergar alguma coisa além da minha respiração. Escondi as mãos no moletom e cruzei os braços. "Podemos deixar isso pra mais tarde?"

"Comece quando quiser." Ele deu de ombros. "Mas você tem duas horas antes da aula e, como eu disse, quer alguma coisa que está no fundo de um buraco."

Ele deixou a Trituradora e passou por mim sem dizer nada. Estremeci e olhei para a pá. Ela ainda vibrava. Como um bastão divino, pensei. E então entendi. A tarefa de cálculo. As perguntas sobre a data de entrega.

O babaca tinha enterrado minha lição de casa.

"Você só pode estar brincando!", gritei, segurando a cabeça num gesto de pânico. Eu me virei e vi a sombra de Harnett desaparecendo num dos cantos da cabana. "Você é maluco? Espera! Espera!"

Longe, ouvi a porta da frente abrindo e fechando. O filho da mãe ia dormir. Fiquei paralisado por um momento, decidido a surtar, mas inseguro quanto à melhor maneira de perder a cabeça, e depois corri para a Trituradora e segurei o cabo com as duas mãos. O solo estava escuro e molhado, quase invisível.

"A que profundidade?", gritei para a cabana. Tentei ouvir alguma coisa além da minha respiração arfante e do coração disparado, mas sabia que era inútil, meu pai não me daria uma resposta. "Ah, porra", falei, girando o cabo entre as mãos. "Ah, que porra!"

Segurei a Trituradora e puxei. Ela se soltou da terra molhada e vibrou em minhas mãos. Minha cabeça girava. Eu tinha pedido por essa. Tinha insistido para ele me ensinar. Era o que eu merecia por me associar a um maníaco. Chutei para o lado as ferramentas mais delicadas, a serra e uma pá menor. As regras de Harnett que fossem para o inferno. Não tinha tempo para detalhes, nem estava interessado em nada que não fosse recuperar minha lição de cálculo.

Cavar era doloroso, mas não como antes. Mais ou menos um metro depois, a pá bateu em alguma coisa e eu caí imediatamente de joelhos. Afastei a lama com os dedos e, depois de cinco minutos cavando com as mãos, desloquei um saco preto de lixo envolvendo alguma coisa dura. Enfiei a mão no saco e puxei um pedaço de madeira, aparentemente colocado ali por Harnett para que a Trituradora não danificasse a lição de casa lá dentro. Peguei as folhas de papel e as sacudi com a vitoriosa mão suja de barro.

A luz do sol me avisava que faltavam minutos para a primeira aula. Tudo bem, eu perderia a primeira, mas não a segunda se corresse. Examinei a lama respingada em minhas roupas e na pele, a terra molhada encharcando os sapatos. Talvez na escola eu pudesse trocar essas roupas pelas de ginástica. A ideia foi tão boa que senti um tufo de grama cair do meu rosto quando sorri.

Uma hora depois, passamos as lições de cálculo adiante pela fileira, e vi o treinador Winter folhear os trabalhos. Ficou evidente quando ele chegou ao meu. Eu via as manchas de lama do fundo da sala. Por um momento, achei que ele rejeitaria a lição por não atender aos padrões de limpeza. Ele me olhou por cima das páginas, viu a camisa e a calça sujas que não tive tempo de trocar pelas roupas de ginástica, e decidiu que me repreender não valia o esforço. Ele voltou a folhear as lições e tive a mesma sensação pela segunda vez naquela manhã: vitória.

A boa sorte continuou na aula de Diversão e Jogos, que começou com uma atividade que não era nem uma coisa, nem outra. Semelhante a uma corrida de saco, envolvia ficar com as costas coladas às de um parceiro, com os braços entrelaçados, e tentar executar várias tarefas ridículas, como pegar bolas quicando e passar por baixo de uma barra.

Os parceiros foram trocados duas vezes, e em ambas tive medo de ser a dupla designada de Celeste ou Foley. Mas minha primeira parceira foi Heidi Goehring, aluna da lista de honra com um cabelo de corte tigelinha questionável, mas óculos legais e grandes. Pelo que entendi, Heidi se mantinha longe de encrencas e com a cara nos livros. Mesmo assim, ela nunca apreciaria os dardos sociais que seriam arremessados em sua direção se lidasse mal com seu momento ao lado do Escrotchi. Mas ela hesitou só por um instante antes de sorrir e oferecer os cotovelos. Tropeçamos pelo ginásio como idiotas, rindo com um pouco mais de liberdade cada vez que caíamos sentados, e, embora a situação toda fosse estressante demais para ser chamada de divertida, houve momentos em que esqueci tudo, exceto que dois pedaços finos de tecido me separavam do corpo de uma garota de verdade. Fantasiei que, durante aqueles breves momentos, Heidi Goehring poderia ter pensamentos semelhantes. Quando finalmente nos separamos e massageamos os músculos para recuperar a sensibilidade, ela retribuiu meu sorriso constrangido. Incapaz de sustentar seu olhar, virei o rosto e vi Celeste do outro lado do ginásio mantendo a dignidade, apesar da degradação.

Toda sensação residual de contentamento desapareceu quando fomos para os vestiários. Os garotos infernizavam Woody por causa de Celeste, comentando que ele já devia estar com dor no pulso na ausência dela. "Acho que ela está ocupada se divertindo e jogando com o Escrotchi ali", falou Rhino às gargalhadas.

O olhar de Woody estava furioso.

"Estamos começando a questionar que *tipo* de escroto você tem aí, Escrotchi", rosnou ele.

Vesti a calça o mais depressa que pude. Rhino quebrou o silêncio dando um tapa nas costas de Woody, brincando que meu ciclo menstrual provavelmente logo se alinharia ao das garotas, enquanto outro cara virava a mão e especulava que eu ia me divertir trocando absorventes com todas elas. Normalmente, essas brincadeiras dispersavam a tensão, mas dessa vez eles me seguiram de volta ao ginásio, onde Celeste, Heidi, Foley e as outras pararam para acompanhar as provocações. A vingança fervia no peito de Woody; esse era só o começo do que ele planejava para mim. Quando o sinal finalmente tocou, o abuso se espalhou pelos corredores como se fosse contagioso. Depois de uma manhã tão vitoriosa, essa foi uma lembrança esmagadora de que aquele não era e nunca seria o meu lugar.

Ted havia me avisado que eu não poderia faltar a nenhum outro ensaio se quisesse tocar no jogo de boas-vindas da sexta-feira, mas, comparado às lembranças do tom de voz de minha mãe, o aviso foi ineficiente. Quando cheguei em casa, me apoiei na Trituradora e fingi que o rio era o Lago Michigan, e que minha mãe estava perto de mim, com o braço apoiado sobre meus ombros de forma protetora, as unhas batendo em meu braço. Soluços momentâneos brotaram em meu peito. Harnett não poderia me proteger como ela havia me protegido. Eu sentia muita falta dela.

Ele chegou ao anoitecer. Depois de jogar suas coisas dentro de casa, andou pela cabana, então saiu, parou a uns três metros de mim e cruzou os braços. Segurei a Trituradora com mais força e olhei para a terra aos meus pés.

"Não começa", falei.

Ele deu de ombros. "Era um buraco horrível, e você sabe disso."

"Não começa, Harnett." Levantei a pá. A Trituradora cortou o solo duro e vibrou com o impacto violentamente descentralizado.

Harnett me olhava com ar desaprovador. "Caso não tenha notado, os armários estão vazios. Precisamos de comida. Precisamos de dinheiro. O que *temos* que fazer é ir ao Merriman em Lancet County. Mas olha pra você. Não está nem perto de ficar pronto."

Dei outro golpe irritado com a Trituradora. Harnett fez uma careta ao ouvir o ruído do metal.

"Você não sabe o que eu tenho aguentado", resmunguei.

"Teve que levantar duas horas mais cedo. Teve que usar uma pá. Isso pode ser chamado de trabalho duro?"

"Escola!" Minha voz tremeu.

Ele fez uma pausa. "Escola."

"É, escola. O lugar onde eu sou torturado todos os dias. Já ouviu falar?"

A cara de confusão quase inocente me deixou maluco. Gritei e enfiei a Trituradora na terra com toda a minha força. A superfície plana da pá atingiu a terra e o impacto fez meu esqueleto inteiro tremer. A dor foi instantânea e eu recuei. A Trituradora caiu no chão, seu cabo de madeira quebrado em três partes.

Meu pai se aproximou e ajoelhou. Pegou a madeira quebrada e a manuseou com ternura.

"Trituradora", disse ele. "Está quebrada."

"Era velha", respondi, tentando diminuir o horror. "Era velha, e a culpa não é minha."

Ele olhou para mim como se não acreditasse que eu podia ter esse tipo de força. "Ela é minha há muito tempo", sussurrou. "Vinte e seis anos."

Limpei o rosto com a manga. "Bom, agora você tem a mim."

Ele manuseou a madeira por mais um momento, pressionando os pedaços como se alimentasse a fantasia de algum tipo de conserto. Depois seus ombros caíram, e ele soltou os pedaços no chão. Limpou as mãos.

"Conta", disse ele.

"Contar o quê?"

"A escola."

O rio rugia.

Abri a boca, mas não sabia o que dizer.

Ele me observava. O sol poente o coloria de vermelho.

"É difícil", falei. Sem a pá para me apoiar, eu lutava contra o colapso. "Todo dia desde que cheguei. É muito difícil."

"Você estuda o tempo todo."

"Não é disso que estou falando. Estudar não é problema. É outra coisa. Estudar não é tudo na escola, é... burocracia."

"Mas você está insatisfeito com alguma coisa."

Eu ri. "É, acho que dá pra dizer que sim. Eu estou insatisfeito. É uma maneira de descrever a situação." Olhei para as copas douradas das árvores. "Todo mundo lá está contra mim. Não sei por quê. Eles fazem coisas comigo. E me humilham. Você não tem ideia. Não tem ideia." Fechei os olhos para lutar contra as lágrimas que queriam voltar a correr.

"Que bom", disse Harnett.

Olhei para ele com incredulidade.

"As pessoas no seu colégio". Ele deu de ombros. "Não devem entender a gente."
"A gente?"
Ele assentiu. "Escavadores."
Funguei a secreção produzida pelas lágrimas. "O que isso tem a ver com a história?"
Ele uniu as mãos. "O mundo é cheio de sofrimento. Todo mundo que você vê por aí está sofrendo. O diretor com quem tive que falar? E a assistente dele?"
"Simmons e Diamond", respondi automaticamente.
"Comem sofrimento no café da manhã. Não dá pra ficar perto deles sem ser contaminado. Você está infeliz lá, e isso não me surpreende. Não acredito que dá pra ser feliz perto daquela gente. Eu nunca consegui. Mas lá embaixo?" Ele tocou a terra com um dedo. "Lá embaixo é outra história. Não tem sofrimento lá embaixo. Você se lembra daquela mulher. Esteve ao lado dela. Tocou nela. A vida dela também era sofrimento, mas lá embaixo tudo sumiu. Lembra?"
Não falei nada.
Harnett passou a mão pela grama como se afagasse um animal. "Tem coisas lá embaixo que você nem imagina, garoto. Consolo. Um pouco de poder. Tem muita coisa lá embaixo que se pode ter, e todo mundo", falou, apontando o céu, "todo mundo está interessado lá em cima." A mão se tornou um punho que bateu uma vez na terra. "Estão olhando na direção errada."
Ele recolheu os fragmentos da Trituradora, a pá que usava desde muito antes de eu nascer, e se levantou. Estávamos afastados pelo comprimento de um braço e, por um momento, pensei em estender a mão.
"Aquele buraco que você cavou", disse ele. "Era um buraco horrível."
"Não tive tempo."
"O diabo que não." E se afastou. Perto da cabana, ele olhou para trás. "Era horrível e você sabe disso."
"Tudo bem", gemi. "Era horrível."
Naquela noite, enquanto me debatia em pesadelos, pensei ter ouvido meu pai andando pela floresta e os ruídos hesitantes de ferramentas menores cavando um buraco; e finalmente, ainda mais tarde, o som dos pedaços da Trituradora sendo jogados em uma cova rasa, a grande coveira finalmente sepultada.

28

E assim as aulas começaram de verdade. Passei a noite seguinte escrevendo um trabalho para Gottschalk e encontrei os papéis enterrados ao amanhecer. Harnett estava lá, cutucando meu corpo sonolento com os sapatos e colocando em minhas mãos uma pá novinha com uma lâmina prateada e brilhante. Ele me disse que eu podia dar nome à pá se e quando tivesse alguma ideia. Quando reclamei que não tinha ideia de que nome dar a uma pá, ele respondeu que eu saberia quando a hora chegasse. Parou de resmungar sobre o túmulo Merriman em Lancet County. Em vez disso, me ofereceu uma cebola do canteiro enquanto comia a dele. Eu recusei. Quinze minutos depois, eu cavava como se a vida dependesse disso, enquanto ele permanecia agachado a alguns metros, olhando as árvores e comendo.

"Morrer é uma tragédia", disse da escuridão. "A morte, porém... a morte é apenas ciência. Quando estamos mortos, acontece A, depois B, depois C. Nada disso é bonito. Quando os embalsamadores, aqueles pilantras, quando eles põem a mão na gente, fazem o que podem fazer de pior. Costuram o ânus pra segurar tudo lá dentro. Garoto, só estou dizendo como é. Mas eles não podem deter a ciência."

Ciência... o trabalho de Gottschalk. Adequei os músculos ao ritmo das palavras de Harnett e me inclinei.

"Num caixão de madeira, seis meses depois de enterrado, pode ter descoloração do corpo, talvez um pouco de mofo. Se for um trabalho hermético, no mesmo tempo, vemos o mesmo tipo de coisa que vimos naquela noite. Esses caixões são ridículos. Por fora eles são fechados com cimento, o fundo interno é parafusado, e às vezes colocam tudo dentro de uma câmara de concreto. E depois enterram a um metro e meio de profundidade? Você deve estar se perguntando qual é o propósito de toda essa bobagem. De quem estão protegendo o corpo? Não pode ser da chuva, nem da decomposição, porque as duas acabam chegando lá. É de nós, garoto. Depois de todos esses anos, ainda somos nós."

Encontrei caminhos melhores na terra, ângulos melhores de ataque, trajetórias ardilosas.

"Houve um tempo em que era o contrário. Todo mundo tinha medo de ser enterrado vivo e queria um jeito fácil de sair. Os caixões tinham uns dispositivos, como pequenos bastões presos a sinos sobre a terra, mausoléus com interruptores para acionar lâmpadas e sinais sonoros. A gente até entende. A medicina não era o que é hoje. Acabavam acontecendo erros. Imagine o que era desenterrar uma pessoa querida e encontrar a parte de baixo da tampa toda arranhada."

Havia ossos de animais ali, túmulos dentro de túmulos.

"Por que enterrar os corpos em uma caixa? Boa pergunta. Por que vestidos? Os donos de funerárias cobram milhões só pra vestir cadáveres e envenenar o solo com substâncias químicas. Nós, Escavadores, somos ecologistas por natureza, garoto. Se eu pudesse, removeria todos os corpos e os poria nus embaixo da terra. Compostagem é o ideal. Em vez disso, pagamos três mil dólares por um terreno de dois metros de comprimento, um e meio de profundidade e um e vinte de largura, um terreno que pode ser vendido sem nossa permissão se o cemitério deixar de receber seus vinte por cento pela manutenção. Tem um dono de funerária em Michigan que reteve um corpo por quatro anos enquanto processava a família por atraso no pagamento. É repugnante. Repugnante. Cemitério é mais lucrativo que fazenda."

Eu tinha o trabalho nas mãos, mas não chegaria a tempo à aula de Gottschalk. Tinha outra lição que ainda não estava pronta e precisava apagar meus rastros.

"Parece quase vingança, então, não acha? Enterrar bens do morto para mantê-los longe das mãos de outras pessoas? Mas não é vingança. É orgulho. É a crença em algum sistema de recompensa no pós-vida. Isso é egocentrismo levado ao nível do fanatismo. É claro que tem uma base histórica. Tudo bem. Nós também temos. Então, eles vão continuar dando, e nós vamos continuar pegando. É a ordem natural das coisas. A terra deve ser mantida limpa."

Ele parou por um instante para me observar devolvendo a terra ao buraco.

"Você seria desmascarado em um dia", resmungou. "Uma hora."

Era verdade. Fiz os reparos patéticos que pude e corri para o colégio. Gottschalk recebeu o trabalho na hora do almoço e reclamou do atraso. Pegou a caneta vermelha na minha frente para eu ver a nota. Na próxima vez — prometi a mim mesmo — na próxima vez cavaria mais depressa. Não tinha nenhuma lição para o dia seguinte, então Harnett teve que ser criativo naquela noite. Depois do jantar, desenterrei meus sapatos com a luz da lanterna. Minha relutância inicial desapareceu quando reconheci que estudar era estudar, fosse biologia, cálculo, buracos, qualquer um deles poderia se tornar meu futuro. Afundei os dedos nus na terra fria. Enquanto trabalhava, Harnett permanecia sentado de pernas cruzadas na grama com uma tigela de macarrão. Ele havia prendido um papel vermelho, transparente e amassado na frente da minha lanterna usando um elástico. Aparentemente, isso dificultava que olhos humanos enxergassem o raio de luz. Cavei em um planeta estranho de grama roxa e terra vermelha. Meu pai comia e falava sobre os jornais.

"O *Crafton Legion*. O *Tri-County Bobcat*. Quanto menor o jornal, melhor. Os detalhes se perdem, os editores são descuidados. Não critico ninguém por isso. Admiro. Essas são pessoas de verdade, que sabem viver o luto. Então. Comece pelos obituários. Leia os nomes. Siga sua intuição. Janvier: sim. Fitzbutton:

não. Conheça a história da pessoa. Os sobrenomes vêm com legados. Houve um incêndio em 1989 que matou três gerações de Wilkins. Foi difícil sair para trabalhar naquele dia, eu tinha acompanhado muitos deles em vários túmulos. Dei a eles um mês. Quando os vi de novo, já não pareciam estar bem. Vítimas de incêndio raramente têm boa aparência."

Pás menores servem para ângulos retos. Finalmente, eu percebia a lógica.

"Presta atenção na grafia. Smith: não. Smythe, com *Y*: sim. Os sobrenomes do meio são pistas. Wadsworth. Whittaker. O sobrenome do meio é o que realmente revela de que uma família se orgulha, de que se envergonha, como os pais idosos eram quando os filhos nasceram, um fato importante, se parar um segundo pra pensar nele. Depois procure um marido ou uma esposa. Um sobrenome totalmente novo pra servir de referência cruzada. Filhos também, mesmo parágrafo. Ele deixa três filhos. Veja os nomes. E fique muito atento às grafias exóticas: *Kayleigh* com todo tipo de letras incomuns. Analise as variações. Deixa a filha Katherine. Kathleen. Kathy. Katie. Kate. Kat. Kay. Fale os nomes em voz alta. Você conhece elas da escola. Imagine essas garotas. Pense na manhã de Natal. Imagine os presentes. Note os anéis nas mãos, como as luzes de Natal cintilam em joias novas."

Minha luz vermelha iluminava solos sobre os quais eu tinha aprendido na escola: solo de superfície, subsolo, substrato. Eu tinha estudado muito e sabia o que esperar.

"Quantos anos ela ou ele tinha quando morreu? Essa é fácil. Muito mais fácil que cálculo, garoto. Se morreu jovem, não perca a esperança. Os pais são mórbidos com filhos mortos. Exageram nas lembrancinhas. Não sei por quê. Talvez seja uma oferenda para os outros filhos não morrerem do mesmo jeito. E também: quanto tempo faz? Porque, de maneira geral, não é muito inteligente abrir um túmulo que ainda é visitado todos os dias. Esse tipo de enlutado percebe tudo. Tire fotos. Leve luvas de jardinagem e tesouras de poda. Já vi gente levar o cortador de grama. Seja paciente. Os obituários são como clientes em potencial, com a diferença de que nunca esfriam."

Encontrei meus sapatos a dois metros de profundidade, embrulhados em plástico. Eu os tratei como carne, tirando-os dali com todo cuidado.

"Os obituários adoram apelidos, pode se acostumar com isso. Alguns parecem redundantes. Robert 'Bob' Douglas. Outros exigem atenção. Jeffrey 'Rolo Compressor' Wallace. Herman 'Homem-Macaco' Hansen. Laura 'Surrada' Hopkins. Uma garota chamada de Surrada… preciso desenhar? Não perca tempo com esse túmulo. A menos que ela seja de família rica, e aí seja rápido. É fácil se afundar em detalhes. Os jornais vão dizer que igreja eles frequentavam. Esqueça. Vão dizer em que escola eles estudaram. Esqueça. Às vezes vão dizer qual era o livro favorito deles. Isso é raro, mas é útil. Use a cabeça. Essa parte não é nenhum bicho de sete cabeças."

Pela primeira vez, vi como a terra volta à sua configuração inicial em uma espécie de ordem. Aquilo me encheu de felicidade.

"A maioria dos obituários não fornecem o endereço residencial. Se fornecerem, é claro, vá em frente, dê uma passada por lá. Além disso, não esqueça: cada história tem um escritor. Tente conhecer a equipe de cada jornal. É comum os iniciantes, até estagiários, cuidarem da redação dos obituários. Isso não ajuda muito. Mas uma pequena empresa familiar? Você quer anunciar a morte de seu avô, redige o anúncio, manda pra redação e eles publicam. É aí que as coisas ficam interessantes. A hipérbole aparece, ou uma falta desanimadora dela. Grale Gompers. *Comandava a mais bem-sucedida fábrica de bolachas no Meio-Oeste.* Ou: *Trabalhava em uma fábrica.* Isso dói. Isso não é um obituário, é um gesto obsceno. *Tinha três filhas lindas que estudavam em Stanford, Yale e Princeton.* É diferente de: *Deixa vários filhos.* A questão não é se ele era amado ou odiado. Mas se era amado ou odiado e por quem e quando, e o que isso sugere sobre o que foi enterrado. Se precisar, faça anotações nas margens."

A mistura de grama e terra cobria o buraco como uma peruca ruim. Eu ainda tinha muito que aprender.

"Última coisa. A fotografia. Às vezes tem uma foto. Normalmente, é um retrato de valor sentimental. Preste atenção: ela quase nunca combina com o texto. Ele pode falar de um homem de posses: você vai ver um velhote de pijama. O texto pode insinuar abuso e transtornos: você vai ver uma gravata borboleta e champanhe. Ignore o retrato. As fotos não são fatos, são instantes fugazes com pouco significado. Recorte-as com uma tesoura, se for necessário. Porque você não precisa delas e não vai querer saber, acredite em mim. Não quer saber como eles eram."

Naquela noite eu apoiei as costas doídas na pia e removi a terra que tinha ficado embaixo das unhas. Minha cabeça girava depressa e tudo era confuso. Era Harnett me torturando na aula de ginástica? Era Gottschalk pondo uma pá em minhas mãos? Que dia era hoje? Que mês? Eu me apegava à sexta-feira por saber que era o dia da Cerimônia de Boas-Vindas, mas isso não era o suficiente, e a ideia de usar uma agenda não me agradava. Como eu ia suportar ver todos aqueles dias de aula ainda por vir, quadrados brancos e vazios marchando em sua paciente infinitude? Pensei no que Harnett dissera sobre marcas de arranhão deixadas dentro de um caixão por alguém enterrado vivo. Era um sentimento que eu entendia. Peguei uma faca em cima do balcão e entalhei a primeira marca na lateral da pia, onde Harnett provavelmente não ia reparar. Era exatamente assim que eu pretendia conceber minha nova vida: um passado de risquinhos em memória da minha mãe e um futuro que ainda poderia me levar a algum lugar.

29

"Traduzido do latim, significa 'recipiente de transporte', o *vas deferens*, o ducto que transporta esperma para a uretra, não está presente em todas as espécies animais, embora certamente esteja no sr. Crouch aqui. Apesar do impedimento das roupas, vocês podem ver pela indicação do meu bastão a localização do pênis e, movendo-se ligeiramente ao sul, o escroto. Muito bem, o escroto... desculpe, sr. Crouch, pela batidinha, parece que foi um pouco vigorosa demais. Como eu estava dizendo, o escroto abriga os testículos que, espero, todos vocês já conheçam a esta altura, e, encolhido perto da parte de trás dos testículos, o epidídimo, que conecta os ductos eferentes — vocês lembram dos ductos eferentes, turma, caiu naquela prova em que todos foram mal. Pois bem, o epidídimo conecta os ductos eferentes ao *vas deferens*, mais ou menos por aqui. Peço desculpas de novo, sr. Crouch. Pessoal, vamos rir mais baixo. Muito bom. Agora, vamos seguir o caminho. No começo da ejaculação, o esperma viaja *daqui* — desculpe — pelas paredes de músculo liso do *deferens* no que é conhecido como peristalse, até se acumular *aqui* — desculpe de novo — na uretra, colhendo secreções das glândulas bulbouretrais e da próstata, até o fluxo de sêmen ser expelido por *aqui* — e agora estou com medo de meu pulso ter vontade própria, porque o sr. Crouch se aproxima da posição fetal. Não é meu desejo realizar uma vasectomia por acidente, então, acho melhor deixar nosso voluntário voltar ao lugar dele. A reação, porém, merece ser comentada. A genitália masculina é uma região sensível, com certeza uma área que ninguém quer que seja atacada repetidamente com um bastão de metal. Mas se essa pessoa for eu, um professor treinado em todos os detalhes de anatomia, espera-se que ele saiba o que está fazendo. Espera-se. Muito bem, rapazes e moças, obrigado pela demonstração de entusiasmo, mas vamos tentar, pelo menos, gargalhar mais baixo."

30

A aula de Diversão e Jogos continuava ao som de Richard Marx e Wang Chung. O último jogo envolvia uma bola de praia enorme e uma rede de vôlei, mas eu tinha conseguido convencer Stettlemeyer a me deixar ficar fora dessa etapa por causa de uma "dor de estômago". Gottschalk só havia feito contato duas ou três vezes, mas a ponta do bastão se comparava a um chute de Rhino. Fiquei encolhido na arquibancada, com dor na barriga, e vi Woody a caminho da sala de musculação. Ele sorriu para Celeste, depois para mim, embora fossem sorrisos totalmente diferentes.

Stettlemeyer apitou e o jogo começou. Inclinei a cabeça para trás e contei. Quinhentos e setenta e um segundos depois, ouvi o barulho de tênis se aproximando. Era Foley, meu parceiro silencioso nessa desgraça contínua, que estava fora da quadra no rodízio.

"Hoje Gottschalk levou a coisa pro lado pessoal", disse ele.

Foley era da minha turma de biologia, embora eu tivesse demorado meio semestre para perceber. Meu coração disparou quando ele sentou ao meu lado, mas fiquei quieto. Era a atitude mais segura.

"Ouvi dizer que, uns cinco ou seis anos atrás, um aluno tentou reagir a essa merda toda que ele faz e processou o cara por danos emocionais. A cidade toda ficou furiosa. Ele tem uns dez diplomas, e todo mundo acha que ele é Deus. O processo foi retirado e Gottschalk ganhou um aumento. Então, se está pensando em apelar para o bem maior, melhor mudar de ideia."

Continuei olhando para as meninas. Heidi Goehring segurava a bola sem saber o que fazer com ela, mas eu gostava de como o exercício físico tinha deixado suas bochechas coradas.

"Ouvi o apelido que eles deram pra você", disse Foley.

"Parabéns", respondi.

"Não precisa ser babaca. Eu tenho ouvidos, só isso."

"Bom saber. Valeu pela informação."

"Babaca", resmungou ele.

Ficamos sentados em silêncio por um momento, ouvindo os gritinhos das meninas e vendo a bola girar entre dezenas de unhas brilhantes.

"Já ouviu falar em supercagada?", perguntou ele.

Olhei em sua direção. "Não."

"É quando uma turma de garotos invade sua casa e faz uma pilha enorme de cocô. Aconteceu comigo no oitavo ano. Só descobri muito tempo depois, porque minha mãe tinha ido me buscar na casa do meu pai. Quando viu aquilo, ela chorou como um bebê. Era outra escola. Alunos diferentes de Woody e Rhino. Mas, basicamente, o mesmo tipo de cuzão." Ele riu. "Literalmente."

Demorei um instante, mas também ri. O eco desse barulho foi como uma onda, expulsando todo o ar do meu peito. Risada... na Bloughton High. Algum dia essa façanha poderia se repetir? Meu cérebro se enchia de palavras, piadas, comentários que poderiam manter Foley ao meu lado até ele lembrar que eu era letal. *Meu nome é Joey*. Pelo menos isso eu podia dizer. *Foley, não é?* Mas não tinha oxigênio, nem saliva.

"Enfim", falou ele quando se levantou. "Sempre vai haver Woodys e Gottschalks. É só uma questão de dar um jeito pra que eles não vejam você. Certo?"

A garota seguinte saiu da quadra, e Foley foi substituí-la no rodízio. Eu o vi se afastar e tive esperança de que fizesse uma careta ou levantasse uma sobrancelha para mim, qualquer coisa que me dissesse que eu não estava sozinho. Era esperar demais. Não tive rancor dele por isso.

31

Sexta-feira, Boas-Vindas, e o rosto branco dos alunos da Bloughton High estava pintado com listras vermelhas e pretas. O prédio todo tremia com entusiasmo artificialmente induzido. O horário do período da manhã foi interrompido por uma reunião cujo objetivo era preparar e animar os alunos para o evento principal, e nessa reunião Celeste, contrariando todas as expectativas, roubou a coroa de suas colegas mais velhas. Eu me descobri batendo na cadeira junto com todo mundo, comemorando. Ela era nossa rainha, *nossa*, o que significava que, de algum jeito, era parcialmente minha também.

Mais tarde, Ted informou qual era nossa missão: arquibancada, sete horas, totalmente vestidos, abotoados e prontos. Ele olhou para mim quando falou sobre o código de vestimenta. Pensei nisso ao voltar para casa a pé para jantar e pegar meu trompete, na estranha crença que ele tinha em mim, em sua paciência. Trinta minutos mais tarde, olhei pela janela e vi uma coisa peculiar, um homem parado ao lado do rio.

Levei meu sanduíche até a margem. Harnett estava sem camisa e imerso até a cintura na água, com os braços flutuando ao lado do corpo, o rosto voltado para a água como se meditasse. De repente ele se virou, os braços deslizaram pela superfície e levantaram dois jatos. Eu continuei onde estava, fascinado, e o peixe escapou. Harnett o viu sumir nas profundezas do rio.

Ele falou sem levantar a cabeça. "Você tem umas duas horas."

Só então percebi a pá cravada na diagonal na margem rochosa do rio. Senti a vibração de algo em minhas entranhas — não era desespero, mas a euforia de aceitar um desafio. Sempre um passo à frente, meu pai havia enterrado meu trompete.

Era a primeira vez que eu cavava em terreno inclinado. A parte de cima do buraco cedia a todo momento. Pedras lutavam contra o espaço que eu abria. Princípios que eu tinha aprendido precisavam ser adaptados e modificados. Sucumbi à autoridade dos meus braços.

"Conta sobre o funeral dela", pediu ele.

"Foi pequeno", respondi instantaneamente. Pensei em quanto tempo nós dois tínhamos passado preparando pergunta e resposta.

"Pequeno como?"

"Meu amigo Boris e os pais dele. Alguns colegas de trabalho dela. Dois vizinhos. Não consigo lembrar muito bem." Na verdade, a maior parte do que eu lembrava envolvia uma aranha pendurada em um canto do teto, em cima do caixão.

"Por que não está cavando? Continua cavando."

Levantei a pá e continuei. Raízes se agarravam ao solo de um jeito possessivo. Franzi a testa e girei o cabo, sentindo mão e dedos formigando com a sensibilidade de um arrombador de cofres.

"Não conhecíamos muita gente", continuei. "Quase nem saíamos. Ela não gostava de sair. Nunca nem atravessou a fronteira do estado, sabia?"

Ouvi o ruído de outro movimento dos braços na água.

"Ela me fez prometer", falou Harnett quando o barulho cessou. "Quando nos separamos, ela me fez jurar que eu nunca pisaria em Chicago. Apesar do valor daquele território, concordei."— Houve uma pausa. "Eu estava sendo excluído, sabia disso. Mas não sabia que ela estava se fechando, trancafiando vocês dois. Acredite em mim. Eu nem imaginava."

Nada estava dando certo. O buraco se consumia, eu não conseguia entrar. Ajoelhei e continuei com a pá menor enquanto resmungava palavrões. O lodo encharcava minha calça, respingava na camisa e nos braços, e eu corria o risco de me atrasar para o jogo. Uma onda de ressentimento me invadiu. Fiz uma prece para o Jesus de Dois Dedos e falei.

"Os cortes na orelha dela. Era por isso que ela queria que você ficasse longe. Não era? Quando disse que tinha matado minha mãe, era disso que você estava falando. Ela não ouvia bem, por isso foi atropelada pelo ônibus." Engoli em seco. "Foi o que eu deduzi."

"Não comece a deduzir demais", grunhiu ele. "Está pensando que eu batia na sua mãe? Ou o quê? Que eu a ataquei com uma faca? O que aconteceu com a orelha dela..." Ele parou de repente, e ouvi o ruído de uma inspiração lenta. "Ela fez bem em me deixar. Reconheço. E assumo toda a responsabilidade por isso. Mas nunca bati nela. Lembra disso, garoto."

Uma chuva leve começou a desenhar pontinhos na superfície do rio. O crepúsculo criava a impressão de que ele havia sido cortado na altura da cintura, e pensei no velho reverendo sem uma perna.

"Como você conheceu Knox?", perguntei.

Os olhos escuros de Harnett estudavam a água ainda mais escura.

"Todo mundo conhece Knox", respondeu ele depois de um tempo.

"Mas como?"

"Ele é um velho amigo do Lionel."

"Quem é Lionel?"

"Lionel ensinou o ofício pra mim e pro Boggs."

Agora estávamos progredindo. Eu cavava com a pá, mas continuava de olho no meu pai. "E quem é Boggs?"

Harnett ignorava a chuva.

"Nenhum movimento pode existir totalmente em segredo", disse ele. "Knox era pregador na Carolina do Norte quando Lionel estava só começando, antes de eu nascer. Eles cresceram juntos. Knox conhece a gente, todos nós, e viaja por aí, transmite mensagens, age como uma espécie de mensageiro. Mas ele não faz isso de graça. Pelo contrário. Acredita que manter todos nós conectados vai fazer a gente querer mudar, como se fosse um grupo de apoio, um AA, alguma coisa assim. Ele pretende salvar a alma de cada um de nós. Também é convincente. Perdemos vários por causa dele ao longo dos anos."

"Ele vai voltar?"

"Ele sempre volta." Harnett desviou os olhos da água por um momento. "É melhor você continuar."

Olhei para o buraco malfeito, a pá torta, os meus membros magros, e tive a impressão de que a tarefa era impossível.

"Knox falou pra eu ficar longe do Boggs", comentei.

"Não precisa se preocupar com isso."

"Knox achou que eu precisava."

"Há territórios." Harnett suspirou. "O país inteiro é dividido. O Meio-Oeste é meu. Boggs fica com o Oeste. Ele não viria até aqui. Não se atreveria."

Harnett parecia inseguro. Era um tom de voz incomum, e eu não gostava dele. Depressa, segurei a pá com mais força e tentei limpar os pensamentos. Levantei a pá, mirei e fechei os olhos.

"E esse tal de Boggs?", perguntei. "O que ele faz, exatamente?"

A lâmina da pá assobiou quando a movi, cortando sem dificuldade uma raiz de árvore mais grossa que meu pulso. Naquele instante, tudo se encaixou com a perfeição do mecanismo de um relógio: minhas palmas suadas seguravam a madeira laqueada, de forma que osso e ferramenta eram um só corpo. *Raiz*, disse a mim mesmo com segurança e satisfação. *Esse é o nome da minha pá.*

Eu queria elogios e me virei para o rio com a Raiz erguida em um gesto vitorioso, o rosto contorcido em um sorriso. Por um momento vi surgir uma barriga brilhante e uma barbatana, e depois um peixe se contorcendo entre os dedos de Harnett. Ele pôs as mãos na cintura e se virou para mim, arfando na chuva com um olhar mais ameaçador do que eu jamais tinha visto desde o dia em que cheguei a Bloughton. Minha euforia diminuiu. Eu fiz a conexão.

Boggs tinha alguma coisa a ver com minha mãe.

Fiz a única coisa que podia. Cavei. Meus músculos lutavam contra o peso da terra molhada. Eu me entreguei a tudo aquilo: a margem do rio afagando meus joelhos, o cabo da Raiz roçando meu ombro, a chuva deixando meu cabelo pesado — era como se ela estivesse bem ali. Trabalhei mais depressa. A lama voava e meus ouvidos registravam cada *plaft* para eu poder pegar de volta mais tarde. Achei o estojo do trompete em minutos, e, quando comecei a devolver a terra molhada ao buraco, percebi que Harnett estava atrás de mim, mudo diante do meu ímpeto de força. Concluí o trabalho ofegante e olhei para ele embaixo da chuva. Seus olhos brilhantes estavam cravados em mim, depois se deslocaram com inveja para a Raiz. Ele ergueu o queixo na direção do estojo do meu trompete.

"Tira daí", disse.

Tentei recuperar o fôlego. "Quê?"

"Você está com muita pressa", disse ele. "Muita pressa pra ir a um evento esportivo, ou a algum ensaio, todo santo dia depois da aula. Temos coisas pra fazer, o túmulo Merriman, e você vive ocupado com esse pedaço de lata. Pega logo isso aí."

"Por quê?"

"Porque eu quero ouvir essa coisa que está me causando tanto problema."

Cada trava do estojo pesava uns cinquenta quilos. Afastei a lama. Lá dentro, o metal estava manchado e respingado de água. O bocal resistia à pressão.

"Toca", disse ele.

"Precisa ser afinado", resmunguei.

"Pega e toca."

Comprimi os lábios em uma resposta frustrada. O fato de essa ser a abordagem adequada para que eu começasse a tocar era só coincidência. Senti o instrumento frio em meus lábios. A chuva produzia ruídos impacientes no metal.

"O que eu tenho que tocar?"

"Tanto faz", disse ele. "Alguma coisa fácil."

Eu só conseguia me lembrar do hino de guerra do Bloughton Screaming Eagles. Por mais inapropriado que fosse, pelo menos era tremendamente fácil: sol, dó, fá, fá, sol, dó, fá, fá, lá.

Lambi a chuva dos lábios e soprei. Sol, dó, fá, fá — e aí deu problema, nota errada. Voltei: fá, fá, e dois dedos brigando pelo mesmo botão. Sacudi a chuva dos ombros. Eu conseguia tocar essa música até dormindo. Fá, fá... e a nota seguinte se dividiu em oitavas. A expressão de Harnett era uma mistura de humor e desprezo. Fá, fá... e hesitei demais, então acelerei para ganhar velocidade antes de engatar: fá, fá, fá, fá. Harnet sorria abertamente agora, os tufos pretos e brancos da barba se esticando, cruéis. Minhas mãos enlameadas tremiam; a chuva fria descia por minhas costas; meus lábios ficaram vermelhos e ensanguentados: fá, fá, fá, fá. Agora eu entendia o que ele estava dizendo — essa coisa toda era uma farsa. Meus pulmões e lábios gaguejavam como os de uma criança aflita demais até para dar o primeiro soluço: fá, fá, fá, fá, fá, repetido até se tornar o som da nossa respiração, o pulsar e retorcer de nossos órgãos. Era a mais triste das canções de pai e filho, e não era coincidência o fato de a nota em que a música se baseava começava com a mesma letra que fracasso.

32

Ouvi a banda antes de chegar lá. Devagar, colei o rosto à cerca de arame e olhei para o outro lado do campo. Insetos atacavam as lâmpadas enormes, que rabiscavam vírgulas brancas nos capacetes molhados. A arquibancada tinha cheiro de pipoca e ketchup e soava como a maior família do mundo. Com exceção de um lixeiro, toda a cidade de Bloughton tinha aparecido. Vi o diretor Simmons em seu sobretudo ao lado da esposa. Uma fileira atrás, olhando para eles, a vice-diretora Diamond. Encontrei a sofredora Laverne o mais longe possível dos dois, encolhida com três criancinhas embaixo de um cobertor do Screaming Eagles. Não vi Heidi nem Foley, mas vi minha mãe várias vezes antes de perceber que a boca era diferente, o cabelo era muito curto, a orelha esquerda não tinha os cortes reveladores.

Mesmo de longe, percebi que ficar molhado não era para Ted. Ele conduzia de um jeito duro e exagerado. *Acha que isso é difícil?*, pensei como se falasse com ele. *Experimenta cavar um buraco de um metro e meio num ângulo de quarenta e cinco graus na margem rochosa de um rio.* Fiz o mesmo desafio a Woody, Rhino e ao treinador Winter, todos encolhidos e sem fôlego nas laterais. No intervalo, a banda tocou enquanto Celeste Carpenter e sua corte de quatro garotas eram conduzidas ao campo por um grupo de rapazes com jaquetas ordenadas alfabeticamente. Meu olhar mudou de direção, e me peguei fantasiando a grama verde da linha de trinta jardas, ainda intocada pelos cravos das chuteiras. Minha mão livre se moveu instintivamente. A Raiz atravessaria aquela superfície como se fosse creme.

No meio do segundo tempo, fui para casa com meu novo uniforme cinza respingado da lama que os carros espalhavam ao passar, com o estojo do trompete rangendo a cada passo. Harnett estava esperando. Ele apontou com uma tesoura para um balde emborcado. Eu me sentei e senti seus dedos ásperos agarrarem um punhado de cabelos na altura da minha nuca. Ouvi o barulho do metal e senti as lâminas escorregarem frias sobre minha pele, os fios de cabelo úmido cortados pinicando minhas costas. "Aposto que você também dá nome pras tesouras", resmunguei. Pensei ter sentido a vibração de uma risada em seus polegares calejados. Ele virou minha cabeça alguns centímetros para eu poder ver a Raiz e onde ele a tinha colocado, totalmente limpa, ao lado da porta.

33

Foley sacudiu um garfo para soltá-lo do emaranhado de utensílios e o jogou na bandeja. A cantina tinha cheiro de carne que tinha passado do ponto.

"Aqui é assim", dizia ele. "As pessoas atacam qualquer coisa. Você tem que parar de se incomodar."

"Mas eu me incomodo."

"Então vai ter que aprender a fingir que não."

Demos mais alguns passos, esperando nossa vez de pegar comida nos recipientes fumegantes. "Eu tento", respondi. "Mas, agora que eles me odeiam, acho que nunca mais vão me deixar em paz."

"Vão fazer isso quando te atormentar deixar de ser tão interessante. Depois que fizeram a supercagada comigo no oitavo ano, todo mundo passou a me chamar de Foley Fezes. A gente imagina que um apelido como esse vai pegar, né? E pegou, por um tempo, até eu simplesmente aceitar. Até escrevia o apelido nos meus trabalhos. 'A importância da erosão, por Foley Fezes'. E pá, ele desapareceu."

"Acha que devo assinar meus trabalhos como *Joey Escrotchi*?"

"Por que não? Você tem que se apoderar disso, cara. Você é Joey Escrotchi. Joey Escrotchi, porra! E eu sou Foley Fezes! Somos tipo uma banda fodona. Joey Escrotchi e Foley Fezes Experience."

"Hm." Pensei nisso

"É, *hm*. Olha, eu fiquei invisível lá, e, quando me mudei para cá, fiz a mesma coisa, e foi bem fácil. Você também consegue. Tem que conseguir. Esse é o lance, ser totalmente nada até a faculdade. É lá que você começa a existir, não aqui." Ele abaixou a cabeça e farejou através do vidro embaçado. "Quero um pedaço de pão de milho."

Balancei a cabeça para a cozinheira. "Eu também."

"E que porra aconteceu com seu cabelo?", perguntou Foley, puxando uma mecha do próprio. "Foi atropelado por um cortador de grama?"

"Meu pai." Olhar no espelho naquela manhã tinha me desmoralizado. Em algumas partes, o cabelo estava tão curto que dava para ver o couro cabeludo. Em outras, os fios brotavam como plantas em um vaso. Não havia nada que eu pudesse fazer a não ser ficar de cabeça baixa, embora até isso representasse um problema. Meu pai tinha feito um buraco bem no topo da minha cabeça.

Foley continuou. "Esse bando de babacas tem preconceito com você só porque você veio de fora. Este lugar inteiro é preconceituoso pra cacete. Se você é gordo, ou gay, ou se tem a pele um pouco mais escura, seu nome é estranho. Eles perseguem as pessoas por qualquer coisa. E não são só os alunos. Os professores também. Todo mundo. Olha, é disso que estou falando!"

Foley apontou uma opção no cardápio da cantina da Bloughton High, o *Po'boy* de carne.

"*Po'boy* é um lance racista?", perguntei.

"Super racista", respondeu Foley, olhando para a cozinheira atrás do balcão. "Um Sanduíche de Racismo, por favor."

A mulher fez cara feia, mas serviu a opção. Foley sorriu para ela. "E um Sanduíche de Racismo pro meu amigo aqui também."

Meu amigo. Pisquei, mexi os pés e levantei a bandeja para receber a comida, tudo enquanto tentava continuar respirando. Foley pegou uma carteira com fecho de crânio e ossos cruzados, tirou algumas notas dela e guardou o troco no bolso do jeans preto. A cueca preta aparecia por alguns poucos buracos premeditados, enquanto um *patch* preto do Judas Priest dominava todo o lado direito da bunda. Todas as roupas de Foley eram pretas, todo dia, o que, agora eu suspeitava, contribuía para seu poder de invisibilidade. Um pouco constrangido com minha camisa polo e calça jeans, segui para o caixa com um breve aceno de cabeça. Eu ainda estava na lista de almoço gratuito de Simmons.

"Ei!", gritou ele. "Aonde vai?"

Eu tinha presumido automaticamente que seria abandonado e já fui me afastando para encontrar um lugar vazio. Mas Foley me chamava. Meu coração bateu mais forte e o estômago se manifestou. Sentei e olhei para a comida que agora era completamente incapaz de comer. Na minha frente, Foley já estalava os lábios.

"Está vendo aquele garoto?" Ele mastigava a comida e apontava com o queixo. "Outro Sanduíche de Racismo. Eles atormentavam o cara e viviam chamando ele de veado."

Ser rotulado como gay era a pior coisa que podia acontecer a alguém na Bloughton High. Durante almoços passados, eu havia observado o pessoal da gangue do Woody parar casualmente ao lado daquele garoto e perguntar com falsa seriedade quanto ele curtia o gosto de um pau em uma escala de zero a dez. Você ouve essas coisas dez vezes por dia em qualquer colégio, então não me espantava. O que me causava pesadelos eram os tremores e o estado de choque do menino.

Foley seguiu em frente, apontando em outra direção. "Aquela menina alta ali, eles fizeram umas merdas com ela só porque é retardada, o que não é culpa dela. Mais um Sanduíche de Racismo. E aquela outra ali, Steffie Vick? Ela também é um Sanduíche de Racismo. Muito gorda." Foley deu de ombros enquanto calculava o peso da menina. "Acho que está mais para um Bufê de Racismo. Mas isso não justifica o que fazem com ela."

"Tipo eu", sugeri.

"Big Mac Racismo", concordou Foley, assentindo para mim com franqueza. "McLanche Feliz Racismo." Nós nos olhamos por um momento, depois começamos a rir. Peguei meu *po'boy*.

"'Por que as liberdades civis são importantes para mim, por Foley Fezes'", falei.

"Babaca", resmungou ele. Mas estava sorrindo.

Comemos em silêncio por dez minutos, os melhores dez minutos desde que um ônibus atropelou minha mãe.

"Que bom que desistiu da banda", ele falou finalmente, cutucando os dentes com um palito.

Tentar desistir foi, para mim, como largar o cigarro deve ser para a maioria dos fumantes. E também teve o mesmo desfecho: não deu certo. O clima não tinha melhorado desde a noite da Cerimônia de Boas-Vindas, e, quando entrei na sala de ensaios na manhã seguinte, eu sentia frio, estava molhado e tremendo. Ted estava lá, tinha chegado cedo, como sempre, e estudava o armário de suprimentos.

"Vou sair", disse a ele.

Estava escuro lá dentro, mas a luz da lâmpada se refletiu na lente dos seus óculos redondos.

"Você tem muito talento", respondeu.

É claro que *você diria isso*, pensei.

"E se apresenta muito bem."

Você também.

"Espero que seu pai não esteja te forçando a isso."

Você queria que fosse fácil assim.

"Isso me deixa triste, Joey."

Você não sabe o que é tristeza, pensei, lembrando o que o trompete significava para minha mãe. Era um sentimento digno de alguém velho e cansado. Mas minhas reações aparentes eram as de uma criança: dei de ombros e tentei fugir.

"Nem mais um passo."

A voz de Ted tinha se tornado bem mais profunda. Eu estava perto da porta, mas me virei.

"Se não quer fazer parte do Exército do Ted, tudo bem", disse ele. "Deve ter suas razões, e imagino que elas até possam ser válidas. Mas não vou levar na consciência a possibilidade de ter feito alguma coisa que afastou um músico como você. Então, é o seguinte: você e eu vamos continuar ensaiando."

Continuei olhando para ele, piscando.

"Não vai dizer nada? Bom, tudo bem. Não me importo de falar tudo. Você vem quando puder. Normalmente, estou aqui das seis e meia da manhã às seis e meia da tarde. Apareça a qualquer hora dentro desse período, e estarei disponível.

Vamos ensaiar. Você e eu. Só ensaiar. Tudo na informalidade, quando tiver tempo. Se houver algum tipo de pressão dos colegas influenciando sua decisão, esqueça. Eles não precisam saber. Se está cumprindo algum tipo de ordem familiar, Joey, preste atenção: os pais nem sempre sabem o que é melhor para os filhos."

Boris teria insistido para eu aceitar a oferta, mas eu não acreditava mais que seria capaz de produzir algum som diferente de fá, fá, fá, fá, fá.

Ted assentiu. "Combinado, então. Você vem quando puder. Eu estarei aqui. E, se alguém perguntar a um de nós, vamos dizer a verdade: Joey Crouch desistiu."

Ele levantou uma sobrancelha e esperou. Desmantelar um plano tão impecável era algo que estava além da minha capacidade, por isso só balancei a cabeça, concordando. Ele fez um gesto me dispensando, voltou a organizar o armário e depois falou, ainda de costas.

"O que você ainda está fazendo aqui? Vai, vai, vai, vai, vai."

Então, sim, eu tinha desistido, mas era só um jeito de falar. Detestava começar minha amizade com Foley mentindo, mas que alternativas eu tinha?

"Porque, na boa, aquela banda era parte dos seus problemas", continuou Foley. "Todo mundo vai às porcarias dos jogos de futebol, todo mundo é chamado pra participar das reuniões e assembleias de motivação, e vocês usam aquela fantasia e aquele chapéu. Isso não ajuda. E você nem gosta daquela música."

"Eu gosto de jazz."

"Imagino que também goste de *shuffleboard* e ameixa." Ele fechou os olhos e balançou a cabeça. — "Você não gosta de jazz."

"Gosto, sim."

"Você só acha que gosta. Não conhece nada melhor. Sem querer ofender. Mas ninguém te mostrou como é música de verdade. Acho que está na hora de ouvir alguma coisa mais agressiva. Bem-vindo ao colégio, Joey Escrotchi."

Pensei em alguns músicos de jazz que Boris e eu ouvíamos e pareciam bem agressivos para mim, como Peter Brötzmann e Mats Gustafsson, mas fiquei quieto. O *patch* do Judas Priest na bunda de Foley era minha única dica. "Tipo Judas Priest?"

Ele deu de ombros. "Pra começar. Existe todo um submundo de bandas por aí que pode esmagar sua cara com a porra da bota", explicou ele com os olhos brilhando. "Música que vai rasgar seu rabo e entupir sua garganta."

"Ótimo", falei.

Ele apontou um dedo para mim. "Vou postar algumas pra você."

"Não tenho computador."

"Eu gravo uns discos, então."

"Não tenho onde ouvir."

Ele reagiu irritado inclinando a cabeça. "Eu tenho um Discman velho. Vou dar aquela tralha pra você. É só ouvir os CDs. Ouça com a cabeça aberta. E se prepare pra ajoelhar diante do trono de metal da poderosa besta." Ele levantou o indicador e o mindinho, ambos engordurados de molho do *po'boy*, e colou o chifre improvisado à testa em movimento, balançando as mechas loiras em torno do rosto sorridente. Não consegui conter o riso.

A risada se transformou num engasgo. Alguém batia no meu ombro. Camisa preta, suéter marrom, pele clara. Era Heidi Goehring. Tossi mais ainda, imaginando pedaços babados do meu *po'boy* aterrissando nas lentes grossas dos óculos de Heidi. Em vez de demonstrar repulsa, ela apenas sorriu com educação e levou seu estranho cabelo tigelinha para uma mesa próxima.

"Joey, você é o único que consegue responder às questões extras", disse ela.

Dei de ombros sem esconder a tremenda perplexidade.

Ela levantou as sobrancelhas. "Cálculo?"

Sim! Cálculo! Assenti com entusiasmo. Embora não fôssemos da mesma turma de cálculo, nós dois aguentávamos as cutucadas do treinador Winter sobre educação, e quase todos os dias eu via Heidi debruçada sobre os livros na hora do almoço. Às vezes, ela estava na companhia de poucas amigas, as outras meninas do quadro de honra, todas com os deveres de casa espalhados ao lado da comida, mas hoje as cadeiras à sua volta estavam vazias. E eu estava sendo convocado.

Olhei para Foley. Ele olhava desconfiado para Heidi, mas não disse nada.

"Tudo bem", respondi. "Legal. Certo. Tudo bem."

Como se por teletransporte, me vi sentado ao lado dela, e de sua boca saíam letras e números que representariam os pontos extras naquela semana. Ela apontava e fazia perguntas. Eu balançava a cabeça e a corrigia. Ela resmungava e se chamava de burra. Falei para ela não se sentir mal, porque a questão era difícil. Seus lábios finos se retorceram em um sorriso satírico, e ela espiou pela lateral dos óculos.

"Legal, espertinho", disse. "Vamos fazer a próxima."

Enquanto a ajudava com a tarefa, comecei a ter a sensação de que ela já sabia as respostas. Duas vezes cometi erros por conta do nervosismo, e ela os corrigiu depressa. Agradeci com sinceridade pela ajuda, o que só a fez rir ainda mais. Tudo aquilo estava me deixando perigosamente relaxado. Olhei para Foley para ter certeza de que ele ainda existia e de que aquele dia todo não tinha sido um sonho.

Ele olhava intrigado para outro lugar. Segui a direção de seu olhar e vi Celeste em uma das mesas, conversando com amigos. Algumas cadeiras mais longe, Rhino devorava a comida com sua mandíbula poderosa. Ao lado dele, Woody Trask, ainda separado da namorada, batia os nós os dedos na bandeja de comida ignorada e olhava diretamente para mim e Heidi.

"Que foi?" O dedo de Heidi apontava uma equação diferencial.

"Nada", respondi. "Nada." Senti o calor da atenção de Woody. "Acho que eu devia ir comer."

"Ah." Ela parecia ofendida. "Winter não perde tempo comparando essas coisas."

Ela achava que eu estava tentando proteger minha média? Não era nada disso, mas minha língua não conseguia formular as explicações. A cadeira rangeu quando me levantei.

"Para quem você está olhando?", perguntou Heidi. Horrorizado, vi quando ela se virou para examinar a cantina. Tentando me afastar da mesa, tropecei na cadeira.

Heidi olhou rapidamente para a lição de casa. Tirou os óculos e ajeitou o cabelo.

"Woody Trask está olhando pra mim", sussurrou ela, fascinada. Se Heidi queria que eu a ouvisse eu não sabia e tampouco me interessava. Saí tropeçando pelo caminho, o rosto queimando, o peito ardendo. Senti alguma coisa bater no meu rosto. Um pãozinho coberto de mostarda encontrou meu peito. Um brownie se chocou contra a parte de trás de minha cabeça. Eu não me dei ao trabalho de verificar qual dos capangas de Woody tinha feito o arremesso. Tudo que importava era como os olhos bondosos de Heidi tinham perdido todo o interesse em mim no segundo em que ela tirou os óculos. Desabei na cadeira na frente de Foley e olhei para o *po'boy* frio.

Quase imediatamente, a bandeja de Foley deslizou para fora da mesa. Levantei a cabeça e vi olhos que tinham se tornado sombrios e resguardados. Queria dizer alguma coisa. Ele não sabia o que esse único almoço tinha significado para mim. Hoje à noite, quando eu entalhasse o dia na lateral da pia, a marca seria mais que só um risco.

"O que acha que está fazendo?", cochichou ele. "Gosta de ser chutado por aí? Quer que essa merda continue?"

"Não", respondi. "Não."

"Não posso te ajudar se continuar ignorando tudo que eu falo."

"Desculpa. Não sabia que ele estava olhando, não sabia..."

"Eu trago os CDs." A voz, antes animada, se resumia a sarcasmo e desconfiança. Ele olhou para mim ao passar. "Tem brownie na parte careca da sua cabeça."

34

Nathaniel Merriman estava enterrado em Lancet County, Iowa, ao sul da fronteira com Minnesota. Harnett e eu chegamos por volta das quatro da tarde. Deixamos as ferramentas na caminhonete e percorremos juntos a alameda principal. O Cemitério Lancet County não tinha cerca, mas paramos diante da placa que anunciava as regras da casa: não eram permitidos animais de estimação, era proibido jogar lixo, e o lugar fechava ao pôr do sol. Nada sobre desenterrar corpos.

Ainda havia luz do sol suficiente para dar uma repassada no plano. Mas, assim que cruzamos a fronteira, fui inundado por lembranças da vítima de suicídio inchando em sua poça de chorume escuro, e em poucos instantes comecei a especificar...

— *fragmentos dourados de pirita incrustados no caminho de pedra —*
— *os contornos escabrosos da casca úmida de uma árvore —*
— *vegetação baixa e emaranhada em forma de mãos, ancinhos, chapéus de bobo da corte —*
— *formigas saindo de uma elevação como pus vertendo de uma ferida —*

... e logo fui tragado por um turbilhão de realidade aumentada em níveis tão absurdos que comecei a cambalear. Harnett me segurou pela gola e disse para eu olhar à minha volta solenemente, como se procurasse o túmulo de uma pessoa querida. Ansioso por uma boa nota, fiquei sério e mexi a cabeça em uma busca frenética.

"Devagar", disse Harnett. "Parece que está tendo um ataque."

O horizonte de lápides era como uma mandíbula exposta de dentes podres. Instintivamente, contornamos uma fileira de mausoléus, cujas portas trancadas permitiam vislumbrar nesgas de vitrais e gavetas fechadas. Invadir um desses, percebi, não me obrigaria a cavar. Sussurrei a ideia para Harnett.

"Primeiro", respondeu ele em um tom falso de conversa trivial, "cochichar desse jeito dá a impressão de que está planejando roubar um túmulo, ou algo assim."

"Desculpa", cochichei. Ele me olhou feio, e tentei de novo de um jeito mais casual: "Desculpa".

Ele apontou uma das criptas. "Normalmente, não valem o esforço. Você quebra um pouco de cimento, entorta muito ferro e quebra muito vidro. Não há tempo pra dar um jeito nessa bagunça, e isto é o mais importante, garoto, o mais importante de tudo: nunca deixe ninguém perceber que você esteve ali."

"Dã", falei, porque sentia o casulo de segurança da minha especificação se desgastando, e embaixo dele, esperando pacientemente, estava a mulher morta com seus olhos de vermes, os cortes nos pulsos. Depressa, olhei em volta procurando o Jesus de Dois Dedos e pensei tê-lo visto pregando para um amontoado de pedras.

"Quer passar uns anos na prisão?", perguntou Harnett com uma animação falsa que enfatizava seu mau humor. "Se um de nós for pego, a acusação é de crime de terceiro grau. E isso é um progresso. Há cem anos, você seria amarrado pelo pescoço e chicoteado em público. Se acha que alguma coisa parecida é impossível hoje, está lendo os jornais errados."

O caminho se bifurcava. Harnett parou para analisar as duas vias.

"Quantos anos tem o túmulo Merriman?", perguntei.

"Menos de dois anos."

"Por que você esperou tanto tempo?"

"Não foi listado nos obituários. Tive que conseguir a informação em outras fontes."

Isso significava que não haveria uma elevação evidente, nem flores recentes. "E aí, vamos ler todas as lápides até encontrar o túmulo?"

"Abre os olhos." Ele apontou para o chão. "Está vendo aquilo?"

"Sim, vejo grama e folhas."

Harnett escolheu um caminho e seguiu adiante. Ele apontava outra trilha aparentemente aleatória no chão. "Tudo bem. Ali. Está vendo?"

Só via mais grama e folhas, e disse isso a ele.

Harnett passou a mão na cabeça. "Os túmulos novos são um pouco mais elevados. Disso você já sabe. Só que, depois de algum tempo, acontece o contrário, eles se acomodam e afundam." E apontou de novo. "Quando as folhas caem, elas *falam* pra onde você tem que olhar, praticamente entregam os corpos. Se não consegue enxergar isso, é melhor esperar na caminhonete."

A dica sutil, quando finalmente a vi, se repetia por todos os lugares: folhas acumuladas em leves depressões que, não fosse isso, seriam imperceptíveis a olho nu. Funcionava do mesmo jeito com neve derretendo, entendi com uma onda de entusiasmo. Era isso que Escavadores faziam, usavam pistas naturais para solucionar enigmas da humanidade.

Encorajado, comecei a andar mais depressa e, inesperadamente, colidi com Harnett. A dor explodiu no meu nariz. Ele se virou e caiu em posição de prece diante de um túmulo qualquer.

"Droga, Harnett." Eu massageava o nariz machucado.

"Ajoelha aqui", disse ele.

Li em voz alta o nome na lápide. "Oliver Lunch." Dei risada. "Belo nome."

"Quer ajoelhar?"

Ajoelhei e, compenetrado, tentei invocar imagens dos domingos na igreja com minha mãe. Não conseguia pensar em nada. Harnett deu uma olhada por cima do ombro e voltou a Oliver Lunch. "Você nunca sabe o que vai encontrar, garoto."

Também olhei por cima do ombro. À luz do entardecer, no topo de uma elevação próxima, uma mulher de vestido preto abraçava uma lápide de obsidiana brilhante, e sua postura de autêntico sofrimento era muito superior ao nosso luto fingido. Mesmo de longe, era evidente que ela estava soluçando. Pisquei para Harnett.

"Pensei que fossem dois anos", falei.

"São. Hoje."

Então entendi. "O aniversário."

Ele balançou a cabeça e suspirou. "Ah, merda."

Voltamos à caminhonete em silêncio e passamos noventa minutos sentados na cabine, esperando escurecer, e então pegamos os sacos cinzentos e voltamos ao cemitério sem fazer barulho. Quando encontramos Oliver Lunch, Harnett parou novamente. Minha mão tocou imediatamente o nariz machucado. Ele segurou meu braço e me puxou para fora da alameda.

"Ah, *merda*."

"*Droga*, Harnett", reclamei, verificando se o nariz sangrava. "Que foi, ela ainda está lá?"

Sua silhueta na escuridão balançou a cabeça, confirmando. Perto de nós havia um mausoléu do tamanho da cabana de Harnett, e juntos nos encolhemos contra a parede. Depois que meus olhos se adaptaram, vi a mulher ainda abraçada à lápide de Nathaniel Merriman, emitindo uns gemidos ocasionais.

"Ela não pode passar a noite toda aqui", comentei. "Pode?"

Harnett não respondeu.

Cruzei os braços e acomodei a cabeça em uma fina almofada de musgo. "Belo aniversário."

Harnett olhava para a mulher que chorava por Merriman. "Às vezes a escavação é fácil. Uma vez atravessei três estados pra encontrar uma tiara de diamantes com a qual uma miss tinha sido enterrada. Quando encontrei o cemitério, descobri que o lugar estava passando por um problema de contaminação. O solo estava misturado à lama e esgoto. Lápides tombadas e afundando. A situação era tão grave que o esqueleto tinha emergido, e a mulher estava lá me esperando com a tiara em cima da cabeça." Ele enrugou a testa. "Passei a noite toda tentando dar a ela um sepultamento adequado, mas naquele lamaçal? Foi só perda de tempo."

Ele se encostou à cripta com um suspiro. "É bem aqui que temos que ficar. Boa visibilidade, uma posição que podemos manter pelo tempo que for necessário, uma estrutura com a qual podemos contar."

"Contar pra quê?"

Ele olhou para mim. "Pra não cair."

Ri baixinho, mas ele estava bem sério.

"Acha que alguma coisa aqui obedece a um tipo de código? Você se encosta a uma lápide, como aquela mulher ali, e está se arriscando. Algumas mal foram enterradas. Outras, se ainda não notou, pesam toneladas. Coisas desse tamanho caem. Foi isso que aconteceu com Copperhead."

"Copperhead", repeti. "Era um Escavador?"

Harnett confirmou com um movimento de cabeça e apontou para um bloco de cimento de seis metros. "Decidiu descansar encostado em uma daquelas. E ela esmagou o crânio. Esmagou tudo. Faz só três, quatro anos. Knox me contou que no relatório da polícia constava que ele era um bêbado." Harnett olhou para as próprias mãos. "Copperhead nunca bebeu em toda a sua vida."

A noite progredia. As nuvens afinavam em alguns trechos, e os milhares de pontinhos da Via Láctea se refletiam nas lápides aqui embaixo. A Mulher de Preto ainda gemia sobre a sepultura. Depois de um tempo, os barulhos que ela fazia ganharam companhia: a do meu estômago.

"Chupa uma pedra." Harnett bateu das pedras soltas perto dos nossos pés. "Ajuda."

Peguei uma e a examinei.

"Mas é uma pedra", falei. "Uma pedra de gente morta."

"Santo Cristo." Harnett suspirou. "Vai ser com o estômago ou com a boca, mas você vai acordar todos os cadáveres deste cemitério. Vá procurar comida." Ele apontou a entrada do cemitério com o polegar. "Vai."

A escuridão naquela direção era absoluta. Talvez eu tivesse entendido mal. "O quê?"

"Passamos por um lugarzinho, bem na esquina depois da caminhonete." Ele pôs a mão no bolso, revirou o que tinha lá dentro por um instante, depois colocou uma nota de vinte na minha mão. "Pronto."

"Mas, ei, espera."

"É sério, garoto." Ele olhava para a mulher. "A noite vai ser longa."

Quando encontrei o lugar, descobri que era um bar pouco maior que a mesa de bilhar dentro dele. Um homem gordo de rabo de cavalo jogava sozinho, enquanto uma mulher com o pescoço coberto de tatuagens assistia à televisão atrás do balcão. Tossi para chamar a atenção dela e perguntei se tinha alguma coisa para comer.

"Não vendemos comida", respondeu ela.

"Tem amendoim, Eileen", falou o homem.

"Não tem amendoim nenhum, Floyd!", berrou ela com uma ferocidade surpreendente.

"Tem picles", insistiu ele.

"Floyd!" A mulher pegou um bastão de beisebol e sacudiu na direção dele. "Não tem picles porra nenhuma!"

Ele deu de ombros.

"Tem carne-seca."

Eileen colocou o bastão de lado e olhou para mim orgulhosa, tirando o cabelo da testa com um gesto manso.

"Tem *muita* carne-seca", ronronou ela.

Com os bolsos cheios de vinte dólares de carne-seca industrializada, fugi de Floyd e Eileen e voltei à escuridão do cemitério. Minutos depois, meu pai e eu desembrulhamos bastões gordurosos de carne-seca e começamos a mastigar. Entre um pedaço e outro, Harnett continuou com as aulas. Disse que as barbearias, ficando atrás apenas dos jornais, eram a melhor fonte de informação sobre mortos recentes. Sempre que possível, contou, ele ia cortar o cabelo em uma região onde havia poucos jornais. Nenhum barbeiro digno desse título conseguia resistir ao impulso de relacionar todos os conhecidos doentes ou mortos recentemente. Antes que eu pudesse comentar que teria preferido o trabalho de um barbeiro à carnificina que Harnett tinha feito na minha cabeça, ele continuou. "Barbeiros e Escavadores estão ligados há séculos", disse ele, mencionando uma coisa chamada de Companhia Unificada dos Barbeiros-Cirurgiões, que foi fundada na Inglaterra do século XVI. "Juntos, eles conseguiram garantir no Parlamento o direito exclusivo de conduzir dissecações anatômicas."

Eu tinha um palpite. "E os Escavadores forneciam os corpos?"

Harnett apenas sorriu. "A seu tempo", respondeu, embora eu não soubesse se estava respondendo à pergunta ou só adiando a resposta.

Harnett também descreveu outros sistemas importantes: o mundo das lojas de penhores, dos corretores de joias, dos mercadores de antiguidades, e os riscos e recompensas de se associar a cada um deles. Falou de corretores que abusavam rotineiramente de Escavadores com ofertas pífias e ameaças veladas. O reverendo Knox, que queria os Escavadores salvos e na igreja, não condenados e presos, distribuía avisos sobre esses chantagistas. No dia em que Knox morresse, Harnett profetizou, a estrada se tornaria muito mais perigosa. Como eles saberiam, por exemplo, que compradores ficariam com os dentes de ouro sem fazer perguntas? Ou quais mercadores de raridades compravam Bíblias antigas?

"Quando Knox partir", previu Harnett, "o dinheiro vai acabar. E aí, pra maioria de nós, só vão restar os Trabalhos Ruins."

"O que é um Trabalho Ruim?"

"Há coisas que as pessoas por aí pagam pras outras fazerem", gesticulou para a escuridão. "Pagam caro. Tem coisas que as pessoas querem, e nós somos os únicos que podem consegui-las. E tem outras coisas ainda piores."

"Tipo o quê?"

Harnett ignorou a pergunta. "Qualquer Escavador que comece a trilhar esse caminho está bem perto do fim. Não dá pra fazer esse tipo de serviço e ficar em paz consigo mesmo. Vi acontecer várias vezes, Escavadores que pensavam: *Só desta vez, preciso do dinheiro*. E pronto."

"Suicídios?", cochichei.

Meu pai cuspiu um pedaço de carne ruim. "Muitos."

35

A luz tentava invadir meus olhos. Eu sentia gosto de terra e tecido — o ombro de Harnett. Sentei depressa, limpando a baba e sentindo o gosto azedo das rações de Eileen e Floyd.

"Shh", avisou Harnett.

Esfreguei os olhos. Pedrinhas, apertadas durante horas na palma de minha mão, caíram em meu colo. A Mulher de Preto ainda estava lá, encolhida como um cachorro no túmulo de Nathaniel Merriman. Uma nesga de luz matinal aquecia o topo das lápides e desenhava listras pretas no terreno meio inclinado do cemitério, mas havia nuvens de tempestade se movendo pelo céu.

"A gente não tem que sair daqui? É dia, as pessoas vão ver..."

"Eu já esperei demais. Vou cavar."

"Mas as pessoas vão ver", insisti.

Ele olhou para mim. "As pessoas não enxergam tanto quanto você pensa."

Abri a boca para desmentir essa tremenda bobagem, mas, de repente, ele me abraçou e me jogou no chão. O cheiro ruim de carne-seca em seu hálito invadiu meu nariz.

Um homem passava pela alameda. Segundos depois ele olhou em nossa direção, mas Harnett tinha conseguido nos esconder na depressão rasa que marcava o limite do mausoléu. O homem seguiu em frente, e seus passos firmes e calculados faziam um barulho que me lembrava o metrônomo de Ted.

Harnett saiu de cima de mim e continuou abaixado. Eu o imitei. O homem saiu da alameda e continuou andando em direção à Mulher de Preto. Ele se ajoelhou ao lado dela e a sacudiu delicadamente até ela levantar a cabeça.

"Bom, agora sim", sussurrou Harnett, assentindo.

Juntos, o homem e a mulher olharam para o céu onde a tempestade se formava, depois trocaram algumas palavras. Ainda ajoelhado, o homem abriu os braços e recebeu a mulher em um abraço apertado.

"Ah, não", resmungou Harnett resmungou.

O homem e a mulher continuavam abraçados, ambos tremendo com a força dos soluços.

"Só pode ser brincadeira", disse Harnett.

Momentos mais tarde, os dois desabaram como criancinhas, esmurrando o túmulo de Nathaniel Merriman e levantando torrões de terra com os pés. Harnett xingou e ficou em pé, me levantando pela gola e me empurrando pela alameda na frente dele.

"Aonde vamos?", perguntei.

"Tomar café", rosnou ele. "Até esses malucos se controlarem."

Saímos do cemitério, demos uma olhada na caminhonete, passamos pelo bar onde eu tinha comprado carne-seca e seguimos por uma rua principal ainda menos animadora que a de Bloughton. Harnett parecia capaz de sentir o cheiro de bacon no ar. Eu bocejava e tentava acompanhá-lo. Cinco minutos depois ele havia farejado a lanchonete, então passamos pela porta e sentamos frente a frente em uma das mesas. A garçonete se aproximou.

Reconheci as tatuagens imediatamente. Olhei além de Eileen para o interior da cozinha, onde Floyd, o homem do rabo de cavalo, cuidava de uma grelha fumegante.

Os lábios vermelhos de Eileen se abriram, revelando duas fileiras de dentes falsos.

"Olha aí nosso garoto da carne-seca!", gritou ela. "Floyd, o garoto da carne-seca!"

"Não tem carne-seca", resmungou ele em meio ao barulho de fritura.

"É o garoto que *comprou* carne-seca!", ela gritou.

"Não *compramos* nenhuma carne-seca, mulher maluca."

Harnett massageou as têmporas. "Dois cafés. Dois de tudo: ovos, bacon, torrada, mas o café primeiro."

Eileen rabiscava em um bloquinho. Depois de uma discussão entre os dois funcionários sobre a caligrafia dela, a cafeína chegou e eu bebi devagar, enquanto Harnett dava grandes goles. Os pelos em torno de sua boca ficaram mais escuros.

"E agora?", perguntei.

"Agora", disse ele depois de engolir, "esperamos. Vamos ver que tipo de nuvem de chuva vai se formar. Ou esperamos a noite. Ela não vai passar outra noite inteira lá." A mão dele tremia, e a superfície do café também. "Não pode, de jeito nenhum."

Por um tempo, nada interrompeu os estalos e o chiado da grelha. Não havia clientes entrando ou saindo. Eileen e Floyd estavam em silêncio e eu não os via.

"Então." Ele me olhou rapidamente, antes de virar o rosto para a janela. "Tudo bem na escola, imagino."

Era espantosa sua capacidade de evitar uma pergunta direta. Eu sentia todo tipo de respostas borbulhando, tentando chegar à superfície. *Sim, tudo bem. Só levo chutes nas bolas uma vez por semana, e um professor insano segue a rotina de me cutucar com uma vareta de metal, e fui forçado a fazer das aulas de trompete um segredo, e a única pessoa que se aproxima mais remotamente do que eu poderia chamar de amigo sugeriu há pouco tempo que eu adotasse Escrotchi como apelido. Fora isso, sim. Tudo ótimo.*

Mas fiquei quieto enquanto Harnett esfregava os olhos avermelhados. Percebi que, enquanto eu dormia e babava, ele tinha ficado vigiando a mim e à Mulher de Preto. Imediatamente, me senti fraco e desanimado. Não tinha a estamina física e mental desse homem. Mas, quando ele passou a mão insegura pelo rosto cansado, também vi que estava ficando velho. Logo os músculos perderiam a definição. Os ossos perderiam a densidade e enfraqueceriam. Minha mãe já havia morrido. Eu não tinha certeza de que conseguiria suportar outro abandono.

"É, tudo bem", falei.

Ele assentiu, olhando para a janela. "Você volta na segunda de manhã, não se preocupe. Ela não pode passar outra noite deitada lá. De jeito nenhum."

Mas depois de mais sete horas andando pelos corredores da Biblioteca de Lancet County, vagando por uma loja de ferramentas por tanto tempo que o proprietário pegou o telefone para pedir ajuda, comendo mais uma refeição de Eileen e Floyd e sentados em silêncio embaixo de um caramanchão na praça da cidade, olhando a chuva incessante, voltamos ao cemitério encharcado ao cair da noite e encontramos a Mulher de Preto no mesmo lugar, sozinha e encolhida contra a lápide de Nathaniel Merriman. Não precisei olhar para Harnett para sentir sua frustração, nem queria, afinal, a culpa disso era toda minha. Se Simmons e Diamond não tivessem criado uma situação que impedia Harnett de me abandonar, ele poderia ter visitado Lancet County havia semanas.

Ficamos ao lado do nosso mausoléu por um minuto, afunfando os sapatos na lama.

"Fica aqui", disse Harnett. "Vou buscar as bolsas. Mais uma hora, e ela vai embora. Ninguém passa a noite na chuva. Por mais louco que seja."

Ele não me dava a impressão de acreditar no que estava dizendo, mas, mesmo assim, se afastou, sua silhueta estreita abrindo cortinas prateadas de chuva. Olhei para a Mulher de Preto e, depois de um momento de hesitação, comecei a me aproximar.

Ela era mais velha do que eu tinha imaginado, devia ter a idade do meu pai, pelo menos. De perto, o corpo era mais ossudo que esguio, e a pele, que de longe parecia ser clara, era azulada e cheia de veias. O vestido preto estava grudado numa roupa de baixo bege que aparecia além da bainha desfeita. Tudo que ela usava estava sujo. Até as mãos, o pescoço e o rosto tinham respingos de lama.

Segurei a pedra fria e me ajoelhei.

"Oi", falei. A chuva encobria minha voz.

Ela abriu os olhos, que transbordavam lágrimas ou água da chuva. As duas mãos se contraíram automaticamente, agarrando punhados de lama.

"Papai", a mulher falou com a voz rouca de quem chorava havia dias. De um jeito quase mágico, todos os relacionamentos ficaram claros. Nathaniel Merriman era o patriarca homenageado. A mulher que se consumia ali sobre o túmulo era filha dele. O homem que tinha se juntado a ela por um tempo era o irmão, filho de Merriman, e sua dor havia encontrado limites mais rapidamente. Não dava para saber por que ela sofria desse jeito. Talvez o pai tivesse sido muito bom, e o mundo fosse repulsivo em sua ausência. Talvez tivesse sido cruel, e a dor era pelas conciliações que ela não teve tempo de tentar. Talvez ele tivesse sido ausente, e ela chorasse pela falta de ombros para se apoiar e faces para beijar. Ou ela enfrentava algum sofrimento pessoal e buscava o pai, como faz uma criança pequena, como se o contato físico, estabelecido de qualquer forma, pudesse amenizar a dor.

Busquei contato com ela antes de pensar no que estava fazendo. Retirei seus dedos da lama e usei minha mão para limpar folhas de grama de seu rosto pegajoso. Senti meu coração se abrir para ela como não havia acontecido com ninguém desde minha mãe. Senti o peito leve, momentaneamente livre da opressão letal da minha vida atual. As mãos dela agarraram meu pulso, depois meus ombros. Senti que meus lábios se moviam, e, embora não conseguisse ouvir as palavras, sabia que contava a ela sobre Valerie Crouch, também morta e coberta por uma pedra, como Nathaniel Merriman. Falei dos braços maravilhosos de minha mãe, suas sardas infinitas, os chinelos vermelhos que ela usava. Contei a ela sobre como chorei na porta de casa quando tinha dez anos, com medo de ser reprovado no quarto ano, e como minha mãe me havia embalado em seus braços como se eu fosse um bebê, tão habilidosa que nem me incomodei com as pessoas que passavam por ali e me viam. Disse que fingia falar enquanto dormia, porque minha mãe ouvia e ia espiar meu quarto, e assim eu podia ver o rosto dela mais uma vez.

A Mulher de Preto me abraçou e seu corpo tremeu. Talvez tenhamos chorado, chovia tanto que não dava para saber. Quando me levantei, seu corpo fraco também se ergueu. Quando andei, senti o movimento instável de pernas desnutridas em meias grandes demais. Quando passamos pelo mausoléu e pela figura escondida que segurava dois sacos cinzentos, eu a abracei com mais força e senti sua caixa torácica frágil entrelaçar-se à minha.

Saímos do cemitério juntos. Empurrei a porta do bar com o pé e, por alguma razão, não me surpreendi quando Eileen e Floyd se aproximaram de nós com os braços abertos e sorrisos solidários. Eileen tirou a mulher encharcada dos meus braços, enquanto Floyd puxava uma cadeira para ela e ia buscar uma toalha, ligando a cafeteira ao passar pela máquina. Recuei até o brilho festivo das luzes do bar ser substituído pela luminosidade subaquática de um anoitecer chuvoso.

    Meu pai já tinha cavado um metro, mais ou menos, quando o alcancei. Segui os riozinhos que caíam em pequenas cachoeiras sobre suas costas de trabalhador. Ele cavava com a Raiz, meio desajeitado, porque a ferramenta não era dele, e não falava nada enquanto ia jogando porções de terra sobre a lona aberta. Quando a tampa do caixão foi descoberta e removida, meu pai estendeu a mão, e eu a segurei, porque o solo era escorregadio. Nós nos debruçamos sobre os restos de Nathaniel Merriman, um homem sobre o qual Harnett sabia tudo, mas não me contava nada, limitando-se a apontar os objetos de valor, que eu ia pegando, e as particularidades, que eu notava, como o recheio de PVC que os agentes funerários haviam usado para substituir órgãos doados, de forma a preparar o corpo para o manuseio da funerária e poupar os funcionários que preferiam não lidar com um cadáver flácido.

    A chuva enchia o caixão. Harnett disse que tínhamos que ser rápidos. Estava escuro demais para ler sua expressão, mas eu sabia como decifrar as pausas que ele fazia: eu tinha feito algo bom, talvez até impressionante o bastante para contar a Knox na próxima vez que ele aparecesse, de forma que o reverendo pudesse passar a história adiante para Escavadores em todas as partes. Permiti a mim mesmo um breve momento de orgulho antes de estender a mão para alcançar a Raiz.

36

Minha agenda improvisada continuava devorando a lateral da pia, cada sulco na madeira comprovando mais um dia de coisas indizíveis. Cortes na horizontal agrupavam blocos de cinco riscos. Contei os blocos. Hoje era Halloween.

    O caminho para a escola me levava por gramados enfeitados com túmulos de espuma pintados com tinta spray, identificados com nomes fictícios como Dr. Acula e Ed Morte. Vi crianças com mochilas e lancheiras correndo para fora de casa e parando para ajeitar aqueles memoriais, e quase dei risada. Em um dia do ano, até as crianças fingiam proximidade com os mortos. O que todo mundo esquecia era que embaixo daquelas pedras de mentira havia túmulos de verdade, talvez cavados eras atrás, talvez recentes. Os mortos estavam embaixo de tudo e todos, e isso não mudava quando as famílias guardavam a decoração nas caixas e as caixas no sótão. Elas se enganavam. Com o passar do tempo, um homem com uma pá os traria para fora. Na noite anterior, esse homem havia sido eu.

Quando a aula que chamavam de Diversão e Jogos começou, eu ainda me consumia e me animava com esses pensamentos. Essas adolescentes correndo de shorts e camiseta tinham pouca importância. Eu havia tirado a Mulher de Preto da lama do cemitério e a devolvido para braços vivos, a coisa mais próxima de ressurreição que já vi. Então, quase nem notei quando Stettlemeyer começou a gritar nomes. Nas duas últimas semanas, ela sucumbiu à misericórdia e decidiu deixar Foley e eu formarmos dupla sempre que possível, mas hoje uma discussão entre duas garotas a induziu a designar parceiros com base em nada mais que a cruel mercê do alfabeto.

"Mesa dois! Carpenter, Crouch!"

A Mulher de Preto se tornou Celeste Carpenter. Ela estava bem na minha frente, ao alcance de um tapa. Eu me afastei. Ela estava de braços cruzados, e, no plano superior de sua bela máscara, senti uma antipatia persistente.

"Somos parceiros", falou ela.

"Quê?", perguntei. "Ok." Pisquei. "Quê?"

"Pingue-pongue."

"Ah, ok, claro." Pisquei. "Quê?"

Ela apontou a mesa verde atrás dela. O cabelo escuro se abriu como um leque quando ela deu uma pirueta ensaiada e foi ocupar seu lugar na ponta mais distante da mesa. Eu me posicionei e peguei a raquete, deslizando os dedos sobre a borracha ondulada. À nossa volta, as disputas seguiam barulhentas. Olhei a fila de jogadores e vi Foley algumas mesas adiante, olhando para mim.

"Ela não está aqui", disse Celeste. Sua raquete estava apoiada sobre um lado do quadril. "Heidi Goehring. Mudou de turma. É ela que está procurando, não é?"

Tive um momento de confusão, mas olhei em volta novamente e comprovei o que Celeste dizia. Heidi não estava ali. As lembranças de Lancet County foram sumindo como tinta descascada, e por trás delas surgiam a cantina, as questões de cálculo, a desaprovação de Foley. Principalmente, vi a reação de Heidi quando ela percebeu Woody olhando em sua direção. Embora ela fosse brilhante, eu temia que também fosse capaz de fazer tudo que Woody pedisse. Mesmo que isso significasse se trancar com ele dentro de um armário na sala da banda. Mas era em mim que ele estava interessado, não nela, e um acontecimento como aquele não podia ter acabado bem para Heidi.

A pergunta saiu como se tivesse vontade própria. "O que ele fez?"

Ela mudou de posição e levantou o outro lado do quadril. "Você não tem ideia de quanto problema andou causando."

"Eu?" Para evitar seu olhar, peguei a bolinha parada junto da rede. "Só o que eu fiz foi me mudar pra cá."

"Sim, e talvez as pessoas lidem com situações sociais de outro jeito no lugar de onde você veio. Mas você precisa aprender. Aqui é diferente. Talvez tenha vindo de uma cidade muito pequena. Entendo como isso deve ser. Mas vai ter que se adaptar."

"Pequena?" Apertei a bolinha na mão. "Eu vim de Chicago. É um milhão de vezes maior. Um bilhão de vezes maior."

A raquete escorregou de seu quadril. Celeste endireitou o tronco e abriu os ombros, como se me visse pela primeira vez. Seus olhos escuros brilharam.

"Você é de Chicago."

Dei de ombros. "Sou."

"Chicago tem uma cena teatral incrível. E de dança também."

Repeti o gesto com os ombros. "Eu sei."

"Steppenwolf? The Joffrey? Hubbard Street?"

Ela se debruçou sobre a mesa, e todo o resto desapareceu, apagado pelas curvas dos seios visíveis no decote em V. "É isso mesmo." Joguei a bolinha na mesa e a acertei com a raquete. Ela tentou rebater, errou, e a bolinha acabou acertando seu peito. Depois caiu e quicou embaixo da mesa. Instintivamente, eu me abaixei para pegá-la. Lá embaixo, vi a bolinha rolando na direção dela. Tentei pegá-la e, em vez disso, senti pele hidratada — uma mão, que não tinha sido amputada, quente e elétrica — e depois cabelos macios, condicionados e penteados, não o emaranhado seco do túmulo, porque ela estava ali, bem ao meu lado, abaixada e tentando pegar o mesmo objeto que eu, e por um instante ela encheu meu campo de visão...

— *o crescente claro de pele brilhando entre os shorts e a camiseta* —
— *Ls, Ts e Ys de um sutiã complicado esticando o tecido* —
— *o cabelo fino na curva do pescoço* —
— *uma pinta minúscula marcando o local exato do fecho de um colar* —
— *regiões profundas no cabelo tão escuro que todos os detalhes se perdiam* —
— *três mechas de cabelo ainda carregadas com nossa estática e se projetando* —

"Opa." Ela pegou a bolinha do chão e sorriu para mim. Deslumbrante, mesmo nas sombras. "Legal e tranquilo aqui embaixo, não é?"

Dezenas de bolinhas em dezenas de mesas pareciam mais uma tempestade de granizo. "É", respondi.

"Então, a cena teatral. Você conhece? Bom, é claro que conhece. Quanto? Tem conhecidos, contatos por lá?"

Era uma má ideia, mas, no segundo em que pensei nisso, já era tarde demais para recuar.

"Sim", falei. "Minha mãe conhecia alguém de um dos teatros."

Ela arregalou os olhos, e vi o verde se misturando ao âmbar. "De que teatro? Pode perguntar pra ela?"

Balancei a cabeça. "Ela morreu."

"Ah." Celeste franziu a testa. Eu odiava vê-la desse jeito. "Acha que consegue descobrir, mesmo assim? Estou trabalhando em uma coreografia para o Spring Fling. Sabe o que é? Um show de talentos. O maior na área dos três estados. E é feito bem aqui, no teatro da escola. Não é brincadeira. Vem gente de todos os lugares. E eles dão alguns prêmios, tipo bolsas de estudos, mas o melhor são os contatos que a gente pode fazer. Você não ia acreditar nas pessoas que eles conseguem trazer. Ei, você não pode mandar pra esse seu contato uma fita com a gravação da minha coreografia? Ou convencer essa pessoa a vir pro show? Ia ser ótimo."

Eu queria me esmurrar. Sim, minha mãe tinha conhecido alguém ligado a algum teatro, mas era um conhecido distante. Provavelmente, essa pessoa trabalhava como recepcionista voluntária, ou na bilheteria. Mas Celeste estava praticamente lambendo os lábios.

Forcei um sorriso. "Vou ver o que posso fazer."

"Ah", suspirou ela, unindo as mãos e se inclinando para a frente. Era como o primeiro movimento de um abraço. Imaginei o resto: o volume dos seios, a pressão da boca, o cheiro do cabelo. "Depois da escola. Hoje. Vai ver o ensaio na sala B, perto da sala do coral. Vou ensaiar minha coreografia. Acabei de criar os passos. Espera só pra ver. Você vai, né?"

Ela me puxou — pela mão! — de volta à área acima da mesa, e o fantasma desse contato me acompanhou até o fim da aula de Diversão e Jogos, esteve ao meu lado sob os olhares desconfiados de Woody no vestiário e durante o resto do dia, e foi comigo à sala B quando as aulas terminaram. Lá, para minha surpresa, eu a encontrei, conforme o prometido, se alongando com um macacão prateado. Ela retomou o assunto quase imediatamente. O show de talentos, explicou, só aconteceria em maio, mas não dá para ficar de moleza, nem agora, nem nunca, nem mesmo com o evento acontecendo só daqui a seis meses, principalmente quando esse evento era o Spring Fling.

"Todo mundo que participa ensaia muito", continuou ela. "Especialmente eu. Ensaiamos até o dia do Fling, e depois vamos ao cinema juntos algumas horas antes do show começar. Pra relaxar, sabe? Levamos nossos pais, namorados, todo mundo. É tipo uma tradição, e é hilário, porque todo ano tem gente que sai do cinema pra vomitar de nervoso. E é pra ficar nervoso mesmo. Sabe quem é Shasta McTagert? Ela foi descoberta em um Spring Fling, foi contratada pelo Rabbinger Theater e agora está naquele programa de televisão sobre a escola no gueto. Você deve achar que é uma fantasia."

"Não", retruquei. "Fantasia é legal."

"*É mesmo*." Celeste fez um barulho que lembrava um ronronar. Depois falou como se a informação fosse confidencial. "Um mundo de fantasia é o melhor pra se viver, porque ele não acaba, se você não quiser que acabe, e pode eliminar completamente a Mera Realidade."

Seu rosto se iluminou enquanto ela falava. Gostei instantaneamente do que ouvi. Minhas aulas de trompete, as preces para o Jesus de Dois Dedos, minha especificação, tudo isso era fuga da Mera Realidade. A única questão era que metade da minha vida era real: minha existência fluorescente aqui nesta sala com Celeste Carpenter ou as noites escuras com Ken Harnett.

"Se eu fizer alguma coisa realmente fantástica no Spring Fling, se eu ganhar o prêmio máximo e tudo mais, vai haver uma chance de a Mera Realidade se tornar exatamente o que quero que seja. Vou poder ser dançarina. Todo mundo diz isso. E eu posso, sabe? Só preciso ser vista pelas pessoas certas."

Finalmente, ela conectou o iPod ao aparelho de som, cruzou os tornozelos e entrelaçou os braços acima da cabeça. Era uma música espanhola. Um trompete. Meu pescoço queimava de inveja. Ela só passava os passos, não dava tudo de si, mas a preguiça casual só tornava os movimentos mais interessantes, era como se os giros lentos e as espirais sonolentas fossem realizados diante do espelho do quarto dela. A cada flexão e distensão do macacão, ela fazia mais perguntas sobre a cena teatral da minha cidade natal. Os bairros, as montagens, os diretores, os preços, e eu resmungava e mentia cada resposta. No fim, ficou claro que eu era a primeira pessoa de uma cidade grande que ela conhecia. Convenci a mim mesmo de que tinha o direito, até a responsabilidade, de alimentar suas fantasias. Não haveria Mera Realidade, não entre nós dois, não se eu pudesse evitar.

37

"E aí, otário?", Foley disse. "Ouviu os CDs?"

Na rua, entre as pessoas que aproveitavam o Halloween e pediam doces, ele estava mais invisível que nunca com um casaco preto e comprido que cobria o jeans preto e o moletom preto com capuz. Ele me contou que sua mãe, tinha feito a crueldade de proibi-lo de tingir o cabelo de preto, mesmo no Halloween, e só a cabeça loira o impedia de se misturar completamente à noite. Fiquei chocado com a saudade que eu sentia da minha mãe me dizendo não. Harnett não se incomodaria nem se eu chegasse em casa de trancinhas cor-de-rosa.

Foi uma pergunta ingênua. Desde que Foley me deu a sacola plástica cheia de dezenas de CDs gravados, um fone de ouvido barato e um Discman arrebentado, eu não tinha parado de ouvir. O Discman só funcionava quando era fechado com fita adesiva, mas, felizmente, isso era algo que Harnett tinha aos montes. Eu havia ficado isolado em casa, quase em completo silêncio, por tantas semanas que a música quase eletrocutou meu cérebro na primeira vez que apertei o play.

Por recomendação de Foley, comecei com o primeiro álbum do Black Sabbath. Parecia impossível, para mim, que aquilo tivesse sido escrito e gravado quarenta anos atrás. O primeiro verso, cantado com um terror apreensivo por Ozzy Osbourne, uma personalidade que eu só conhecia como uma referência da cultura pop, não tinha nada de engraçado: *O que é isso na minha frente?* Olhando para a confusão de uma cabana pequena e escura, eu me perguntava a mesma coisa; andando entre um enxame de estudantes desinteressados na manhã seguinte, eu me perguntava a mesma coisa; na aula de Gottschalk; na hora do almoço; durante a aula de Diversão e Jogos; estudando meu rosto no espelho do banheiro ou meu futuro fadado a desaparecer entre túmulos: *O que é isso na minha frente?*

Era uma pergunta que os outros discos de Foley tentavam responder. Ele havia colado uma etiqueta em cada CD identificando o nome do artista, álbum, data de lançamento e gênero, uma gama tão ampla de variações de estilo que satisfazia meu impulso de especificação: heavy metal, black metal, black metal atmosférico, doom metal, death metal, sludge metal, metal gótico, viking metal, metal celta, speed metal, trash metal, power metal, metal progressivo, black metal industrial, pós-black metal industrial, metal sinfônico extremo, folk pagão, grindcore, goregrind, dark ambient, experimental ambient, ritual drone, noise drone, noise rítmico ritual e rock depressivo. Entre as bandas estavam Opeth, Moonsorrow, Pentagram, Motörhead, High on Fire, Type O Negative, Hammers of Misfortune, Wolves in the Throne Room, Primordial, High Tide, Waldteufel, Ulver, Nachtmystium e Agalloch. Os músicos dessas bandas davam a si mesmos nomes artísticos misteriosos, como Necroabyssious, Panzergod, Defier of Morbidity e He Who Gnashes Teeth. Quando perguntei a Foley de onde eram essas bandas, ele relacionou países do mundo todo. Minha vida, contida pelos limites da cidade de Chicago por tanto tempo, e agora reduzida a limites ainda mais restritivos, de repente parecia fazer parte de algo mais expansivo. À noite, às vezes, eu ficava triste por estar substituindo a música do meu trompete, mas encobria aquelas velhas canções, bem como a lembrança da persistente cobrança de minha mãe, empurrando o botão do volume do Discman e deixando o metal me invadir até me sentir entorpecido e sonolento.

Foley era particularmente apaixonado por uma banda chamada Vorvolakas. Quando ele me contou que o grupo era de Chicago, fui correndo para casa para ouvir. O nome do álbum era *Greifland*, e, nos primeiros momentos de guitarras estridentes e sons envolventes, encontrei uma aceitação destemida da escuridão e da desgraça que refletiam minha vida nesse momento. O refrão da faixa-título me pegou pelo pescoço, e ouvi a mesma música até decorá-la completamente. As palavras não permitiam fuga; em vez disso, desafiavam a escuridão a fazer seu pior. A noite dominou a cabana e as pilhas do Discman acabaram, as palavras continuaram ecoando na minha cabeça:

Viramos esquecimento.
Causamos nossa extinção.
Rasgamos nosso coração.
Danificamos nossa alma.
Tragamos o sonho: dormir.
Choramos as nossas misérias.
A escuridão espera você.
Mas nós já chegamos a ela.

Pela primeira vez, eu mal podia esperar pela hora do almoço para contar a Foley sobre o efeito inspirador dessa letra. Minhas mãos tremiam segurando os talheres. Eu tinha muito a dizer e não sabia como. Cantar "Viramos esquecimento" era a chave para me fazer desaparecer até me tornar um nada perfeitamente anônimo como Foley? Fiquei olhando Foley comer até criar coragem para gaguejar essas duas palavras tão importantes.

Foley sorriu, e eu vi salsinha grudada em seus dentes. "Você ouviu", ele disse. Depois contou uma história muito interessante. A mãe o tinha levado a Chicago para visitar as tias, e ele havia conhecido o Vorvolakas por intermédio de uma prima mais velha que conhecia um segurança que não ligava muito para documentos de identidade. Quando a banda subiu no palco, a plateia enlouqueceu. As notas das guitarras eram ensurdecedoras, e tinham a companhia das rajadas da bateria. O vocalista urrava enquanto tocava, sacudindo a cabeça com tanta força que cada mecha de cabelo comprido terminava em uma explosão de suor. Era impressionante e tocante; fora o único show de metal de verdade a que Foley já tinha assistido. "Um dia eu vou de novo, e logo", prometeu. "Dei uma olhada no site deles. Sei quando vão tocar. Um dia desses, vou ver um show deles, nem que tenha que pegar carona. Pode apostar."

Era uma fantasia delirante, essa fuga para Chicago, mas os detalhes em primeira mão relatados por Foley faziam parecer que a aventura era quase possível.

De repente havia um caminho de volta para a casa de minha mãe, embora a estrada fosse perigosa e cobrasse a aceitação de uma promessa assustadora: *Viramos esquecimento. Causamos nossa própria extinção.*

"Dei uma olhada no MySpace ontem à noite", contou Foley. "Eles vão tocar lá daqui a seis semanas. Não dá pra ir dirigindo. Não tenho dinheiro pro trem e sei que você também não. Então, estava pensando em um ônibus. Se a gente conseguir chegar a Monroeville, dá pra pegar um ônibus. É bem barato. Já viajou de ônibus?"

Eu já tinha andando de ônibus milhões de vezes na vida, mas nunca para ir mais longe que a distância de um bairro para o outro.

"É bom avisar antes: é o pior jeito possível de viajar. Li em algum lugar que tinha um ônibus da Greyhound que ia pro Canadá, e no meio da noite um cara pegou uma faca, tipo aquelas facas do Rambo, e *chop chop chop*, começou a decapitar quem estava sentado do lado dele." Foley deu de ombros. "Aposto que ninguém na sede da Greyhound ligou. Tipo, essa é só uma das sete mil e trinta e três razões pelas quais a Greyhound é uma porcaria, não é? Enfim, nós vamos de Greyhound. Mas você fica com o assento do corredor."

"Não sei qual é a desse *nós*", respondi, pensando em quantos riscos eu ainda faria na lateral da pia até lá, e quantos deles corresponderiam a escavações noturnas, acontecimentos não agendados que não poderiam ser coordenados confortavelmente com viagens.

Foley se virou contra mim imediatamente. "É pegar ou largar." Ele girou os ombros e aumentou o ritmo. "Vou ver o Vorvolakas no dia dez de dezembro em Chicago. Se você quiser ficar em casa babando o ovo do seu pai, vai fundo."

Foley tinha se comportado desse jeito explosivo a noite inteira. No vestiário, depois do pingue-pongue, eu me sentia tonto com os efeitos da atenção de Celeste; por trás desse sentimento havia vergonha e medo em relação ao que realmente tinha acontecido com Heidi. As formas imaginadas de seu suplício eram numerosas e detalhadas. Foley não deu a mínima quando contei sobre a garota. Passou por mim e saiu do ginásio, me ignorando o resto do dia. Eu não sabia se ele tinha me seguido até a sala de ensaio, mas meia hora mais tarde, no estacionamento, ele contou todos os boatos que conhecia sobre como Celeste protegia seu futuro de um jeito obsessivo (por exemplo, ela obrigava Woody a usar duas camisinhas ao mesmo tempo). Foley não conseguia entender por que eu arriscava minha invisibilidade, ainda em desenvolvimento, me relacionando com *Celeste Carpenter*! E provocando a fúria de *Woody Trask*! Eu precisava mais de Foley que ele de mim, nós dois sabíamos disso, e gaguejei uma desculpa. Satisfeito e mais calmo, ele sugeriu que a gente saísse naquela noite para assustar as crianças que pediam doces. Afinal, justificou, o Halloween era o feriado preferido dos metaleiros.

Desesperado por sua simpatia, apareci às oito em ponto na frente da escola como tínhamos combinado, e começamos a andar por Bloughton sem tentar assustar ninguém.

E agora eu o tinha irritado de novo. "Talvez eu consiga ir", menti. "Vou ter que falar com meu pai."

Uma mulher passou por nós segurando duas crianças pelas mãos, uma fantasiada de Darth Vader, outra com os chifres e o rabo de Satã. Vader e Satã soluçavam. A noite de doces tinha sido encerrada prematuramente. Lembrei de ter sido essa criança ingrata.

Foley bateu no meu braço.

"O cemitério", disse. "Cara, a gente tem que ir pro cemitério!"

Por razões desconhecidas, nunca imaginei que Bloughton pudesse ter seu próprio cemitério. Queria manter o pessoal da escola o mais longe possível da minha vida com Harnett e pensar que existia uma área de convergência me deixava nervoso. Abri a boca para protestar, mas Foley andava e falava muito depressa.

"Se quer ser metaleiro, curtir cemitério é um pré-requisito. Ai, merda, eu devia ter trazido o som! Já viu *A Volta dos Mortos Vivos*? É sobre um grupo de metaleiros, e tem uma parte em que eles se reúnem no cemitério, ouvem música muito alto, ficam bem loucos, e uma garota tira a roupa e dança em cima das sepulturas. É incrível. A melhor cena do filme. Vem antes de a chuva química começar e transformar todos os cadáveres em zumbis."

Reconheci as silhuetas muito antes de Foley: as árvores espaçadas como colunas de sustentação, a faixa de grama púrpura com lápides que lembravam respingos de neve. Quando Foley apontou, eu já contava fileiras de lápides e usava a multiplicação para calcular o tamanho do terreno.

"Não viu *A Volta dos Mortos Vivos*?" Ele balançou a cabeça e parou junto da cerca de arame. "Não entendo qual é o seu problema." Segurei o ferro com uma das mãos e gostei da sensação fria e quieta. Além da cerca, a necrópole era ainda mais fria e mais quieta. Isso era bom. Balancei a cabeça em sinal de aprovação. Aquele era um lugar que guardava seus segredos.

Minhas mãos clamavam pela Raiz.

Encaixei um pé entre as barras, como meu pai tinha ensinado. Já conseguia ver o túmulo Johnson, que era parte do folclore macabro local. Anos atrás, um motorista tinha atropelado dois pré-adolescentes em dois acidentes distintos. Seria fascinante ver o estrago. Mas, quando me preparava para pular a cerca, vi a expressão de Foley e parei. Agora que ele estava diante da realidade de pedra e sombra, as fantasias de dançarinas em cima dos túmulos e zumbis criados por toxinas pareciam ser devoradas pelo mesmo medo que dominava tanta gente.

Voltei ao chão com o coração disparado. Em que estava pensando? O que planejava fazer? Senti a hesitação de Foley se transformar em vergonha. O passo seguinte seria perder a cabeça. Agi rapidamente para preservar nossa relação. "Ah, não sei. Esse negócio me deixa meio apavorado."

"Sério?" Ele parecia aliviado. "Bom, a gente não precisa continuar. Quero dizer, se você não quiser."

"É, melhor não", falei. Mas a vontade persistia. Bem ali, sobre aquela leve elevação, embaixo do carvalho que serviria de esconderijo... o lugar perfeito.

Ele virou e apoiou as costas na cerca. Eu o imitei, grato por poder desviar o olhar das tentações subterrâneas. Mesmo de fantasia, o pessoal não se aproximava tanto assim do cemitério da cidade, mas dava para ouvir as pessoas gritando e rindo em ruas próximas.

"Toma cuidado com a Celeste Carpenter", disse ele finalmente. "Ela vai meter você em encrenca."

"Eu sei."

"E fala com seu pai sobre a viagem de ônibus."

"Vou falar."

Ele balançou a cabeça, e os cabelos loiros capturaram o reflexo da luz da lua. "Dá pra imaginar? Vorvolakas, porra!"

Sorri e concordei balançando a cabeça.

Ele fez o gesto dos chifres com os dedos e gritou os primeiros versos da nossa canção favorita. Instintivamente, eu me encolhi. Todo esse barulho tão perto dos mortos... Harnett não teria aprovado. Mas Foley continuou, e depois de um momento eu ri e comecei a cantar com ele. Saímos dali em busca de ouvidos que ouvissem nossa canção, berrando de um jeito que só o Halloween tornava aceitável. "*Viramos esquecimento*", gritamos e conseguimos assustar algumas crianças, afinal. As palavras eram verdadeiras: esse nada, essa ausência de dor, era tudo que eu tinha esperado encontrar em Bloughton, e estava aqui.

38

O verso seguinte: *Causamos nossa extinção*. É o oposto da porcaria de autoestima que nos enfiam goela abaixo na escola, mas funciona do mesmo jeito. Assim que aceitei que minha existência não é importante para ninguém, nem mesmo para Harnett, Deus e o Jesus de Dois Dedos, parei de sofrer. Entrei na cabana insensível à dor e disse a Harnett que aquele lugar estava um lixo. Ele engoliu o resto da cebola e começou a empurrar pilhas de jornais contra a parede. Momentos mais tarde, fui ajudá-lo, e ele gesticulou para me mostrar qual era sua ordem preferida. Foi o começo de uma grande mudança. Dia a dia, o estado da cabana melhorava. Os produtos de limpeza embaixo da pia passaram a ser usados. A poeira era removida das superfícies horizontais. As manchas de fumaça da lareira eram esfregadas vigorosamente, cada vez por um de nós. O balde virado de cabeça para baixo, aquele que um dia foi minha cadeira de barbeiro, foi desvirado para conter água e solvente, que usamos para passar no chão. Limpei o chão uma vez. Quando voltei da escola naquele dia, meu pai estava esvaziando o balde, e disse que era a quarta vez. O assoalho, embora fosse de cimento, brilhava.

Passei semanas sem ver uma garrafa de bebida. Harnett parecia sobreviver à base de água e cebolas, embora agora, quando cozinhava, ele costumasse preparar uma porção para mim. Eu ainda não gostava do jeito como ele me jogava os filés e sanduíches que, aparentemente, eu devia pegar com as mãos, mas essa era uma queixa menor. Melhor ainda, ele agora me dava uma mesada de vez em quando, e com essa quantia eu ia ao supermercado e comprava coisas como cortes congelados de carne de porco, Choco Krispis e Doritos. Quando viu esse tipo de comida pela primeira vez, ele bateu a porta do armário com desprezo e pegou uma cebola. Naquela noite, acordei com um barulho e o vi sentado perto da lareira com o pacote de Doritos estripado nas mãos, lambendo o farelo sabor Cool Ranch dos dedos.

Quanto mais ele me oferecia, mais eu retribuía. Uma tarde, quando voltei para casa e o encontrei reclamando que uma loja de penhores tinha mudado de endereço sem deixar nenhuma informação, comentei que ele precisava ter acesso à internet. Não era a primeira vez que eu fazia essa sugestão, mas foi a primeira vez que ele não ignorou a ideia. Ficou sentado em sua cadeira de balanço de braços cruzados, enquanto eu tentava explicar a web com dificuldade. Harnett apontou a parede onde ficavam os livros e disse que tinha ali todo material de pesquisa de que precisava, e afirmou que, além disso, nenhum Escavador ia querer que alguém conseguisse rastrear suas atividades. Por que outro motivo eu achava que eles contavam tanto com um velho reverendo em um calhambeque caindo aos pedaços?

De algum jeito, porém, eu o convenci a ir comigo à biblioteca pública, onde passamos dez minutos constrangedores esperando na fila para usar o computador, enquanto funcionários e usuários torciam o nariz. Quando nos sentamos, abri o navegador e digitei as informações sobre a tal loja de penhores. Segundos depois, encontrei o novo endereço em uma cidade perto dali. Harnett tirou do bolso um pedaço de papel amassado e começou a planejar o roubo da caneta de uma bibliotecária. Falei que não era necessário e apertei a tecla da impressora. Harnett segurava a página do Google Maps como se fosse um documento raro. Sorri para mim mesmo, lembrando como minha mãe organizava e arquivava com capricho seus e-mails "importantes".

A agenda de trabalho de Harnett mudara desde que Simmons e Diamond tinham feito valer a lei, mas havia crescido gradualmente até chegar de novo a duas ou três escavações por semana. Ele escavava sozinho, mas sempre voltava para casa antes de eu dormir. Essa disciplina requeria mais tempo dedicado a estudar os jornais e a escolha de qualidade em vez de quantidade, e vi os efeitos da rotina não só em sua carteira, mas em seu corpo e nos nervos. Percorrer mais quilômetros em menos tempo o obrigava a sair de casa muito antes de eu acordar. Não era incomum que ele passasse dois ou três dias dormindo para se recuperar de uma dessas viagens. Ou se preocupava com a possibilidade de eu cumprir a promessa de denunciá-lo ao diretor do colégio, ou o comportamento era uma tentativa sincera, embora estranha, de ser um bom pai.

Ele não se lembrou do dia de Ação de Graças, mas eu comemorei em silêncio enquanto comíamos nossa costela de porco com purê de batatas, guarnição de cebolas e Choco Krispis de sobremesa. Disse ao Jesus de Dois Dedos que estava grato por conseguir me tornar esquecimento. Tudo de bom que acontecia comigo, o relativo equilíbrio em casa e na escola, havia começado com isso. Prometi a ele que continuaria confiando em minha mãe, que havia me mandado para Iowa por algum motivo que eu ainda não entendia completamente. Não contei ao Jesus de Dois Dedos sobre as escavações nos fins de semana, que eu continuava fazendo com Harnett, nem me desculpei. Seus emissários de pedras estavam em todos os cemitérios onde eu entrava e sabiam muito bem o que acontecia ali.

Uma ou duas vezes por semana, conseguia ver Ted bem cedo, ou tão tarde que nem Woody poderia descobrir. Ted entregava uma partitura. Eu tocava. Ele batia palmas para me interromper e apontava a nota dissonante ou cantarolava uma correção. Em raras ocasiões, ele usava os dedos para conduzir os meus por uma passagem mais difícil. Não havia comemoração quando eu tocava bem, nem críticas pelo fracasso. Cumpríamos a rotina como se fosse um castigo, mas, semana após semana, sempre voltávamos para continuar. As únicas palavras eram ditas por Ted no fim de uma hora: *Até a próxima aula, então.*

Cada minuto livre entre uma e outra aula eram por minha mãe: eu estudava. Ignorando o deboche de Gottschalk, chegava cedo à aula para poder ler a matéria com antecedência. Passava a hora do almoço com um livro aberto ao lado da bandeja, e, depois de vários dias ouvindo as reclamações de Foley, consegui convencê-lo a me fazer perguntas sobre o conteúdo.

E durante o tempo todo havia ocorrências que me faziam lembrar o que tinha acontecido com Heidi. Um garoto chamado Kyle leu um trecho de uma peça comigo na aula de inglês, e foi tão engraçado que arrancamos aplausos de todos na sala, menos Woody. No dia seguinte, Kyle apareceu com um curativo na testa e um olhar estupefato. Uma semana depois disso, Laverne me parou no meio do corredor para pedir meu endereço de correspondência, e, enquanto anotava as informações que eu dava, ela me enchia de perguntas sobre como estavam as aulas, como iam as coisas em casa, se eu estava me adaptando a Bloughton — e todo mundo viu. Quando saí da escola naquele dia, vi Laverne chorando baixinho por causa do VADIA GORDA que alguém tinha riscado com uma chave no capô do carro dela. Passei sem falar nada, repetindo Vorvolakas na minha cabeça.

Sem nenhuma prova sólida em contrário, descobri que era surpreendentemente fácil fingir que esses abusos não tinham nada a ver comigo. Além do mais, estava pensando na aula de Diversão e Jogos, horário em que, para o desânimo de Foley, Celeste continuava me abordando sempre que formávamos uma dupla. Houve duas ocasiões em que tivemos até contato físico. Quando isso aconteceu, ela me perguntou se tinha alguma novidade sobre meus contatos no teatro e contou como os ensaios para o Spring Fling estavam progredindo. Ignorei a sombra de alguém que podia ser Woody me observando da sala de musculação e me convenci de que Celeste não era repelida por meu odor de cebolas e morte. Ela, afinal, era Incorruptível, e apenas ela.

39

Centenas de moscas explodiram do caixão assim que a tampa cedeu. Protegi o rosto com os braços. Harnett se esquivou. Os pequenos corpos pretos bateram em nossa pele fria e se enroscaram no cabelo antes de se orientarem e dispersarem. Vários momentos passaram antes que o zumbido desaparecesse.

"Isso é normal?", cochichei.

"Sim", respondeu Harnett. E fez uma pausa. "Não."

Não existia normalidade, era isso que eu estava aprendendo. Cada corpo se decompunha de um jeito. Alguns se descoloriam até se transformar em pele de papel-arroz sobre um esqueleto de gravetos. Outros desabrochavam em extravagantes deformidades com as cores do arco-íris. Também não havia dois cemitérios iguais. Cada um oferecia desafios próprios de acesso e abordagem; alguns tinham uma visibilidade que dava sensação de segurança enquanto cavávamos, embora, na verdade, não houvesse segurança, nunca havia, como dizia Harnett. Esse cemitério, por exemplo, era plano por quilômetros, com pedras ocupando todo o espaço até a estrada, e continuava do outro lado da rua.

Estávamos em um dos maiores cemitérios de Kansas City, extremo sul do território de meu pai, que, apesar de ter visitado o lugar muitas vezes no passado, ainda ficava nervoso ali. As cercas tinham entre quatro e cinco metros de altura, e havia arame farpado em cima delas, vigia noturno e iluminação com sensor de movimento, além de câmeras de segurança que tinham que ser enganadas com espelhos. Nosso ritmo ali era lento. Meu pai ainda não tinha encontrado uma substituta adequada para a Trituradora, e eu conseguia ver o descompasso em cada movimento da pá, o jeito como o cabo queria fugir de seus dedos.

No geral, o cadáver era bem preservado.

"As moscas." Minha respiração desenhava espirais no ar. "Como elas sobrevivem lá embaixo?"

"O corpo humano tem tudo", respondeu Harnett. "É um mundo em si mesmo. Tem bolsas de ar, áreas de calor e frio. Muita gordura e carne. É só uma mosca começar uma colônia e pronto."

Ele desviou os olhos da estrada por um instante e olhou para mim com a testa franzida.

"Lembra o que eu disse sobre ser enterrado vivo? As coisas vivem embaixo da terra por mais tempo do que você imagina. Isso inclui gente. Tem uma coisa chamada síndrome do encarceramento, que os alemães chamam de *Eingeschlossensein*, na qual os nervos desligam. Alguém que desconhece a síndrome pode pensar em morte cerebral. A pessoa ainda escuta e enxerga, mas não consegue se comunicar. Você é tratado como morto e tem consciência de cada minuto."

Senti uma onda de irritação. Já tínhamos falado sobre isso antes, e, quando ele entrava nesse assunto, não conseguia parar. Às vezes até elevava a voz a ponto de comprometer a segurança. Eu via sua animação enquanto ele apalpava os bolsos do cadáver, procurando um relógio de ouro que acreditava estar ali.

"Um eletroencefalograma pode determinar se alguém está realmente morto." Suspirei. Odiava repetir uma informação dada por Gottschalk, mesmo que fosse para tentar encerrar essa conversa cansativa.

"Talvez." Ele virou o corpo de lado, e vi onde o terno tinha sido cortado nas costas pelo pessoal da funerária para facilitar o manuseio. "Sabe o que eles costumavam fazer para ter certeza de que a pessoa estava morta? Tinha várias maneiras."

"Você já me contou."

"Cortavam os pés com navalhas. Ou usavam pinças nos mamilos."

"E enfiavam agulhas embaixo das unhas, eu sei, eu sei."

"Cera fervente na testa. Lavagem intestinal com tabaco, urina na boca."

"Lápis no nariz e atiçador de lenha na bunda. Qual é seu problema com essas coisas?"

Ele se abaixou ao lado do morto. Já estava com o relógio dourado na sua mão. Era dele, mas Harnett continuava ali, absorvendo o odor. Finalmente, ele levantou a cabeça.

"Tenho meus motivos", disse. "Vamos repassar mais uma vez."

Perto dali, um veículo pesado, talvez um caminhão de lixo ou de cimento, passou pelo cemitério. Pequenas avalanches de terra se desprenderam das laterais do buraco, caindo sobre os ombros de Harnett. Meu pulso acelerou. Eu não estava acostumado a cavar na presença da luz de faróis.

"*Não* vamos continuar com isso", falei. "Vem, sai daí."

"Fala as três coisas pra mim." Ele mudou de posição, e seu joelho protegeu o rosto do cadáver da terra que caía. Mais uma vez, me surpreendi com a estranha cortesia que ele demonstrava em relação aos mortos.

"As três coisas", repeti pensativo. "Calma? Você tem que tentar ficar calmo?"

"*C-A-R*", ele recitou impaciente. "*C.* Calma. Tente manter a calma."

"Isso, isso. Foi o que eu disse, manter a calma."

"*A*", falou.

"Ar. Conserve o ar."

"Que significa..."

"Significa", respondi fechando os olhos com força, "não hiperventilar. Não gritar."

"E o que quer que faça..."

"O que quer que faça, não acenda um fósforo, porque ele vai roubar todo o ar."

"*R*", disse ele.

"Raso. Uma cova rasa. Se for enterrado vivo, é preciso lembrar que, provavelmente, você está enterrado em uma cova rasa. O motivo é..."

"O motivo não tem importância", ele me interrompeu.

"Eu acho que tem. O motivo é que, se alguém estiver te enterrando vivo, deve estar com pressa e vai fazer um serviço porco. O que significa que você não vai estar muito longe da superfície."

"E isso significa..."

"Significa", respondi, me abaixando para fugir da luz dos faróis de um carro que passava, "que você pode sair. Se conseguir encontrar o centro de equilíbrio do caixão, vai poder determinar que lado está mais alto. E pode sair por aí."

"Por que isso é difícil?"

"Porque não dá pra pegar impulso. Não dá pra mover os braços. Por que isso é tão importante pra você?"

Ele ignorou a pergunta. "E se o caixão for de madeira?"

"Se o caixão for de madeira, você vai ter que estourar a tampa com as mãos, talvez até com a cabeça. Precisa usar técnicas de foco. Encontrar o ponto fraco da tampa, provavelmente ao longo do encaixe, e fazer pressão. Prepare-se para comer terra e não esqueça que dá pra respirar através dela. Não parece, mas dá. Tudo bem? Tirei dez?"

"E se o caixão for de metal?"

"A gente pode continuar com isso enquanto fecha o buraco."

"E se o caixão for de metal?"

Rangi os dentes. "Se for um caixão de metal, você vai ter que desmontar. Às vezes tem uns trilhos no interior, e você pode arrancar e usar como pé de cabra. Se o caixão for forrado, dá pra usar o tecido pra proteger a mão e bater. Também dá pra usar o pano como capuz quando a terra começar a entrar."

"E vai entrar."

"Vai entrar", repeti. "Certo. Tudo bem. Entendi."

"'Morrer é natural; mas a morte em vida/ de quem desperta para a consciência.'" Fiquei confuso, até perceber que ele estava recitando poesia. Não era a primeira vez. "'Mesmo que só por um momento ou menos,/ Achar um caixão sufocando o ar...'"

"Hum", resmunguei.

"'Quantos enfrentaram tal aflição!/ Sabendo a humanidade tremeria/ Quantos por Deus clamaram em agonia,/ Culpando os cuja pressa fez um erro/ Pior até que o Diabo criou.'"

"Muito bonito", disse. "Agora sai daí."

"Percy Russell." Ele assentiu ao citar o crédito.

A tampa do caixão foi devolvida ao lugar por dedos rápidos e habilidosos, e momentos depois Harnett saiu do buraco. Juntos, pegamos a lona e devolvemos o sedimento ao buraco em porções, parando a cada camada para comprimir a terra. Enquanto Harnett guardava nossas ferramentas, eu terminava de devolver a terra, amassando as emendas com os dedos até as folhas de grama ficarem presas com uma aparência natural. A tarefa me distraiu; depois de alguns minutos, olhei para o meu trabalho quase perplexo. De repente, queria muito mostrar a Harnett o que eu tinha feito. Mais ainda, queria mostrar a ele como minha vida estava sendo reconstruída: o amigo novo que eu tinha; o fato de estar a poucos pontos de conseguir notas máximas em tudo — o objetivo da minha mãe, mas com o qual, talvez, ele também pudesse se importar.

Ele se importava do jeito dele. Naquela noite, naquele cemitério, isso ficou claro para mim. Ele ensinava o que achava que eu precisava saber para sobreviver. Isso tornava válido o esforço para compreender suas obsessões.

"Ser enterrado vivo", falei. "Isso tem alguma coisa a ver com ser um Escavador."

Harnett estava guardando a Raiz dentro de um dos sacos e se deteve.

"É algo que eles fazem?", arrisquei. "Ou que fazem com eles?"

Ele limpou as mãos na calça e se levantou.

"Ah, cara", insisti. "É algo que fazem *uns com os outros*."

Harnett se virou, segurando um dos sacos sobre um ombro, a lua refletida em seus olhos.

"Por quê?", cochichei.

Ele ajeitou os sacos.

"Por castigo", deduzi, e sua expressão sombria me fez entender que eu estava certo. "Castigo por quê? Por fazer bobagem? Por deixar o mundo saber que eles existem?"

Ele continuou imóvel na escuridão. Eu estava no caminho certo.

Corria gelo em minhas veias.

"Eu", arfei. "Pode acontecer comigo."

Assim que acabei de falar, percebi que isso era assustadoramente óbvio. Entre os Escavadores, não havia crime pior do que revelar sua existência ao mundo, e, ao me aceitar, Harnett também aceitava o maior de todos os riscos. Um mestre que também era pai poderia ser suspeito de relevar os erros do filho. Harnett me submetia a provas orais intermináveis para salvar a minha pele e a dele.

"Isso não vai acontecer", falei. Era uma promessa para minha mãe.

"Não", respondeu Harnett. "Não vai acontecer." Seu rosto, que ele não escondeu a tempo, contava uma história bem menos confiante.

40

Foley tinha colado na parte interna da porta de seu armário uma foto de aberrações circenses. Era uma foto em preto e branco, provavelmente da década de 1920, e nela se via uma coleção de bizarrices físicas reunidas em dois degraus de arquibancada para um retrato em grupo. No degrau do fundo, anões em trajes de noite eram vistos entre um engolidor de espadas e um gigante, um homem tão alto que tudo acima da cintura desaparecia além do limite do foco. Mais ao lado, uma mulher tatuada posava ao lado de outra com um vestido de estampa de leopardo e coberta de pelos finos. No degrau de baixo, uma mulher obesa posava ao lado de uma garota bonita que não tinha pernas e se equilibrava sobre um carrinho. Gêmeos idênticos usando uma faixa na cintura, laços, contas e o que pareciam ser dreadlocks brancos foram fotografados ao lado de dois carecas de pele negra envoltos em peles de animal. Na ponta direita da foto tinha um homem de camisa, e eu o achei mais perturbador que todos os outros. Ele estava com as mãos na cintura, e seu corpo parecia sofrer um conflito inexplicável: peito muito fundo, barriga muito baixa, dobras dos braços e pernas meio desalinhadas.

"Esse cara me dá arrepios", falei finalmente.
"É o Congresso de Aberrações", disse Foley. E apontou para o homem que eu havia mencionado. "A cabeça dele está virada ao contrário."
Daquele dia em diante, adotamos a expressão. Não estudávamos mais na Bloughton High. Em vez disso, éramos só representantes do Congresso de Aberrações e circulávamos entre nossos companheiros iniciados, perturbados e perturbadores, mas não mais que qualquer outra pessoa. Eu pensava em mim como o Homem ao Contrário, sempre voltado para trás, olhando a merda que deixava por onde passava. Foley era o Homem Gigante, e Celeste, quando a vi, passou a ser a Miúda Sem Pernas, a garota equilibrada sobre o carrinho — bonita e de olhos escuros, dotada de uma graça assustadora para aqueles que tinham membros normais.
Era a última sexta-feira do semestre, e entrei na escola com um entusiasmo quase sufocante. Havia sido uma semana incrível. Depois de voltar de Kansas City, eu tinha tirado nota máxima em todas as provas e trabalhos que os filhos da mãe pediram, e um dez na última prova de biologia era tudo de que precisava para declarar minha vitória. O último dia de aula antes das férias de Natal era segunda-feira, o que significava que tinha tido o fim de semana inteiro para me preparar para Gottschalk. A maioria dos alunos reclamava; eu comemorava.
Depois do almoço, corri para a última aula de Diversão e Jogos. Não esperava continuar amigo de Celeste, se é que éramos amigos, quando as aulas recomeçassem em janeiro, por isso sentia que era urgente falar com ela pela última vez, independentemente de quantas mentiras eu tivesse que inventar sobre agentes de teatro que, naquele exato momento, compravam passagens para Bloughton. Mas quando passei pela porta do ginásio perdi as esperanças. Stettlemeyer e Gripp estavam sentados lado a lado na arquibancada, como faziam na primeira metade do semestre, e os alunos se reuniam em grupos. Nenhum deles usava shorts cinza. Havia algumas bolas de basquete e *frisbees* deixados ali para quem quisesse usar, mas era evidente que os treinadores tinham decidido deixar a última aula funcionar como um encontro social.
Stettlemeyer gritou que todos nós devíamos esvaziar o armário em algum momento. Metade do grupo decidiu cuidar disso imediatamente, inclusive Foley, cuja invisibilidade o tornava imune à intimidação. Quando ele voltou com os moletons amassados em um nó rançoso, fomos sentar na arquibancada e ficamos vendo os colegas socializando. Eu estava tão acostumado a ver todo mundo de roupa de ginástica que agora as pessoas pareciam sofisticadas, como se estivessem vestidas para uma festa. As músicas de Stettlemeyer completavam a ilusão.
Celeste, Woody, Rhino — fiquei de olho neles por dez ou quinze minutos, depois parei de observá-los. Desperdiçar energia com qualquer um deles não contribuiria para os próximos dias de estudo. Mas o discurso interminável de

Foley — que agora contava como os pais sempre davam a ele moedas comemorativas de presente de Natal, que porra era *essa*? — não era interessante o bastante para me distrair da principal personagem do ginásio. Heidi. Eu me levantei.

"Ei, pra onde você vai? Ainda não falei da Edição Limitada da Série Inicial de Barack Obama. Espera só até saber do que essas coisas são feitas. Você vai cagar um tijolo."

"Roupas", falei. "Vestiário."

"Ah, certo. Bom, vai logo."

Sozinho na escada, parei para relaxar na escuridão fria. Talvez no próximo semestre eu pudesse me livrar da educação física, pensei. A porta do vestiário rangeu quando eu a empurrei. Eu tinha ouvido falar nisso em Chicago, na possibilidade de escolher uma matéria extra para substituir educação física. Passei por bancos vermelhos, armários pretos; meu nariz coçava com a névoa de aerosol. Sim, conversaria com a orientadora do colégio, talvez até hoje mesmo, depois da aula. Não sabia por que não tinha pensado nisso antes. O primeiro número da minha combinação era treze. Sorri. Talvez minha sorte continuasse melhorando.

Então, o impacto — dentes se chocando, bochechas e boca esmagadas contra a parede. Não havia ar. Eu chiava. Grandes tornos apertavam meus pulmões. O cheiro de sovaco invadiu meu nariz. Longe, ouvi o guincho dos meus tênis, depois o silêncio horrível quando eles foram tirados do chão.

Estava na horizontal. O sangue corria para a cabeça. Ouvi um barulho de água. Olhei para baixo e vi dois Nikes enormes pisando em uma poça. Eu estava sendo arrastado como uma mala de viagem. Virei o pescoço, vi Rhino, depois senti o soco no alto da cabeça. Tudo ficou preto. Em seguida, vi uma explosão de estrelas, senti o gosto de sangue da língua cortada e ouvi risadas.

"Não queria acertar a parede", disse Rhino. "Sério, não foi por querer."

Abri a boca, mas minha língua inchada ocupava muito espaço.

"Hoje é seu dia de sorte, Escrotchi." Não precisei olhar para cima para confirmar a identidade dessa segunda voz. "Estamos prestando um serviço público. Banho de graça pra todo mundo que tenha um cheiro tão ruim que eu consiga sentir esse cheiro na minha namorada."

"Trask, ainda é namorada se ela não deixa mais você nem..."

"Rhino, é melhor você calar a porra da boca."

Fui jogado no ar, meu estômago flutuou, e depois senti o cimento duro reverberar a partir dos tornozelos. Pisquei. Estava vendo tudo verde. Arrastei os pés e ouvi barulho de água, escorreguei e senti nas costas duas voltas de metal, quente e frio. Fui escorregando até sentir o fundo da calça encontrar água parada.

"Você vai ter que desculpar o Trask", sussurrou Rhino de um jeito teatral. Uma das torneiras de metal gemeu. Senti a vibração na parede, os roncos dos canos ganhando vida. "Ele sempre fica meio agitado quando você está por perto."

A água jorrou. Sufoquei um grito. Estava gelada, e cada músculo do meu corpo se contraiu imediatamente. Por um momento chocante, eu era o cadáver, essa era a chuva, e eu suplicava pela proteção do meu pai. Então pisquei e vi a poça se tingir de rosa: prova de vida. A exclamação de Rhino era uma mistura de choque e entusiasmo. Meus olhos enxergavam através da água. Calça ensopada; dedos, os meus, tentando agarrar o ar; o salto dos sapatos arranhando à toa o ralo no chão.

Vi Woody de relance. Ele estava apoiado na parede mais distante, totalmente seco. "Sabão", disse ele.

"Esfregando um fedidinho", Rhino cantou. "Não tem nem mais um cheirinho."

Um gosto horrível encontrou minha língua, que continuava sangrando, e eu percebi o líquido azul escorrendo. Mais líquido azul formando círculos na minha barriga e na calça. Estreitei os olhos em baixo da torrente de água e vi Rhino esguichando sabonete de uma embalagem e jogando o líquido em mim aos punhados. Meus olhos ardiam. O sabonete escorria por meu rosto em lágrimas espumantes. As paredes da área dos chuveiros faziam parecer que o colégio inteiro estava rindo.

Deus é bom.

"Todo bonitinho", anunciou Rhino. Depois pôs as mãos embaixo do jato do chuveiro para enxaguá-las. Senti quando ele se afastou e ouvi o estalo quando eles se cumprimentaram batendo as mãos.

A respiração de Woody esquentou minha orelha.

"Fica na sua, Escrotchi. Ou a gente pode fazer isso de novo no semestre que vem."

Ouvi passos nas poças, e eles foram embora. Acompanhei o progresso dos dois e vi rostos espiando pelos cantos da parede. Eram quatro ou cinco, todos de queixo caído, e não eram só meninos, havia meninas também. Tirei um punhado de bolhas no meu colo e cuspi o gosto sintético de sabonete barato. Woody e Rhino conseguiram o que queriam. Eu estava limpo.

Tentei levantar, mas escorreguei na espuma azul. Ouvi risadas. E mais vozes, que já eram muitas. Segurei nas torneiras para me equilibrar, mas elas também estavam escorregadias. Estava escurecendo. Cada vez mais cabeças bloqueavam as luzes do vestiário. Ouvi vagamente o som de alguém atravessando o mar de gente, e mesmo quando ele se ajoelhou ao meu lado e puxou meu braço, eu mal o vi. Era Foley. Ele tentava me ajudar a levantar, sua calça preta molhava e ficava ainda mais preta, e tudo que eu sentia era uma inveja furiosa porque, mesmo ali, quase ninguém o via.

"Joey, vem, cara."

Bati nas mãos dele e avancei. As pessoas mais próximas recuaram quando meus sapatos espalharam água. Saí da área dos chuveiros e passei pela fileira de armários sem olhar para ninguém, me concentrando apenas no ruído das meias encharcadas. Abri a porta do vestiário antes de sentir os dedos secos de Foley segurando minhas roupas ensopadas.

"Joey, cara, eu falei pra você ficar longe deles..."
"Sai."
"Joey..."
"Sai." Resisti ao abraço. Ele se colocou na porta, usando o apoio dos batentes para resistir.
"Joey, qual é?"
"*Sai.*" Abaixei a cabeça e avancei como um touro, jogando-o de lado, apesar da tentativa de resistência. Abri a porta com o ombro. Ela bateu na parede e voltou. Foley gritou, um grito agudo de menina que me fez odiá-lo instantaneamente. Olhei para trás e vi o sangue respingado nos tijolos. A porta tinha prendido os dedos dele, e Foley segurava a massa ensanguentada e deformada diante do rosto com incredulidade.
Continua andando, disse a mim mesmo. *Sobe a escada, sobe a escada.*
Três saltos depois a escada já tinha virado história, e eu estava na porta do ginásio. Enquanto eu deixava um rastro de água de chuveiro no chão, Stettlemeyer mostrava a Gripp fotos engraçadas armazenadas em seu celular.
Cheguei à cantina quando o sinal estava tocando. O excesso de moedas pesava no bolso do meu jeans ensopado, e eu as coloquei no telefone e digitei o número de Boris. Os toques encobriram o último eco da dor de Foley.
Ouvi a mensagem automática. Esperei até ouvir o bipe.
"Boris, me liga agora. Agora. É o Joey." Recitei o número. Minha voz ecoava enlouquecida por todos os lados.
Alunos passavam a caminho da última aula do dia. Eu olhava para eles e mexia os pés na poça cada vez maior.
Vinte minutos depois, depositei mais moedas e liguei de novo, com o mesmo resultado.
"Não estou brincando, Boris", falei. "Liga de volta. *Liga de volta.*" Passei o número novamente e desliguei.
Quinze minutos passaram.
"Boris, cadê você?" Preso ao fio, eu andava em um círculo pequeno, sentindo as roupas molhadas grudando no corpo de um jeito desconfortável. "Não me diz que desligou essa coisa. Você nunca desliga essa coisa. Está me evitando. Para de me evitar! Você tem o número. *Liga!*"
Mais dez minutos.
"Qual é o seu problema?", gritei ao telefone. Minha voz tremia. "Você não tem o direito de me tratar desse jeito! Preciso falar com você, liga! Pega a porra do telefone e liga!"
Cinco minutos depois, o telefone tocou. Apertei a boca no fone.
"Boris!"
"É bom que seja importante", disse ele.

"Estou indo embora. Agora. É sério. Agora. Estou indo pra estação de trem neste momento."

Ele gemeu.

"Não acredito", respondeu Boris. "Você tem que aprender a se controlar."

"Pode transferir dinheiro pra mim? Estou indo pra aí agora e não tenho um centavo."

"Transferir...? Como assim?" Ele falava baixo, como se estivesse em algum lugar público. "É claro que não tem um centavo, gastou todos ligando pra mim três mil vezes."

"Acha o número da estação Bloughton", pedi. "Telefona pra lá. Dá um jeito. Usa o cartão dos seus pais. Não quero saber como você vai fazer!"

Ele fez uma pausa. "Não vou usar o cartão de ninguém."

Eu mal conseguia controlar a voz. "Por que não, porra? Você já fez isso antes! Boris, eu preciso disso!"

"Você precisa é de ajuda, Joey."

Ouvi um "shh" do outro lado, depois Boris murmurando um pedido de desculpas.

"Onde você está? Não está no colégio?" Meu tom de acusação surpreendeu até a mim mesmo.

"O que você tem a ver com isso?" Boris se irritou. "O último dia de aula aqui foi ontem, idiota. Thaddeus e Janelle me trouxeram ao cinema. E eu estou perdendo o *filme*."

A imagem de uma cena tão confortavelmente privilegiada quanto os Watson, ambos formados na universidade, levando o filho bem-comportado para assistir a um filme legendado em um cinema de arte que, provavelmente, vendia cerveja importada e café gourmet, e tudo servindo de recompensa por uma coisa absolutamente comum como concluir o semestre, me encheu de inveja e raiva.

"Quem liga?", uivei. "Somos melhores amigos há um milhão de anos, e, quando preciso de você, tudo que sabe fazer é reclamar porque está perdendo um filme? Está brincando? *Cai fora* daí."

"Éramos", respondeu Boris. "Nós éramos melhores amigos. Eu nem te reconheço, cara."

Fechei os olhos e deixei as palavras penetrarem em mim. Pelo telefone, ouvi a música suave de fundo, risadas de estranhos, o mastigar distante de pipoca. Do meu lado o barulho era ainda maior. Meninos gritando enquanto compravam lanches nas máquinas, meninas berrando no corredor, e o volume só aumentava na medida em que eles se aproximavam, ansiosos para confirmar que Escrotchi estava mesmo debruçado no telefone público, encharcado e chorando.

Chorando. Sim, eu estava chorando. As lágrimas eram diferentes, mais oleosas, talvez, do resto da água em meu rosto.

"Boris", chamei.
"Acho melhor não me ligar mais."
"Boris, por favor, escuta."
"Não me liga mais."
"Por favor, escuta."
"Não liga."
"Por favor."
"Não."

Essa seria a última palavra que ele diria para mim. O ruído da ligação interrompida foi ensurdecedor.

Eu me virei para encarar as pessoas. Os olhos eram muito brilhantes, as posturas eram muito predadoras, os sorrisos eram muito vorazes. Eles eram as aberrações, não eu. Devolvi o fone ao gancho. Ele caiu e ficou pendurado, mas eu já havia avançado contra o grupo. Um corredor se abriu para me deixar passar, e os cochichos arrebatados eram como pneus cantando no asfalto molhado.

Minha última esperança: Simmons e Diamond. Não me importava com o castigo que teria quando Woody e Rhino fossem suspensos. Só queria que o diretor e a vice-diretora agissem rapidamente a meu favor. Sério, eles não tinham opção. A agressão tinha sido séria e havia muitas testemunhas.

Quando passei pelo meu armário, peguei o livro de biologia e mais nada, nem meu casaco. Momentos depois, vi as letras familiares: DI ETO IA. Laverne estava na frente da porta, tentando enfiar o segundo braço na manga do casaco.

"Você está molhado", disse ela, piscando para mim com cara de surpresa. "Joey, você está todo molhado. O que aconteceu?"

"Preciso falar com o sr. Simmons."

Laverne abriu e fechou a boca.

"Impossível." Seu tom nasalado era modificado por uma frieza inesperada.

"Sra. Diamond, então, tanto faz."

Laverne levou um momento para ajeitar a bainha, antes de começar a lidar com os botões, um a um. Quando terminou de fechar o casaco, ela ergueu o queixo cheia de orgulho. Não gostei da arrogância com que ela comprimia os lábios.

"Não vai poder falar com nenhum deles", ela declarou. "Os dois foram afastados."

Houve um movimento atrás dela. Uma fila de adultos deixava a sala da diretoria, todos tirando luvas dos bolsos e desdobrando cachecóis. Simmons e Diamond não faziam parte daquele grupo.

"Por quê?", perguntei a Laverne.

"Relações impróprias", ela declarou com prazer. "A sra. Diamond deveria ter pensado no que estava fazendo. O sr. Simmons é um homem casado. E no ambiente escolar, ainda por cima."

A piscada de Laverne informou que o que ela diria a seguir teria que ficar entre amigos. "O sr. Simmons", cochichou ela, "deveria ter feito alguma coisa em relação aos riscos no meu carro."

Visualizei novamente o VADIA GORDA riscado no metal. De um jeito distorcido, eu havia sido responsável por aquilo, e agora *aquilo* era responsável por *isso*. Tudo, o jeito como o mundo desmoronava como peças de dominó, era minha culpa.

O movimento no escritório chamou minha atenção. Havia um adulto entre o grupo que não estava vestido com roupas de inverno, alguém que aceitava apertos de mão breves de cada um dos outros. Quando identifiquei quem era, tudo se encaixou de um jeito revoltante: um diretor interino teria que ser indicado, alguém com uma conduta confiável e distinta, alguém que conhecesse as regras e não tivesse medo de cumpri-las.

"O sr. Gottschalk vai ser um bom diretor", ronronou Laverne, dando um tapinha no meu braço úmido. "Aposto que ele vai receber você agora."

Corri. Passei por Laverne, pelos alunos, pela área do gramado onde, meses atrás, Celeste tinha me batido. Estava na calçada sentindo os pulmões arderem quando ouvi os gritos.

"Garoto! Garoto! Ei, garoto!"

Harnett estava atrás do volante da caminhonete, debruçado sobre o banco do passageiro e gritando pela janela aberta. Parei, engolindo ar gelado cada vez que inspirava. A neve caía girando em círculos.

Ele gesticulou impaciente. "Entra."

Parei a vários passos da caminhonete. Um ar cinzento brotava da minha boca.

"O que você está fazendo?" Ele bateu no banco. "Esquece. Conta no caminho."

Eu balançava a cabeça e, de início, nem me dei conta. Pensei que fosse uma ilusão criada pela neve caindo.

Harnett revirou a bagunça no banco da frente e pegou um envelope. "Isto veio de Knox. Tem uma transferência em West Virginia. São dez horas de viagem, e já estamos atrasados."

A neve queimava ao se dissolver em minha pele molhada. Minha cabeça continuava o movimento mecânico de negação.

"Já falei sobre isso, garoto. Transferência. É uma em um milhão." Ele levantou as mãos. "Por que está aí parado?"

Nesse momento ele começou, finalmente, a perceber: o cabelo molhado, a ausência de roupas de inverno, o livro de biologia na mão pálida, a expressão de fúria no rosto trêmulo. Ele largou o envelope. Sua expressão foi se tornando mais determinada, e cada aumento no nível de sua raiva era uma diminuição da minha, como se ele a extraísse de mim e absorvesse. Por um instante, tentei preservar o que era meu — *ele* tinha feito isso comigo, afinal. Era culpa *dele* eu cheirar tão mal a ponto de acabar no chuveiro do vestiário. Mas finalmente superei, superei tudo: Boris, Foley, Laverne, Simmons, Diamond. A partida desse grupo fazia de Harnett meu único protetor. Meu pai, o Lixeiro, o fora da lei de Bloughton, aqui, no Congresso de Aberrações, armado com ferramentas afiadas e uma raiva crescente... — o sangue se derramaria pelas janelas da escola e escorreria pela escada, a menos que eu impedisse.

A maçaneta da porta da caminhonete estava gelada, o assento, duro. Joguei o livro de biologia no chão, peguei o envelope e estudei cada garrancho. Gotas que caíam da minha mão mancharam a tinta; minha visão estava igualmente borrada. O motor engasgou e os limpadores do para-brisa começaram a empurrar a neve. Knox tinha razão. Seria um inverno brutal.

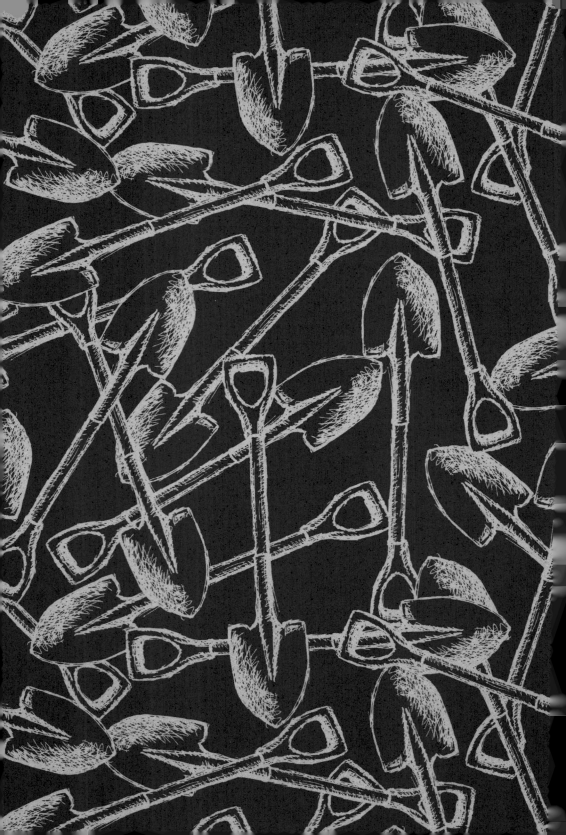

livro dois
CORDEIRO E ABATE

1

Às vezes os mortos atrapalham o progresso. Os fundos para a administração são mal gerenciados, os cemitérios mudam de mãos ou são abandonados, as agências do estado ou do governo alteram as leis de zoneamento para dar novos objetivos à terra, ou os proprietários simplesmente fazem o que querem com a propriedade, e normalmente o que eles querem é dinheiro. Novos edifícios. Um Walmart maior. E a decisão é tomada. O cemitério se transforma em outra coisa. Cada caixão é desenterrado e sepultado novamente em outro lugar.

Meu pai chamava tudo isso de transferência. Túmulos velhos, túmulos novos, mausoléus, túmulos sobre a terra, como em uma liquidação de empresa que vai fechar, tudo tinha que sair dali. Com exceção de acontecimentos ainda mais raros (como uma greve de coveiros e o resultante acúmulo de caixões não sepultados), não havia oportunidade melhor para estudar decomposição e técnicas de sepultamento em pouco tempo. Por isso, segundo Harnett, as transferências se tornavam convenções improvisadas. Nenhum Escavador conseguia ficar longe. Meu estômago reagia antecipando a reunião desses homens da noite.

Atravessamos em alta velocidade o sul de Illinois. Em Indiana, eu já dormia. Quando acordei fora de Cincinnati, Harnett continuou de onde havia parado, falando sem parar sobre transferências lendárias, como a do Cimetière des Saints-Innocents em Paris, que tinha seiscentos anos e foi esvaziado em 1786, destruído, desinfetado e coberto com cimento, enquanto seus restos humanos eram guardados em catacumbas subterrâneas. Estávamos no meio da noite quando paramos para abastecer e tomar café perto da Floresta Nacional Daniel Boone, em Kentucky, e enquanto a bomba de combustível fazia seu serviço Harnett falava sobre os dez anos que foram necessários para transferir noventa mil corpos de São Francisco na década de 1930, e que o terreno foi posteriormente usado para a construção de uma faculdade. Os administradores do lugar mal sabiam que a transferência do cemitério propriamente dita tinha servido a um propósito educacional.

Minhas roupas tinham secado, mas eu ainda estava com frio. Usei o livro de biologia para bloquear uma brecha na porta e fechei os olhos. Só a ausência de movimento me acordou. A luz da manhã conferia textura às janelas empoeiradas da recepção de um hotel de beira de estrada. Ouvi um barulho. Harnett devorava o último de vários pacotes de Doritos. Ele lambia o farelo dos dedos, que cheiravam a querosene, e então desligou o motor.

"Chegamos", disse, "Vamos deixar o equipamento e conhecer a cidade."

"*Ele* também está aqui?" Não precisava falar o nome dele.

Meu pai amassou a embalagem. "Você leu a carta."

Sim, eu tinha lido. O estilo de escrita de Knox incluía muitas abreviações, mas comunicava bem um cumprimento (*K./J.—*), os detalhes da transferência (*15-24 dez., Mt. Rgn., WV*), um pedido de desculpas pela demora da carta (*tive brnqte recntmte*), e, em um pós-escrito, o relato de que fazia mais de dois anos que ele não via nem tinha notícias de Boggs (*B. dsaparcdo. 2+ anos*). Provavelmente, Knox escreveu, Boggs estava morto (*B. — prvlmte. morto*). Não ficou claro o que Harnett sentia em relação ao assunto. Pensei na morte de minha mãe — rápida, brutal e inesperada — e fiquei imaginando se uma destruição gradual era ainda pior.

A transferência em si parecia indecente. Grandes máquinas demolindo criptas e cuspindo fumaça preta nos túmulos, enquanto dezenas de homens andavam e berravam e se acomodavam com seus sanduíches e café. Harnett pôs as mãos nos bolsos e andou pela calçada que limitava o terreno, seus olhos brilhantes e observadores. Eu o imitei e absorvi o que podia. Havia guindastes, rolos compressores, retroescavadeiras e caminhões de entulho. Um empreiteiro usava tinta spray para marcar um número na lateral de um caixão exumado. Em uma área isolada por cordas, caixões eram estacionados como miniaturas de carros. Os olhos de Harnett analisavam toda a área, e seus lábios se moviam em uma memorização silenciosa.

Depois que demos a volta no cemitério, ele voltou a atenção para as lojas vizinhas.

"Aqui", disse. "Esse é o QG que a gente quer."

Do outro lado da rua havia uma seguradora, uma loja de sapatos, uma sala de reuniões dos Veteranos de Guerra, uma lanchonete e uma cafeteria.

Ele sorriu. "Tomara que você esteja com sede."

Na verdade, eu precisava era de sapatos — um seguro também não faria mal nenhum —, mas, depois da longa viagem, a necessidade de um café superava todas as outras. Atravessamos a rua, entramos na cafeteria e ficamos na fila. Assim que fui envolvido pela atmosfera morna e perfumada, meu estômago roncou e puxei a manga da blusa de Harnett para mostrar *muffins* e bolinhos. Ele deu de ombros sem se comprometer, depois, quando chegou nossa vez de pedir, escondi o rosto enquanto a atendente recitava as definições de *tall*, *grande* e *venti*. "Eu só quero um café grande", pediu depois de quase um minuto de negociação.

"E um bolinho de *cranberry*", acrescentei. "Não, *blueberry*."

A cafeteria tinha muito espaço diante da vitrine, e nos sentamos em uma das mesas de onde era possível ter uma vista ampla da escavação. De um lado, um garoto da minha idade navegava preguiçoso em um laptop. Do outro lado, um velho dominado por uma barba que descia até o meio do peito olhava sem muito interesse para um jornal, enquanto um cachorro velho dormia a seus pés. Cheirei o bolinho enquanto Harnett bebia seu *venti* e observava a remoção dos caixões.

"Eles chamam essa lama de café", resmungou meia hora mais tarde. Mesmo assim, olhava nostálgico para a xícara vazia.

"Devia experimentar o *latte* de baunilha", sugeri. "E esses bolinhos de *blueberry* são demais."

Ele estudou a barista intimidadora antes de me olhar com cara de pena. Suspirei, peguei seu dinheiro, pedi outro bolinho e bebidas para nós dois e voltei, bebendo meu americano enquanto tentava não rir da desconfiança de Harnett ao provar a bebida com sabor de baunilha. Ficamos em silêncio, vendo o maquinário pesado se mover pelos espaços apertados do cemitério, as colunas de fumaça que faziam os homens parecerem máquinas a vapor. De vez em quando, alguma coisa acontecia, uma escavadeira derrubava uma lápide, um caixão velho era coberto por uma lona para proteger olhares sensíveis, mas a maior parte do tempo era só tédio. Isso também era escola, lembrei, e, com o passar das horas, fui ficando cada vez mais impressionado com a dedicação do meu pai. O chiado do vapor de cappuccino, o tilintar de colheres nas xícaras, o rock acústico ao fundo, todos os sons chamavam minha atenção, mas a de Harnett era inviolável.

Estávamos os dois bebendo a quarta xícara de café quando o homem barbado com o cachorro falou.

"Encontrei um jeito de tirar cheiro de cadáver do cabelo."

Engasguei e tossi. O café respingou na mesa. Harnett, porém, só mexeu o *latte* frio e deu de ombros.

"Você disse a mesma coisa há dez anos", respondeu.

"Verdade." O homem tirou migalhas da barba. "Mas essa técnica envolve clara de ovo e lustra-móveis de limão."

Os dois homens estavam sentados de costas um para o outro, examinando áreas diferentes do mesmo cemitério. Eles não se viraram para se olhar.

"Não acho isso muito promissor", disse Harnett.

"Eu não disse que é pra usar a mistura como calda de sorvete. Mas, se quiser neutralizar odores, é melhor que muita coisa. O único problema é que, quando uso, Fouler passa o resto da semana tentando comer meu cabelo."

Ao ouvir seu nome, a cadela levantou o queixo do chão, deixando uma mancha de baba, e virou a boca molhada para o dono. Harnett baixou a mão e coçou o queixo dela.

"Ei, Fouler", cantarolou ele. "Ei, garota." E abriu a mão para deixar a cadela lamber a palma. O aceno de cabeça para o homem barbado foi quase imperceptível.

"John Chorão", disse ele.

O homem baixou o jornal para poder olhar para mim.

"Bom dia, Joey", falou.

Não consegui esconder a surpresa. Tufos da barba enorme se moveram quando ele riu. "É isso aí. Eu te conheço, cara. Você é o novo Escavador."

"Não assusta o garoto", interferiu Harnett. "E quem vai avisar quando ele for um Escavador sou eu, não você."

"Ah, ele é um Escavador, é, sim." O homem me estudou como se procurasse defeitos. "Knox disse como você se comportou bem com aquela mulher. Impressionante. Uma coisa como aquela precisa de um toque especial."

"O garoto não precisa ficar cheio de si."

"Está pensando que *você* teria conseguido levar uma mulher na conversa daquele jeito? Sei exatamente o que o grande Ressurreicionista teria feito. Teria usado a pá e *bam*. E teria arrastado pelo cabelo. Essa é a conversa mole que você conhece."

O homem riu. Fouler ganiu antes de apoiar o queixo entre as patas. Harnett observou o cemitério.

"Certo." O homem suspirou. "Bom, Joey, eu sou o John Chorão. E essa gorducha aqui é a Befouler." Ele cutucou as costelas do animal com a ponta do pé, e ela exibiu os caninos em uma demonstração preguiçosa de irritação.

Eu não sabia o que dizer. Pigarreei.

"Quantos anos tem sua cachorra?"

A voz de John Chorão mudou para um falsete. "Quem, a Fouler aqui? A Foulie? Ah, ela é só um bebê. Só um bebê grande, velho e gordo, não é, Foulie?"

"Dezesseis", disse Harnett. "Mais ou menos."

"Não, exatamente dezesseis." Ele deu um tapa no flanco do animal. "Está comigo desde que era um filhote. A melhor Escavadora em ação atualmente, inclusive em relação aos presentes aqui. Não tem nenhum melhor que a velha Foulie. E nenhum mais animado."

A língua de Fouler enrolou quando ela bocejou.

"Tenho certeza de que você já viu muitas coisas que pensou que nunca veria", disse John Chorão. "Mas não vi nada até ter visto a Fouler aqui correr entre vinte mil lápides e ir diretamente, diretamente, para o buraco que tem que ser cavado."

"Isso é conversa fiada", falou Harnett.

"É nada. O que ela faz é começar farejando a área, estreitando cada vez mais o círculo até ficar tonta e sentar, e é bem aí que você tem que começar a cavar."

Harnett deu um meio sorriso indulgente. "Não é bem assim."

"Você nunca viu!"

"Não foi assim que você contou no passado."

"Bom, é como estou contando agora!"

Harnett olhou para mim. "Tem uma chance para adivinhar por que o nome dela é Befouler. Não esquece que 'fouler' significa *imundo*."

Olhei para a cadela adormecida. As patas tremeram.

John Chorão puxou a barba e olhou para o cemitério. "Tudo bem, às vezes ela caga." E levantou um dedo em desafio. "Mas se ela cagar, aí temos alguma coisa interessante *mesmo*! Qualquer coisa na zona de cocô da Foulie é material de primeira. O xixi é um pouco menos valioso."

"Então", comentei, calculando a distância entre os dois. "Vocês são amigos?"

A palavra os deixou agitados, e eles olharam com atenção ainda maior pela janela. Com um arrepio, lembrei do *C-A-R: manter a calma, conservar o ar, cova rasa*. Por mais que John Chorão parecesse simpático, ele pertencia a um grupo regido por um código macabro. Harnett e eu corríamos risco por estarmos aqui, eu não podia me esquecer disso.

Harnett limpou a garganta. "Não vejo John há um bom tempo. Quanto?"

"Quatro anos?"

"Quatro. Ou cinco. Foi na transferência para... onde?"

"Texas." John Chorão suspirou e moveu os dedos. "Faz tempo."

No cemitério, os operários paravam para almoçar, e alguns se moviam em grupos em direção à lanchonete.

"Por que ele te chama de John Chorão?", perguntei.

O homem deu de ombros. "Não sei se é bom falar disso."

"Responde pra ele", disse Harnett.

O homem brincava com o copo de papel. "Tem a ver com um método. Um método que não uso há anos. Não preciso, não com a Foulie. Mas naquele tempo, sabe, eu fazia o que tinha que fazer. Não sei se me orgulho disso."

"Deveria se orgulhar", Harnett opinou. "Era genial."

John Chorão balançou a cabeça. "Não seja burro. Só acabei me aperfeiçoando. Tenho canais lacrimais superativos, sei lá. Sempre fui chorão. Quando era pequeno, eu chorava até se havia muitas nuvens no céu. Mesmo no colégio, quando... Bom, não tenho que contar isso pra *você*. Você é menino, está no colégio e começa a chorar, tem uns dez segundos antes de começar a apanhar, certo? Mas a menor provocação era suficiente pra abrir a torneira."

"Mas você transformou algo negativo em positivo", falou Harnett.

"Ah, estava aprendendo o ofício e tinha olhos que mais pareciam cachoeiras, só juntei dois e dois. Lembro a primeira vez, eu olhava uma área no limite do Parque Nacional Glacier, um território bonito com aquelas montanhas de picos nevados, lagos cristalinos e céus tão claros que doía olhar..." Os olhos dele começaram a brilhar.

"John comanda o território de Upper Mountain", explicou Harnett. "Montana, Idaho, Wyoming, parte das Dakotas."

"Enfim..." John Chorão limpou os olhos com o dorso da mão. "Eu estava lá em cima, naquele lugar lindo, e um funeral acontecia no cemitério onde eu estava entrando. O de sempre: gente de preto em torno de um caixão, todo mundo sério, mas alguma coisa me fazia continuar andando naquela direção, chegando cada vez mais perto, até ficar lá, ao lado daquelas pessoas, como se pertencesse ao grupo, como se conhecesse o morto. Sei lá, talvez fosse o ar da montanha. É tão gelado que às vezes parece entrar na gente e limpar tudo, e a gente se sente novo, como se tivesse renascido. E eu estava lá me sentindo renascido, olhando pro caixão que não significava nada pra mim, nadinha, e então pisquei e comecei a chorar, e ninguém estranhou, porque todo mundo estava chorando também. Pensei em como tinha passado a vida toda chorando e como isso sempre deixava as pessoas esquisitas, se afastando como se eu tivesse uma faca, mas ali, pela primeira vez, eu estava chorando e ninguém se importava. Não só isso, mas algumas pessoas até se aproximavam para me consolar. E eu comecei a chorar mais. Não conseguia nem desviar o olhar, lá em cima é tudo bonito, muito bonito, cada coisa que você vê. Comecei a chorar mais que todo mundo, e ninguém, ninguém questionou. Estava bem ao lado do caixão quando me dei conta disso."

"Você consegue ver tudo", murmurei admirado. "Aposto que nem precisa dos jornais."

"Preciso. Hoje em dia, eu preciso. Não uso esse método desde que treinei Fouler. Mas, sim. Era um bom trabalho. E não tem segredo nenhum nele. As pessoas são tristes. Você só não vê até estar dentro disso tudo, todo dia, como eu. Aqueles caras ali, pilotando as máquinas e tirando os dorminhocos do lugar, eles são tristes. A mocinha que nos vendeu café, ela também é triste, vocês nem acreditariam quanto. Eu consigo ver isso. Não tenho como *não* ver. Dia e noite, Joey, vou te falar, isso é tudo que consigo ver. Porque só um chorão é capaz de entender de verdade um chorão. E é difícil ver todos esses chorões querendo chorar sem poder, porque têm que pilotar uma escavadeira ou vender café. Eu poderia ajudar. Seria fácil. Mas também seria difícil. Estou ficando velho. Meus olhos doem. É difícil."

A pequena faixa de pele visível em meio a todo aquele cabelo tinha marcas de idade e sofrimento. Harnett respeitou o silêncio antes de rompê-lo.

"Teve o testamento", comentou, lembrando com tom manso. "Conta pra ele do testamento."

"Era um velório, um velório comum, uma noite de terça-feira, em um bairro qualquer de Boise", falou John Chorão. "O tipo de coisa que eu fazia o tempo todo: escolher qualquer um, seguir um impulso, me misturar com as pessoas que choravam, beber em copos de isopor. Mas dessa vez cheguei lá e pronto. Só havia uma pessoa da funerária e eu, e o homem perguntou se eu estava lá para a visitação, eu disse que sim já estendendo a mão na direção da porta, mas ele começou a assentir como se estivesse muito grato, e gesticulava, tipo, por aqui, senhor, e eu fui parar na sala do velório, e lá estava aquele sujeito todo ajeitado. Caixão legal, bom terno, um velho de aparência decente, mas ninguém ali pra chorar sua morte. E o responsável pela funerária me pediu pra assinar o livro de visitas, coisa que eu nunca faço, nunca, de jeito nenhum, mas éramos só ele e eu, e não dava pra escapar, e enquanto eu segurava a caneta e olhava pra página em branco percebi que não haveria mais ninguém. O cara estava morto e eu estava ali. Olha, não sei se ele era mau ou se todo mundo que ele conhecia tinha morrido antes. Mas, naquele momento, eu era tudo que ele tinha, sabe? O melhor amigo que o homem tinha no mundo. Então, assinei o livro. Disse que o homem seria lembrado, e olha só. Eu estava certo. Estou aqui agora, todos esses anos depois, ainda lembrando."

"Um mês depois", insistiu Harnett.

John Chorão respirou fundo.

"Mais ou menos um mês depois, fui procurado por um advogado que me deu um documento. Aquele homem deixou tudo pra mim. Não era muito. Um pouco de dinheiro, um Cadillac velho, mas também uma casinha, um pedacinho de terra. Ele deixou instruções pra dividir os bens entre as pessoas que estivessem no velório. Agora eu tenho a casa e a terra que eram dele. Fui lá umas quatro ou cinco vezes pra ver tudo, mas nunca consegui ver de verdade. Minha vista ficava embaçada demais."

"E agora mora lá?", perguntei.

"O quê? Não." Ele me encarou com os olhos meio fechados. "Vendi tudo, me livrei daquilo. Um Escavador tem que estar sempre em movimento. Casa e terra, isso só complica as coisas."

"Mas Harnett..." Olhei para o meu pai, mas ele reagia nervoso ao meu deslize e olhava para fora. Eu me senti condenado, mas continuei: "Ele está no mesmo lugar há anos, você sabe".

John Chorão comprimiu os lábios.

"Nem todos temos os... talentos do seu pai."

Harnett gemeu e esfregou os olhos.

"Sorte, é só isso, e um dia ela vai acabar", resmungou.

O homem barbudo se debruçou sobre a mesa. Agora não havia lágrimas em seus olhos.

"Sim. Vai. Pra todos nós. E por isso estamos aqui agora, verdade seja dita. Pra encontrar o futuro."

2

A aula de verdade aconteceu depois que a noite caiu, quando entramos no cemitério esvaziado, colamos os joelhos à terra e apontamos a iluminação apenas em direções seguras, dentro dos buracos. Harnett usava a luz para apontar pedaços de osso, restos esfarelados de fundos de cimento e até filamentos de madeira que sugeriam um caixão mais velho enterrado sob o outro, um velho truque de administradores avarentos. Tocamos dezenas de caixões cobertos, enquanto Harnett cochichava palavras que davam significado a cada textura: aglomerado, conífera, nogueira, cobre, fibra de vidro, aço inoxidável, mármore sintético; um metro e noventa por cinquenta e cinco centímetros, dois metros por sessenta centímetros. Ao mesmo tempo, os outros, que não víamos, conduziam os próprios estudos, e todos obedeciam ao acordo do silêncio.

Livre do fardo de tarefas ou ferramentas, eu me sentia excepcionalmente leve ao subir na cerca. Havia sido um longo dia e meio para mim, e mais longo ainda para Harnett, mas não voltamos ao hotel. Em vez disso, ele me levou pela cidade sonolenta até um bar chamado Andy's. Imaginei como minha mãe reagiria à minha presença em um bar e sorri. Para que mais serviam os pais?

Entramos e passamos pelo balcão ocupado por homens grandes vestidos com camisas de flanela, um jukebox iluminado, uma mesa de bilhar e várias superfícies de aparência grudenta, e finalmente sentamos a uma mesa no canto mais afastado e escuro do lugar. Uma mulher com uma cicatriz que descia pelo centro do nariz apoiou um lado do quadril na mesa, e Harnett recusou sua oferta de canecas a três e cinquenta. Em vez disso, pediu dois hambúrgueres e duas Cocas. Seguramos o sanduíche quente, sentindo o molho e o sangue pingar e escorrer por nossos dedos quando mordemos.

Meu cotovelo bateu em um cavalheiro careca e magro com óculos de armação de metal sobre faces ossudas. Ele estava sentado ao meu lado; há quanto tempo, eu nem imaginava. Seus lábios se moveram na direção do meu pai numa espécie de cumprimento.

Harnett parou de mastigar e acenou com a cabeça para o homem.

"Esse é Embaixo-da-Lama", disse ele. "Ele atua no Nordeste."

"Ah", respondi. O homem devia ter quase setenta anos. "Oi."

Lentamente, o homem entrelaçou os dedos e inclinou a cabeça. Senti seus olhos redondos, brilhantes.

"Filho do Ressurreicionista", disse. "Que legado."

Limpei a boca e apontei um dedo engordurado para o meu pai. "Quem, ele? O Ressurreicionista? Ele também tem nome?"

Embaixo-da-Lama levantou uma sobrancelha fina. "Não é só um nome, criança. É uma homenagem." E fez uma pausa esperando um pedido de desculpas ou uma justificativa. Quando nada aconteceu, a sobrancelha subiu mais ainda. "Aos homens da ressurreição. Da velha Inglaterra, meu menino."

Eu não gostava desse tom, era muito parecido com o de Gottschalk. A vontade de dizer a ele que esses nomes cifrados eram ridículos era quase irresistível. Mas em seguida senti uma alegria inesperada: se me dessem um desses nomes, eu seria parte de um clube. Não estaria mais sozinho.

Outra voz respondeu. "Não faz sentido já botar as garras de fora, Lama. Vai parecer idiota pra alguém que não nasceu no período Crustáceo. Pode parar."

Levantei a cabeça e vi um homem grisalho de sessenta e poucos anos, usando um boné cinza, suéter cinza, cachecol cinza e calça cinza, todos com fios cinzentos soltos e enrolados. Ele estendeu a mão, bateu nas costas de Embaixo-da-Lama e estendeu a mão para meu pai. Harnett olhou em volta para ter certeza de que não havia ninguém olhando para eles, depois aceitou o cumprimento rápido.

Em seguida, o homem se dirigiu a mim. Eu olhava diretamente para ele, e mesmo assim o homem ameaçava se misturar à fumaça. "Oi", disse. "Eu sou o Pescador."

"Eu sou o Joey."

O Pescador riu. "Não serve."

Embaixo-da-Lama bateu na mesa com o punho magro. "Ele esconde do filho os fatos dos homens da ressurreição, esconde o próprio nome. Aposto que também esconde seu antigo lema: '*Consigo pegar qualquer um*'. Era o que ele costumava dizer quando era jovem como o garoto aqui, e orgulhoso."

"Lama", suspirou Harnett. Ele pegou um guardanapo e limpou os dedos com movimentos meticulosos. "Eu nunca disse isso."

"Era seu slogan. Não pode dizer que não era."

"Alguém me deu, talvez." Ele mostrou as palmas limpas. "Eu nunca disse que era meu."

Embaixo-da-Lama falou comigo num tom condescendente. "A citação foi emprestada de sir Astley Cooper. Sir Astley era um dos proeminentes anatomistas de Londres lá por 1800 e amigo dos homens da ressurreição."

"Homens da ressurreição", interrompeu o Pescador. E sorriu para mim pacientemente. "Ladrões de corpos que levavam os cadáveres pras aulas de dissecação antes de existir meios legais pra conseguir os corpos."

Embaixo-da-Lama dirigiu seu ceticismo para meu pai. "Estamos ansiosos por ouvir suas razões pra esconder essa história."

Embaixo do neon vermelho, os dois homens se encararam. A trilha sonora passou de uma melodia lenta e chorosa para uma canção animada e dançante. À nossa volta, quase inaudíveis, as pessoas bebiam e falavam sobre esportes, filhos e empregos, nada que insinuasse, mesmo que remotamente, essa insanidade secreta. Mesmo assim, eu me aproximei dos Escavadores; havia autoconfiança nesse delírio, e me descobri torcendo para Harnett ter realmente usado o slogan arrogante. À sua maneira, *consigo pegar qualquer um* era tão poderoso quanto "Viramos esquecimento". Talvez mais.

"Eu decido quando e o que contar pra ele", Harnett declarou.

O Pescador deu de ombros e apoiou o peso do corpo na mesa. Nossos refrigerantes balançaram perigosamente. "Olha, todos os caminhos levam a Roma", disse. "Isso aconteceu há muito tempo, quando éramos novos e o Ressurreicionista ainda trabalhava com Baby."

"Espera, para", exigi do canto. "Quem é Baby?"

Agora Harnett estava incomodado. Ele apontou o homem de cinza e ganhou tempo mudando de assunto. "O Pescador comanda o território do Golfo."

"'E eu farei de vocês pescadores de homens'", citou Embaixo-da-Lama. "É claro que essa o garoto conhece."

O Pescador desprezou o comentário com um gesto. "Tenho certeza de que Knox adoraria que isso fosse relevante. Mas, basicamente, tem a ver com meu gosto pela pescaria. Tenho um potinho que levo comigo nas escavações, vou enchendo com as minhocas que encontro. Minhocas de túmulo são ótimas pra pescar, absolutamente perfeitas. Aposto que não sabia disso."

"Tem muita coisa que ele não sabe", resmungou Embaixo-da-Lama.

"Aqueles eram bons tempos, não eram?", o Pescador comentou, tirando o boné e ajeitando os tufos de cabelo grisalho. "Quando Lionel ainda escavava e parecia que aquilo nunca ia acabar? E, cada vez que Knox aparecia, ele contava histórias sobre os novatos, Ressurreicionista e Baby, e todos nós ficávamos de queixo caído. Quantos foram? Vocês dois, quantos?"

"Vinte em uma só noite", disse Embaixo-da-Lama. "É o que eu lembro."

"Sempre ouvi vinte e um", retrucou o Pescador. "Mesmo com dois homens, ainda não consigo imaginar. Foram vinte e um?"

Harnett terminou de comer o último pedaço de hambúrguer.

Embaixo-da-Lama levantou um dedo para pedir atenção. "Trabalhar em equipe... é claro que tem seus benefícios. Olhe só para nós, tantos anos depois, estudando os números como se fossem estatísticas de algum esporte. Mas não vamos esquecer que as equipes são, por sua própria natureza, perigosas. Os Escavadores trabalham sozinhos. Sempre foi assim. Quando Lionel terminou de ensinar você e Baby, ele deveria ter forçado a separação. Mas vocês dois continuaram juntos, só para podermos nos sentar em torno de uma mesa décadas depois e perguntar uns aos outros se foram vinte ou vinte e um. E todos nós sabemos qual foi o resultado. Todos nós sabemos o que aconteceu com Baby."

Boggs era Baby, eu já tinha deduzido. Durante a pausa assustadora que seguiu a conversa, investiguei uma cicatriz que parecia uma couve-flor no cotovelo de Embaixo-da-Lama. O cabelo nas têmporas do Pescador tinha mechas brancas, e ele havia perdido um dedinho. Havia alguma violência nessa vida que eu estava só começando a entender.

"O Ressurreicionista não tem culpa do que aconteceu com o Baby", disse o Pescador finalmente. "Ninguém tem."

"Só não podemos esquecer o perigo de trabalhar em duplas", insistiu Embaixo-da-Lama, virando-se para o outro lado. "É só isso que estou dizendo."

Os homens continuaram falando, e admirei o respeito que eles tinham por meu pai. Em Bloughton, Ken Harnett era só o Lixeiro, mas aqui ele era uma lenda para homens lendários. Quando o lugar ficou mais escuro, mais barulhento e mais enfumaçado, outros rostos se manifestaram na penumbra: Parafuso (Sudoeste), Brownie (Baixo Meio-Oeste), o Apologista (Centro-Leste) e até John Chorão e Fouler — e todos homenageavam o grande Ressurreicionista e absorviam satisfeitos as poucas palavras que ele dizia.

Eu tentava esconder a surpresa depois de cada apresentação. Todos eram velhos. Devia ser caricato como suas célebres personas se chocavam com a realidade enrugada e deformada. Talvez no passado eles tivessem vivido aventuras cheias de vitalidade, mas agora tinham orelhas peludas, manchas nas mãos e bochechas flácidas. Eram todos musculosos, mas pareciam doentes. Cicatrizes e deformidades eram numerosas. Todos cheiravam mal, o mesmo tipo de mau cheiro. Os funcionários da casa ficavam longe, e as banquetas mais próximas permaneciam vazias. Eles usavam uma gíria obsoleta que decifrei aos poucos: túmulo era "barriga", lápide era "cabeça", cadáver, dependendo das circunstâncias, era "nadador", "emergente" ou "dorminhoco". Eles falavam com reverência de alguma coisa chamada Pacto Monro-Barclay. Os sorrisos eram autênticos, mas os olhos eram atormentados e me observavam sempre que tinham uma oportunidade. Por mais incômodo que fosse esse pensamento, eu preferia essa curiosidade à crueldade desdenhosa do Congresso de Aberrações. Aqui, pelo menos, eu era julgado como um possível semelhante.

No meio da conversa, Harnett murmurava uma coisa ou outra. Eram bons homens, ele me disse, mas quase todos se valiam de truques: câmeras de vídeos, fotografia aérea, aparelhos de GPS, pás com telescopia mecanizada, um radar que penetrava no solo e emitia pulsos eletromagnéticos. De acordo com Harnett, essas técnicas eram arriscadas e não mereciam confiança. Consciência sensorial, memória, intuição e uma boa pá: essas eram as únicas ferramentas que ele defendia.

Mas as histórias de guerra eram incríveis. O Pescador me perguntou sobre a morte em 1878 de um congressista de Ohio, John Scott Harrison, filho de nosso nono presidente, pai do vigésimo terceiro. Quando reconheci minha ignorância, todos se revezaram para contar a história. John Chorão descreveu o cenário: no funeral de Harrison, alguns familiares notaram o túmulo violado de um amigo da família chamado Devin; quando investigaram, descobriram que o corpo de Devin tinha desaparecido. Brownie continuou daí: temendo que John Scott sofresse destino semelhante, a família fechou o túmulo com tijolos e cimento, colocou sobre ele uma tonelada de pedrinhas de mármore e contratou dois guardas. Parafuso foi o próximo: depois do funeral, o filho do congressista morto, John Jr., viajou até Cincinnati para procurar o corpo de Devin na faculdade de medicina. Embaixo-da--Lama ficou com a melhor parte: John Jr. encontrou um cadáver escondido, sim, pendurado por uma corda em um duto secreto, mas não era o corpo de Devin. Era o do congressista John Scott Harrison, que fora enterrado no dia anterior em uma verdadeira fortaleza. O Apologista, o mais quieto e misterioso do grupo, abdicou de sua vez, deixando o Pescador se encarregar do desfecho: foi determinado que um anatomista da faculdade, dr. Christian, havia trabalhado em conjunto com um zelador para obter os corpos, e, na verdade, o corpo de Devin acabou sendo encontrado em um tanque de salmoura. O Ressurreicionista rompeu seu silêncio para me fazer a última pergunta que faltava: o acusado foi julgado e condenado, os corpos foram enterrados novamente. Mas quem foi o responsável pela ação? Quem tinha encontrado um jeito de abrir um túmulo inviolável?

"Perceba", disse ele, enquanto os outros observavam cada uma de suas palavras, "que ninguém nem fez essa pergunta."

"Somos invisíveis", concordou Embaixo-da-Lama com um prazer audível.

Como Foley, pensei. Talvez essa fosse realmente a chave para a sobrevivência.

O Pescador piscou para mim. "O sujo não deve falar do mal lavado", disse.

Era óbvio que eles sabiam quem era o responsável, mas nem ali, reunidos em confederação, pronunciavam o nome. Em vez disso, a conversa fluiu para o ator Charlie Chaplin, enterrado em 1978 na Suíça. "Nasceu na Inglaterra, mas era da América e todos sabiam disso", comentou Embaixo-da-Lama, batendo com os nós dos dedos magros. Em seguida, dez, doze, catorze olhos se voltaram em minha direção, e entendi que, nesse caso específico, todas as restrições territoriais eram discutíveis. O caixão de Chaplin, o Pescador continuou, desapareceu alguns meses depois de ter sido sepultado. Alguns achavam que o sumiço se deu para que ele pudesse ser enterrado em sua Inglaterra natal; outros, para que pudesse ter um enterro judeu apropriado; a maioria, porém, acreditava que aquilo tinha sido obra de um fã enlouquecido. Um grupo de mecânicos, concluiu John Chorão, assumiu a responsabilidade e pediu um resgate que não foi pago. Onze semanas depois, o caixão de Chaplin foi encontrado em um milharal e colocado em uma cripta reforçada de concreto.

"A gente fica pensando nas coisas que são enterradas junto com um homem desses", resmungou Brownie.

"Sim", concordou Parafuso sorrindo. "É de se pensar."

Todos olharam para suas bebidas por um momento, e um arrepio me sacudiu. *Foi um desses homens*, pensei. *Um dos homens sentados nessa mesa.*

"Mas o grande trunfo", continuou John Chorão, "aconteceu um ano mais cedo."

"Memphis", falou Parafuso.

"Cemitério Forest Hill", acrescentou o Pescador.

Embaixo-da-Lama me encarou por um longo momento.

"Elvis", anunciou ele.

Meu queixo caiu. "Não."

Harnett levantou a mão para me acalmar. "Não se anima demais, garoto. Olha só, o cara morreu e a coisa ficou meio insana. O corpo foi colocado em um mausoléu, e no dia do funeral um motorista bêbado atropelou dois visitantes. O tipo de segurança necessária em volta daquele túmulo simplesmente não existia."

John Chorão ofereceu um punhado de amendoins a Fouler, enfiou o restante na boca e falou enquanto mastigava. "Duas semanas depois, policiais prenderam alguns homens por invasão de propriedade perto dali, e um deles disse uma coisa meio maluca, que era policial e estava ali disfarçado pra expor um plano de roubar o corpo do Rei. Alguém, uma pessoa que nunca foi identificada, tinha prometido a esses caras quarenta mil pelo corpo."

"Mas eles não conseguiram", interferiu Harnett.

"Não, não conseguiram", admitiu John Chorão. "E quatro dias depois, à noite, quando ninguém estava olhando, o corpo do Rei foi transferido pra Graceland. Você pode visitar o túmulo se quiser."

"Sim, é isso mesmo", concordei. "Eu vi um programa em que diziam que o nome dele foi escrito errado na lápide."

"A cereja do bolo", falou o Pescador. "Se Elvis tivesse sido roubado em Forest Hill, todo mundo saberia. O mundo inteiro teria ouvido essa história. Os Escavadores sabem quando não devem agir. Mas, se ele foi desenterrado em Graceland, aí é outra história. Acha que os Presley iam querer que essa notícia fosse divulgada?"

"Você está dizendo que...?", comecei.

"Não estou dizendo nada", falou o Pescador, levantando as mãos.

Olhei em volta, encarando um Escavador de cada vez.

"Memphis é território de quem?"

Lentamente, todo mundo virou a cabeça e olhou para o Apologista, um homem tão inofensivo que demorei alguns segundos para lembrar por que esse velhinho de aparência bondosa estava sentado à nossa mesa. O sorriso pálido que estivera em seu rosto a noite toda não se alterou.

Minha garganta queimava. Meus olhos ardiam. Chamei a garçonete com a cicatriz e pedi mais água. O bar tinha se tornado um asilo, um curral de doidos, e não havia a menor possibilidade de alguém que valorizava a praticabilidade, como eu, aceitar declarações tão bizarras e sem fontes. Mas eu as aceitei. Esses homens estavam revivendo o passado, lembrando; não era um esforço para me impressionar.

Brownie esperou a garçonete se afastar. "Aberdeen morreu."

"Causas naturais?", indagou John Chorão.

Brownie deu de ombros. "O que é natural?"

"O Príncipe Inca está com câncer", disse o Pescador. "Não dura nem mais seis meses, pelo que Knox falou."

"E o que aconteceu com Poe? E o General?" Parafuso dava a impressão de que, na verdade, não queria saber.

"Acabados", respondeu Embaixo-da-Lama. "Knox os faz ir à igreja cinco, seis vezes por semana e rezar o mais depressa que podem para endireitar tudo. E estão velhos demais para cavar alguma coisa que valha a pena, de qualquer forma."

John Chorão afagou Foulie, que dormia. "Todos estamos velhos demais."

Depois desse comentário, eles começaram a levantar a manga para olhar o relógio de pulso. Com um sincronismo quase perfeito, ergueram as canecas de cerveja e beberam, como se homenageassem os companheiros tombados. Até Harnett mastigava o gelo do fundo do copo.

"E o Baby? Por onde anda?", perguntou Parafuso. "Não podemos ficar aqui fingindo que ele não existe."

O Pescador levantou o olhar do copo e olhou diretamente para mim.

"Acorda pra vida, Parafuso", disse ele. "Agora temos um novo *Baby*."

Senti Embaixo-da-Lama irritado ao meu lado.

"Valerie", contou ele. Os olhos cansados de Harnett reviraram mais uma vez. "A lembrança não provoca nenhum efeito em você? Não faz você pensar duas vezes?"

"Não planejei nada disso", respondeu Harnett. "Nem ela, nem o menino."

"Porque ela me afeta. Ah, me afeta muito. Mesmo eu não tendo conhecido ela. Nenhum de nós conheceu. Mas cada relato de Knox... ah, era de levantar defunto."

Para homens tão solitários, a notícia de uma mulher no grupo devia ter sido eletrizante. Fazia poucas semanas que Harnett havia me contado sobre a prostituição que assolava os cemitérios no passado, uma prática que fazia certo sentido se levarmos em conta como esses lugares são, ao mesmo tempo, públicos e privados. A primeira experiência desses homens com o sexo oposto poderia ter sido com mulheres como essas. Então, as histórias sobre a mente aberta, a inteligência implacável, as habilidades e, sim, a beleza de minha mãe poderiam ter sido suficientes para sacudir qualquer submundo. Senti uma felicidade desesperada por ela. Minha mãe teve uma vida interessante, afinal, antes de eu chegar.

"Ela era demais, sim", comentou o Pescador.

"Era como se fosse de todos nós, de certa forma", acrescentou Brownie.

O Apologista abriu a boca como se fosse falar, depois balançou a cabeça, desistindo.

"E um dia ela foi embora", continuou Embaixo-da-Lama. "Podemos tentar culpar qualquer um e qualquer coisa, mas todos sabemos de quem é a culpa. E olhe para você agora. Fazendo tudo de novo."

"Você só quer que eu fracasse", respondeu Harnett. "Não sei por que, mas quer o meu fracasso."

"Não, eu quero que você *saia*." Para um Escavador, a ligeira elevação no volume equivalia a um grito, e todo mundo se encolheu. "Ela poderia ter tirado você disso. Ela deu uma vida de verdade a você. E um filho. Eu arriscaria minha vida por uma oportunidade como essa, ainda hoje, agora. Todos nós. Vida, Ressurreicionista! A vida foi dada pra você de bandeja! E o que você fez? Mijou em cima dela. Agora seu filho está aqui, e com ele veio uma segunda chance. E o que você faz? O que você faz?"

Segurei a cabeça. O barulho das canecas batendo no balcão soou como um estouro.

"Está tarde", disse Parafuso.

Embaixo-da-Lama passou a língua pelos dentes velhos. "Mais tarde do que você pensa."

Parafuso assentiu, depois se levantou. Pegou o casaco pendurado no encosto da cadeira e, com um movimento fluido, enfiou os dois braços nas mangas de uma só vez e saiu sem dizer nada. Brownie bebeu o resto da cerveja e desapareceu na escuridão. O Pescador ficou em pé, lançou um olhar preocupado em minha direção, depois acenou com a cabeça para Embaixo-da-Lama e para o meu pai. O Apologista foi o próximo a se levantar, mancando em volta da mesa para estender a mão de aparência ressecada. Com uma careta séria e resignada, Embaixo-da-Lama a segurou, aceitando a ajuda para ficar em pé, e os dois homens estremeceram nos ossos velhos e juntas doloridas. Andando com dificuldade, os dois se afastaram, contornaram a mesa de bilhar por lados opostos e, do outro lado dela, passaram a se ignorar.

John Chorão sentou na cadeira ao meu lado. Momentos depois, senti o pelo quente quando Fouler deu as voltas de sempre antes de se acomodar. John Chorão tirou cascas de amendoim da barba.

"Todo mundo está cansado", suspirou, enquanto Harnett limpava as unhas sujas na luz vermelha e fraca. "Todo mundo está cansado e velho e com medo. Você só precisa se lembrar disso."

"Eles reclamam do fim", disse Harnett, "como o fim se aproxima, como estamos quase no fim. O que acham que estou fazendo? Sei que ele é meu filho e que há certos riscos. Mas ele é uma esperança. Estou errado? Ele é uma esperança pra todos nós. De que talvez a era não esteja chegando ao fim."

A música do jukebox começou a pular. No silêncio irritante e intermitente, a frivolidade das mulheres se transformava em desespero, e a dos homens se tornava aflição. O mundo normal rugia e tentava desmantelar a fantasia delirante que havia sido construída em torno de nossa mesinha grudenta. Isso me assustava, mas John Chorão parecia não perceber. Ele olhou para o meu pai por um longo momento. A escuridão não me deixava confirmar o brilho que cobria suas bochechas.

"Talvez seja isso o que eles estão dizendo", falou ele. "Talvez a era *deva* terminar. Já pensou nisso?"

3

O dia seguinte era domingo, e, quando fomos dar nossa volta matinal pelo cemitério, eu estava com o livro de biologia embaixo do braço. Quarenta e cinco minutos mais tarde, depois de voltarmos aos nossos lugares na cafeteria, abri o livro, mas não conseguia me concentrar. Harnett tinha pegado o binóculo do porta-luvas e, entre uma olhada e outra, ele me observava.

"Que foi?", perguntei finalmente.
"Esse negócio que você faz. Quando desliga. O que é isso?"
"Como assim?"
"Você sabe", respondeu ele. "Em uma escavação, ou quando está aborrecido. Essa coisa que você faz quando desliga."
"Especificar", suspirei. "Minha mãe chamava de especificar."
"Sei. E o que é?"
"Por que quer saber?"
"É algum tipo de esgotamento mental? Um surto?"
"Surto?"
"É melhor me contar. Se estivermos em uma escavação e você tiver algum tipo de surto, vai ser ruim pra nós dois."
"Cara", respondi. "Não tenho surto nenhum."

Ele cruzou os braços e se encostou na cadeira, pronto para ouvir. Olhei em volta para ter certeza de que não tinha nenhum Escavador por perto e me dei conta de que não conseguia me lembrar do rosto de nenhum deles. O cara mexendo nos talheres... poderia ser Brownie? O velho do outro lado da janela, na frente do quiosque de jornais... podia ser Embaixo-da-Lama, mas eu não sabia se era. Esses homens eram tão competentes nessa coisa de desaparecer que eu só me lembrava dos apelidos cheios de significados.

Curvei os ombros e, em voz baixa, contei tudo a Harnett: quando tinha começado a especificar, as situações estressantes que serviam de gatilho, a clareza quase ofuscante. Quando terminei, ele brincava com o binóculo.
"E você se lembra dessas coisas", disse. "Essas coisas que você especifica."
Fechei os olhos e deixei os pensamentos percorrerem os últimos meses, viajando de trás para a frente...

— uma pinta minúscula marcando o local exato do fecho de um colar —
— fragmentos dourados de pirita incrustados no caminho de pedra —
— língua e lábios inchados por bactérias, transformados em uma fruta roxa grotesca —
— o tremor incomum no cabo do meu garfo —

... e foi como se fosse tudo recente, cada instante cintilante, elétrico, congelado.
"Sim, de tudo", respondi ofegante. "Tenho tudo aqui na cabeça."
"Dá pra fazer isso de propósito?", perguntou ele.
"Como assim?"
"Você consegue... especificar quando quer?"
Pensei nisso por um momento. Especificar sempre foi um desagradável mecanismo de defesa para mim, nunca algo que eu provocaria por vontade própria.
"Não sei", respondi com sinceridade.
Harnett grunhiu.
"Pense nisso", disse ele finalmente.
E aí estava: uma ideia tão simples que nunca tinha me ocorrido. Embora os médicos tenham classificado a técnica como uma espécie de defeito, ela proporcionava os resultados de uma ferramenta poderosa, em especial para alguém que precisava memorizar trechos de jornal, detalhes de caixões, o contorno e a textura da grama antes da primeira incisão. Não pude deixar de especular se minha mãe, que tinha ignorado as recomendações dos psicólogos e permitido meus exames quase fotográficos, havia previsto que um dia eu teria um bom uso para isso.
Era muita coisa para considerar, e levantei da mesa.
"Aonde vai?", perguntou Harnett.
"Não consigo estudar aqui. Vou comer alguma coisa aqui do lado."
"Eu estava pensando em dar mais uma volta", falou, ajeitando o binóculo na frente dos olhos. "Talvez até atravessar o cemitério, fingir que sou historiador, essas coisas."
"Vai sozinho. Não consigo nem explicar quanto essa prova é importante..."
"Ah, tudo bem." Ele pareceu um pouco magoado. "Notas máximas, eu sei. Tudo bem. Vai comer."

Vesti o casaco, peguei o livro e comecei a andar em direção à porta. E parei.
"Quer que eu traga alguma coisa?"
Ele se inclinou para a frente até o binóculo encostar na janela.

4

Pedi uma porção de fritas e sentei em uma banqueta na ponta do balcão. O alto-falante bem em cima da minha cabeça berrava músicas velhas, e as melodias conhecidas facilitavam, de algum jeito, a retomada dos padrões de memorização. Não eram tão inspiradoras quanto os CDs de Foley, nem perto disso, mas quando Four Tops deu lugar aos Monkeys eu já começava a entender as diferenças de armazenamento do DNA em organismos eucarióticos e procarióticos.

Na metade da porção de fritas, sacudi o saleiro com entusiasmo demais e espalhei sal por todos os lados, grãos brilhantes e opacos se espalhando pelo livro e indo se prender no meio das páginas abertas. Bati o livro no balcão e recolhi o sal com a lateral da mão. Lembrando-me de uma velha superstição de minha mãe, peguei uma pitada, fiz uma prece para o Jesus de Dois Dedos, pedindo para tirar dez no exame de Gottschalk, e joguei os grãos por cima de um ombro.

"O Diabo está atrás de você", disse um homem sentado no banco à minha esquerda.

Olhei para ele. Sua estatura baixa era anormal. Um casaco preto de cauda comprida envolvia os calcanhares do sapato social, mas era pequeno demais para a largura de seus ombros de Golias. Embaixo do casaco ele usava colete rosa e camisa de babados. Quase todo mundo na lanchonete usava suas melhores roupas de domingo, mas mesmo entre os prendedores de gravata e os chapéus floridos o homem estava especialmente elegante. Porém, as condições das roupas eram péssimas. As mangas eram puídas, os cotovelos brilhavam com o desgaste. O colete estava tão gasto que cintilava. Padrões na gravata preta revelavam um enchimento antigo, e os babados da camisa tinham estampas triangulares semelhantes.

"O que disse?"

"Diabo. Sal." Como muitos ali, ele tinha um sotaque do Sul. "Desculpe, eu vi quando jogou o sal."

Ele ainda não me encarava.

"Ah, sim. Joguei em você?"

"Dizem que é pra espantar demônios."

"Eu não sabia disso. É só uma coisa que minha mãe costumava fazer."

"É verdade." Ele assentiu para si mesmo. "Eu tinha esquecido."

O homem olhou para mim e sorriu hesitante. Seus olhos eram muito azuis, como vidro, como quadros das águas do Mediterrâneo. Aquelas piscinas doces habitavam um rosto que parecia tenso e exausto, mas que, mesmo assim, lembrava o de um bebê, com tudo levado a um extremo desconfortável: um rubor que lembrava eczema, bochechas angelicais agora flácidas, cabelos tão alaranjados e finos que flutuavam como fios partidos de uma teia de aranha. O mais desconcertante eram as fileiras de dentes pequeninos, meros pontos brancos em gengivas vermelhas.

Meu peito ficou apertado.

"Você é o Boggs."

Uma mosca bateu em seu olho. Ele a afastou com um dedo.

"Vim de muito longe pra conhecer você, filho. Não tem ideia da distância."

Tudo me dizia para fugir. Knox havia me alertado sobre ele. Harnett tinha se negado a falar sobre ele. Os Escavadores se mostravam pesarosos ao ouvir o nome dele. Mas eu estava paralisado pela diferença entre a aparência real e minha imagem mental dele. Embora musculoso, ele era pequeno. Voz mansa, bem-vestido, educado. E olhava para mim com uma esperança sincera que me desarmava.

"Não posso falar com você", avisei.

Ele levantou a mão com nervosismo e lambeu os lábios secos e rachados de muitas horas de exposição ao sol. "Eu sei. Quero dizer, eu imaginava. Mas escute, filho. Eu vim de muito longe. Da Califórnia. São quatro mil cento e quarenta e quatro quilômetros, e tive que roubar um Hyundai em Missouri, depois que meu carro morreu. Talvez tenha sido um erro. Talvez. Mas eu precisava chegar aqui. Sonho com esse dia há muito tempo."

Ele comprimiu os lábios como se estivesse se preparando para agir, depois estendeu a mão. Olhei para ela. Os dedos eram gorduchos, as unhas eram roxas e mais destruídas que as de qualquer outro Escavador que eu já tivesse visto. Ou ele era muito desajeitado, ou muito ocupado.

O desânimo cintilou em seus olhos. A mão flutuou sem rumo. Não aguentei. Aceitei o cumprimento e senti os dedos mornos dele envolverem os meus. Foi um aperto rápido, mas firme como granito. Seus olhos claros brilharam.

"Antiochus Boggs." A voz dele estava carregada de emoção.

Ele segurava minha mão. Dei de ombros e respondi. "Joey Crouch."

"Joey, filho, eu não sou seu pai. Mas deveria ser."

Soltei a mão dele. Em um instante, peguei o livro e fiquei em pé. Boggs desceu da banqueta e tentou fechar a passagem. Ele era mais baixo que eu. Dava para ver as queimaduras de sol na cabeça, entre os fios de cabelo ruivo. Quando ele levantou as mãos para me fazer parar, o terno quase esgarçou nos ombros e bíceps.

"Desculpe", pediu ele. "Eu perdi a linha. Estou cansado. Passei três dias dirigindo sem parar. Não dormi. Quase não comi. Meu cérebro... parece que explodiu. Mais cedo, cheguei a pensar que estava sentindo os miolos escorrendo pelas orelhas." Ele riu uma vez, tentou me fazer voltar atrás com a confissão. "É sério. Até passei a mão pra ver se não tinha nada. Pensei: *Puxa, o que o garoto vai pensar quando encontrar o tio e vir cérebro escorrendo das orelhas?*"

"Você não é meu tio."

"Foi isso que eu disse? Senhor, minha cabeça. Não, filho, não, eu não sou seu tio. É verdade. Droga, você tem razão. Mas me sinto como se fosse. Seu pai e eu crescemos juntos, como irmãos. Mais que isso. Havia algum desconforto, sim, e o resultado disso é que, infelizmente, não pude conhecer você. Nem naquela época, nem nos últimos dezesseis anos. Mas você está aqui. E eu também. Dezesseis anos depois, e finalmente conheço meu filho."

Ele fechou os olhos e balançou a cabeça.

"Desculpe. Desculpe. Meu cérebro está escorrendo pra fora do crânio. Você me perdoa?"

Ele me encarava com aqueles olhos espectrais. Pingos de sangue salpicavam o lábio inferior.

Sentei devagar. Sem tirar os olhos de mim, ele subiu na banqueta. Demorou alguns instantes. Quando se acomodou, ele ajeitou as mangas e tentou guardar o excesso de babados dentro da calça.

"Você tem sido bombardeado por uma coisa que nós do Sul chamamos de enganar o bobo. Uma conta falsa." E apontou para a rua. "Imagino que aqueles homens que você conheceu me descreveram como um monstro. E você acreditou neles, porque, bom, por que não acreditaria? Eles são mais velhos. Deviam cuidar de você. Mas, filho, escute. Use seus próprios olhos. Eu pareço um monstro?"

Quando ele abriu os braços, vi que tinha uma envergadura pequena. Atrás dele, o lugar ia se enchendo de famílias interessadas em almoçar. Comparado a esses grupos de crentes penteados e alinhados, Boggs parecia muito doente... e sozinho. Senti uma indesejada, mas inconfundível, onda de piedade. Eu também conhecia a solidão.

"Não", respondi. O prazer óbvio que a palavra deu a ele me incomodou, e dei uma nota mais firme à voz. "O que você quer?"

"Quero? Bom, pra começar... estou um pouco constrangido, pra falar a verdade. Acabei de te conhecer. Mas fiquei meio sem dinheiro depois que meu carro morreu. Se não quiser mais suas batatas, eu detestaria ver comida indo pro lixo."

Olhei para ele, depois para as batatas. Meu movimento sutil de ombros era tudo de que ele precisava. Boggs puxou o cestinho de plástico e o colocou embaixo do queixo. Dedos pequeninos mergulharam na mistura de sal e gordura e pegaram os palitos amarelos que ele acumulou sobre a língua. Os dentes atrofiados encenaram um movimento horizontal para transformar a comida em purê.

"É isso?", perguntei. "Comida?"

Boggs parou de mastigar. "Tem mais uma coisa. Um favor. É um constrangimento ter que pedir. Eu teria preferido falar sobre amenidades. Mas é como se te conhecesse, filho. Você também sente isso? Tudo bem se não sentir. Não vou ficar magoado."

Não respondi.

Ele engoliu e limpou a boca com a manga da camisa. No momento seguinte, fez uma careta reprovando o próprio comportamento e limpou a manga com os dedos. Então olhou para os dedos e começou a procurar um guardanapo. O porta-guardanapo estava fora de seu alcance limitado e, relutante, peguei um e ofereci a ele. Ele agradeceu com um aceno de cabeça e passou o guardanapo nos dedos.

"Queria falar com seu pai", disse. "Acha que pode dar um jeito nisso?"

Pensei na parede que separava a lanchonete da cafeteria.

"Não sei se consigo."

Ele enfiou a mão no bolso da calça e pegou uma lâmina de barbear suja.

"Espera." Fui tomado pelo pânico. A lâmina, lascada e cheia de pontos de ferrugem, não era igual à obra-prima escocesa de meu pai, e espalharia doença ao cortar. "Espera. Talvez eu consiga. Posso pelo menos tentar!"

Ele olhou para mim com um ar confuso, depois para a lâmina em sua mão. E riu.

"Esta é minha lâmina de barbear", disse. "Não vou te atacar, filho, relaxa. Só queria mostrar que estou levando isso a sério. Limpei meu terno em uma lavanderia no Tennessee. Fiz a barba hoje de manhã na biblioteca no fim da rua. Também cortei o cabelo."

Ele lambeu a palma da mão e tentou domar os fios rebeldes. Olhando com mais atenção, notei as evidências avermelhadas de pele recém-raspada nas bochechas, e também os fios de cabelo sobreviventes se projetando como antenas cor de laranja na brisa provocada pelo ventilador de teto. Tentei controlar meus batimentos cardíacos. "Ele não sabe. Harnett... não sabe que você está aqui. Nenhum deles sabe."

"Eu quis que fosse assim, filho. Por que eu me anunciaria? Pra poderem me transformar em um espetáculo? Foi assim a minha vida inteira. O jeito como vigiam aquela fazenda de mármore lá fora, como se brincassem de detetive, *esse* é o espetáculo. Aquele gordo peludo? O que tem a cadela podre? Ele deu catorze voltas naquela coisa em uma hora. O que diabos dá pra aprender na décima quarta volta?"

Ele se inclinou em minha direção. As bolsas azuis embaixo de seus olhos incharam ainda mais. Na circunferência dos olhos perfeitos, vi teias de vasos rompidos. Ele tinha o cheiro de todos os Escavadores, mas levemente dissolvido no solvente fraco da insônia. Este último cheiro eu reconhecia por causa da minha mãe.

"É só isso que eles fazem", continuou ele. "Andam em círculos. É como uma metáfora. De vez em quando, eles se reúnem, trocam tapinhas nas costas e voltam a andar", e imitou o movimento de caminhada com os dedos das mãos, "em círculos."

Consegui conter o impulso de assentir. Os Escavadores eram um grupo tão restrito quanto qualquer um no ensino médio. Estava surpreso por não ter percebido isso antes, mas grato por ter sido um confidente desse comentário. Desde que saí de Chicago, poucas pessoas haviam me tratado sem desconfiança ou franca hostilidade. Eu queria recompensá-lo por isso e também exercitar a sensação de maturidade que a experiência me dava.

"Eles *são* velhos", falei.

Boggs estalou os dedos e olhou para mim. "Meu garoto é esperto. É isso mesmo. São velhotes, não são? Todos, menos eu e Kenny. E você também, filho. Acho que é por isso que confio em você. Ainda não está cheio de manias. Tem a mente aberta. Essa é a coisa mais importante no mundo, mente aberta. Sua mãe tinha. Kenny também. Aposto que é difícil de acreditar. Ele cumpre as regras e gosta de dar ordens. Fique quieto, não se mexa, seja invisível. Ele não foi sempre assim."

Aproveitei a oportunidade para resolver uma controvérsia. "*Consigo pegar qualquer um.*"

Ele riu. "Isso mesmo! *Consigo pegar qualquer um...* Sim, esse é o velho Kenny. Quando tinha um culhões, não é?"

Senti a lealdade me chamar de volta. Harnett não era tão mau quanto Boggs dizia, não podia ser.

Boggs percebeu minha hesitação. "Ah, escuta, você está certo, tem mesmo que defender Harnett. Um bom filho protege o pai, e vice-versa. Se você fosse meu filho, ninguém faria mal nenhum a você, ninguém se atreveria. Puxa, você é esperto. Posso fazer uma pergunta?"

"Acho que pode."

"É meio pessoal."

"Tudo bem."

"Certo." Ele respirou fundo. "Alguma vez imaginou o que aconteceria se eles soubessem?"

"Soubessem o quê?"

"O que você faz à noite."

Olhei em volta. As palavras bastaram para me fazer suar frio. "Quem?"
"Não sei. As pessoas que você encontra todo dia. Vai pra escola?"
"Vou."
Ele balançou a cabeça com entusiasmo. "É isso. O pessoal do colégio. Os babacas que vivem te atormentando. O professor que te trata como cocô de cachorro no sapato dele. A mocinha que te faz ter uma ereção do tamanho do Canadá e vai embora."
E de repente eu absorvia cada palavra.
"O que tem eles?"
"Bom, e se eles soubessem? Todos eles." Um sorriso tremulou no canto de sua boca. "Até o último podre?"
Um arrepio brotou no meu peito e subiu pelas costas. Vi a Raiz derrubando terra ao se erguer vitoriosa de um buraco, e a expressão de espanto e submissão de Gottschalk, Woody e Celeste.
Boggs chegou um pouco mais perto. O punho da manga comprida demais estava preso por alfinetes de segurança enferrujados.
"Pode me corrigir se eu estiver errado. Mas sinto alguma coisa aqui. Parece que compartilhamos algumas coisas. Uma ligação especial entre pai e filho que ninguém mais..."
"Eu não sou seu filho."
"Meu cérebro, é meu cérebro, juro que mais cedo ele escorria pelas orelhas. A questão é: você e eu? Somos iguais. Não sente isso?"
"Não", respondi automaticamente, mas até eu percebia a falta de convicção.
"Não? Sério? Não somos ligados pelo sangue, é verdade. Mas olha. Você não tem mãe nem pai. Sei que a parte do pai é discutível, entendo; não se sabe se Kenny preenche os requisitos da paternidade. A decisão é sua. Agora, olha pra mim. Também não tenho mãe nem pai. Quer saber o que aconteceu?"
Como poderia não querer? Tentei mostrar desinteresse. "Pode ser."
"Eu tinha os dois. Nasci em Atlanta. Mas o que me eu tornei... bem, olha pra mim. Deve ter notado que sou um pouco diferente."
Balancei a cabeça. O gesto era fraco, inútil.
"Agradeço por isso", continuou. "Mas não há como esconder os fatos físicos. Não nasci perfeito. Acho que dá pra dizer que eu sou deformado. Então, eles me mandaram embora. Lares temporários. Foram nove. A maioria das lembranças é desagradável, se quer saber a verdade. Coisas sobre as quais não vai querer saber, como o que acontece quando alguém faz xixi na cama muitas vezes ou mata o gatinho novo sem querer. Não vai acreditar quantos pais me tocaram de maneiras impróprias. Eu nunca faria nada disso com você, filho."
Eu não sou seu filho, queria dizer, mas não podia, porque tinha medo de que isso quebrasse o vidro claro e límpido de seus olhos.

"Também havia coisas boas. Fiquei forte, muito forte. Descobri que há coisas na terra das quais se pode viver, se for necessário. Depois de um tempo, os orfanatos me pegavam, mas eu continuava fugindo, até que eles pararam de me perseguir. Foi quando me juntei aos podres. Quero dizer, aos Escavadores."

Um Antiochus Boggs ainda menor surgira entre aqueles homens estranhos, velhos e cheios de segredos. Era difícil imaginar como o grupo o havia recebido, até eu lembrar meu primeiro encontro com Ken Harnett, como ele foi inacessível e hostil na cabana escura.

"A questão é que", continuou ele, "eu nunca me encaixava. Assim como você. E não quero que isso pareça ofensivo. Você não se encaixa? Eu acho isso bom. Não dá pra deixar sua marca no mundo se você simplesmente entrar na fila do comum. Entende? Como somos iguais? Estou fazendo algum sentido? Meu cérebro não está funcionando bem."

Ele parecia alterado. Senti necessidade de acalmá-lo. "Acho que faz sentido."

"Senhor, que música linda." Suas bochechas redondas tremeram. Os lábios se moveram. Ele fechou os olhos, e imaginei o oceano puro e exótico que poderia fluir daquelas íris tão brilhantes. Quando recuperou o autocontrole, ele olhou para mim de um jeito acanhado. "Homens como você e eu são especiais. Temos talentos que os outros não têm, nunca terão. Então, por que não somos mais felizes? Já pensou nisso?"

"Sim." Essa era uma verdade inegável.

"Eu também. Levei uma vida inteira pra entender, mas não vou te fazer esperar tanto tempo. Só precisa fazer uma pergunta a você mesmo: o que tiramos dos podres? Além de lembrancinhas e bugigangas, que bem de valor autêntico conquistamos com nosso esforço? A resposta vai deixar você deprimido, filho. A resposta é *nada*. No fundo, isso incomoda. Não incomoda? Eu me incomodo, com certeza. E aqueles velhos que você conheceu, eles se contentam com nada. Com tantos talentos — não vou mentir, eles têm talentos —, no fim, eles se contentam em andar em círculos. Muitas vezes. Muitas voltas."

Ele enfiou a mão no casaco, abriu fivelas invisíveis e pegou um grande livro preto.

"Eu consegui mais", falou.

Uma mão agarrou o colarinho de Boggs e o empurrou. Ele bateu no balcão, voltou, perdeu o equilíbrio e caiu da banqueta. O barulho do tombo lembrava o de um saco cinza caindo no chão de cimento da cabana. A banqueta vazia girava como um carrossel. O livro também caiu, e Boggs se jogou em cima dele. O resto eu não vi. Harnett parou na minha frente, me pôs em pé e me segurou com uma das mãos enquanto pegava uma nota de dez dólares e a deixava dobrada sobre a conta.

Seu rosto estava pálido. "Seu dever de casa."

Atordoado, peguei o livro de biologia, e Harnett me levou dali. Boggs já havia levantado e impedia nossa passagem, mais de trinta centímetros menor que meu pai, porém, devido à largura fantástica e à surpreendente incongruência do terno, igualmente imponente. Harnett recuou e me conteve com um cotovelo. O rosto rosado de Boggs se transformou com o sorriso.

"Kenny", disse ele. "Senhor, é bom ver você."

"Sai da frente."

Boggs balançava a cabeça como se tivesse acontecido um terrível mal-entendido.

"Isso é bobagem. Não deveríamos brigar. Se me der um minuto, eu..."

"Sai da minha frente."

Um homem grandalhão vestido com o branco dos chefs de cozinha se debruçava sobre o balcão.

"Algum problema, gente?"

Música antiga ainda transbordava do alto-falante, mas o barulho da lanchonete começou a diminuir com as famílias interrompendo a refeição para prestar atenção ao confronto. Boggs endireitou o colete e ajeitou a gravata amassada. Depois apontou uma mesa de canto vazia. Um Escavador tinha medo de chamar atenção, e, quanto mais tempo ficássemos ali, mais atenção teríamos. Com um movimento do queixo, Harnett forçou um sorriso contido para o cozinheiro, deu três passos enormes e aterrissou no banco do outro lado da mesa. Eu o segui, e ele me acomodou a seu lado.

Com um movimento da cauda do casaco, Boggs sentou-se no banco diante do nosso. Ele afastou os pratos e talheres sujos que ainda não haviam sido retirados e colocou o livro sobre a mesa com um baque. Era grande e comum, cheio de conteúdos sem título. Boggs passou as mãozinhas sobre a capa de couro sintético.

"Dois minutos." Harnett olhou para um relógio próximo, cujo ponteiro maior se movia preguiçoso sobre caricaturas ruins de Marlon Brando, Marilyn Monroe e James Dean. "Tempo suficiente pra essa gente voltar a cuidar da própria vida."

"Você está se descontrolando", disse Boggs. "Não tem necessidade disso. Sou eu, Baby. Tem ideia da distância que percorri pra ver você? Quatro mil cento e..."

"Tique-taque." Harnett continuava olhando para Marlon, Marilyn e James.

Boggs se recostou na cadeira e franziu a testa. "Certo. Direto ao assunto. Você sempre foi assim. Acho que tinha esquecido. Bom, vamos lá. Podemos transformar tudo isto em uma reunião de negócios, se quiser. Tenho negócios a fazer."

"Você que sabe", respondeu Harnet. "Um minuto."

Boggs começou a falar mais depressa. "Vai ficar feliz por termos conversado. Vai ver que este é exatamente o seu lugar. Bem aqui, nesta mesa comigo. Comigo e com Joey. Nós três. Lembra como era? Você, eu e Valerie? Éramos uma família, e nós três aqui podemos ser..."

"Não fala dela. Nem começa. Não tenho nada pra conversar com você." Mas Harnett não conseguiu resistir. "Volta pro seu buraco. Sua vala. Pra onde estiver escondido agora."

As palavras soaram como balas, e Boggs se encolheu ao ouvir cada uma delas. Escondeu o rosto, olhou para os pratos sujos como se procurasse neles uma orientação. Quando ele finalmente falou, as sílabas foram inseguras e suplicantes. "Ela se foi. Eu sei, ouvi falar. E sinto muito, Kenny. Não sabe quanto eu lamento. Mas não precisa ser assim. Não fiz nada pra merecer esse tratamento. Estou tentando melhorar as coisas entre nós. Você é meu irmão, e nada pode mudar isso."

"Nós nunca fomos irmãos."

A voz de Boggs tremeu. "*Como* pode dizer isso? É claro que somos! Todos aqueles anos em que crescemos juntos... o que foi aquilo? Não aconteceu? Você tem que lembrar, Kenny. Um de nós precisa lembrar, e meu cérebro está caindo da cabeça. Já falei isso? É verdade. Deve estar feliz em saber. Mas não deveria. Ninguém deve sentir esse tipo de coisa pelo irmão."

"Não se preocupe. Eu não sinto nada." Ele olhou para o relógio. "O tempo acabou."

"Espera. Espera aí. Conheço você como a mim mesmo. Pensamos do mesmo jeito. Você pode não querer admitir, mas é verdade. Nós dois sabemos, por exemplo, que quando um podre morre, acabou. Não tem terra da fantasia, nem céu nem inferno. É como aquele velho ditado que a gente costumava repetir: *Não pode levar nada com você*. Mas aí é que está. Preparado? Preparado pra nossa transação comercial? Acontece que eles levam, *sim*, alguma coisa. Não levam?" Boggs voltou os olhos desesperados para mim. "Não levam, filho?"

"Não fala com ele", disse Harnett. Eu mal ouvia. Não conseguia desviar o olhar da grossura espantosa do livro.

"O que os podres levam é dignidade. *Dignidade*. E isso é errado. E você sabe disso. Eles tiveram seu tempo. Tiveram seus diplomas, carreiras e portfólios. Tudo pra poder comprar um anel de diamante e morrer com ele no dedo, tudo pra poder ser enterrado com ele. E qual é o propósito, Kenny, falando sério, de um diamante, que é projetado pra refletir a luz, qual é o propósito dele, se não tem luz pra refletir? Você e eu podemos roubar esse anel, é claro, mas isso não resolve o problema real, não é? Irmão... você sabe que eu sei que você sabe."

Boggs segurou o livro e o empurrou com determinação para o outro lado da mesa, produzindo um ruído de gelo sendo raspado. Boggs moveu os pulsos no sentido horário, e de repente o livro estava virado para mim e meu pai, e havia nele toda a malícia de um porão escuro.

Olhei para o livro. Harnett também olhou.

"Isto é um presente. Se você quiser. Comecei a criá-lo quando soube do nosso filho."

Levantei a capa.

"Comecei sozinho, mas podemos terminar juntos."

Quando vi a primeira polaroide, foi como se eu tivesse sabido o tempo todo. Meu coração não disparou; pelo contrário, pareceu bater mais devagar e pulsar pesadamente contra cada um dos pulmões. Fui virando páginas. Mais.

"Chamo isso de Livro da Podridão, Kenny."

Mais. Mais.

"Meu Livro da Podridão. *Nosso* Livro da Podridão."

Mais. Mais. Mais.

"Um bando de podres imundos e fedorentos."

Em cada página amassada havia, aninhadas nas garras das cantoneiras que prendiam as fotos, quatro fotografias instantâneas, cada uma de um cadáver achatado pela luz inclemente de um flash barato, esverdeadas pelo líquido de revelação. Eram homens velhos, com a pele translúcida esticada e furada como um tecido comido por traças. Eram meninas pequenas, com os lábios salpicados de pérolas roxas de decomposição, as bochechas marcadas por rupturas. Eram crânios sem gênero, com mil anos de idade, a gelatina seca do que antes havia sido carne agora colada ao osso cinzento. Sob a explosão de luz branca, sobrancelhas antes severas eram apagadas, faces antes altivas murchavam como sementes; eram rosadas, brancas, azuis; tinham a cor e a textura de placenta. E eram centenas delas, essas fotos frias e tortas, cada uma estampada com as digitais lamacentas de Boggs — o autógrafo desse invasor que chegava abrindo caminho com formão e pá, destruindo primeiro seus caixões, depois seu santuário. Era repugnante e vertiginosa, essa ladainha de invasões.

Eu sentia o calor das axilas de Harnett, via o suor se espalhando nas mãos dele.

"Ninguém nunca viu nada assim, Kenny. Garanto. Sabe o que é isso? É uma *comunicação*. Isso vai contar ao mundo inteiro que estamos de olho. Não vai mais haver nenhuma espreita sorrateira, como se fôssemos baratas. Ninguém em nenhum lugar vai pensar em morrer sem ter que passar por nós primeiro."

Página após página, era como se alguém tivesse feito minhas especificações por mim.

A voz de Boggs explodia de alegria. "Ainda não contei a melhor parte."

Juntos, meu pai e eu levantamos a cabeça.

"Duas fotografias", disse Boggs. "Eu tiro duas fotos. Uma vai pro Livro da Podridão. A outra eu deixo lá com eles." Um sorriso orgulhoso. "Presa no peito."

Harnett atravessou a mesa. Embalagens de condimento caíram; vi uma linha branca de sal e senti um impulso conhecido, mas desta vez não sabia em que direção jogar. Harnett apertava o pescoço de Boggs. Surpreso, o homenzinho gorgolejava e abanava os braços curtos como se estivesse se afogando. Os pés frenéticos me encontraram embaixo da mesa. Meu pé, a canela, a coxa... e, por um segundo, voltei ao Congresso de Aberrações, não o filho do poderoso Ressurreicionista, só o Escrotchi, e esses chutes eram o que eu merecia.

Rolei do banco para o chão. Lá em cima, Boggs empurrava os olhos do meu pai com os polegares. Harnett se virou e tentou jogá-lo longe, mas Boggs já segurava com firmeza o casaco de meu pai, e os dois começaram a lutar. Harnett bateu a cabeça no lustre, que girou.

Joelhos me bateram. Pessoas comuns se aproximavam. A presença deles pairando ali me trouxe de volta a um mundo que, de alguma forma, eu tinha esquecido. Do meu ponto de vista mais baixo, vi barrigas de cerveja, celulares presos a cintos e bolsas práticas, e quis essas coisas de volta, todas elas. Me *levem*, implorei, mas elas nem me viam. Só tinham olhos para os homens estranhos e sem rosto lutando em cima da mesa barata. Relutante, voltei ao meu mundo mais recente e, no meio do tumulto, vi meu pai tentar alcançar a faca de carne que girava sobre a mesa inclinada.

Vi o sangue escorrendo de sua testa. A lâmpada tinha quebrado. Ele tentou tirar o sangue de um olho, e Boggs, que contraía o tronco compacto de um jeito feroz, aproveitou a oportunidade para empurrá-lo sobre a mesa. Pratos vibraram e talheres subiram como se flutuassem no ar; a faca de carne girou e a mão de Harnett a cravou na parede. Um segundo depois a faca estava de volta na mão dele, a lâmina brilhando.

Finalmente, braços surgiram de todos os lugares apartando os dois, e na confusão de corpos reconheci alguns rostos: lá estava Brownie, levantando Boggs com um abraço pelas costas, e Embaixo-da-Lama, tirando os dedos de Boggs de um pescoço ensanguentado; lá estava Parafuso, segurando as pernas frenéticas de Boggs enquanto o Pescador fazia a mesma coisa com Harnett; John Chorão já continha Harnett pela gola do casaco, e, como um fantasma, o Apologista tirava delicadamente a faca da mão de Harnett.

No meio de tudo isso, os dois homens rugiam.

"Kenny! Kenny!", gritava Boggs. "O que foi que eu fiz?"

"Devíamos ter dado um jeito em você anos atrás!"

"Foi meu cérebro?" Boggs segurava a cabeça entre as mãos com desespero. "Meu cérebro fez alguma coisa errada?"

"Você não é meu irmão e não é filho de Lionel."

"Eu sou! Eu sou!" Boggs se soltou e pegou o Livro da Podridão. Ofegante, olhou para cada um dos homens. O pesar pálido tinha desaparecido de seu rosto, agora corado pelo ódio. "Por que estão todos olhando pra mim? Eu não existo pra vocês, lembram? Nenhum de vocês lembra? Vocês me baniram. Decidiram por unanimidade. Era essa a medida do amor que todos tinham pelo Baby de vocês. Vocês me baniram e seguiram em frente fingindo que não tinham culpa. Pois bem, continuem. Finjam. Façam de conta que eu não existo. Logo vão mudar de ideia. Juro. Estão vendo este livro?"

"Cai fora!", Harnett berrou. John Chorão o segurava pelas roupas para contê-lo.

"Sim, irmão... ah, desculpe, sr. Ressurreicionista. Como quiser. Ressurreicionista diz ao Baby o que fazer e o Baby faz. Essas são as regras, certo?" Ele ajeitou o terno até reconhecer sua condição imprestável. O nó da gravata estava frouxo e torto; o colete havia perdido botões; a camisa estava coberta de comida. A violação da aparência de respeitabilidade o enfurecia. Ele rangeu os dentinhos e olhou para Harnett. "Você não é diferente desses outros podres."

"Fica no seu território", avisou Harnett. "Lembra o Monro-Barclay e fica longe."

"O pacto?" Boggs riu, e respingos de sangue mancharam os babados da camisa. "Se não sou seu irmão e não sou filho de Lionel, adivinha? Sou órfão de novo. Sou órfão e não pertenço a ninguém. Se vocês podres têm um pacto, não é da minha conta. Eu pretendo terminar este livro no prazo. E, se tiver que entrar em território inimigo pra isso, não sei o que dizer. Não tenho inimigos. Amo todos vocês. Vocês sabem. Vocês é que não me amam."

Boggs mancava em direção à porta. Ao passar por mim, ele resmungou: "Pergunte ao seu papai sobre o Rei dos Ratos. Pergunte sobre os Gatlin." E falou mais alto para todo mundo ouvir. Escavadores, clientes, cozinheiros, todo mundo. "O Rei dos Ratos? Os Gatlin? A memória de vocês, velhotes, é seletiva."

A menção desses nomes curiosos fez Harnett se debater no abraço de John Chorão. Boggs se esquivou e correu de lado. Quando os dedos curtos e grossos tocaram a maçaneta da porta da frente, ele se virou para a plateia e olhou para cada um ali até seus olhos encontrarem os meus. "Seu primeiro buraco, filho. Lembra aquela sensação? Agora imagine-a cem vezes maior. Mil vezes. Imagine como um cavalheiro de boa linhagem cria seu pequeno Escavador."

Boggs guardou o Livro da Podridão dentro do casaco, e eu senti a perda. Ele abriu a porta, e um cone de neve cintilante o transformou em uma espécie de sonho vertiginoso. A sineta da porta soou, a cauda do casaco tremeu, e ele se foi.

Os Escavadores já se misturavam aos clientes e perdiam espaço em minha memória. A pior coisa possível havia acontecido. Eles foram vistos, abordados em público, e agora, graças ao comportamento intempestivo do meu pai, teriam que se dispersar bem antes do que planejavam. Quando os intrusos recuaram, os curiosos assumiram uma dimensão ainda mais interessante. Eu queria muito correr para os braços deles e participar da rotina de assados no jantar, noites de jogos de tabuleiro, dormir cedo durante a semana. Qualquer coisa simples e tranquila, eu aceitaria, adoraria e nunca desejaria mais nada, eu poderia jurar.

Mas as pessoas também se dispersavam, rindo enquanto imaginavam as histórias que contariam sobre a briga horrorosa que tinham visto na hora do almoço. Só John Chorão continuava ao lado do meu pai. Ele pegou um pano limpo com o cozinheiro e o colocou na mão de Harnett, depois levantou essa mão para fazer pressão sobre o ferimento. Harnett se livrou das mãos do homem e desviou o olhar envergonhado. Sério, John Chorão se afastou em silêncio e se tornou só mais uma camisa xadrez desviando da comida jogada no chão e dos pratos quebrados. Pensei ter ouvido um resmungo distante, mas não tive certeza: "Vem, Foulie".

Pernas corajosas se aproximaram. "O senhor está bem?"

Harnett olhou para o pano. Estava vermelho. Aos pés dele, o sangue desenhava manchas no assoalho. Depois de limpar o rosto e o pescoço, ele jogou o pano em cima da mesa destruída.

"A caminhonete", disse para mim.

"Tudo bem", respondi, desviando os olhos da sujeira e pegando meu livro de biologia. "Vamos pra casa."

Atravessamos a aglomeração e saímos. Boggs tinha desaparecido.

"Não vamos pra casa", avisou Harnett quando começamos a andar em meio ao ar frio. A calçada atrás dele estava respingada de sangue.

"O quê? Mas o colégio. Minha prova."

"Lionel." Pela primeira vez, ele ignorava os caixões ao ar livre do outro lado da rua. "Vamos falar com Lionel."

5

Montanhas azuis, florestas amarelas, quilômetros escuros de estrada queimada — paisagens metamorfoseadas de formas como nunca imaginei em nosso caminho por West Virginia, depois Virginia e até a Carolina do Norte. Harnett dirigia em uma velocidade tão alta que eu sentia os pneus lutando contra os eixos.

Quando nos aproximamos da casa de Lionel nas Outer Banks, a paisagem se alterou novamente em longas e cintilantes enseadas e planícies gramadas de onde se erguiam árvores frondosas e arbustos pontudos. As casas eram construídas sobre palafitas. As fachadas da orla eram cor-de-rosa e azuis e tinham bandeiras que pareciam ter sido castigadas por séculos de areia. E, sim, areia em todos os lugares, se movendo por caminhos aleatórios ao longo do acostamento, atravessando a estrada, acumulada intencionalmente em gramados e enfeitada com decoração de flamingos. Abaixei o vidro da janela e senti cheiro de peixe. Harnett virou o volante, e durante a meia hora seguinte nós viajamos paralelamente ao oceano que eu tanto quis ver. Havia muitas lojas de surfe e muitos restaurantes de frutos do mar. Só quando não havia mais nada que Harnett entrou em uma via sem sinalização.

Ele desligou o motor a uma distância respeitável de uma encantadora, embora meio caída, casa branca com acabamentos cor-de-rosa. Por um momento, ficamos ali sentados ouvindo o motor superaquecido. Depois ele desceu e eu o segui, e o solo era tão firme que eu quase caí.

A porta da frente rangeu, e uma bengala surgiu na abertura. Era um homem idoso com um chapéu de praia de abas flexíveis, óculos escuros e camisa desabotoada revelando um tronco magro e tufos esparsos de pelos brancos. Harnett o encontrou no meio do caminho. Eles pararam a alguns passos um do outro.

"É o Baby, não é?" A voz de Lionel alcançava oitavas quase musicais. "Baby morreu. Baby morreu."

Harnett balançou a cabeça. "Acabamos de falar com ele."

Com as mãos manchadas de idoso, ele levantou as lentes escuras dos óculos e examinou os círculos de sangue seco na cabeça de Harnett.

"Deve ter sido uma conversa e tanto", disse.

"Ele está planejando alguma coisa, e não sei o que..."

Lionel o silenciou com um gesto. "Por favor. Você está cansado e com fome. Vamos deixar a parte desagradável pra depois." E esticou o pescoço para ver a caminhonete, os lábios distendidos em um sorriso. "Cadê a Trituradora?"

O remorso era imenso.

Harnett fingiu indiferença. "Quebrou."

A expressão de Lionel mudou. Houve um momento complicado de troca entre os dois homens, emoções intensas combatidas e temperadas com outras mais amenas, possivelmente em meu benefício. "Sinto muito, Ken. Era uma boa ferramenta. Mas tenho certeza de que você vai encontrar outra."

Então ele olhou para mim. Mesmo envoltos em dobras de pele, os olhos castanhos brilharam.

Harnett apontou para mim com o polegar. "O garoto."

Lionel deu um passo incerto, cutucou meu pé com a bengala e riu. Depois segurou minha mão. A dele era seca, e os ossos pareciam frágeis. Mesmo assim, eu conseguia ver a sombra de seu antigo físico.

"Não se preocupe", pediu ele. "Todos os instrumentos quebram. Isso só significa que já cumpriram seu propósito. É tudo que podemos pedir, na verdade." Assenti, emocionado ao pensar que instrumento podia ser uma referência tanto ao meu trompete quanto à Raiz.

A outra mão de Lionel envolveu nosso aperto de mão. "Que coisa! Ele é parecido com a Val, Ken. Meu menino, você parece sua mãe."

As palavras inesperadas, a acolhida calorosa... foi muito difícil não chorar. Como que em solidariedade, os olhos dele se encheram de lágrimas. As mãos artríticas apertaram a minha com mais força.

"É uma honra", disse. "Uma honra."

"Lionel, vai com calma", suspirou Harnett. "Ele precisa dessa mão pra cavar."

Lionel riu. Deu um passo para trás e olhou para nós dois. Depois empurrou a bengala contra a terra.

"Que maravilha! Entrem, entrem!"

Ele seguiu de volta à casa. Harnett e eu o seguimos.

"Vou falar pra Lahn preparar o quarto de hóspedes", avisou Lionel.

"Não podemos ficar", disse Harnett.

"Quê? Mas que bobagem."

Harnett olhou para mim e, de novo, me senti culpado.

"O garoto tem aula."

"Hum." Ele empurrou a porta sem lubrificação. "Bom, vou falar pra Lahn preparar o quarto, só por precaução."

A normalidade da casa era de partir o coração. Não havia pilhas de jornais, nem lareira cheia de cinzas, nem cama improvisada ao lado da pia. Tinha um sofá, mesas, porta-copos. Tinha fotos emolduradas. Havia um aquário com peixes brilhantes. E uma televisão. Com um grunhido, Lionel se inclinou e pegou um telefone. Um telefone! Olhei para Harnett sem esconder a nostalgia, me sentindo como uma criança pequena dentro de uma loja de animais.

"Lahn, dois hóspedes muito especiais chegaram aqui em casa", falou Lionel com simpatia. "Seria muito incômodo você vir até aqui e arrumar o quarto de hóspedes?"

"Lionel, escuta...", Harnett arriscou.

"Ah, obrigado, Lahn. Não estaremos aqui quando você chegar, pode entrar... Sim, isso mesmo. Ah, é? Seria bom. Sim, vamos combinar. Vemos você depois, então." Ele desligou o telefone. "Lahn vai fazer o jantar pra gente. Você deve lembrar dos jantares de Lahn."

Harnett engoliu o protesto. "Tudo bem. Jantar. Mas depois temos que ir, de verdade. O garoto tem uma prova que diz que é importante."

"Então é, com certeza." Lionel olhou para mim por um longo instante. "Podemos falar sobre isso durante a caminhada."

"Que caminhada?"

Lionel apontou um armário. "Joey, pega um bom casaco pra você. Faz frio na praia."

O mar. Não consegui esconder o sorriso. Examinei os casacos, lembrando por um instante daquele que havia abandonado no armário antes de sair correndo do colégio.

"Você não deveria andar", disse Harnett. Sua voz transmitia uma preocupação sincera. "Não consegue nem atravessar a sala. Vamos de carro."

"Bobagem." Lionel bateu com a bengala no chão. "E não dá pra chegar de carro aonde vamos."

De luvas e gorro, saímos por uma porta no fundo da casa, atravessamos um quintal dominado por canteiros de flores e um balanço, e seguimos por uma trilha que continuava entre as árvores. Harnett se mantinha perto de Lionel, pronto para amparar o homem, caso ele caísse, mas a bengala parecia conhecer a localização de cada pedra e raiz.

Harnett contou sobre a transferência, a surpresa da chegada de Boggs e o conteúdo do Livro da Podridão. Enquanto ele falava, eu tentava visualizar meu pai ainda menino, olhando para esse professor como eu olhava para o meu. Lionel ouviu as notícias estoicamente, os olhos castanhos atentos a tudo em meio à luz do entardecer.

"E ele não parecia estar bem", concluiu. "Nada bem, não falava coisa com coisa. Talvez esteja usando alguma droga"

"Ele sempre foi propenso ao vício. Foi isso que fez dele um Escavador." Lionel mantinha os olhos voltados para a trilha. "Em parte, não me surpreendo por ele estar agindo como um desequilibrado. Ele me culpa por muita coisa. E culpa você ainda mais. Mas o jeito que ele escolheu pra lidar com tudo isso é o pior possível. Sabe o que aconteceria se aquele livro fosse publicado? Ou, como vocês dizem, digitalizado? E distribuído por computadores?"

"Ele deixou provas em cada caixão. Se alguém for exumado pra uma autópsia e começarem a encontrar essas coisas... centenas de anos de história acabam em fumaça."

"É só mais um sinal", disse o velho. "Só dá pra lutar até um determinado ponto, Ken. Vai lutar contra o passar do tempo? Não sei se ainda vejo utilidade nisso. Quantos somos agora? Restam menos de dez?"

"Precisamos fazer alguma coisa. Não precisamos?"

Lionel fez uma pausa. "O que exatamente você faria?"

O possível assassinato de Boggs, irmão e filho, pairava no ar.

Harnett chutou o chão. "Não sei."

"Se está esperando que eu institua algum decreto magnífico, lamento, mas vai se decepcionar", declarou Lionel. "Nenhum Pacto Monro-Barclay daria resultado agora, não com o que Baby se tornou."

Interrompi a conversa. "Todo mundo fala sobre Monro-sei-lá-o-quê. Ninguém diz o que é isso."

Lionel errou o passo. Seu pé desequilibrado tocou o chão, e Harnett o amparou com os dois braços. Lionel resistiu ao apoio. "Ele não sabe?"

Harnett o soltou e recuou. "Não. Mas está na hora."

A euforia invadiu meu peito. Acelerei o passo, passei por Harnett e me coloquei quase ao lado de Lionel.

"Quando Ken e Baby tinham a sua idade", explicou Lionel, "e ainda eram meus alunos, ficou claro pra mim que os Escavadores estavam vivendo um momento crítico. Os limites eram os costumes, não a lei. Túmulos eram cavados só pra descobrirmos que já tinham sido esvaziados. Havia emboscadas, um Escavador roubava o outro. Até Knox estava quase desistindo de nós. E então, o inevitável aconteceu. Bom. Agora esqueci o nome dele."

"Boxer", falou Harnett. Ele havia ficado mais para trás.

"Boxer, isso mesmo, e ele não era um dos encrenqueiros, de acordo com Knox."

"O que aconteceu com ele?", perguntei.

"Foi assassinado! Por outro Escavador! O motivo? Território, propriedade, dinheiro, ninguém sabe. Mas a tragédia costuma trazer oportunidades raras. Então, mandei por intermédio de Knox uma convocação de reunião, todos nós, só uma vez, frente a frente, e nessa reunião estabeleceríamos regras, leis, melhores práticas. E foi daí que saíram os territórios. Foram dias até a finalização. Tudo foi levado em conta. Geografia, clima, tipos de solo, centros de população. E bens valiosos: os túmulos da Guerra Civil ao Sul, os cemitérios dos pioneiros e indígenas no Oeste. As linhas foram traçadas com precisão e cuidado. E chamamos tudo isso de Pacto Monro-Barclay. Você lembra por que, Ken? Seu pai sempre foi bom aluno. Aposto que você também é."

Minha voz era baixa, mas confiante. "Sou."

Harnett havia se distanciado tanto de nós que a resposta foi inaudível.

"Imagino que saiba que Edimburgo, na Escócia, era a linha de frente dos ladrões de cadáveres. Em 1818, dois cirurgiões, dr. Monro e dr. Barclay, que usavam ladrões de tumbas pra conseguir cadáveres, decidiram que todos os confrontos eram absurdos e dividiram os cemitérios locais entre eles. Nosso pacto teve esse mesmo espírito." Lionel sorriu para si mesmo. "É claro, o acordo de Monro e Barclay foi pro brejo quando o dr. Liston chegou à cidade. Mas essa é uma história pra outra ocasião."

"Boggs disse que foi banido por vocês", comentei. "Como se não estivesse satisfeito com a Costa Oeste."

Lionel limpou o suor do rosto. Percebi que eu não sentia calor. "O homem que estava lá antes dele se deu muito bem na área. Não sei. Tentei ser justo. Especialmente com Baby, tentei ser mais que justo. Ele deixava todos nós nervosos com suas... sei lá, acho que dá pra chamar de inovações. Os outros Escavadores queriam que ele saísse de cena, conversa encerrada. Eu não podia concordar com isso. Então, dei o Oeste para ele. Sinceramente, pensei que ele progrediria lá. E ele progrediu, em alguns aspectos. Há épocas em que ele faz o trabalho de dez. E há épocas..." Lionel parou e soltou a ponta da bengala da lama. "Não consigo me livrar da sensação de que falhei com ele em alguma coisa."

Harnett gritou lá atrás. "É melhor a gente voltar."

Lionel balançou a cabeça com determinação. "Vamos continuar. Tenho uma coisa importante pra mostrar."

"Isso pode esperar. Está escurecendo."

"Isso não pode esperar." Lionel bateu em um galho baixo com a bengala. "Isso, não."

E nós continuamos andando. A cada passo, eu reunia coragem.

"Você conheceu minha mãe", falei.

"Conheci. E considero esse um dos raros prazeres da minha vida."

"Como a conheceu? Não sei nada sobre isso."

"Eu vou contar", cochichou.

Transferindo a bengala para a mão esquerda, ele me puxou para mais perto e pousou a mão em meu ombro. Senti que apoiava metade do peso em mim. Era o preço de sua história.

"Não existe manual pro que fazemos", começou ele. "Não tem universidade, nem biblioteca. Não dá pra pesquisar nossa vida, porque nós não existimos. O ofício é passado de mestre pra aprendiz. É isso. Por todas essas razões e outras, encontrar um estagiário adequado é quase impossível."

"Não foi tão difícil me achar."

"Você é diferente. Tem sangue de Escavador. E não de qualquer um, mas do Ressurreicionista."

"Eles não gostam disso. Percebi quando conheci todo mundo."

A respiração de Lionel se tornava mais superficial. Uma veia azul pulsava na têmpora. "Essa foi a revelação da reunião Monro-Barclay. Nós nos vimos como realmente éramos. Nem animais, nem fantasmas. Só homens tristes e solitários. Homens que sabiam, desde a primeira vez que seguraram seus instrumentos, que tudo aquilo consumiria sua vida, eliminaria qualquer esperança de ter amigos, esposa, filhos. Você é o primeiro filho a se tornar aprendiz porque não existem outros filhos."

"E eles odiaram meu pai, não é? Porque ele teve as duas coisas, uma esposa e um filho."

"Mas depois a conheceram. Só pelas histórias, é verdade, mas isso foi ainda melhor, transformou tudo em uma espécie de conto de fadas. Pra eles, ela era um milagre, essa sua mãe. Ela entrou nesse mundo, onde nenhuma outra mulher havia pisado, e não se abalou. Também não aprovava completamente, e nesse sentido ela era como Knox, mas entendeu o que fazíamos e por que fazíamos, e trouxe pra nossa vida algo que ninguém jamais trouxe, nem antes, nem depois dela."

Lionel parou. Lá atrás, ouvi Harnett parar também, respeitando nossa privacidade.

"Luz." O anoitecer dourado cintilava em seus olhos. "Felicidade. Calor. Esperança. Os Escavadores nunca tiveram esperança. Mas seu pai voltava pra casa cheio de terra e com cheiro de morte, e ela o abraçava. Eu vi. Knox viu. E ele contava sobre essa coisa incrível que tínhamos visto. E o que se pensava com alegria era: nós estávamos vivos. Por alguns anos, estivemos vivos. Tem alguma ideia de como era isso pra nós? Imagino que tenha. Então, também pode imaginar como foi pra nós quando ela foi embora."

Estávamos descendo uma encosta.

"Por que ela foi embora?", perguntei.

"São muitos os motivos pra me culpar. Vamos encarar os fatos, em algum momento eu enfiei na cabeça que era especial, que podia promover mudanças. E fiz coisas de jeitos diferentes. Encontrei maneiras novas de cavar buracos e garanti que Knox divulgaria essas notícias. Organizei o Monro-Barclay. E, Joey, verdade seja dita, tive grande satisfação com isso. Fui vaidoso e inconsequente. Do meu jeito, Joey, eu não fui diferente de Baby."

"Dizem que você é o maior de todos os Escavadores."

"Fui", disse ele me corrigindo. "E o motivo pra ter desistido não foi só estar velho demais pra levantar Gaia... ah, ela é a minha..."

"Sua pá", deduzi. "Seu instrumento."

Lionel respondeu que sim balançando a cabeça. "Desisti por culpa. Culpa por pensar o que aconteceu entre Ken e Baby era responsabilidade minha, tanto quanto de todo mundo. Peguei dois aprendizes ao mesmo tempo. Levei os dois pra passar dois anos na Escócia e aprender a história. Tratei ambos como filhos. Eu era teimoso a esse ponto. Por mais que metade das histórias na literatura tenham o mesmo enredo: um rei tem um reino pra dividir entre dois filhos, e aí reside a ruína dos três."

A luz cada vez mais fraca conferia ainda mais urgência à conversa. "A orelha dela." Tremi com a proximidade da resposta. "A orelha da minha mãe era toda machucada. Ela mal conseguia ouvir de um lado, e foi por isso que morreu."

O peito de Lionel subia e descia depressa demais. Com um grunhido corajoso, ele soltou meu ombro e voltamos a andar.

"Vou chegar a essa parte. Então, foi Knox quem encontrou seu pai pra mim. O pai do seu pai, seu avô, vendeu uma igreja pra uma congregação negra e acabou morto. Naquela época, era isso que se ganhava da sociedade ao negociar honestamente com negros. Knox estava começando na igreja como pregador e ficou amigo do seu pai, que aparecia nos cultos pra pedir comida e roubar carteiras. Antes que eu percebesse, Knox tinha trazido o menino pra eu criar. É claro que não contei ao menino sobre a minha profissão antes de ele fazer quinze anos."

"Ele deduziu tudo muito antes disso", falei, pensando em minha própria investigação. "Pode acreditar em mim."

Lionel riu. "Talvez você esteja certo. Baby chegou alguns anos depois. Ele nos rastreou. Nunca ninguém tinha conseguido isso, e ninguém nunca mais conseguiu. Ele rastreou várias escavações. Na terceira ou quarta vez, percebi que estávamos sendo seguidos e criei uma armadilha. Nós o pegamos dentro de um cemitério, perto da cerca, e ele jogou alguma coisa em Ken. Quebrou o nariz dele, deslocou um dedo, praticamente abriu um supercílio. Não consegui olhar direto pra ele até que o imobilizamos. Era o menor sujeitinho que eu já tinha visto, com o corpinho mais estranho, e, pra completar, dois anos mais novo que Ken. Mas ele não tinha medo. Não implorou pra ser solto. Só implorou pra vir com a gente."

"Sim, ele me rastreou também." Olhei para baixo e vi pegadas na areia embaixo dos meus sapatos.

"Eu não sabia o que fazer. Botei medo, dei uns tapas no traseiro dele e o mandei embora. Duas semanas depois, nosso gato morreu atropelado. Seu pai gostava do bicho. Às vezes dormia com ele. O gato tinha um nome idiota, Pookie. Ou Scoobie. Ou alguma coisa assim. Ei!" Dei um pulo quando ele gritou e se virou para trás. Longe, Harnett prestou atenção. "Como era o nome daquele gato? O que foi atropelado?"

A resposta de Harnett foi imediata e preguiçosa. "Fred."

Lionel deu de ombros. "Enfim, enterramos o gato no quintal. Na manhã seguinte, a carcaça estava em cima da sepultura. É claro que a reconstrução foi falha, mas, pra alguém sem nenhuma instrução adequada, aquilo foi impressionante. Quando Ken me contou que não tinha sido ele, eu soube que só podia ser obra daquele nanico que batia como Joe Louis. Sabia que era arriscado. Sabia disso. Mas o menino tinha um talento bruto como nenhum outro que eu já tinha visto."

"É difícil acreditar que algum dia eles se deram bem", disse e o ajudei em um trecho de pedrinhas soltas.

"Um era tudo que o outro tinha. É claro que a disputa era constante. Ken conseguia tirá-lo do sério com uma palavra sobre vários assuntos. Baby tinha um complexo por causa de sua linhagem. Achava que seu lugar era na alta sociedade, e que havia sido azar ter sido jogado na rua. Ele não se vestia de acordo com o trabalho. Gostava de parecer uma espécie de bonzão do cinema. Queria reconhecimento constante, sempre. Mas, puxa, aquele menino sabia mexer na terra."

De repente, as árvores ficaram para trás.

"Ah, chegamos", falou ele.

Uma faixa vermelha cortava os tons de roxo e azul que pintavam o céu. Depois de um momento, olhei para baixo, para o fim da inclinação à nossa frente. Não deveria estar surpreso, mas estava. No fim da descida havia um cemitério.

"Já viu o mar?", perguntou Lionel.

Balancei a cabeça.

Ele sorriu para mim. "Vamos chegar mais perto", cochichou. "Vamos esperar seu pai."

Quando Harnett se juntou a nós, ele não estava feliz.

"O que é isso?", perguntou. "Por que estamos aqui?"

"Olha como as luzes brilham na água", comentou Lionel.

Eu não tinha percebido que já era possível ver o oceano. "Onde?"

Lionel apontou. "No meio das árvores, ali. Está vendo o movimento? Como os raios se projetam em todas as direções? Ken, que lembrança isso traz pra você?"

"Harpócrates", Harnett respondeu. Depois olhou para mim.

"É um exemplo perfeito, realmente, das diferenças entre meus dois alunos. Comprei Harpócrates para Baby quando estive no Egito. A haste era feita de lótus, amoreira, sicômoro e uma coisa chamada palmeira-doum, e essas plantas foram trançadas com os galhos ainda vivos, que depois se petrificaram. Deve ter demorado uns quinze anos só pra esculpir. A lâmina era de ferro chanfrado e ouro. O cabo era incrustado com pedras e tinha um escaravelho de paládio na ponta. Era a coisa mais maravilhosa que eu já tinha visto."

"Como arrumou dinheiro pra isso?", perguntei.

O movimento de ombros de Lionel me fez lembrar a arrogância de outros Escavadores. "Eu estava no Egito. Há túmulos no Vale dos Reis que permanecem desconhecidos para a maioria das pessoas."

Imagens das aulas de história invadiram minha mente: estátuas valiosas, tronos de pedras preciosas, máscaras mortuárias de ouro, arcas e sarcófagos de valor infinito.

Lionel pigarreou. "Mas essa é uma história pra outra ocasião. O que importa é que nunca houve nenhuma dúvida sobre quem seria o dono do instrumento. Muitos Escavadores não se incomodam se o instrumento que usam saiu de uma lixeira. O pedigree não deveria ser importante. Você sabe quando tem o instrumento adequado nas mãos. Mas eu sabia que Baby forçaria Harpócrates a se tornar dele. Ele a submeteria à sua vontade. E, quando cavasse ao anoitecer, a luz incidiria sobre o escaravelho e as pernas do besouro difundiriam o sol, simplesmente assim. Tenho certeza de que ainda é assim."

"Duvido", respondeu Harnett. "Boggs deve ter vendido há anos. Provavelmente, por trinta pratas e um prato de comida quente."

Lionel olhou para o céu. "Ela está por aí em algum lugar. Eu sei que está. Queria vê-la de novo. Só mais uma vez."

Harnett passou a mão na cabeça e apontou a trilha. "Já é tarde."
Lionel olhou para ele. "Você precisa superar a Trituradora. Olhe pras suas mãos. Elas se curvam como se ainda a segurassem."
Harnett olhou para os próprios dedos como se fossem objetos estranhos. "São velhas", murmurou, virando as mãos. "Não vão aprender a segurar coisas novas."
Lionel assentiu com firmeza. "Vão aprender." Por alguma razão, ele olhou para mim quando disse isso.
A ponta da bengala de Lionel desapareceu na grama alta da colina. Seus pés se moveram e ele começou a descer. Ouvi o suspiro frustrado de Harnett quando corri para continuar ao lado de Lionel.
"Falta pouco", bufou ele. "E é uma boa hora pra chegar lá."

6

A grama do cemitério estava aparada, mas ainda balançava numa dança hipnótica conduzida pela brisa do oceano. Harnett agora ajudava Lionel, que apoiava a mão no ombro de meu pai com mais confiança do que tinha se apoiado em mim. Eu nunca tinha caminhado por um cemitério com tanta dificuldade; a cada passo, fazíamos um intervalo de dez segundos, pelo menos.

"Na lanchonete, Boggs falou alguma coisa sobre o Rei dos Ratos", comentei. "E alguma coisa chamada Gatlin."

"Boggs e eu trabalhamos juntos. Moramos juntos", respondeu Harnett. "Até eu conhecer a Val."

"Como?"

"Não importa."

"Como?", insisti. O barulho de folhas secas anunciava que estávamos entrando no bosque que separava o cemitério do oceano. A maré arfava como a respiração de um moribundo.

"Não muito longe daqui. Na praia", respondeu meu pai. A visão era uma loucura: minha mãe de biquíni amarelo ou cor-de-rosa, jogando um chapéu para o alto, enquanto meu pai a perseguia entre algas marinhas e castelos de areia. "A gente logo se deu bem. Passamos muito tempo juntos. Eu senti que podia confiar nela."

"Você estava apaixonado!", Lionel gritou. "Jesus Cristo, não consegue reconhecer, nem depois de todos esses anos?"

"Vai com calma, pé direito." Harnett amparou Lionel. "Boggs e eu passávamos muito tempo fora escavando. Ele cavava melhor e mais depressa que eu. Pé esquerdo, vem. E quando voltávamos pra casa... o lugar era pequeno. A situação foi ficando desconfortável. Boggs ficava olhando pra ela. Havia tensão."

"Tensão", bufou Lionel. "Ele queria Valerie pra ele."

Harnett olhou para o horizonte difuso. "Temos que continuar. Pé direito. Vem, anda."

Enquanto incentivava Lionel, meu pai me contou a única história que faltava contar. Era uma vez dois homens que se amavam e se odiavam como só dois irmãos seriam capazes. Um irmão fazia as coisas de acordo com a tradição; o outro perseguia a glória em detrimento de todo o resto. Uma noite, enquanto desenterravam um caixão, Ken Harnett disse a Antiochus Boggs que precisava seguir o próprio caminho. Segundos depois, Boggs gritou. Ele tinha encontrado um Rei dos Ratos morto. Um terror que muitos devem considerar somente um mito, o Rei dos Ratos é um grupo de ratos cujos rabos se enroscaram e ficaram colados com terra, sangue e fezes. Juntos como se fossem um só, eles se movem, pensam e morrem como uma criatura única, e encontrar um desses sempre foi presságio de coisas ruins: guerra, praga. Boggs ficou agitado. Pegou Harpócrates e exigiu que Harnett retirasse o que tinha dito, porque os presságios mostravam que eles deviam permanecer juntos para sempre. Boggs esperneou, gritou e chorou. Luzes foram acesas nas casas próximas. Harnett não sabia o que fazer, exceto bater nele com a Trituradora.

Depois de depositar cuidadosamente o corpo inconsciente de Boggs no banco de um parque, Harnett correu até sua casa para encontrar Valerie Crouch. Eram três e meia da manhã, e mesmo assim ela estava acordada. E o cumprimentou com uma cara estranha. *Está tudo bem, ele está dormindo no parque*, Harnett falou, mas Val disse que não era isso. Ela estava grávida. A primeira coisa que passou pela cabeça de Harnett: o Rei dos Ratos.

A segunda coisa: pânico. O que um filho significava para um Escavador? Ele sentiu medo e não gostou desse sentimento. O único remédio era cavar e cavar com coragem, e ele entrou na caminhonete e foi desenterrar um homem chamado Phineas Gatlin. Era uma empreitada difícil que ele e Boggs consideravam havia meses. O túmulo ficava em um cemitério familiar, diante da janela de um quarto e no campo de visão de cachorros que ficavam soltos. Harnett tentou e falhou. Os cachorros latiram. As pessoas acordaram. E o perseguiram. Harnett voltou para casa e só teve tempo de pegar Val e colocá-la no banco do passageiro, então eles fugiram.

Quando, um dia, Harnett se instalou em Wisconsin, foi Elroy Gatlin quem arrebentou sua porta com um machado. Um ano mais tarde, em Michigan, Wentworth Gatlin quebrou suas janelas aos berros, clamando por justiça. Depois foram outros filhos e netos espalhados por amplos intervalos temporais e geográficos. Dezesseis anos se passaram até eu aparecer na porta de Harnett, e, embora Bloughton tivesse sido seu melhor esconderijo até então, ele sabia que um dia os Gatlin seriam seu fim. Agora tudo fazia sentido: a bagunça na cabana, a recusa em se envolver com a comunidade. Durante uma década, ele havia esperado que cada dia em Bloughton fosse o último.

Ninguém sabia rastrear como Boggs. Ele amava Harnett e Valerie, mas, se não podia fazer parte da família, não haveria família nenhuma. Poucas semanas depois da descoberta do Rei dos Ratos, Boggs conseguiu levar os Gatlin até eles. Harnett e Val dormiam em um celeiro no momento da emboscada. Três homens gritando o nome Gatlin e brandindo pás e picaretas. Harnett ficou apavorado. Não porque poderiam matá-lo, mas porque sabiam o que ele havia feito. Ver os Gatlin empunhando ferramentas? Para Harnett, era como olhar para um espelho. Ele não pensou em Val. Não pensou no bebê dentro dela. Pensou só em si mesmo, e, quando um dos Gatlin atacou com uma pá, ele se esquivou. A lâmina cortou a orelha de Val. O barulho foi como o de um elástico se partindo. Depois, Harnett ouviu o sangue. E nem assim tentou protegê-la. Ele fugiu. Quando Val se levantou, os Gatlin, que talvez não esperassem encontrar uma mulher, acabaram se assustando e recuaram.

Minha mãe salvou Harnett, não o contrário, e ouvir isso em voz alta não me surpreendeu. O que me surpreendeu foi a profundidade do remorso de Harnett e a força avassaladora de seu amor, que não só tinha sobrevivido durante dezesseis anos, mas ameaçava superar até o meu. Tudo nele, cada característica impressionante, até a rotina deplorável, derivava do fracasso em ter salvado a única pessoa que o tinha salvado.

"Perdoe", disse Lionel. "Perdoe a si mesmo."

O mundo tinha acabado. O cheiro forte de sal me deixava enjoado. Estávamos sobre uma pedra acima da praia. Eu vacilei na beirada. Tinha areia na minha língua. A fina faixa de sol era agora um tecido cinza e liso. Eu me ajoelhei e, exausto, deixei as ondas se tornarem o sangue pulsando em minhas veias. A imagem de minha mãe ferida e sangrando era mais vibrante que qualquer outra que tive dela em meses. Deitei de bruços sobre a pedra. Tufos gelados de grama se colavam em minhas bochechas. Alguma coisa ainda mais fria encontrou meus dedos esticados.

Era um túmulo pequenino e solitário reinando silencioso sobre todo o Atlântico. A gravação na lápide prometia um fim adequadamente anônimo para a vida de um Escavador:

LIONEL MARTIN 1923–

"Lionel, não!" Era a voz de Harnett.
"Sim."

"Não quero ver essa coisa."
"Não tente evitar."
"Você não pode continuar com isso."
A voz de Lionel era orgulhosa. "Suas crenças não são as minhas."
"Um sepultamento, depois de tudo que você viu?"
Lionel conseguiu sorrir. "Que lugar. Que mundo. Olha pra isso."
   Eu me levantei e fiz o que ele dizia. Lionel estava certo, a caminhada difícil e longa tinha valido a pena, e eu me sentia em débito com esse homem por ter me trazido tão longe. Momentos depois, soube como pagar minha dívida. Lionel havia insistido na importância do lugar. Naquela manhã, Harnett tinha me perguntado se eu conseguia especificar por vontade própria. Então, abri bem os olhos, o nariz, a boca, as orelhas, os dedos, e me inclinei para trás até cair no cobertor macio da futura cama de Lionel, com o oceano como lençol, e todos os sentidos sonhando cada detalhe único...

— *o carvalho bifurcado lá em cima* —
— *o universo ramificado de copas de árvores sem folhas riscando o horizonte* —
— *alfabetos cursivos inventados por nossas pegadas* —
— *a fíbula de praia dura e cintilante lá embaixo* —
— *a espuma biliosa das ondas* —
— *pedras espalhadas desenhando pentagramas invisíveis entre pontos* —
— *o formato da rocha que se projetava: uma folha de bordo caída feita de pedra* —

... tudo isso desaparecia agora, desaparecia, escurecia, mais escuro, escuro.

7

Lahn devia ser uns dez anos mais nova que Lionel e falava pouco. Palavras, porém, eram desnecessárias. O velho sabia que prato Lahn estava preparando pelo barulho da faca sobre a tábua de corte. Apesar da exaustão, Lionel enaltecia a culinária vietnamita de Lahn e nos fez compartilhar de seu macarrão agridoce, embora Harnett sugerisse que comêssemos algumas cebolas na estrada. Lahn recusou o convite para sentar-se à mesa, sorriu, se curvou e saiu da sala.
   Harnett parecia diferente, sobretudo quando o assunto da conversa durante o jantar voltou a ser minha mãe. A cada palavra dita, eu via as linhas de dor se aprofundarem nos cantos de seus olhos e na testa. Essas marcas, que antes eu

nem tinha notado, davam aos seus traços uma assustadora vulnerabilidade. Pela primeira vez, identifiquei a urgência de tocar suas costas e sentir como seus ombros eram parecidos com os meus.

"Você a enaltece demais", comentou Lionel. "Transformou essa mulher em uma coisa idealizada, e isso é perigoso, Ken. Perigoso pra você."

"O que eu posso fazer?", retrucou ele. "Eu lembro o que lembro."

Lionel apontou um dedo deformado para mim. Embaixo de suas unhas havia terra. *Terra de túmulo*, pensei automaticamente. *O dele.*

"A maior autoridade do mundo está bem aqui! Aposto que ele conhece histórias que te fariam pensar que nunca a conheceu de verdade. É só perguntar. Vai em frente."

Harnett fechou um pouco os olhos. "Por que eu ia querer isso? Pensar que nunca a conheci? Não faz sentido."

"Não, o que não faz sentido é o que você está fazendo agora." Lionel enfiou a comida na boca. "Conta alguma coisa sobre sua mãe, Joey."

"Tipo o quê?"

"Alguma coisa que não seja muito boa. Que seja ruim."

Harnett largou o garfo no prato. "O garoto não quer..."

"E que história é essa de 'garoto' e 'Harnett'? Isso não é natural."

Harnett fechou a boca e mastigou. Lionel acenou com a cabeça para mim, em incentivo. Vários cenários se apresentaram. Minha mãe dando uma cotovelada com força intencional em um pai que falava durante meu solo de trompete; despejando uma enxurrada de palavrões quando os ímãs de geladeira sucumbiam ao peso de trabalhos nos quais eu tinha tirado nota máxima. Mas nada disso se adequava.

"Viu? Ele não tem nada pra contar", disse Harnett.

"Não!" Abri a boca e esperei que ela se enchesse de palavras. "Quando... antes do sétimo ano... eu ia começar o sétimo ano." Os detalhes da história eram confusos, mas continuei falando sem saber ao certo aonde isso ia me levar. "E ela me levou a uma loja pra comprar material escolar. Pastas, lápis, essas coisas. Mas eu ia fazer educação física naquele ano..."

Parei. Era uma história constrangedora. Mas Lionel estava esperando, e nem Harnett conseguia esconder a curiosidade. Respirei fundo e continuei.

"Tínhamos que comprar um protetor genital. Pras aulas de educação física."

Harnett engoliu. "Você precisava de um protetor genital pra fazer educação física?"

"Bom, não. Não de verdade. Mas eu não sabia disso. Era meu primeiro ano em uma aula de educação física. O protetor estava na lista. Achei que teria problemas se deixasse de levar alguma coisa que fazia parte da lista de materiais. Então, quando terminamos de comprar pastas e outras coisas, chegamos à parte do protetor genital, e ela foi até a seção de esportes e encontrou essa coisa, mas não sabia de que tamanho comprar. Então, ela pegou um protetor de tamanho pequeno e o esticou na minha frente."

Harnett olhava para mim como se não entendesse.

"Tipo, tinha gente da escola por todos os lados! Estávamos no meio de uma loja! As pessoas estavam olhando! Ela mostrou o dedo do meio pra umas três pessoas."

Lágrimas inundavam os olhos de Lionel, que tentava não engasgar com a comida. Harnett mantinha a testa franzida. Por fim, ele assentiu secamente.

"Ela precisava calcular o tamanho da sua masculinidade", concluiu.

"Minha *masculinidade*?" Olhei para Lionel. "Quem fala desse jeito?"

Lionel bateu com o punho sobre a mesa, e fragmentos de comida brotaram de sua boca.

Harnett me olhava sério. "E você achou que isso era constrangedor."

"Você é um alienígena!", gritei. Harnett franziu a testa ainda mais. Balancei a cabeça como se a conversa fosse um caso perdido, olhei para Lionel e me dei conta de que eu também estava rindo. Desisti de tentar me segurar e ri até minhas costas doerem. Lionel gemeu e limpou os olhos com o guardanapo. Harnett deu de ombros, pegou o garfo e continuou comendo como se nós dois não estivéssemos ali.

"Era bem o jeito de Valerie", suspirou Lionel. "Chutava sua bunda e pedia 'com licença' com a mesma facilidade."

Fomos para a sala de estar. Lahn estava mexendo em um fio elétrico, e eu prendi a respiração. Luzes de Natal. Lâmpadas vermelhas, verdes e douradas davam à sala escura uma aconchegante luminosidade festiva. Momentos depois, ouvi as notas inconfundíveis do único álbum de Natal que minha mãe ouvia sem fingir ânsia de vômito, *A Charlie Brown Christmas*. A combinação foi demais; ainda enfraquecido pelo ataque de riso, tive que me defender das lágrimas que nublavam minha visão. Esfreguei o rosto e olhei para o outro lado. Lionel fingiu não notar e estendeu a mão para Lahn, que, sentada em uma banqueta baixa, começou a massagear seus dedos retorcidos.

"Se o que está me perguntando é se você deve fazer alguma coisa, como ir à Califórnia e tentar roubar o livro, minha resposta é não", falou Lionel, dando a outra mão para Lahn. "Você conhece o Baby. É possível que já tenha jogado aquela coisa no fogo."

"Dessa vez não", respondeu Harnett. "E o livro... Lionel, era *grosso*."

Lionel dobrou os dedos e sorriu para Lahn. "Você é um presente de Deus", disse. "Vem amanhã de manhã como sempre? Tem um presunto que não tem motivo pra não preparar."

Lahn acenou com a cabeça para Harnett e para mim antes de sair. Lionel a viu ir embora e suspirou.

"Baby telefona pra mim, sabe?", contou ele. "Conseguiu o número. Às vezes ele telefona no meu aniversário, ou no Dia dos Pais, e parece sempre muito feliz. Ele ri como um menino."

Harnett inclinou o corpo para a frente. "Ele telefona pra você? Aqui?"

"E às vezes ele chora. Chora tanto que não consigo entender uma palavra. Não que seja necessário, ele fala sempre das mesmas coisas. Quer elogios ou atenção. Às vezes, só quer dinheiro. O que realmente quer, é claro, é perdão, mas isso eu não posso dar."

Harnett estava praticamente fora da cadeira. "O que mais ele diz?"

Lionel relaxou os membros e fechou os olhos. "É difícil criar meninos. Eles querem ser você, mas também odeiam você. São desejos conflitantes. Junte-os, e isso vira uma forma de suicídio. Pense nisso. Geração após geração de homens se matando muitas e muitas vezes, e pra quê? Porque amor e ódio são muito poderosos, e nenhum filho — e nenhum pai, na verdade — pode corresponder às expectativas de nenhum dos dois."

A música era melancólica. Ouvi o ruído baixo de batidas nas coxas.

"Bom", anunciou Lionel. "Temos um ancião aqui."

A bengala foi arrastada sobre o tapete. Veias em seu pescoço se moveram quando ele ficou em pé. Harnett se levantou, mas não se aproximou. A bengala testou o chão hesitante, como se o tapete pudesse esconder areia movediça, e em seguida Lionel atravessou a sala até os dois homens ficarem frente a frente.

"Não pode ficar mais um dia?"

"O garoto", respondeu Harnett. "Colégio."

Os olhos de Lionel foram iluminados por um brilho distante, como se só agora ele se lembrasse. Em seguida ele piscou para mim.

"Prova no último dia de aula", disse. "Deve ser um professor severo."

Pigarreei. "É, sim."

Esses dois homens não eram nada parecidos, mas eu conseguia ver como o arco forte das costas de meu pai um dia se tornaria a corcunda de Lionel. Havia outras semelhanças nos braços e nas mãos, na teia de linhas que partiam de seus olhos. Harnett se tornava Lionel, e Lionel se tornava esquecimento.

"Até logo, então", disse o velho.

Meu pai tinha carregado esse homem desde o oceano, através do cemitério, encosta acima e pelo bosque. Agora não conseguia tocá-lo.

"Compressa de gelo é bom para os músculos", afirmou ele. "E fique deitado."

"Vou ficar."

"Nós vamos voltar", disse Harnett, olhando para os pés. "Não vai demorar."

"Claro, claro", Lionel concordou, mexendo a cabeça. Ele respirou fundo e se apoiou na bengala. Sua mão segurou rapidamente o ombro de Harnett.

"Dirija com cuidado", falou Lionel.

E soltou o ombro. O assoalho tremeu com os movimentos contidos de dois pés, uma bengala, dois pés, uma bengala. Ondulações suaves faziam vibrar duas xícaras de café esfriando. A música de Natal continuava. A porta do quarto fez barulho ao ser fechada. Momentos depois, ouvimos o som de água caindo na pia, frascos de remédio, muco expelido por uma série de ataques violentos de tosse. Na ausência dele, as lâmpadas coloridas revelavam tudo.

8

A luz da cabine havia sido apagada havia um bom tempo, mas Harnett me emprestou a lanterna para eu ler o livro. As letras em cada frase se espalhavam como insetos.

"Todos esses telefonemas do Boggs, eu sei o que ele queria." Harnett estava tenso desde que tínhamos saído da casa de Lionel. Seu joelho esquerdo pulava sem parar. Eu via o suor secando no volante. "Ele quer o tesouro."

Por mais decidido que estivesse a estudar, algumas iscas são irresistíveis. "Tesouro?"

Harnett sorriu, mas continuou olhando para a estrada. "Com uma carreira como a dele, Lionel poderia estar morando em uma mansão. Poderia ter duas mansões. Mas não é o jeito dele."

"Ele ficou com tudo?"

"Não esqueça de quem estamos falando. O homem era dono da Costa Leste. Você ouviu quando ele falou sobre a Escócia. Sobre o tempo que passou no Egito. Dava pra encher um museu."

"E onde está tudo isso? Você já viu?"

Harnett deu de ombros. "De vez em quando eu via coisas. Não faço nem ideia de onde foi parar tudo isso. Mas todo mundo sabe que está em algum lugar."

"Ele enfiou tudo embaixo do colchão?"

"O que esperava que fizesse?"

"Desse pra alguém, sei lá."

"Pra quem?"

"Você."

"Eu? Por que eu?"

"Porque pra ele você é praticamente um..."

A palavra que não falei ficou pairando no ar gelado como nossa respiração.

A expressão de Harnett, que tinha se mantido perturbada ao longo de tantos quilômetros, suavizou com o toque de humor. "Mesmo que isso fosse verdade, você está esquecendo que éramos dois."

O asfalto embaixo das rodas subia e descia com uma regularidade sonolenta. Pelo para-brisa, a procissão duradoura de faixas pintadas na estrada. Do outro lado da minha janela, o vácuo da noite.

"Uma vez levei sua mãe ao *drive-in*. O filme era sobre um zelador de cemitério. No começo achamos bem engraçado. Esse homem acreditava que, se colocasse alfinetes pretos em seu mapa do cemitério, as pessoas que corresponderiam a esses pontos acabariam morrendo em acidentes bizarros. Ele tinha todo o poder do mundo: um alfinete preto significava a morte. Não pensei muito nisso, era só um filme bobo. Mas, depois, Val ficou quieta como se a história realmente a perturbasse. Ela disse: 'Não viu os alfinetes brancos?'. Eu não sabia do que ela estava falando. Val continuou: 'Havia alfinetes brancos. Ele também tinha alfinetes brancos. Se os pretos matavam, pra que acha que serviam os brancos?'.

"Ela queria que eu abandonasse a escavação. Precisei de um filme bobo pra entender isso. Se pudesse, ela me daria um milhão de alfinetes brancos e eu os espalharia como Johnny Appleseed. Depois que escapamos dos Gatlin e arrumamos a orelha dela, as coisas mudaram. Ela não ouvia algumas coisas. Isso incluía confissões e pedidos de desculpas. Tinha coisas que eu tentava dizer a ela, juro, mas ela não conseguia ouvir. Ou não queria. O ferimento parecia ser bem conveniente às vezes.

"Você veio ao mundo perfeito demais. Era como se não tivesse nada a ver comigo. Como se tivesse sido moldado a partir das coisas que eu levava pra casa na sola dos sapatos, que se misturaram nos nossos lençóis, como se isso a tivesse engravidado, um milhão de homens mortos, não eu. Sei que não estou falando coisas que façam sentido. Mas, quando eu te vi, foi como se fosse um alfinete branco daquele filme. Você era vida.

"Ela também sabia disso. Fez as malas e te agasalhou. E tinha só uma exigência. 'Você vai me dar Chicago de presente.' Foi o que ela disse. O que mais eu tinha dado a ela? Ou a você? Eu tinha que me dar por feliz por poder dar alguma coisa."

Boggs havia confirmado o slogan *Consigo pegar qualquer um*, mas isso, mais que tudo, era a prova de sua falsidade. Eu podia vê-la com muita clareza agora, sozinha em uma cidade desconhecida, segurando um bebê chorão e marcada por uma orelha deformada. Por que demorei tanto para reconhecer a tragédia da solidão dela? Ela era jovem, bonita e brilhante, mas tinha se escondido para me proteger. E não só de Antiochus Boggs e dos Gatlin. Ela também não podia correr o risco de encontrar outro Ken Harnett.

Enquanto viajávamos de interestadual a interestadual, com as palavras do livro de biologia aderindo ao meu cérebro como areia aos olhos, comecei a pensar que a última atitude de minha mãe tinha sido, de alguma maneira, inspirada. Carolina do Norte, Virginia, West Virginia, Ohio, Indiana, Illinois, Iowa: ao me entregar para Harnett, ela havia me libertado de nossa reclusão compartilhada, e agora cada estado por onde eu passava se tornava minha casa, porque casa era qualquer lugar com grama, terra e pedra, e meus compatriotas, minha família, eram aqueles que me esperavam embaixo do solo para me receber.

9

De volta a Bloughton, eu senti o desgaste físico. Aqui, mais uma vez, estava a cruel realidade da cabana velha de dois cômodos perto da Hewn Oak Road, ainda menor e mais silenciosa, agora que estava sob quase dez centímetros de neve intocada. Era manhã de segunda-feira, tínhamos voltado a tempo. Harnett desabou na cama. Enquanto eu trocava de roupa para ir ao colégio, olhei incrédulo para o calendário na lateral da pia. Tinha imaginado milhões de riscos e milhares de linhas horizontais, mas fazia só três dias desde o incidente no chuveiro do vestiário, e não várias vidas.

Era inútil me incomodar com a primeira e a segunda aula. Sentei e comi uma cebola com duas xícaras de café, antes de finalmente fazer a longa caminhada pela neve. Esperei até ouvir o sinal da terceira aula tocar, entrei no Congresso de Aberrações, mantendo a cabeça baixa para evitar ver alguém que algum dia me prejudicou ou foi prejudicado por mim, e depois na sala de aula, onde o clima de comemoração do resto da escola dava lugar a um descontentamento geral de última hora. Hoje só havia um vilão a ser enfrentado. Sentei no lugar de costume no fundo da sala.

Gottschalk, o novo diretor interino da Bloughton High School, compôs o rosto emborrachado em um sorriso vaidoso enquanto distribuía as provas. Pus a folha de papel na minha frente e vi as letras dançando pela página. Meu corpo estava encharcado de cafeína e adrenalina. Uma confiança absurda me dominava. Peguei o lápis e comecei.

Algumas perguntas me faziam reagir com desgosto: eu sentia a dor do bastão de Gottschalk batendo em várias partes de meu corpo. Outras perguntas pareciam totalmente estranhas, mas, mesmo assim, eu via as respostas vertendo do grafite em letras rápidas, caprichadas. A euforia que se apoderava de mim era tão inesperada que eu não sabia se estava prestes a soltar uma risada ou vomitar.

Cinquenta perguntas, cinquenta minutos. Gottschalk bateu palmas, e ouvi o ruído de uma dezena de lápis sendo largados sobre a mesa. Mas não o meu. Eu já tinha terminado a prova — e fazia tempo.

Passamos as folhas de papel adiante. Gottschalk as pegou, organizou e sentou-se em sua cadeira quando o sinal tocou. Aplausos. Agora a festa de verdade podia começar. Quando os alunos saíram assobiando e rindo, pensei ter visto o cabelo escuro de uma menina bonita. Não tinha importância. Olhei para Gottschalk. Ele estava de óculos, pronto para começar a rabiscar com sua caneta vermelha. Levantou a cabeça. Nossos olhares se encontraram.

Eu me aproximei bem devagar. Conforme passava por cada uma das carteiras, senti meu coração saltitando com a perspectiva de nunca mais entrar nesta sala. Alcancei a mesa de Gottschalk e fiquei ali parado, em silêncio, enquanto ele deslizava um dedo pela caligrafia que eu reconheci como a minha. Tinha visto ricos vermelhos na folha anterior, mas não muitos. A caneta estava pronta para assinalar, vibrando como uma cascavel.

Página dois: nenhuma correção em vermelho. Página três: ele mudou a posição dos dedos na caneta, mas não assinalou nada. Página quatro: um círculo vermelho e *-2;* uma frase assinalada com um *X* e *-4*. Página cinco, a última: o dedo gordo borrava o grafite ao passar por cada linha. Finalmente, ele virou as páginas na ordem inversa, contando os pontos perdidos, e marcou a contagem final na primeira página: *-8*.

Pela rubrica dele, era um nove. Eu estava perplexo demais para falar.

Gottschalk largou a caneta vermelha e tirou os óculos.

"Reconheço sua capacidade de memorização, sr. Crouch. Talvez tenha uma habilidade erudita nesse sentido. Também é possível, eu acho, que tenha dedicado tempo e esforço à tarefa. É certo que há muitas respostas certas nestas páginas. No entanto, eu me sinto curiosamente impassível. Deixe-me explicar. Na sexta-feira, fui convidado a dirigir este colégio, e durante o fim de semana passei muito tempo pensando sobre essa responsabilidade. Os que agora se encontram sob minha supervisão são professores. Professores, em tese, ensinam. Como diretor interino, sou encarregado de garantir que lições tenham sido aprendidas. Não posso negligenciar minhas funções de professor. Pelo contrário, devo corresponder aos mais elevados padrões. No começo do semestre, você entrou nesta sala sem nenhuma disposição para aprender. Eu me esforcei para garantir seu interesse. Muitas vezes o chamei à frente da sala para envolvê-lo na lição da melhor maneira possível. Os resultados foram desanimadores. Ah, você conseguiu regurgitar o conteúdo muito bem. É um truque que aprendeu. Mas não admito artimanha. Exijo dedicação. E foi a isso que a reflexão do último fim de semana me levou. Lecionar não tem a ver com fatos, mas com a construção do caráter, e fatos são apenas as ferramentas, como os halteres são instrumentos para o desenvolvimento de músculos. Hoje você foi o professor e eu, o aluno. Você me ensinou que não precisa de uma nota nove nesta prova. Precisa da maturidade que só virá da dedicação àquilo que você desprezou. Isto aqui, que você me entregou, tem a intenção de ser um tapa na minha cara, e eu aceito a prova como tal. Lamento não poder dar a outra face, sr. Crouch. O diretor anterior talvez pudesse, mas eu sou diferente."

Com isso, ele pegou a salvação da minha média, o orgulho de minha mãe, minha única esperança de futuro, e rasgou ao meio. Juntou os dois pedaços e rasgou de novo. E de novo. De novo. Retângulos irregulares caíram sobre a mesa. Pensei em pegá-los e correr até a diretoria para colar os pedaços e provar minha nota, mas atrás daquela porta também estaria Gottschalk.

"Você vai repetir a matéria", anunciou ele, pegando os pedaços de papel e puxando a lata de lixo. Um movimento de mão, e os restos da minha prova desapareceram. Eu queria pegá-los, mas meus membros estavam completamente inertes. "Vou esperar ansiosamente para recomeçar com você em janeiro."

Músculos em seu rosto se contorceram e se moveram, e eu imaginei seu sorriso apodrecido pela decomposição, contorcido em um grito sinistro. Gottschalk recolocou os óculos, ajeitou a pilha de provas e pegou a caneta.

"Feliz Natal", disse ele.

10

Ficamos perto de Bloughton. Perseguimos um tornado e examinamos caixões desenterrados. Identificamos as porções menores de um cemitério de animais de estimação antes de nos dedicarmos aos restos de um dachshund. Reviramos várias covas vazias no mesmo cemitério antes de encontrarmos uma cova coletiva com cerca de cinquenta corpos, para onde os mortos, em sua maioria cadáveres que as famílias não haviam reclamado e indigentes sob a responsabilidade da funerária municipal, tinham sido transferidos para liberar espaço. Atingimos um cano de água não sinalizado e, quando conseguimos consertá-lo, nosso cadáver já flutuava. Urinávamos em garrafas plásticas para não interromper o trabalho. Tínhamos só três semanas antes de o novo semestre começar. E, quando dormíamos, era na caminhonete.

Em todo lugar aonde íamos, encontrávamos polaroides. No começo era uma anomalia, depois se tornou mais comum, e, quando as aulas recomeçaram, elas estavam em todos os lugares, uma quantidade impossível. Um esforço dessa magnitude tinha que ter algum efeito colateral. Lembrei o jeito meio doente de Boggs e imaginei se a doença não o venceria em breve. Livre de seu território,

Boggs dominou o sudeste de Iowa, e não só chegava antes de nós nas escavações como reparava o solo com tanta perfeição que enganava até Harnett. Quando abríamos os caixões, tudo de valor já havia sido retirado. O que encontrávamos, meticulosamente presa a cada um dos corpos, era uma foto recente do cadáver. Harnett as rasgava e amassava no início, e nós dois imaginávamos outra idêntica presa no Livro da Podridão. Quando enchíamos a cova com os bolsos vazios, Harnett se entregava às fantasias furiosas de destruir o livro. Mas eu só queria vê-lo mais uma vez.

Dividíamos ferramentas, mas eu tinha algumas só minhas. Quando alguma coisa era deixada fora do lugar, mesmo que fosse na lama escura ou na neve branca, eu sabia. Quando alguma coisa quebrava, eu arrumava. A Raiz nunca quebrava. Eu era cuidadoso. Era responsável. Era firme. Usava roupas apropriadas. Calos surgiam em minhas mãos, grandes, planos e secos como areia. Eu sabia quando me resguardar. Sabia quando correr um risco. Era capaz de trabalhar só com a luz do luar. Modifiquei um aspirador quebrado para recolher restos de terra da grama e removia o restante com um pente. Usava um secador de cabelos à pilha para afofar trechos de grama amassados por nossos sapatos. Criei roupas de baixo à prova d'água com sacos de lixo e fita adesiva, e fiquei embaixo de chuva durante dez minutos para testá-la. Harnett ficou observando e resmungando que também queria uma. Minha mãe teria ficado orgulhosa.

A neve fazia de nossas pegadas um problema. Monitorávamos a previsão do tempo e só cavávamos antes das nevascas. Se a neve fosse densa o bastante, cavávamos em plena luz do dia. Era fácil encontrar novos túmulos; o calor de um corpo se decompondo poderia derreter um cobertor de neve em dois dias. Para lidar com os túmulos mais antigos, levávamos uma lata de lixo fina e acendíamos uma pequena fogueira dentro dela, rolando-a pela área até o solo ficar molhado e fofo. Os corpos, quando os encontrávamos, estavam frios e menos fedidos, a evolução da decomposição interrompida momentaneamente. Havia algo de inocente na maneira como os flocos de neve tocavam os rostos indiferentes, como se fossem crianças estendendo a língua para pegar a primeira neve que caía. Essa inocência era destruída por cada flash da câmera de Boggs.

A neve parou de cair na véspera de Ano-Novo. No primeiro fim de semana de janeiro já estava derretida, e cada gramado de Iowa parecia ser o cenário de um massacre de Natal, enfeitado pelos corpos caídos de Papai Noel, Rudolph e Frosty, o boneco de neve. Cavávamos mais depressa que nunca, saíamos sem nada com muita frequência, e Harnett estava nervoso. Algumas noites antes do primeiro dia de aula, ele caiu de joelhos em um cemitério na periferia de Meighsville e apontou para um punhado de pedras na grama, afirmando que Boggs as tinha ajeitado daquela maneira para saber caso tirássemos sua polaroide. Para não deslocar as pedras, Harnett cavou um túnel inclinado de cerca de cinco metros desde a lápide, um canal por onde ele poderia arrastar o caixão até a superfície usando cordas. Aquilo demorou a noite toda e nos deixou perigosamente expostos. Eu observava o horizonte com impaciência. Harnett levantou a tampa. Não havia foto lá dentro. O punhado de pedras era só um punhado de pedras.

De volta à cabana, estudamos os jornais com a mesma atenção com que eu estudei a matéria de Gottschalk. A paranoia de Harnett crescia. Havia relatórios de comunidades vizinhas sobre terra revirada em cemitérios, fechaduras arrombadas, lápides tortas, rastros de lama. Em sua tentativa de infectar a terra com centenas e centenas de fotografias, Boggs estava se tornando descuidado, talvez intencionalmente. Harnett se preocupava, dizia que, com o tempo, as pessoas começariam a perceber pontos comuns nos relatórios da polícia. Quando isso acontecesse, seria só uma questão de tempo até uma exumação levar à descoberta do projeto de Boggs.

"Não posso escavar todos os túmulos que ele escavou." A cadeira de Harnett mal continha sua agitação. "Não posso recuperar cada porcaria de foto que ele enterrou."

Apesar do que ele dizia, eu sabia que, na verdade, Harnett se perguntava se isso seria possível. Sem que fosse estabelecido claramente, nossa missão havia mudado. Cavávamos e usávamos os bens encontrados para comprar os suprimentos necessários, mas nosso principal objetivo era apagar o Livro da Podridão e responsabilizar seu autor. Mais que nunca, Harnett precisaria de uma boa pá. Ele levou dezenas para casa, algumas compradas, outras encontradas em lixões e vielas, e encheu nosso quintal com elas antes de jogar os instrumentos que não serviam no rio.

11

O moletom e a blusa com capuz que antes eu usava para ir à escola agora estavam duros e encardidos. Apesar do frio, vesti a camiseta do pato de óculos escuros, que eu não tinha voltado a usar desde o primeiro dia de aula na BHS. Eu não sabia nem por que me dava o trabalho de aparecer para começar o novo semestre, talvez por algum resquício de decoro ou hábito, mas, quando me sentei na sala da primeira aula, a carteira bateu nos meus joelhos e pressionou a parte inferior das minhas costas. Quando cruzei os braços em uma reação defensiva, a camiseta do pato de óculos escuros apertou minhas costas. *Estou mais alto*, percebi. *Estou maior*. Outros alunos desviaram o olhar rapidamente quando curvei os ombros e relacionei cada faixa de músculo àquelas que tinha visto nos Escavadores. Agora eu era como eles, com a diferença de que eles enfraqueciam a cada dia, enquanto eu ia ficando mais forte. O professor franziu a testa quando eu ri sozinho. *Talvez tenham sido todas aquelas cebolas*, pensei.

Biologia, de novo, era a terceira aula. Parei do lado de fora da sala, atordoado com o fato de os corredores parecerem tão menores, os alunos tão imaturos, os professores tão insignificantes. Entrei depois do sinal e ocupei o único lugar vazio, bem na frente. Gottschalk começou se apresentando como o novo diretor, depois se gabou por ter mantido também a cadeira de professor. Em seguida ele começou um discurso tão familiar que eu soube o que viria depois: a chamada, o deboche com o nome de alguns alunos. Esperei paciente a ordem alfabética e o chamado à frente da sala. E ele me chamou.

"Não", respondi.

Seus lábios grossos incharam ainda mais com a antecipação do triunfo. As palavras que ele usou não me surpreenderam. *Não seja egoísta com seu talento, sr. Crouch. Você foi muito útil no semestre passado, sr. Crouch. Venha me ajudar a ilustrar as várias unidades que estudaremos ao longo do ano, sr. Crouch.*

Eu me recusei em silêncio, até que algo curioso aconteceu. Ouvi alguém rir de Gottschalk, não de mim, e nesse instante vi um lampejo de pânico nos olhos do professor. Se ele não arrancasse de mim a vitória imediatamente, poderia perder o controle de todo o semestre. Ele se aproximou da minha mesa e murmurou:

"Levante-se daí, e vamos deixar o passado para trás".

Gottschalk estava suando. Era magnífico. Ele recuou até bater com a bunda na lousa. Mais risadas.

"Com ou sem a ajuda do sr. Crouch", gritou, a voz elevada em consequência do alarme, "faremos uma viagem desde o início até o fim de nossa existência. É uma longa jornada, que se tornará ainda maior na medida em que não conseguirem se controlar. Silêncio. Vamos começar com o esperma e o óvulo. Depois passaremos aos sistemas, em ordem: tegumentar, ósseo, muscular, nervoso, cardiovascular, endócrino, imunológico, respiratório, digestivo, excretor, até encerrarmos finalmente com as propriedades da decomposição."

"Você não sabe nada sobre decomposição."

Era minha voz. Encorajado por todos os meus nãos, deixei mais essas seis palavras saírem de minha boca com uma risada abafada. Gottschalk parou com os olhos arregalados e os braços suspensos num gesto interrompido. Deu para ver o momento de deliberação: me mandar para fora da sala ou me enfrentar, na esperança de recuperar a turma. Nunca duvidei de qual seria sua decisão.

"Sr. Crouch, se está se referindo ao fato de eu ainda não estar morto, lamento, mas tenho alguns parentes que discordariam disso." Risos da turma, mais por cortesia do que por qualquer outra coisa. "Mas creio que até você, com seu conhecimento tão vasto de biologia que está aqui pela segunda vez", mais risos, "vai aprender algumas coisas sobre os fatores que interferem na velocidade da decomposição, em como a massa corporal afeta o processo mais que o ambiente, e assim por diante..."

"Não é verdade", retruquei. "O tamanho do corpo pouco importa."

"Obrigado, professor Crouch. Se já terminou sua aula..."

"A temperatura é o fator mais importante." Eu mal conseguia acreditar que essa voz era minha, mas continuei movendo os lábios, e as palavras continuaram saindo. "O segundo fator é o acesso de insetos. O terceiro é a condição do sepultamento, e, por último, o acesso de animais. A massa corporal deve ser o sétimo ou oitavo fator em ordem de importância."

Vi o rubor subindo a partir do pescoço. Nunca tinha visto os dentes dele, mas lá estavam, triângulos afiados e amarelos se projetando como barbatanas de tubarão. "A invasão por carnívoros nem é mais uma grande preocupação nos cemitérios na América atual, professor Crouch."

"Você não falou em cemitérios", respondi. A tensão e o calor que normalmente acompanhavam minhas palavras em público haviam sido substituídos por uma calma gelada. "Você falou em velocidade de decomposição. Existem resultados periciais bem conhecidos. Carnívoros afetam a decomposição mais do que trauma, umidade, chuva..."

"Não vamos tratar dos *carnívoros* nas aulas de biologia", falou ele baixinho. "Vamos falar somente de decomposição natural, que não envolve nenhum tipo de fauna, com a exceção óbvia dos insetos. Agora, se quiser terminar sua aula na sala da diretoria..."

"Necrófagos."

A ameaça de me expulsar da sala o delatou. Ele estava perdendo e sabia disso. Para todos os outros, a situação devia ser cômica, mas eu estava preso ao tipo de foco que Woody devia ter sentido quando a temporada inteira estava em jogo. Gottschalk ficou ali parado com o lábio tremendo, tentando em vão lembrar uma definição que eu tinha lido dezenas de vezes na biblioteca tétrica de Harnett.

"Eu..."

"Necrófagos", repeti. "Artrópodes que se alimentam de tecidos do corpo."

Gottschalk piscou.

"Ah, desculpa", acrescentei. "Artrópodes são insetos, aracnídeos etc.."

Uma exclamação debochada ecoou no fundo da sala — *Ai, droga!* — e risadas brotaram de todas as fileiras. Gottschalk parecia sufocado. Eu me levantei antes que ele tivesse a chance de dar a ordem e olhei em seus olhos redondos a caminho da saída. Não haveria mais humilhação diante dos meus colegas, e ele não me bateria mais com aquela vareta. Talvez também não houvesse mais formatura, mas essa era uma possibilidade com a qual eu estava rapidamente aprendendo a conviver.

Comemorei matando as duas aulas seguintes. Ted me encontrou andando por um corredor pouco usado e, com um olhar, me mandou para a sala da banda. Era por causa do Ted que eu tinha voltado ao colégio? Eu não sabia. Estava preocupado demais com a frieza implacável que havia tomado conta de mim e me perguntava se isso tinha vindo dos Escavadores, Lionel ou Boggs, ou se era simplesmente a extensão natural do meu total esquecimento e extinção. Ted apontou o estojo do meu trompete. Continuava exatamente onde eu o havia deixado um mês atrás. Só olhei para ele. Essas coisas não faziam mais parte da minha vida. Para minha surpresa, o maestro pateta tinha o dobro da fibra de Gottschalk. Ganhou a brincadeira de quem pisca primeiro, e nossas aulas secretas continuaram. Como sempre, não trocamos nenhuma palavra a não ser o comentário dele na despedida: "Até a próxima aula, então".

Fiquei para o almoço porque estava com fome. Gottschalk não perdeu tempo e me retirou da lista de Simmons de refeições gratuitas, então paguei pela minha comida. Foley estava sentado a uma das mesas na cantina, e sua presença ameaçou perturbar minha estranha tranquilidade. Fiz a promessa silenciosa de não almoçar mais daquele dia em diante. Ele ficaria melhor sem mim. Como Harnett, eu sabia quando era hora de encerrar uma parceria. Uma pequena parte de mim lamentava. Fingi que ela era uma barata e fiz o que se faz com as baratas.

Havia outras silhuetas reconhecíveis em meu campo de visão. Heidi comendo com uma das mãos e virando as páginas de um livro com a outra; Celeste ensaiando passos sugeridos para sua coreografia; Woody e Rhino, sem dúvida, contando o incidente do chuveiro para rostos devidamente arrebatados. Mas, para mim, todos eram tão inanimados quanto o fundo de um buraco. Eles eram, como me agradava constatar, só podres.

12

Harnett sacudiu um jornal diante do meu rosto assim que passei pela porta.

"Peter e Paul Eccles." Ele me seguiu com a página enquanto eu tirava os sapatos. "Gêmeos, guardas de fronteira contratados pra proteger os últimos estágios da Primeira Ferrovia Transcontinental. Sabe o que é isso?"

Assim era meu pai ultimamente: olhos vermelhos, sobressaltado, implacável. Virei-me de costas para ele e tirei o casaco. "Estou na escola, não é?"

"Foi a primeira ferrovia que ligou o país", continuou. "Quando as linhas da Central Pacific e da Union Pacific se encontraram em Promontory Summit, em Utah, no ano de 1869, eles levaram pra lá uma cavilha cerimonial pra marcar a ligação."

"Grande coisa." Andei até a pia, e ele seguiu colado em mim.

"*Foi* uma grande coisa", retrucou. "Na verdade, eles transportaram quatro cavilhas naquele dia pra celebrar várias linhas férreas, mas a última, chamada Cavilha de Ouro, era feita de ouro dezessete quilates e tinha sido gravada nos quatro lados por várias personalidades importantes. Foi um grande evento. Entende a importância? A conquista do Oeste. A aniquilação dos índios. É imenso, monumental."

Não tinha nada na geladeira. Fechei a porta, irritado. O comportamento instável de Harnett significava que, mais uma vez, caberia a mim encher as prateleiras. Reconheci de maneira distante a injustiça da situação. Na minha antiga vida, não era responsabilidade minha planejar o cardápio para duas pessoas. Abri um armário.

"A Cavilha de Ouro está em um museu", resmunguei. Era a única coisa que eu lembrava da história e esperava que isso o fizesse calar a boca.

Os olhos de Harnett brilhavam. "Certo. Mas lê aqui. Bem aqui. Nos últimos meses da construção, Peter e Paul Eccles foram contratados pelo próprio presidente Ulysses S. Grant, que havia ocupado o gabinete recentemente. Sabe por quê?"

Bati as portas dos armários vazios.

"Por que eles eram bonitinhos?"

"Porque Grant havia sido informado sobre uma revolta indígena que eclodiria quando a ferrovia fosse concluída. Os irmãos Eccler haviam lutado com Grant cerca de cinco anos antes em Shiloh, e desde então moravam no Oeste com os índios. Quando Grant os contratou para manter a paz, eles assumiram o posto oferecido por seu amigo e presidente, mas não sabiam o que esse emprego realmente significava. Sabe o que significava?"

Virei-me lentamente e olhei para ele. Eu tinha uma ideia.

"Significava que eles teriam que matar índios", continuou Harnett. "Muitos. Centenas, talvez. Esses índios eram amigos deles. Homens com quem eles tinham caçado, dividido o cachimbo. E eles teriam que empunhar os fuzis do governo e dizimá-los."

Desabei em cima do balcão, esperando o inevitável e sepulcral fim da história. Minha mão se aproximava da lateral da pia, onde eu sentia as marcas do meu calendário: cinco dias, dez dias, um mês, dois, quatro, seis.

Harnett levantou o jornal. "Este é o jornal de quinta-feira de Dundee, Iowa, e aqui tem um artigo sobre as ligações da cidade com a Guerra Civil. Conta como Grant demonstrou sua gratidão dando a cada um dos irmãos Eccles uma réplica da Cavilha de Ouro. Cada cavilha valia uma pequena fortuna naquele tempo. O que um museu não pagaria por elas hoje? Nem sei. Peter Eccles está enterrado em Dundee, e há boatos na cidade de que ele levou aquela cavilha pro túmulo."

"Só o Peter? E o Paul?"

Harnett pegou um jornal velho que estava em cima do balcão. "Esta é uma publicação de outubro de 1988, de Miller's Field, Illinois, onde Paul Eccles está sepultado, do outro lado do Mississippi, e ela repete os mesmos boatos. É confirmação independente, garoto. É verdade, tudo verdade, eu sei que é. Depois que a ferrovia foi construída, depois que eles mataram todos os irmãos indígenas, depois que o presidente deu essas cavilhas pra eles, que, aos olhos dos dois, estavam sujas de sangue, eles desistiram da vida, os dois. Puseram o estado inteiro de Iowa entre eles e nunca mais se falaram, e nunca, jamais revelaram suas cavilhas, mas os dois as guardaram até o dia em que morreram, como conta a história. A história *dos dois*."

Ele ficou ali com um jornal em cada mão, se gabando de sua descoberta. Minha raiva foi perdendo força. Senti um formigamento conhecido de entusiasmo e olhei para a Raiz, que continuava em um canto escuro.

"Qual deles vamos procurar?"

"Se Boggs estiver fazendo a parte dele, pode ter lido o mesmo artigo sobre Peter. Mas não terá o jornal de Miller's Field pra usar como referência cruzada. Vai pensar que é só um boato. Vai hesitar. Nós não vamos. Vamos agora até Dundee pra pegar a cavilha do presidente Grant."

Harnett estava quase salivando. O fato de meu semestre na escola ter acabado de começar nem passava pela cabeça dele. Tudo bem.

Fechei os dedos em torno da Raiz. Harnett se ajoelhou para amarrar as botas.

"Pegamos ele nessa", sussurrou ele para o chão. "Pegamos ele!"

Horas mais tarde, ficou claro que ele estava certo. Não havia foto presa aos restos esfarrapados do casaco com que Peter Eccles foi enterrado, mas a cavilha estava no bolso costurado e escondido sob sua axila esquerda. Enquanto Harnett devolvia a terra que não era diferente de nenhuma outra terra, eu examinava o artefato que tinha um par exato; ele refletia linhas brancas sob a luz do luar. Em minha mão, parecia ser tão letal quanto o bastão de Gottschalk, tão rígido quanto as torneiras do chuveiro no vestiário masculino. Mesmo aqui, a quilômetros de distância, enterrado até a metade em história, eu não conseguia escapar de Bloughton.

Meu pai ainda explodia de orgulho quando voltou para casa. Sem desligar o motor, ele correu para dentro da cabana com a cavilha e os sacos que continham nosso equipamento. Eu o segui e ouvi o ruído da tranca do cofre. Ele voltou dois minutos depois com algumas roupas em um saco de lixo.

"É uma coisa delicada." Harnett coçou a barba e deu uma olhada rápida em volta. "Precisamos de um comprador especial. Já pensei em alguém, só que ele está a um dia de viagem daqui. Mas é o homem certo. Sabe como desovar um objeto como esse e lavar as mãos pra não ser rastreado." Ele parou e olhou para mim. "Tudo bem? Talvez eu só volte no sábado."

Ele vibrava com o sucesso, e nada do que eu dissesse o faria mudar de ideia. Dei de ombros. "Não quer levar a cavilha?"

"Não. De jeito nenhum. Os termos em primeiro lugar. Sempre os termos em primeiro lugar, enfia isso na cabeça."

Harnett apalpou os bolsos e assentiu.

"Muito bem, então", disse e saiu.

Cinco minutos depois, eu havia tirado a cavilha do cofre e a virava em minhas mãos. A inscrição do presidente Grant, feita à mão, considerando a caligrafia, era breve e, de algum jeito, agourenta:

bom presságio.
com grande respeito,
u. s. Grant

Centenas de carcaças de índios. Puxei as cobertas até o queixo e imaginei os corpos marrons estirados no deserto, antes de serem eviscerados por predadores ou enterrados por parentes que tivessem sobrevivido — e tudo que havia restado em memória era esse bloco de ouro menor que meu antebraço. Em parte, eu estava contente porque, em breve, o objeto repousaria sob um vidro e em temperatura controlada para a apreciação dos turistas. Porém, outra parte minha questionava se a cavilha não estaria melhor onde havia ficado nos últimos quase cento e cinquenta anos.

Quando acordei, a cavilha tinha desaparecido.

No começo, não acreditei. Rolei, apalpei o chão ao lado da cama improvisada. Olhei embaixo da bolsa de viagem que servia de travesseiro, pensando que, inconscientemente, poderia tê-la deixado ali por segurança. Puxei os lençóis e os sacudi. Passei as mãos entre as pilhas mais próximas dos arquivos de Harnett, imaginando se o brilho dourado dela não era semelhante às páginas amareladas. Levantei e então senti o cheiro.

Era como o cheiro de um Escavador, mas diluído no solvente fraco da insônia.

Peguei uma faca em cima do balcão e me encostei na parede. Meu coração disparou. Ele estava aqui. Seu cheiro estava em tudo: nos lençóis de onde eu tinha saído, na faca que eu empunhava, na parede atrás de mim, nas minhas roupas — *minhas roupas.*

Misturada ao aroma havia uma doçura maligna. Harnett estava certo quando disse a Lionel que havia algo errado com Boggs. Pela primeira vez, pensei se Boggs não estava realmente apodrecendo, e me perguntei se isso estaria acontecendo de fora para dentro ou de dentro para fora.

As portas do quarto e do banheiro estavam só encostadas. Boggs sairia correndo, ou andando com uma lentidão de predador, e o gelo de seus olhos azuis me paralisaria enquanto ele fazia o que tinha que fazer antes de me fotografar. Meu corpo ficou imóvel e comecei a especificar loucamente, sem sentido...

— *sombra fragmentos aranha preta fitas* —
— *cera para piso barulho de carne caindo* —
— *soluços de grilos chocalho de cobra coaxar de sapo ranger de porta* —
— *para baixo para cima torcido para baixo água jorrando* —
— *poeira alegre emanando de um charco de sangue* —

... e tive que segurar a cabeça para me deter, a faca caiu no chão e foi quicando até parar exatamente na frente da porta do quarto. Dedos pequeninos a pegaram. Não, isso não aconteceu, mas, mesmo assim, vi a cena repetidamente, até que a centésima repetição a transformou em ficção. Boggs tinha ido embora. Seu cheiro se dispersava no amanhecer. Abri a porta do quarto de Harnett e, mais corajoso, chutei a porta do banheiro. Não havia sinais em lugar nenhum.

Com exceção da cavilha desaparecida. Abri uma janela e deixei a brisa que soprava do Big Chief me entorpecer. Voltei para perto da lareira, e só então me atrevi a olhar para a pia. Boggs não só estava em Iowa, em Bloughton, mas estivera bem aqui, na nossa casa. Havia parado ao meu lado enquanto eu dormia. Tinha medido minha respiração, calculado meus movimentos hipnagógicos. Fiquei pensando se esse homem, que tantas vezes havia se identificado erroneamente como meu pai, tinha velado meu sono como se eu fosse seu filho.

Meus olhos encontraram a Raiz e tiraram força dela. Eu tinha perdido a cavilha, sim, mas havia uma gêmea. Se eu agisse depressa, a segunda cavilha poderia chegar à cabana antes de Harnett. Procurei o jornal que tinha os detalhes de sua localização, mas não o encontrei. Só lembrava que era perto, do outro lado do Mississippi, Harnett dissera. Peguei alguns mapas do meu pai. Teria que ir descobrindo a rota no caminho. Tudo o mais de que precisava estava ali: equipamento para cavar, a lona, a pá menor, a picareta, a Raiz. Eu tinha tudo, menos a caminhonete. Bem, então eu roubaria uma. Vesti roupas quentes, enchi os bolsos com dinheiro de emergência para o combustível, peguei os sacos e saí.

Tinha um carro estacionado no gramado da frente. Senti o formigamento da minha especificação histérica voltando — *sombra, aranha, carne, cobra, torcido, charco* — e resisti. Devagar, examinei a área das árvores que se moviam suavemente. Contornei o veículo. Era um Hyundai. Chave na ignição. Banco de trás cheio de restos de fast-food. Para-choques amassados. Ferragens enferrujadas. Portas salpicadas de lama. Placa do Missouri.

A lembrança voltou rastejando: Boggs na lanchonete em West Virginia, me convencendo a conversar com ele por um momento: *São quatro mil cento e quarenta e quatro quilômetros, e tive que roubar um Hyundai em Missouri, depois que meu carro morreu.* Só mais um pressentimento que não fazia sentido, até eu ver o jornal enrolado e preso no volante.

Abri a porta do motorista e joguei minhas coisas no banco de trás, menos os mapas, que ficaram no banco da frente. Entrei e ajustei o banco, tirando-o da posição adequada para um motorista anão. Bati a porta e acionei as travas. O jornal estava quente. Antes mesmo de desenrolar as páginas, eu soube o que eram. A edição de 22 de outubro de 1988 do *Miller's Field Journal*, aberta na matéria sobre Paul Eccles. Boggs me guiava como se eu tivesse cordas amarradas nos membros.

Com as mãos no volante nas posições de três e nove horas, inspirei uma porção concentrada de seu mau cheiro e vi o ar sair de meu corpo e aderir ao para-brisa. *Ele está me vendo*, pensei. O motor tossiu, mas pegou com mais potência que o da caminhonete de Harnett. Tentando lembrar as aulas de educação no trânsito, prendi o cinto de segurança, ajustei o retrovisor e engatei a marcha. Não dava para comparar esse medo ao que eu senti um dia enquanto percorria os corredores da BHS. Mas lembrei que, no dia anterior, eu havia superado Gottschalk no jogo dele. Talvez pudesse ganhar esse jogo também.

13

Demorei muito para encontrar o túmulo. Era como se Bloughton inteira estivesse me observando e me julgando. Tinha que repetir para mim mesmo os ensinamentos de meu pai, lembrar como as quadras do cemitério eram dispostas em ordem, das mais velhas para as mais novas. Minhas mãos tremiam, e derrubei ferramentas. A primeira incisão foi imprecisa, e eu me culpei até remover a grama e ver o pior terreno que já tinha visto, esponjoso e irregular como pele cicatrizando. Peguei um punhado e senti o cheiro de fragmentos azedos da madeira do caixão misturados ao lodo.

Cavar era como recolher esterco, a terra era pesada, molhada, pegajosa e fedida. Uma hora se transformou em duas, depois três, e, apesar do treinamento brutal, meus músculos protestavam. Quando cheguei ao recipiente, descobri que a decomposição tinha transformado a tampa em polpa. Eu me abaixei e extraí os restos salientes na terra. Felizmente, Paul Eccles tinha sido sepultado em uma mortalha, e eu a abri certo de que encontraria o retângulo dourado brilhando entre ossos opacos como gravetos.

Não tinha nada. Afastei o tecido, e uma ou duas costelas se soltaram. Peguei a lanterna em meu casaco e a apontei para o túmulo. A luz amarela mostrou que o fundo do caixão também tinha se desintegrado, e vários fragmentos de ossos brotavam do solo como cogumelos. Meus ombros caíram. Eu teria que continuar cavando, e não dava para saber quanto.

Então, vi um brilho de ouro. Apontei a lanterna para a cabeceira do caixão e notei movimento. Recuei e me encolhi contra a terra. Ratos... — muitos ratos. Firmei a mão e olhei de novo. Meu estômago deu um salto. Estavam em todos os lugares, cinquenta, talvez cem ratos, se revirando na terra como vermes, os pés ágeis tentando subir, os olhos vermelhos cintilando no interior das paredes da cova. O raio de luz os assustou, e eles correram para um túnel que passava diretamente sobre a cabeça de Eccles. Consegui ver a cúpula amarelada do crânio embaixo dos pés frenéticos.

Bigodes roçaram meu pescoço; sufoquei um grito e balancei a luz da lanterna. O raio em movimento mostrou os ratos fugindo, a movimentação levando por acidente o objeto dourado para dentro do túnel.

"Não!", gritei. Um rato extremamente pesado caiu sobre meu ombro, e senti seu pelo seco passar por minha orelha antes que ele caísse e corresse por cima dos meus pés. Eu caí de joelhos. O túnel tinha quase sessenta centímetros de largura e descia descrevendo uma curva. A cavilha se equilibrava na beira do precipício. Segui adiante, me arrastando, e meus joelhos prenderam à terra vários ratos gordos e barulhentos. Estendi a mão livre. Uma corrente fria de ratos desceu pelo meu braço.

Dezenas de pezinhos se moviam, e a cavilha escorregou um pouco mais para dentro do túnel. Uma imagem de meu pai passou por minha cabeça. Ele já devia ter acertado a venda do artefato e estava voltando para Bloughton, irradiando um orgulho que não sentia havia anos. Eu tinha perdido a cavilha de Peter. A única opção era levar a cavilha de Paul para casa.

Avancei e me joguei sobre a terra mole de maneira que fiquei em cima de Paul Eccles, com nossos cotovelos entrelaçados, a pélvis dele pressionando a minha, seu crânio embaixo do meu queixo. Enfiei a cabeça na cavidade. Os ratos estavam na minha cabeça, farejando minhas axilas. Um deles corria pela perna da minha calça, tremendo sobre a coxa. Contraí a mandíbula e ouvi o barulho de caudas batendo nos meus dentes.

O espaço era apertado, mas empurrei a lanterna até a altura do meu peito. A imagem dentro do túnel era vertiginosa: enxames de roedores correndo em círculos, desafiando a gravidade. A cavilha estava logo ali na frente, e forcei a mão livre no espaço aberto. A escuridão se moveu; dezenas de ratos reagiram barulhentas ao invasor e pularam, correndo e se enroscando em meu cabelo, cravando os dentes pequeninos e amarelos em meus dedos. Eu gritei, mas não consegui recuar; era muito apertado ali. Todo o peso do cemitério fazia pressão para baixo.

A ponta dos meus dedos tocou o ouro. Forcei o corpo para a frente e meus ombros bateram no túnel sinuoso. A terra começou a cair. Fechei a mão e comecei a socar os ratos para tirá-los do caminho, jogando-os para a direita e para a esquerda. Uma cauda rosada ficou presa entre meus dedos, e o rato guinchou e se debateu. Minha mãe também não teria hesitado: espremi o animal até sentir a convulsão da morte. Joguei o corpo para longe e peguei a cavilha. Quase rindo, eu a trouxe para perto do corpo. Depois mudei a direção da luz da lanterna e vi estrelas cintilando na noite do submundo. Olhos, centenas deles, se aproximando furiosos, encorajados pela superioridade numérica.

Mover-se em marcha à ré por um espaço apertado é um processo lento. Por um momento surreal, pensei na alternativa: seguir em frente e explorar essa cidade subterrânea, aprender as estratégias dos ratos, e morrer aqui entre os meus. Mas fui saindo do túnel centímetro por centímetro, fechando os olhos contra a enxurrada de ratos, uma torrente tão densa que eu sentia a pulsação dos corações minúsculos nas pálpebras, na garganta e nos lábios. Eles não desistiam da cavilha, nem quando já estava claro que eu seria o vencedor. Era como se tivessem se tornado animais espirituais, invencíveis onde os índios do Velho Oeste foram tristemente mortais, resistindo a permitir que esse símbolo de sua destruição fosse levado a qualquer outro lugar que não o inferno.

Fechei o buraco e vi a terra cair pesada sobre suas carinhas obstinadas. Estava quase amanhecendo quando voltei ao carro de Boggs e, ao me ver no retrovisor, reconheci o olhar no espelho. Era o olhar vidrado e fundo dos Escavadores que eu havia conhecido semanas antes, homens atormentados pela impossibilidade de contar a qualquer pessoa sobre as coisas horríveis que tinham visto.

14

Dirigi em direção ao amanhecer, com o barulho do cascalho me acordando cada vez que eu começava a sair da pista, e só quando parei o carro de Boggs na frente da cabana foi que dei uma boa olhada na Cavilha de Ouro. Era, de fato, idêntica àquela que pertencia a Peter Eccles, mas Paul era menos contido ou mais ressentido, e havia riscado furiosamente a mensagem inscrita pelo presidente Grant. Atordoado, pensei em quanto isso reduziria o valor do artefato. Risquei minhas próprias vergonhas na lateral da pia e desabei.

A reação de Harnett à nova cavilha e à violação de seu cofre foi superada pela reação à notícia da invasão de Boggs. O Hyundai tinha desaparecido muito antes de ele chegar em casa, mas Harnett não duvidou do que eu contei. Imediatamente, seu olhar febril procurou todos os pontos fracos da cabana: porta, janelas, a escuridão da floresta em volta da casa. Em vez de levar a cavilha ao seu comprador, ele foi à loja de ferramentas e madeira e voltou com um caminhão de matéria-prima. O resto do dia foi uma calamidade de janelas pregadas, novas fechaduras instaladas na porta da frente e luzes fotoelétricas instaladas no quintal, dos dois lados da cabana. Fios foram presos ao telhado por grampos industriais, e, enquanto estava lá em cima, Harnett usou o binóculo para avaliar a área no entorno. A tarde foi dedicada à limpeza da vegetação, à remoção da maior quantidade possível de arbustos. Enquanto ele arrancava, cortava e queimava, fui incumbido de desmontar a pilha de lenha para que ninguém — nem mesmo alguém de estatura muito baixa —pudesse se esconder atrás dela.

Depois de um tempo, não havia mais nada a fazer. Era hora de entregar a cavilha. O coração de Harnett não estava mais concentrado nisso; era triste ver. A vitória de ter encontrado o artefato havia levado à perda de uma batalha maior, e agora ele era forçado a me deixar nessa fortaleza nova e ainda não testada. O estresse entalhava cada linha em seu rosto. Eu sabia que ele estava pensando em fugir de Bloughton, mas a presença de um adolescente tornava essa escapada menos viável. Enquanto ele se afastava na caminhonete, olhei para as árvores. Pensei se Boggs ainda estava por perto e se observava tudo com frustração ou humor. Acima de tudo, queria saber o que ele achava da minha atuação. Uma parte minha ainda estava faminta por notas máximas.

15

As semanas passaram depressa. O colégio nem valia a pena. Eu aparecia de vez em quando para enfrentar Gottschalk, ouvir as indiretas de Celeste sobre o Spring Fling, cada vez mais próximo, e esperar pelo *Até a próxima aula, então* de Ted para me informar que o dia tinha chegado ao fim. Então vinham a noite e as polaroides. Rastreávamos Boggs pelas pegadas de botas e pelas marcas de dedos, pelas fofocas e pela intuição, e cavávamos com ferocidade. Harnett afiava sua lâmina escocesa todas as manhãs.

Nossa tarefa estava se tornando cada vez mais perigosa. A polícia patrulhava os cemitérios, às vezes a pé e com lanternas. Era comum voltarmos de mãos vazias para uma cabana cheia de jornais com artigos sobre a atividade de Boggs. A neurose de Harnett se tornava incontrolável. Todo mundo era um Gatlin que se materializava do nada para expulsá-lo de sua casa pela sétima, décima, ou décima quinta vez, dependendo de quantas fotos tínhamos encontrado naquela noite.

Ele mal comia. Às vezes, eu tinha que pôr a comida em suas mãos. Foi quando voltávamos para casa depois de duas escavações consecutivas — a primeira sem nenhum proveito, a segunda enfeitada por mais um dos retratos de Boggs — que passamos pelo Sookie's Food e, seguindo um impulso, entrei no estacionamento. A área que vibrava com rotinas tão inofensivas parecia ser a cura perfeita para tudo. Passar pela padaria e seguir até o corredor de congelados nos faria sentir melhor, eu tinha certeza disso.

Harnett estava distraído demais para resistir. Ele entrou no mercado comigo, um acontecimento raro. Abusei da sorte quando o fiz empurrar o carrinho. Esperava que a tarefa servisse para dar firmeza às mãos que tremiam havia semanas. Era o horário de pico. Pessoas ainda vestidas com roupas de trabalho procuravam o leite com a data de validade mais distante. Filhos apanhados na saída da escola eram arrastados por ali. Os que eu reconhecia do Congresso de Aberrações ofereciam meios sorrisos suplicantes. Talvez fosse a presença lamentável do Lixeiro; talvez fosse minha luta heroica com Gottschalk; talvez fosse o peso esmagador da culpa. Eu não me permiti me importar. Eles não eram o tipo de amizade de que eu precisava, não mais. Passei bem devagar pela prateleira de Doritos, mas Harnett não pegou um pacote do sabor Cool Ranch, seu preferido. Mau sinal.

Estávamos na fila do caixa, quando um homem perguntou se poderia passar na nossa frente, pois estava comprando só um item, uma garrafa de uísque. Harnett não olhou para ele. Dei de ombros e disse que tudo bem. O homem passou por nós. Ficamos todos quietos por um momento, ouvindo os bipes do leitor de códigos de barras que eram a única interrupção para a música de fundo. Finalmente, Harnett suspirou irritado.

"Põe isso no carrinho", disse.

O homem não respondeu.

"Alguma coisa me diz que vamos precisar disso", continuou Harnett. "Põe no carrinho."

Quando o homem atendeu ao pedido, percebi que o reconhecia. O corpo largo, os antebraços grossos... — era John Chorão. Ele sorriu um sorriso tão triste que nem precisou falar nada. Eu sabia o que havia acontecido. Vinte minutos depois, ele estava em nossa cabana, sentado no balde virado, e seu choro ecoava metálico no piso de concreto.

"Ela era velha", disse Harnett.

John Chorão chorou ainda mais. "Ela me esperou cavar uma cova pra não ter que cavar outra especialmente pra ela. E eu teria cavado com prazer. Com prazer. Mas não era isso que ela queria. Ela deu várias voltas, deitou, respirou bem fundo e então... e então acabou. Minha Foulie partiu. Minha Foulie morreu. Deus, minha Foulie, meu bebê se foi!"

Soluços sacudiam os ombros largos. Harnett serviu mais um uísque para ele. Depois serviu um para si mesmo. Era a primeira vez que ele bebia em meses. Eu me encolhi na minha zona de segurança ao lado da pia. A luz do fim do dia alongava as janelas protegidas com pedaços de madeira.

John Chorão enxugou o rosto. "Fiz o que ela queria. Enrolei seu corpo em um cobertor. Beijei seu focinho e pedi desculpas por não ter conseguido ser um pai melhor. Depois a enterrei. Fiz isso porque era o que ela queria. Ela está enterrada em Wyoming. Em um túmulo com o nome de outra pessoa. Ninguém nunca vai saber que minha cachorrinha está lá. Ninguém nunca, jamais vai saber."

"Nós sabemos", lembrou Harnett. "Você, eu, Knox, o garoto... e vamos garantir que todo mundo saiba. Vão falar daquela cachorra pra sempre."

"O que é pra sempre?", rosnou John Chorão. A saliva escorria de seu lábio inferior. "Não tem mais pra sempre, e você sabe muito bem disso!"

Harnett bebeu um gole de uísque. Eu olhei para o outro lado.

"Não vem com bobagem, Ressurreicionista. Você viu. Não fica aí sentado dizendo que não viu."

Meu pai bebeu mais um gole, esse maior que o outro.

John Chorão enfiou a mão no bolso e pegou um punhado de fragmentos de polaroide. Alguns caíram no chão, triângulos serrilhados de carne e osso.

"Encontrei dez ou doze. Até Foulie sabia que tinha acabado pra gente. Por isso ela desistiu. Sentia o cheiro do filho de uma puta em todos os túmulos."

Dez ou doze? Harnett e eu tínhamos encontrado quarenta ou cinquenta. Nós dois ficamos quietos.

"Tentei continuar. Tentei até retomar a velha rotina. Fui a um velório, ao funeral, serviço completo. Foi um desastre. Um total desastre." Ele olhou para nós com os olhos inchados. "Sabia que agora enterram as pessoas com o celular?

Não sei por quê. Deve ter algum significado. Mas, naquele funeral, eu fiquei olhando pro morto e o celular dele não parava de tocar. Estava no silencioso, mas dava pra ouvir a vibração, ver a luz acesa dentro do paletó. O cara estava morto, e as pessoas ainda ligavam pra ele, deixavam recados. Quando a gente morrer, Ressurreicionista, quem vai ligar pra gente, hein?"

Harnett olhou para o copo. Estava vazio.

"Ele?" John Chorão apontou um dedo trêmulo para mim. "É isso mesmo que você quer? Olha pra nós. Olha pra *mim*. Não tenho ninguém, nada. Ninguém pra me dizer que vai ficar tudo bem. E isso vai acontecer com você também a qualquer momento. Vai acordar, e também vai estar velho e sozinho."

Harnett pigarreou. "Knox vai te ajudar."

John Chorão bateu o pé no chão. "Knox é um abutre! Ele fica voando em círculos até que a esperança acabe, então ele mergulha e bica nossa cabeça com a salvação. E nós o escutamos, por que alternativa a gente tem, hein? Se você está mesmo sugerindo Knox, tenho certeza de que acabou pra mim. Acabou pra todos nós."

Ouvi o barulho da garrafa batendo no copo quando Harnett serviu mais bebida.

"Escuta", falou John Chorão enquanto limpava as bochechas peludas. "Vim aqui porque tenho uma coisa pra dizer. Depois que Foulie... depois que Foulie faleceu, peguei minhas malas e fui pro Nordeste. Queria mostrar as fotos pro Embaixo-da-Lama, saber se ele também tinha encontrado alguma."

"Embaixo-da-Lama..." Harnett piscou intrigado. "Por que não veio me procurar?"

John Chorão fez uma pausa, mas não respondeu. "Encontrei ele. Demorou um pouco, mas encontrei. Em Buffalo."

Harnett fez um barulho com a garganta. "Por que não veio me procurar primeiro?"

"Ou melhor, ele me encontrou. Você conhece Embaixo-da-Lama. O homem não erra. Sessenta anos sem nenhum deslize. Um dia, eu estava andando por Buffalo e ouvi meu nome. 'John Chorão.' Continuei andando pela calçada e então entendi. A primeira coisa que vi foram os pés pra fora da porta de uma loja lacrada com tapumes. Sapatos gastos, a ponta destruída pelo gelo. Não reconheci o homem. Estou dizendo, Ressurreicionista, não o reconheci. Era um mendigo todo embrulhado em uma coberta. Ele segurava um balde do KFC com algumas moedas dentro e uma placa, um daqueles cartazes de papelão..."

Ele rangeu os dentes como se lutasse contra as lágrimas que o atacavam.

"Eu me abaixei ali, e ele disse: 'Sabia que era você'. Ele inclinou a cabeça para um lado, como se ouvisse uma música que eu não ouvia. E sorriu. Tinha perdido alguns dentes. A saliva escorria pelos vãos. Aquilo não podia ser Embaixo-da-Lama. Mas era."

Tentei associar a descrição com o cavalheiro aristocrático que tinha me tratado com desdém naquele bar tanto tempo atrás. O mais duro crítico de Harnett, Embaixo-da-Lama era um erudito, exigente e limpo. Reduzido a pedir esmolas em uma calçada suja... — isso nem parecia ser possível.

Lá fora, as luzes automáticas se acenderam.

"E o que ele me disse em seguida foi *Baby*. Disse que sabia que tinha sido o Baby. Ouvia notícias sobre cemitérios invadidos em todos os lugares aonde ia, como se alguém o estivesse seguindo e tentando fazer com que ele fosse capturado. Ele não tinha medo. Sessenta anos, nem uma única acusação. Mas aconteceu." John Chorão se encolheu. "Tiraram os olhos dele, Ressurreicionista. Quando ele abriu, não tinha nada lá dentro."

Apesar de tudo que eu tinha visto, meu estômago revirou. Era brutal demais e muito próximo. Se Bloughton fizesse uma descoberta semelhante, era impossível prever o que poderia acontecer comigo e com Harnett.

"Ele pediu para cortarem as mãos, em vez disso, mas ninguém ouviu. Não que tenha sobrado muito das mãos. Estão quebradas, necrosadas pelo congelamento. Ele diz que outros moradores de rua o chutam e roubam seus centavos. Quando dei a ele tudo que tinha na carteira, ele guardou na cueca. E sabe o que ele disse?"

Harnett não respondeu.

"*Precedente histórico*. Ele ficava repetindo essas duas palavras. Há *precedente histórico* pra isso, dizia. Os homens da ressurreição, os originais, o tempo deles também chegou ao fim. Somos os próximos. Estamos acabados. É nossa vez. Precedente histórico."

O copo de Harnett bateu no braço da cadeira. Era um som cheio de ira.

"Devia ter vindo me procurar primeiro."

O desgosto de John Chorão era imenso. "É isso o que você tem pra dizer? Essa é sua resposta? Vir procurar você, seu cretino arrogante? Por quê? Isso tudo é culpa sua. O que aconteceu com Foulie, o que aconteceu com Embaixo-da--Lama. O fim dos Escavadores."

"Você não sabe o que está dizendo."

"O Apologista? Ouviu falar dele? Derrame. Está esperando a morte em um hospital em algum lugar, com tubos no rosto e descendo pela garganta."

"Dá aqui seu copo."

"Ele está nos matando." Os olhos de John Chorão se encheram de lágrimas raivosas. "De um jeito ou de outro, ele está cortando nossa garganta."

Harnett abaixou a garrafa de uísque e olhou nos olhos do outro homem. "Estou fazendo o que posso."

John Chorão apertou os olhos com a base das mãos. "Eu sei. Eu sei disso. Desculpa. Não queria ter vindo. Não queria ter que falar nada disso. Embaixo-da-Lama me fez prometer. Ele me fez jurar que eu encontraria você e contaria tudo. Desculpa."

Harnett lambeu os lábios e olhou para a garrafa.

John Chorão se levantou tão depressa que o balde em que ele estava sentado girou e foi parar na lareira. Eu me encolhi e levantei. Harnett também ficou em pé, e a cadeira de balanço rangeu. John Chorão pegou o casaco e o vestiu com dois movimentos breves. Depois cambaleou para a porta. Ele a abriu com gestos desajeitados. Estava trancada, não abria. Ele abriu uma tranca, mas havia mais três, ainda com as etiquetas de preço.

"John", chamou Harnett, "pra onde você vai?"

"Pras montanhas." Contra a porta, sua voz era inexpressiva e entrecortada. "Vou desaparecer. Você pode vir comigo. Vocês dois podem vir comigo. Vamos desaparecer nas montanhas mais bonitas."

A expressão do meu pai revelava um anseio tão grande que tive de me controlar para não gritar um protesto. Desesperado, pensei no Livro da Podridão. Talvez Boggs estivesse certo e aquilo fosse nossa salvação, o único jeito de sobrevivermos em um novo século. Eu poderia descrever o livro para John Chorão, tentar fazê-lo entender.

"Vá você", respondeu Harnett. "Eu não posso."

"Eu sei, eu sei, o garoto."

John Chorão se virou e mexeu nas fechaduras que ele não conhecia, e os trincos prenderam seus dedos até ele dar risada. Era uma gargalhada alta e nada amistosa.

"Fechaduras, trancas. Acha que essas porcarias vão te proteger?"

"John", disse Harnett.

John Chorão olhou para ele. "Você nunca foi burro assim! O que aconteceu? Não enxerga o que está bem na sua cara? Vou ter que desenhar?"

Harnett abriu os braços em uma reação de impotência.

John Chorão estremeceu. As lágrimas transbordaram pelos cantos dos olhos de John Chorão e seguiram pelos canais de suas rugas.

"Ele me disse para contar pra você. E me fez jurar. Mas eu menti pra ele. Não ia contar."

"Quem? O quê?"

"Embaixo-da-Lama. Ele disse que você merecia saber. Entende? Mesmo no fim, ele ainda te enaltecia. Tinha mais devoção por você do que qualquer um de nós. Muito mais que eu."

Harnett balançava a cabeça. "No fim? Espera. Ele...?"

"Você ainda tem seus olhos, mas está igualmente cego. Então, muito bem, eu vou contar." John chorão engoliu as lágrimas. "Qualquer um consegue ver pra onde Baby está levando você. Qualquer um vê aonde ele quer que você vá. Eu jurei que contaria, então, ok, lá vai. Mas o fato de eu falar não quer dizer que você tem que ir lá. Não precisa fazer o que Baby quer que você faça. Quando vai entender isso?"

Tudo ficou claro. Cobri o rosto com as mãos.

John Chorão me viu, e sua barba se moveu em um pedido silencioso de desculpas.

"Ah, não", falou Harnett, alcançando a porta. "Sai da minha frente."

16

Dirigimos como se estivéssemos virando cambalhotas ladeira abaixo. Carros buzinavam e vans desviavam quando mudávamos de faixa, e ainda assim aumentávamos mais e mais a velocidade. Quando passamos por baixo da placa que dava as boas-vindas a Chicago, Harnett ultrapassou um Oldsmobile que nos perseguiu por meia hora. Depois que acessamos a saída, acabamos nos perdendo, e a culpa foi minha. A sinalização tinha mudado durante minha ausência. As placas apontavam direções diferentes. A cada retorno, Harnett desviava de mais quiosques e pedestres. Entramos em três postos de gasolina para pedir informação. Cidadãos que nem teriam notado minha presença um ano atrás, agora saíam do meu caminho pressentindo o perigo. De algum jeito, o paquistanês com o carrinho de bebê, o haitiano no táxi, o mexicano na barraquinha de comida, eles *sabiam*.

Faltavam poucas horas para o raiar do dia quando encontramos o Cemitério Evan Hills. E, quando toquei o caixão, percebi que já tinha feito isso uma vez, no funeral dela, momentos antes de deixar a área coberta por um toldo, de modo que agora, oito meses depois, meus dedos o reconheciam. Era como tocar qualquer outro objeto conhecido de casa, uma maçaneta, um corrimão.

Sem dúvida, foi a pior escavação da vida de Harnett. Ele estava transtornado. Cada partícula de terra era como uma porção de sua sanidade jogada longe. E respingava em mim, a terra e o delírio, e eu engolia muito dos dois. Havia no cemitério uma vaga impressão de espaço e limpeza, pedras sem mato. Eu me sentia grato por isso. A noite caiu pesada.

Meio metro, um metro — o entusiasmo indevido com a inversão de papéis de ir ver uma mãe que já tinha sido colocada pra dormir. Um metro e vinte, um metro e meio — o sorriso por me ver de novo seria largo o bastante para devorar seu rosto? Um metro e oitenta — o barulho da pá encontrando o caixão. Não faz barulho, papai, deixa a mamãe dormir.

Sentei de pernas cruzadas na beira do buraco, olhando para um cemitério escuro e gelado que tinha visto pela última vez em uma tarde clara de verão. Lá embaixo, Harnett massacrou a tampa — os estalos eram como o de ossos quebrados. O momento de silêncio teve a duração de uma inspiração, e depois os sons começaram. Fechei os olhos e tampei as orelhas. A garganta dele tinha explodido — essa era a única explicação para os soluços profundos e molhados que giravam por ali como ciclones.

A mão agarrou a grama; vi os dedos ensanguentados e as unhas quebradas. Outra mão juntou-se à primeira, e esta segurava não uma, mas um punhado de polaroides, e, quando Harnett saltou para a beirada e se arrastou pela lama fria, várias fotos escaparam da mão dele. Meus olhos estavam muito bem treinados. Vi a imagem de um corpo, nada ainda que eu pudesse reconhecer como minha mãe, deitado dentro de um caixão; em outra foto, ela estava fora do caixão; em outra, deitada de lado perto do túmulo; em outra, fazendo um espacate sobre a pedra com o nome dela. Ela aparecia posando como uma boneca de pano em dezenas de poses ridículas e impossíveis — eu catalogava cada imagem enquanto Harnett, ainda gritando, recolhia as fotos da lama —, e em várias fotos tinha a companhia do homem que a havia desejado quando estava viva. Nessas fotos, Baby a abraçava e beijava seu rosto inchado e além, mas Harnett pegou as últimas fotos e, antes que eu antecipasse o gesto, as rasgou em pedaços e comeu, sufocando quando os cantos cortantes o rasgaram por dentro.

Ele se contorceu no lodo até o último pedaço ser ingerido, depois segurou o estômago e gritou. Eu me encolhi quando alguma coisa dentro de mim se extinguiu. A frieza me invadiu. De repente, o comportamento de Harnett parecia impróprio. "Para de chorar", falei. Ele não ouviu. Fiquei em pé e caminhei até ele. "Para de chorar", disse de novo. Ele uivava e batia a testa no chão congelado. O barulho era tão alto que me assustava; então fiquei bravo por estar assustado. Ajoelhei e o cutuquei do lado. "Para de chorar." E o empurrei. "Para de chorar!" Chutei sua bacia, o joelho, o pescoço. *"Para de chorar!"* Empurrei meu pai até ele virar o rosto para cima, e então comecei a socá-lo, os dedos fechados acertando em cheio os olhos abertos e o nariz escorrendo. *"*PARA DE CHORAR! PARA DE CHORAR! PARA DE CHORAR!*"* Ele gritou até meu rosto ficar coberto com seu sangue. Eu me limpei com um braço. Meu comportamento seria adequado, mesmo que o dele não fosse. Levantei, enquanto ele se arrastava às cegas em círculos, coloquei a camisa por dentro da calça e ajeitei o cabelo.

"Oi, mãe", falei, ajoelhando ao lado dela.

Boggs a tinha devolvido à pose funerária, pelo menos. Olhei o rosto inchado e roxo procurando sinais da mulher que conheci e, depois de um ou dois minutos, sorri ao reconhecê-la. Lá estava: o rosto largo, o nariz alongado, a orelha deformada.

A orelha. Cheguei mais perto e olhei com atenção. Normalmente, as orelhas estão entre as primeiras partes a deteriorar, mas sua orelha esquerda estava milagrosamente intacta. Examinei o velho ferimento, imaginando o golpe da pá de Gatlin que a havia talhado tão cruelmente. Harnett assistiu a tudo, sem dúvida; lá em cima, ele ainda balbuciava ao luar. Eu sabia que ele estava perturbado com o que Boggs tinha feito ali no túmulo. Sabia que estava furioso, porque uma cópia de cada foto ficaria guardada em segurança no Livro da Podridão. Mesmo assim, queria que ele calasse a boca. Ele estava com ciúme porque outro homem a havia tocado, mesmo que seus fracassos a tivessem privado do toque de qualquer homem por dezesseis anos.

Eu era o único no cemitério digno de Valerie Crouch. Lembrava o contato suave de seu rosto. Estendi a mão e toquei a pele dura e farinhenta. Aproximei o meu nariz do seu pescoço, procurando o cheiro de madeira e leite; senti apenas o habitual odor forte da sepultura.

Por que ela se retraía? Senti um lampejo de irritação. Tinha vindo de muito longe, atravessado dois estados, descido quase dois metros da superfície, e ela me ignorava. Passei um braço em torno de seus ombros, o outro na cintura. Com cuidado, eu a tomei nos braços. A cabeça dela encostou em meu rosto. Antes que eu percebesse, ela estava em meu colo, o corpo azul, túrgido e rangendo como borracha. Falei *shhh* e a embalei, afagando seu cabelo frio de palha. Faltava um braço, e uma das pernas era só uma cápsula de pele, e a quantidade de canos de PVC no interior do caixão me fez entender quanto os ferimentos haviam sido catastróficos, como o agente funerário tinha se esforçado para remontá-la.

Ela caiu do meu abraço. Fiquei irritado, primeiro com ela, depois comigo. Resmunguei palavrões pelos quais ela teria me deixado de castigo quando era viva, depois pedi desculpas solenemente. Voltei o rosto para as estrelas e xinguei os Incorruptíveis, aqueles supostos santos que, egoístas, ficavam com todos os milagres só para eles. Se existia alguém que tinha sido santo, esse alguém era minha mãe, mas ela estava ali, tão decomposta quanto o pior dos pecadores.

Eu a coloquei pra dormir. Aproximei os lábios de sua orelha inchada e murmurei um boa-noite. Por alguns minutos, adormeci ao lado dela. Mas a manhã chamava. Meus dedos tocaram o osso longo e frio de uma perna entre os canos de PVC, e eu o tirei do caixão e usei para me ajudar a voltar à superfície. Então o deixei cuidadosamente à parte e peguei a Raiz.

Naquela noite eu era um Preenchedor, não um Escavador. Tudo que havia escavado de mim desde a morte de minha mãe, agora eu preencheria com habilidade maior que a do Ressurreicionista, de Lionel ou de qualquer Escavador que jamais viveu. Levantaria corpos como uma chuva forte traz os vermes à superfície. Seria herói para alguns poucos; para todos os outros, eu seria o açoite da chama tremulando em pesadelos febris. Eu me tornaria o Filho, e adotaria o nome em honra dela, não dele.

O primeiro ato do Filho foi consertar o que Harnett tinha estragado. Reparei seu túmulo aberto como o agente funerário havia consertado seu corpo. A Raiz era meu bisturi, a terra sua fibra muscular, a grama sua pele, a sepultura seu corpo.

17

Quase da noite para o dia, a cabana se tornou sórdida. A garrafa de uísque que John Chorão havia deixado foi esvaziada em segundos depois que voltamos. Eu me encolhi entre os lençóis, escondi o osso roubado da perna da minha mãe embaixo do travesseiro e me separei do homem que agora vagava pela sala, chutando coisas e se encharcando de bebida. Ainda havia algumas coisas que eu podia aprender com o filho da mãe, e aprenderia, mas não deixaria Ken Harnett destruir mais um Crouch.

Encurralado entre as fechaduras e trancas da prisão que ele mesmo construiu, meu pai se arrastava, aceitando negócios infames com agentes de penhor desinteressados, depois bebia a decepção, e os poucos lucros, de uma só vez. Dormia em horários aleatórios. Eu ouvia o rangido da cadeira de balanço e o crepitar do fogo no meio da noite e tentava bloquear os sons com melodias rebuscadas que tocava na banda; conversas que tinha com Boris; diálogos imaginados com um novo amigo, o trombonista Mac Hill. A palavra *trombone* me intrigava, e eu imaginava como poderia juntar o osso de perna embaixo do travesseiro ao meu trompete antes da próxima aula de Ted. Voltava a dormir com esses delírios bizarros girando em minha cabeça, certo de que a alma, se é que existia, se alojava no esqueleto, a parte que se preservava muito depois que o resto se dissolvesse em pó.

O que aconteceu em seguida foi inevitável, provavelmente. Foi como se vidas inteiras tivessem passado desde que nós dois havíamos ficado encolhidos ao lado da cripta em Lancet County, esperando a Mulher de Preto encerrar sua vigília, e Harnett havia condenado os "Trabalhos Ruins". Sua descrição de escavadores de aluguel me assombrava desde então: *Qualquer Escavador que comece a trilhar esse caminho está bem perto do fim*, ele tinha dito. *Não dá pra fazer esse tipo de serviço e ficar em paz consigo mesmo.*

Era o que havia de mais próximo do suicídio, Harnett havia insinuado, e, por ser o mais orgulhoso Escavador com os padrões mais elevados, ninguém poderia ter previsto essa rápida derrocada para esse tipo de serviço, ninguém, exceto eu; eu vi toda esperança e toda razão deixarem seus olhos na noite em que ele viu o cadáver da minha mãe.

Concluído o primeiro Trabalho Ruim, o segundo o esperava. Harnett retinha o suficiente de suas faculdades mentais para me proibir de ir junto, mas extraía um prazer autodepreciativo de me contar os detalhes póstumos. Por exemplo: uma família de fanáticos religiosos no Maine queria realizar o que chamava de "ressurreição milagrosa" do patriarca do clã. Toda a dinastia se reuniu na grande propriedade rural da família para se deleitar com a farsa, orando sobre um banquete gigantesco antes de se retirarem para seus aposentos, enquanto

Harnett os observava com o binóculo da campina mais próxima. Enquanto eles dormiam, ele entrou em ação. Removeu o patriarca morto, devolveu a terra à sepultura de forma que parecesse intocada, depois ajeitou o corpo em pose de oração voltado para a lápide. O envelope de dinheiro que o aguardava, conforme prometido, embaixo dos degraus da escada do fundo da casa era identificado como *Dinheiro Milagroso*.

Outro exemplo: um anônimo queria ter acesso a um túmulo em Aurora, Texas, que supostamente abrigava os restos do piloto de um óvni que havia explodido ao se chocar contra o moinho do juiz Proctor em 1897. Como foi explicado em artigos dos jornais da época, os moradores ajudaram Proctor a jogar os destroços em um poço — do qual, posteriormente, os residentes beberam e ficaram terrivelmente deformados — antes de enterrar o humanoide embaixo de uma pedra comum no cemitério local. A pedra foi roubada na década de 1970, mas Harnett usou fotografias antigas para determinar a localização. Quando voltou da viagem, ele foi direto para a cama, apesar do meu interrogatório. Seus olhos estavam atormentados, e ele disse apenas: "Nunca mais me pergunte sobre isso".

Por um tempo, ele resistiu ao pior de todos os serviços. Embora fosse verdade que os Escavadores originais roubavam corpos para uso médico, o roubo de corpos tinha se tornado um tabu entre eles. Eu tentava não pensar no osso de perna embaixo do meu travesseiro. Havia sido um acontecimento isolado. Eu tinha certeza disso.

Harnett, por outro lado, começou se desculpando com uma argumentação quase humanitária. A maioria dos esqueletos para uso médico era importada da Índia, disse, onde jovens eram raptados e mortos para suprir a demanda. Roubando ossos por dinheiro, ele estava apenas ajudando a combater essa atrocidade, argumentava. Nós nos afastamos um do outro com essa mentira descarada. Fazia muito tempo que os esqueletos de plástico tinham sido adotados. Até Gottschalk tinha um.

Aquilo foi só o começo. A pedido de museus ou colecionadores, ele desenterrava carcaças de indivíduos que haviam sofrido doenças raras e fabulosas e tinham sido horrendamente deformados por elas. Cortava fatias de carne de restos mortais recentes para alguém que queria fazer velas de gordura corporal. Coletou uma seleção de mãos, pés e genitais para um famoso artista experimental do Brooklyn. Roubou o crânio de um suposto santo que uma igreja queria para guardar como relíquia sagrada. Quando este último grupo se recusou a pagar, Harnett achou graça e recorreu ao que chamava de Método Brookes, que consistia em deixar uma pilha de ossos na soleira de um cliente inadimplente. Um livro na biblioteca de Harnett me fez pensar que a técnica tétrica tinha esse nome por causa de Joshua Brookes (1761-1833), um homem que se recusou a pagar cinco guinéus ao seu ressurreicionista, e uma manhã encontrou pilhas de ossos em todos os cruzamentos nos arredores de sua faculdade. A tática assustadora ainda funcionava. Harnett podia ter perdido todo o resto, mas não perdia dinheiro.

Enquanto ele andava pelo país, eu punha à prova sua teoria. Especificar me permitia encher os túmulos com uma precisão talvez sem precedentes. Os mortos, testemunhas do meu sucesso, tornaram-se meus amigos, professores e confidentes. Quanto mais eu manipulava carne sem vida, mais sentia a minha viva. Se antes eu não crescia, agora estava ficando maior, mais forte, mais cabeludo, como se absorvesse as forças vitais reminiscentes que ainda se moviam dentro de cada carcaça. Meus ombros largos pediam um casaco novo. Encontrei um que me agradou a uma hora de Bloughton, embaixo de uma polaroide. Meus sapatos velhos eram piadas puídas. Encontrei um par de botas quase dois metros abaixo da superfície sob um pequeno cemitério ao norte. Não precisava de chapéu, mas peguei o de um corpo que desenterrei na região leste da cidade; achei que ele me dava um ar misterioso e talvez até um pouco elegante. Escolhi todas essas roupas com os pensamentos em Foley. Embora cheirassem mal, eram quase tão heavy metal quanto podiam ser.

No fim de uma tarde morna de abril, fui parar em Lancet County. Depois de sair de uma cova recente com três braceletes grossos de pedras preciosas brilhantes, fui fazer uma visita a Nathaniel Merriman. Lá encontrei uma sepultura nova à sua esquerda: ROSE MERRIMAN, FILHA LEAL. Lá estava a Mulher de Preto. Afastá-la do túmulo do pai tinha sido o primeiro gesto que me havia rendido fama entre os Escavadores, e senti uma ponta de tristeza. Sentei entre as duas sepulturas e passei as mãos na grama. Logo os restos de pai e filha se misturariam. Eu os invejava. Quando saí da cidade, parei no bar de Floyd e Eileen para comprar carne-seca, só para relembrar os velhos tempos.

Era o dia 1º de maio quando Harnett desenterrou o corpo de um adolescente e traçou um plano para pedir resgate à família. Fiquei chocado. Ele tentou me convencer de que a família tinha feito alguma coisa horrível o bastante para merecer isso, mas eu não acreditei. Ele agora era um monstro. O fato de mudar de ideia e devolver o corpo ao túmulo dezoito horas depois não serviu para me convencer do contrário. Ele resmungava sobre o plano quase bem-sucedido de 1876 para roubar o corpo de Abraham Lincoln na esperança de trocá-lo por um prisioneiro, sobre como, às vezes, você tem que fazer coisas ruins para alcançar fins virtuosos. Respondi que ele precisava pegar as coisas de merda dele, porque nós tínhamos trabalho a fazer.

"Nós" era um jeito generoso de definir a situação. Seus dedos embriagados não funcionavam mais como antes. Ele bagunçava toda a superfície. As lonas não ficavam niveladas e a terra escorria como água da chuva. Salvei a nós dois do desastre iminente várias vezes, e com frequência tive que arrancar uma pá ruim de suas mãos trêmulas. Normalmente, era eu quem abria o caixão com o pé de cabra, e, quando encontrava polaroides, fazia um esforço para escondê-las.

A humilhação dele se tornava sufocante. Meu pai tinha destruído umas duas dezenas de pás desde o Ano-Novo. Agia de modo arriscado, cavando em plena luz do dia ou durante os horários de pico, como o Dia dos Combatentes Mortos em Ação ou o Dia das Mães. Eu o chamei de burro. Ele me chamou de cagão. Foi depois de uma dessas brigas que, ao voltar do colégio, cheguei em casa e o encontrei jogado no chão. Ele havia cagado nas calças. Arrastei meu pai até o banheiro, tirei suas roupas imundas e o empurrei para baixo da água gelada do chuveiro. Momentos como esse o deixavam sem argumentos. Ele aceitava qualquer proposta que eu fizesse. Sim, assinaria aquele boletim cheio de notas vermelhas, ou mandaria um bilhete com uma desculpa para minhas faltas constantes, o que eu quisesse. Desde que eu não falasse sobre aquilo em que ele havia se transformado.

Em meados de maio, quando fui até um cemitério a duas horas de Bloughton pela interestadual, encontrei um funeral em andamento. Um dos presentes era Claire, a assistente social que tinha me preparado da melhor maneira possível para a vida em Bloughton. Para ter uma visão melhor, eu me aproximei até ficar a uns cinco metros dela. Com um vestido preto e simples e um batom escuro, ela estava ainda mais bonita do que eu lembrava. Pensei em dar um oi. Talvez agora ela me visse como um homem, talvez pudéssemos sair para tomar um café. A Mera Realidade foi varrida pela brisa. A última prece foi dita, e as pessoas começaram a ir embora. Por um momento, ela olhou para mim. Não me reconheceu. Deu o braço para um homem que devia ser seu marido e se afastou. Eu me forcei a rir. Essa carne tão quente e viva não era para mim.

18

Ted apontou para o compasso pela terceira vez. Além das unhas bem-feitas, os pontos e linhas eram arbustos e espinheiros. Soltei a respiração, mas meus pulmões retiveram o ar, sabendo melhor que meu cérebro que iam precisar de toda força para a escavação daquela noite. Meus dedos também poupavam força. As notas que eu emitia pingavam como sangue.

Bocejei por trás do bocal e olhei para o relógio. Eram quase seis, hora de ir para casa e me arrumar para trabalhar. Ted franziu a testa e endireitou as costas. Esticou o braço e fechou a partitura. Senti gratidão. Esfreguei as notas que haviam ficado gravadas em meus olhos.

Quando olhei de novo, ele continuava no mesmo lugar e me encarava. Esperei o *Até* a próxima aula, então. Não veio. Pigarreei. Deixei o trompete sobre as pernas. Por alguma razão, o desdém ainda parecia ser compulsório.

"Temos um trato", falou ele finalmente. "Eu sei. Mas quero pedir sua permissão pra falar sem reservas."

Dei de ombros. "Tudo bem."

Ele cruzou os braços. "Por que você ainda vem?"

Repeti o gesto com os ombros. "Não sei."

"Não vai às aulas, mas vem até aqui pras aulas de trompete. Por quê?"

"Já falei."

"Não pode continuar assim. Eles vão acabar te reprovando. Sabe disso. Um dia não será mais aluno aqui, e não vai demorar."

"Tudo bem." Removi o bocal.

"E vou falar mais uma coisa. Não ligo. Desista. Se não gosta de alguma coisa, desista. Não gosta de ir à escola, não vá mais. Mas não pare com essas aulas. O que quer que faça. Podemos marcar os encontros em outro lugar, se for necessário. Vamos tocar ao ar livre, nos fins de semana, se for o caso. Mas uma coisa que não vamos fazer é parar. Fui claro?"

Abaixei a cabeça e me senti incapacitado por um sentimento de inevitável abandono.

"Por quê?", perguntei.

"Porque isso é tudo que você tem." Ele falou com tanta confiança que eu me encolhi. "Um dia, quando isso acabar, seja o que for que incomoda você agora, vamos tocar juntos, você no trompete, eu na clarineta. Vou emprestar uns discos pra você ouvir, coisas inspiradoras. E pode me emprestar alguns também. Pense nisso. Imagine isso tantas vezes quanto puder, e um dia vai acontecer. Vamos ver uma ópera. Já foi a uma ópera? Eu vou todo ano. *Fausto* é minha favorita. É apresentada no Metropolitan o tempo todo. Sabe do que ela trata? É sobre um homem que faz um pacto com Lúcifer em troca de conhecimento. Imagine ver isso. Imagine. Continue imaginando, e um dia estaremos lá, nós dois no Met. Só não pare as aulas. Não pare. Entende?"

Assenti, e as lágrimas pingaram do meu queixo.

"Tudo bem", ele continuou e ajeitou o bigode com o polegar e o indicador. "Bom, até a próxima aula, então."

19

Não lembro o dia exato do acidente. Depois de horas de ofensas mal-humoradas, cedi e aceitei a companhia de Harnett em uma escavação. A apenas quarenta e cinco minutos de distância da cabana, eu sabia que o serviço seria tão simples que nem ele conseguiria atrapalhar.

Mas ele era bêbado, não burro. Ficou ofendido com a simplicidade do trabalho e ficou me importunando durante todo o trajeto. Eu dirigia de boca fechada. Quando chegamos ao local, ele tomou a Raiz de mim. Suspirei e o vi assassinar a terra, tentando acompanhar de onde caía cada porção para poder devolver tudo ao lugar quando ele terminasse.

"Está com muita pressa pra se livrar de mim", comentou ele entre um movimento e outro. "Um dia desses, vai conseguir. Eu vou morrer, e você vai ficar feliz, no final."

"Eu nunca vou ser feliz", respondi. "Continua cavando."

"Não faz comigo o que o Lionel quer fazer. É só o que eu peço. Não me enfia em uma caixa dentro de um buraco. Tenha ao menos esse respeito pelo seu velho."

Pensei na cova de Lionel, empoleirada tão magistralmente sobre o Atlântico. "Vai ter sorte, se tiver o que ele tem."

"O diabo. Quero que me queime. Incinere. E joga as cinzas por aí pra serem espalhadas pelo vento."

"Espargidas", corrigi, lembrando uma informação de um dos livros de Harnett. "A igreja prefere *espargidas*."

"Acha que eu ligo pro que a igreja prefere?"

Um baque. Ele já havia encontrado o caixão. Mesmo sem nenhuma elegância, ainda era dono de força e velocidade inegáveis.

Harnett resmungou lá embaixo. "Melhor ainda: excarnação. Pode me fazer essa gentileza?"

O termo era familiar, mas eu não consegui defini-lo de imediato. Desesperado por maneiras de me superar, Harnett continuou:

"É uma tradição tibetana. Enterro Celestial, enterro no céu, excarnação. É tudo a mesma coisa. É perfeito. É bonito. É bem mais do que eu mereço, mas talvez você tenha piedade do seu pobre pai e faça isso por mim."

Ouvi o barulho do pé de cabra escorregando das mãos dele. Relutante, cheguei mais perto e olhei para dentro do buraco.

"Três dias." Ele limpou as palmas suadas na calça. "Você me deixa exposto por três dias. Não enterra, não faz nada. Só me deixa amadurecer por três dias. Depois tira minhas roupas e me leva pra um campo. Se for trabalho demais, me deixa no quintal, tanto faz."

Ajoelhei na beirada da cova. "Deixa eu te ajudar."

"Quer me ajudar? Então me desmembra primeiro, se tiver estômago pra isso. É uma tradição tibetana." Seus lábios se retraíram em sinal de ressentimento quando ele tentou remover a tampa mais uma vez. "Esquece. Você não tem estômago. Só me joga na grama."

Parte do problema era que a Raiz estava lá embaixo com ele, atrapalhando. "A Raiz", falei. "me dá ela aqui."

"Não tem muitos abutres em Iowa. Mas tem muitos pássaros. Eles vão aparecer, um ou dois no começo, e vão me bicar. É só ficar longe e deixar os passarinhos bicarem. E aí eles vão vir aos montes. Eles vão me comer, cada parte de mim, e vão me levar pro céu. E depois, quando cagarem, eu vou estar em todo lugar. É muito bonito e é mais do que eu mereço, mas talvez, só talvez, você possa fazer essa gentileza pro seu pai."

Ele balançava e se apoiou na parede da cova para não cair.

"Sai daí." Tentei ser firme. Estendi a mão. "Você vai se machucar. Sai."

"Não esquece de arrumar um rolo compressor", continuou falando com a voz pastosa. "Quando os pássaros terminarem, você vai ter que pulverizar meus ossos. Tradição tibetana."

"Você está perdendo tempo. Sai."

Houve uma pausa, e em seguida ele se moveu com velocidade assustadora, segurando o pé de cabra em uma das mãos e a Raiz na outra, saindo do buraco. Continuei abaixado na beirada, tentando não dar a ele a satisfação de me ver recuar. Fora do buraco, ele tropeçou e caiu de cara.

"Mais cedo do que você pensa", disse irritado, levantando e cambaleando. "Mais cedo do que você pensa eu vou estar morto, e então você vai poder cavar esses malditos buracos do jeito que quiser e me jogar em um deles como um cachorro." Ele rosnou. "Vai pro inferno."

Depois da explosão, ele enfiou a Raiz na terra. A pá fez um ruído diferente ao penetrar o solo. Mesmo bêbado, Harnett sabia que o ruído não era normal. Senti um formigamento gelado.

Levantei a mão direita. As metades superiores do meu indicador, do dedo do meio e do anelar tinham desaparecido. Juntos, olhamos para a Raiz e vimos três fragmentos brancos de um lado da pá. Ao mesmo tempo, olhamos novamente para minha mão estendida. Uma eternidade passou. Finalmente, sangue preto como petróleo começou a brotar dos buracos.

"Harnett." Levantei a mão ainda mais, como se ele já não tivesse visto. O sangue escorria por meu pulso e pelo braço, encharcava a manga.

O movimento de Harnett foi como um borrão. Eu me sentia desligado do corpo. Fui recuando, dando impulso com os calcanhares até ficar sem ar, e então caí deitado na grama fria. Sobre mim havia um lindo toldo de estrelas. Cada uma delas, eu pensava, corresponderia a um pedaço do corpo de Harnett depois de seu enterro celestial. Era bonito, afinal.

Em nenhum momento tive a ilusão de religação. Havia um túmulo para encher, e os Escavadores têm prioridades. De volta à cabana, Harnett revirou o armário embaixo da pia até encontrar uma embalagem de água oxigenada. Ele me fez engolir um punhado de analgésicos e um copo de água morna, depois tirou o pano que envolvia minha mão e jogou a água oxigenada nela. Eu gritei, depois ri do grito de menininha, em seguida gritei mais. Meu outro braço derrubou livros. Minhas pernas espalhavam jornais, que caíam como gaivotas descendo do céu. Quase não notei quando a porta se abriu, e um homem jogou a bengala no chão e caiu de joelhos sobre a mistura de água, sangue e antisséptico.

Knox segurou meu rosto com a mão fria.

"Jesus chorou", disse. "Jesus chorou. Jesus chorou."

20

Como havia feito durante meu surto de depressão de cemitério, o reverendo perneta cuidou de mim até eu me recuperar. Suturou os ferimentos com uma agulha quente e me manteve boiando em líquidos. De algum jeito, ele arrumou tempo para fazer café no fogão. Teve que fechar os dedos de Harnett em volta de uma caneca para que ele a pegasse. Meu pai bebeu o líquido perto da pia, se recusando a olhar para nós. Pela primeira vez eu fiquei com a cadeira de balanço, embora sentisse que era errado. Foi difícil não insistir para Harnett aceitá-la de volta.

A chegada de Knox não tinha sido coincidência. Ele ouvira falar sobre a mutilação de Embaixo-da-Lama e o desaparecimento suspeito de John Chorão, e estava a caminho da Virginia para visitar o hospital onde o Apologista estava à beira da morte. À sua lista já cheia, Knox acrescentou Brownie, que havia suspendido todas as escavações para se dedicar a um intenso trimestre de estudos religiosos na esperança de que Jesus Cristo pudesse salvá-lo. Knox orientava os estudos de Brownie quando ficou sabendo que os Trabalhos Ruins de Harnett tinham enfim chegado ao Texas.

Não foi como na última vez. Não houve conversa entre os homens. A interação silenciosa entre eles dizia tudo. Knox estava bravo e abalado. Harnett era consumido pela vergonha e pelo ódio de si mesmo. Embora dominado pela dor, eu me sentia no comando. Esses dois podiam continuar com sua briguinha quanto quisessem; mesmo assim, o Filho continuaria cavando ainda mais depressa e melhor que antes, era só esperar para ver.

Os sorrisos secretos que Knox havia compartilhado comigo em sua última visita estavam ausentes dessa vez. Eu queria atribuir a ausência à fadiga e à longa viagem que ele ainda tinha pela frente, mas sabia que não era isso. Eu tinha mudado. Knox podia perceber a mudança em cada som e movimento que eu fazia. Só de vez em quando ele me observava de um jeito que despertava alguma esperança. Eu não queria fazer parte de Bloughton nem do mundo de maneira geral, mas a aprovação de Knox ainda significava alguma coisa.

O reverendo mandou Harnett buscar lenha para o fogo, e, depois que meu pai voltou e se acomodou de novo em seu canto, Knox passou as horas seguintes talhando o melhor tronco. Eu o observava de onde estava, encolhido na cadeira. Logo ele estava lixando três bolinhas de madeira. Sua total concentração era, de certa forma, envolvente, e eu me ajeitei melhor embaixo do cobertor que me agasalhava. Ele resmungou quando mudou de posição no balde. Era difícil se equilibrar com uma perna só.

"Quer a cadeira?", perguntei.

Ele franziu a testa sem parar de lixar. O ruído baixo e repetitivo começou a me deixar sonolento. A voz de Knox tinha a mesma qualidade macia e cadenciada; no começo, foi difícil diferenciá-la do ruído.

"Tenho cem anos", falou ele em voz baixa. "Às vezes me sinto como se fossem duzentos. Dois mil. A sensação é mais forte em ocasiões como agora, quando não estou em movimento. Eu estou *sempre* em movimento. Construí minha vida em movimento. Vocês dão nome às suas pás; eu dou nome aos meus carros. Bethany era uma beleza. Jacqueline, forte como um tanque. Patty... Patty não durou muito, mas era veloz. Quando eu tinha cabelo, ele colava na cabeça quando eu estava dirigindo Patty. E aonde eu vou? Aonde todas essas lindas mocinhas me levam? Pergunto ao bom Senhor todas as noites: 'Aonde está me levando, Senhor?'. É como se há cem anos eu fizesse essa mesma pergunta, e há cem anos não tivesse respostas. Agora estou cansado. Mas continuo em movimento. Quer saber por quê? Porque estou com medo. Eu também, aleluia. Tenho medo de que, se desligar esse motor pra sempre, minhas orelhas finalmente escutem, e então vou saber que não há respostas, não pra mim. Porque eu errei com Ele. Esse é o tipo de silêncio que não sei se tenho forças pra suportar. É um tipo de silêncio eterno."

As bolinhas de madeira eram dedos. Ele os colocou na depressão entre as coxas e pegou uma luva velha e uma tesoura. Juntou três dedos de couro da luva e começou a cortar.

"Vai haver uma horrível escuridão lá fora. Eu a vejo em cada cidade por onde passo. Vejo nos acostamentos da estrada. Eu a vejo muito forte quando visito qualquer um de vocês. Mas a vejo ainda mais no retrovisor, em mim. Deus é bom. Eu acho que é, pelo menos. Eu rezo: 'Fale comigo, oh, Senhor' e só escuto o silêncio. Rezo: 'Mostre-me, oh, Senhor' e vejo a escuridão. Estes olhos velhos choraram baldes, tantos baldes que me sinto uma criança, mais novo que você. 'Não é justo', eu choro. Você acha que Deus é justo? 'Trabalhei tanto', eu choro. Acha que Jesus olha meu velocímetro? Boxer, Embaixo-da-Lama, Ressurreicionista —... vi tantos de vocês passarem que os nomes são como poeira. Mas minha vida — essa é a *minha* vida. Penetrei na mais horrível escuridão pra levar vocês todos à luz. Talvez tenha ido longe demais. Talvez esteja perdido no escuro. Talvez esta não seja a história do seu declínio, Joey Crouch. Talvez seja a história do meu."

Rapidamente, ele segurou parafusos engordurados entre os lábios, enquanto trocava a tesoura por um alicate. Knox encaixou a madeira na luva cortada e a prendeu no lugar. Com um polegar velho e cheio de saliências apertou o primeiro parafuso contra o couro. Ele cuspiu o resto dos parafusos na mão e começou a torcer a porca correspondente.

"O número de pecados que deixei passar é grande demais pra ser expiado. Ajudei vocês todos pelas razões certas? Não sei, Ele não me diz. Quando olho no espelho, o reflexo é escuridão. Quando colo a orelha no chão, escuto o silêncio. Isso é cegueira e surdez. Isso é inferno. E todos os dias o inferno chega um pouco mais perto. Está na cabine de pedágio da interestadual. Está no banco de trás do meu carro. No meu porta-luvas, no bolso de trás. Na perna que não tenho. Pai, Filho e Espírito Santo. Às vezes sinto que sou um deles, e você é um deles, e Ken é um deles também. Mas não pode ser verdade. Olha pra mim. Tenho um pulmão atrofiado. Tenho problemas na próstata. Meus joelhos doem tanto que em alguns dias não consigo pisar no freio. Aliás, o nome do meu carro novo é Priscilla Beaulieu. Sabe por quê? Porque espero que ela me leve ao Rei."

Sério, ele levantou a luva e a aproximou do nariz. Seu rosto era uma confusão de linhas que se espalhavam a partir de um ponto entre as sobrancelhas. Ele virou sua obra e inspecionou o outro lado. Um lampejo de dentes, o esboço de um sorriso... — era como uma nesga de luz entrando em uma sala escura pela fresta da porta.

Estiquei o braço. Ele encaixou o aparato com cuidado e me convenceu a abrir e fechar a mão umas cem vezes. Cada vez que eu cerrava o punho, imaginava aqueles novos dedos segurando a Raiz. Seria diferente, mas não necessariamente pior. O que eu perderia em sensibilidade, ganharia em resistência à dor. Flexionei os dedos novos até Knox começar a roncar e as grades da janela segmentarem a luz da manhã.

Os roncos foram interrompidos. Knox tossiu e endireitou o corpo. Alimentou o fogo e consultou o relógio de bolso. Parecia irremediavelmente velho. Seu colarinho de padre estava amarelo e manchado de suor. Mechas de cabelo prateado brilhavam no couro cabeludo. Ele esfregou os olhos e examinou a confusão na cabana como se não acreditasse que sua vida tão longa o tivesse levado àquele lugar. Depois, com dificuldade, se apoiou na perna, pulou três vezes e se abaixou ao meu lado.

Do fundo de sua voz vinha uma energia persuasiva.

"Ken, venha rezar também."

O homem no canto mudou a posição dos pés.

"Ken Harnett. Venha rezar também."

Os olhos do reverendo estavam amarelos e emoldurados pelo fogo. Harnett não se moveu, e sua expressão teimosa deixava clara a expectativa de ter o mesmo fim de John Chorão e Embaixo-da-Lama. A diferença era que ele não se importava.

O impasse assistiu ao raiar do dia. As luzes lá fora se apagaram e o silêncio se encheu com o canto dos pássaros e o barulho do rio. A situação me lembrava muito o dia em que Harnett e eu ficamos lá fora, eu exigindo aulas, ele dizendo que eu não estava preparado. O reverendo nunca havia parecido tão determinado; sua habilidade de convencer meu pai nunca foi subestimada. Harnett finalmente deu alguns passos pesados pela sala, caiu de joelhos, derrotado, e abaixou o queixo, adotando a postura adequada. Sem esperar nem um segundo, Knox começou:

"Senhor, escute nossa prece. Temos aqui um jovem ferido; ajude-nos a curar suas feridas. Temos aqui um homem perdido; ajude-o a encontrar seu caminho. Por aí, em algum lugar no mundo, há outro homem que vive em raiva; ajude-o a dominar sua fúria. Mostre a eles, Senhor, que há luz mesmo na noite mais escura. Lembre-os, Senhor, que embora possam andar pelo vale da morte, não devem temer o mal, porque o Senhor está com eles e Sua vara e Seu cajado os confortam".

Sua vara: a Trituradora. Seu cajado: a Raiz. Confortos, de fato.

"Acima de tudo, Senhor, mostre a seus servos que ainda há tempo. Tempo para confessar o que vimos, para nos arrepender do que fizemos, para pedir Sua ajuda e a vida eterna. Nossos sacrifícios começaram e vão continuar. Sabemos disso, Senhor; no fundo de nosso coração, sabemos disso. Mas, por favor, Senhor, mostre que Deus é bom, não exija um sacrifício duro demais. Somos seus cordeiros; nos guie para longe da matança, eu suplico."

Lágrimas desciam pelo rosto de Knox em duas linhas retas, escuras. Com uma das mãos procurou Harnett até encontrar seu antebraço. Com a outra se adiantou às cegas até envolver meu pulso. Ele apertava com tanta ferocidade que a unha do polegar feriu minha pele.

"Eu imploro, Senhor: 'o Filho do homem não veio para destruir a vida dos homens, mas para salvá-los'.

"Eu imploro, Senhor: 'aquele que perseverar até o fim será salvo'.

"Eu imploro, Senhor: 'aquele que sofreu em seu corpo rompeu com o pecado'.

"Eu imploro, Senhor: 'não há ninguém que nunca peque'."

As bolsas enrugadas de seus olhos relaxaram, e uma cortina de lágrimas lavou o rosto empoeirado. As bochechas se contraíram em um sorriso, um sorriso largo, chocante e glorioso, que dizimava a certeza do desastre que tinha nublado seu semblante. Era como se uma mão celestial tocasse seu coração. Talvez ele finalmente houvesse rompido a escuridão e o silêncio. Abaixou os braços e voltou as palmas para cima. Havia em sua voz uma grande emoção.

"'Eu os estou enviando como ovelhas no meio de lobos. Portanto, sejam astutos como as serpentes e sem malícia como as pombas'."

Harnett engasgou com as lágrimas. Ele se levantou, virou e andou entre garrafas que giravam e jornais espalhados, até a mão instável encontrar a maçaneta da porta do quarto. Então cambaleou. Prendi a respiração. Knox inspirou suavemente. Toda a casa pareceu se inclinar.

21

A notícia do acidente com meus dedos se espalhou depressa. Ted me puxou para um lado no corredor antes da terceira aula, levantou a manga do meu casaco preto, sem imaginar, nem por um momento, que eu o tinha tirado de um cadáver, e examinou a invenção de Knox em minha mão direita. Ted foi só o primeiro de vários professores e até alguns alunos curiosos. O estranho era que nenhum deles perguntava como aquilo tinha acontecido, como se desconfiassem e tivessem medo de que alguma coisa que fizeram, ou deixaram de fazer, tivesse provocado esse triste destino.

Eu tinha lembranças turvas de uma promessa que fiz a Ted, mas todas as juras se tornaram vazias quando mostrei a ele meus três dedos emendados, exatamente os três dedos que eu usava para tocar o trompete. A última conexão tangível com a vida que eu tinha com minha mãe havia sido literal e precisamente cortada, e Ted era só um resíduo que havia sido removido com ela.

"Não pode mais tocar, pode?" Ele parecia arrasado de um jeito cômico.

"Não", respondi.

Ele sufocou um gemido, e juro que vi lágrimas.

"Sinto muito", disse. "Sinto muito mesmo."

"Não sinta", falei. "Trompete é pros fracos."

Cada tesouro da lendária coleção de Lionel, isso era o que eu teria dado por uma foto da reação de Ted. Ou da reação de Laverne, quando disse para ela ir comer merda, de preferência a do seu diretor. Ou da reação de Heidi Goehring, quando sugeri que ela enfiasse as condolências bem no fundo do rabo. Era alguma coisa entre repugnante e engraçado, o fato de três pedacinhos de madeira lixada bastarem para me transformar em uma celebridade.

Fingi não ver Celeste em meio à movimentação da hora do almoço, mas suas unhas brilhantes tocaram minha camisa e me levaram para um corredor lateral. Paredes, chão e teto ecoavam o barulho de seus saltos; os alunos que passavam por nós imitavam o som do Big Chief. Por alguns momentos, evitei seu olhar carregado de expectativas, como a havia evitado por semanas, percorrendo corredores aleatórios ou até fugindo da escola quando sua aproximação sinalizava um confronto inevitável. Agora eu me forçava a encará-la. Meus dedos novos tinham provado uma coisa: eu era mais forte do que imaginava.

"Pobrezinho, é verdade?", cochichou ela.

Não respondi, e ela segurou meu cotovelo com cuidado e foi descendo os dedos pelo braço até a mão quente envolver meu pulso. Devagar, ela virou minha mão e levantou o aparato da luva até a altura do seio. Seus polegares descreviam círculos na prótese. O corpo dominou a mente. Minha respiração ficou presa na garganta. Deve ter sido o momento mais sexy da minha vida. Mas a madeira e o couro insensíveis me impediram de sentir seu toque.

"Olha pra você", falou. "Olha só pra você."

Inclinei a cabeça para trás. Que sensação era essa? Êxtase? Se sim, não era isso que sempre quis dela? Essa não poderia ser uma rota de fuga alternativa, menos mortal, para a Mera Realidade? Acima de mim, um espetáculo de incríveis luzes fluorescentes e fabulosas manchas de água.

"Estou preocupada com você, Joey."

"Eu sei."

"Talvez deva consultar um fisioterapeuta."

"Com certeza."

"Essa coisa na sua mão não parece muito higiênica."

"Tem razão."

"Já pensou em procurar um terapeuta?"

"Arrã."

"Suicídio de adolescentes é uma epidemia."

"Sim. Realmente."

"Você não faria isso, faria?"

Senti que balançava a cabeça — *Tudo que você disser, qualquer coisa.*

"Que bom. Porque ainda estou contando com você."

Minhas partes rígidas amoleceram; as moles endureceram. Meus olhos se abriram e minha cabeça se encaixou no lugar. Engraçado, o movimento de seus dedos agora lembrava os espasmos de morte de um rato que uma vez esmaguei em um túmulo. Eu senti o cheiro de alguma coisa queimando, e não era a comida da cantina. Eram mentiras, as dela e as minhas. Era um cheiro ruim do qual eu queria me livrar.

"O Spring Fling", continuou ela. "É na sexta-feira. Pobrezinho. Deve ser a última coisa que passa pela sua cabeça. Mas você disse que ia dar uns telefonemas? Tentar trazer alguém? Ainda vai tentar, não vai? Pobrezinho."

Ela era linda por fora, sim, mas eu havia aprendido que a verdadeira beleza não tinha nada a ver com o exterior. Dei uma olhada nela da cabeça aos pés e pensei: *Como será que ela é por dentro?*

Era engraçado. Comecei a rir.

A pressão estimulante em minha mão parou. Seus dedos se retraíram como cobras. Eu não me importava. Minha risada ecoou nas paredes até ser engolida pelo barulho da cantina. As unhas lixadas se afastaram da madeira polida.

"Você não ligou pra ninguém." A voz dela estava entorpecida.

Minha mão continuava erguida entre nós. Parecia pronta para um tapa, e ela recuou como se sentisse a dor. A fúria coloriu seu rosto. Embora eu nunca tivesse tido a coragem de ir ver uma de suas peças, alguma coisa me dizia que isso não era exagero teatral, nem a emoção controlada que ela dividia entre professores e amigos. Essas emoções eram reais, criadas especialmente para mim, e davam a impressão de que, por um momento, ela se desnudava, uma imagem que não era exatamente erótica, mas, ainda assim, excitante. A postura ereta diminuía, os ângulos encorajadores do rosto se transformaram, a suavidade juvenil dos olhos e dos lábios se contraiu em linhas ressentidas. Era uma revelação horrível, sem dúvida, mas "horrível", para mim, era um conceito há muito tempo depreciado. Como um retorno da depressão de cemitério, as gargalhadas transbordavam de mim e respingavam nela.

"Idiota", disse ela. "Fico feliz por ter ido parar no chuveiro."

Eu ri ainda mais.

"Sabe de uma coisa? A ideia foi minha. Eu disse que você fedia."

Limpei as lágrimas com o couro.

"E também gostei do que Woody fez com Heidi."

Os olhos dela refletiam a luz do dia e a porta atrás de mim, um canal infinito e tentador. Exercitei os músculos faciais para me livrar da dor do ataque de riso e tentei recuperar o foco. Não me chocava saber que Celeste era cúmplice nas perseguições de Woody — ela só evitava sujar as mãos —, mas eu não conseguia sentir muito mais que impaciência. Ao mesmo tempo, sua transformação furiosa ecoava em mim como um aviso. Agora, ela era uma inimiga, e não há inimigo maior que aquele que impossibilita o progresso.

"Aberração." Seus lábios vermelhos brilhavam. "Não preciso de você, aberração."

"Tenho que ir", respondi. Senti os aromas do almoço e comecei a me afastar. Eu precisava encontrar alguém muito mais importante. Quando cheguei ao fim do corredor, olhei para trás. Ela continuava bonita, mesmo encurvada de raiva e arfando derrotada. Acenei com a cabeça. "Ah, e o Spring Fling... vai lá e manda bala."

22

"Sabe quem mais não tem a ponta dos dedos?", perguntou Foley, desabando na cadeira diante de mim. Depois de meses ausente da cantina, minha aparição era um convite deliberado. O incidente do chuveiro tinha me ensinado que Foley estava do meu lado. Ele merecia minha lealdade, se ainda a quisesse.

Peguei meu *po'boy* e não falei nada, deixando para responder com a boca cheia. "Quem?"

"Tony Iommi! Guitarrista do Black Sabbath. Conhece a música "A Bit of Finger"? É sobre o que aconteceu com ele. Tony perdeu a ponta do dedo médio e do anelar quando tinha dezessete anos." Ele olhou para minha mão, escondida embaixo do Sanduíche de Racismo. "Igual a você."

"Eu tenho dezesseis."

"Você fez aniversário mês passado."

Tap tap tap: madeira batendo na bandeja de plástico. O único calendário que eu usava era a lateral da pia, por isso não me surpreendia ter esquecido, mas a capacidade de Foley de apontar esse fato do nada era impressionante.

"Uma vez você disse a data na aula de ginástica", disse ele, dando de ombros. Pra falar a verdade, tenho um pouco de inveja." Ele mostrou o dedo torto que eu tinha prendido na porta do vestiário. "Quando quebrou este aqui, essa foi a primeira coisa que eu pensei — depois que me levaram ao hospital, é claro. Pensei: *Porra, estou vivendo no estilo Tony Iommi.*"

Deixei o sanduíche na bandeja e comparamos os danos.

"É tipo o destino", ele falou. "Agora a gente quase *tem* que começar uma banda."

Eu sorri. "Joey Escrotchi e Foley Fezes Experience."

Ele fingiu que ajeitava o cabelo loiro para esconder a satisfação. E assim — dedos quebrados e meses de silêncio foram esquecidos. Juntos, deixamos a Mera Realidade e voltamos às nossas jornadas de fantasia para ver o Vorvolakas ao vivo. É claro, eu já tinha voltado pra Chicago na noite em que desenterrei minha mãe, mas era melhor não revelar certos detalhes.

O almoço terminou com uma das declarações brutais de Foley: "Você está com cheiro de quem lavou o cabelo com merda". Metade das coisas que eu vestia tinha sido tirada de sacos de carne em decomposição, por isso a notícia não me abalou. Entortei a boca e esperei pelo convite que deveria ter sido feito havia muito tempo. *Tap tap tap.*

"Minha casa, depois da aula", avisou ele. "Eu passo no seu armário."

Conforme prometido, ele apareceu fechado em couro preto, e juntos fizemos a caminhada de quinze minutos até a casa cor de pêssego na esquina de duas ruas, salpicada com gerânios e esguichos dos irrigadores no gramado. Foley tirou os sapatos ao passar pela porta. Quase sem lembrar desses rituais, tirei as botas. Andamos em silêncio pelo carpete branco e limpo, contornando móveis elegantes e passando por toalhinhas de renda e gravuras emolduradas.

"Foley?", gritou a voz de uma mulher de outro andar.

"Mamãe, meu amigo Joey está aqui", gritou Foley de volta.

"Ah, oi! Tem biscoito de coco na lata, se quiserem."

"Delícia", Foley murmurou, virando à direita para ir à cozinha ensolarada.

Mamãe? Biscoito? Minha luva já estava toda suja de coco e chocolate antes de eu conseguir entender tudo isso. Foley notou minha expressão tensa e levantou o dedo torto. "Relaxa. Falei pra ela que a culpa foi minha. Não é a primeira vez que eu me arrebento."

Momentos depois, descemos uma escada e fomos para o quarto dele. Tinha metal por todos os lados. Um pôster do Sabbath, uma foto do Vorvolakas recortada de uma revista, a capa de um LP do Agalloch, mas tudo disposto de um jeito organizado. O pôster emoldurado, a foto recortada com precisão, a capa do disco presa bem em cima do centro da cama. Também havia uma televisão, um equipamento de som, um Xbox, um toca-discos e um computador ligado a vários drives externos. Foley abriu o closet e eu vi centenas de CDs gravados, todos rotulados e organizados em ordem alfabética em torres de aço. Foley deu de ombros como se dissesse: É, é isso aí, meu quarto, depois pegou o iPod, os alto-falantes portáteis e se dirigiu à porta.

Ele bateu em uma gaveta a caminho da saída. "Pega uma roupa limpa pra vestir e me encontra na lavanderia. Do outro lado do corredor."

Quando entrei na lavanderia, descalço e vestindo shorts havaianos e uma camiseta velha com os dizeres ACAMPAMENTO JOVEM CRISTÃO 2005, ele estava ouvindo uma banda chamada Sig:ar:tyr. Foley pegou as roupas pretas e fedidas das minhas mãos e as segurou por um momento, como se calculasse quanto pesavam. Jogou na máquina o que podia ser lavado nela e deixou o casaco no tanque. O chapéu ficou em cima de um balcão. Foley ajeitou diante dele uma coleção de tipos de sabão e tira-manchas.

"Você aprende essa merda quando tem umas quatro mil irmãs pequenas", disse. "Vai tomar banho."

O ruído na secadora. *Tap tap tap.* "Como é que é?"

Ele apontou para cima. "Subindo a escada. Vai ter que esfregar esse fedor até sair de você."

O banheiro estava cheio de produtos femininos, muitas embalagens cor-de-rosa, amarelas, azuis e lilás, das quais me afastei até sentir a dobra dos joelhos em contato com o vaso sanitário. Caí sentado no vaso e batuquei na porcelana até Foley aparecer, suspirar, ligar o chuveiro e pegar uns cinco ou seis produtos, repetindo algumas vezes qual deles era para qual parte, pele, cabelo, rosto, mãos, corpo. Saí do banheiro meia hora mais tarde cheirando a canteiro de rosas e vestido de novo com as roupas de Foley, desci a escada e fui até onde ele, a mãe e três irmãs comiam biscoitos sentados em torno da mesa da cozinha.

Foley gritou em meio ao barulho. "Mamãe! Ei, mamãe! Esse é o Joey."

"Oi, é um prazer conhecer você, Joey", disse ela, enquanto tentava limpar chocolate do rosto de uma criança de cinco anos irritada.

Fiquei paralisado. Felizmente, Foley manteve as coisas em movimento e logo eu vesti minhas roupas de novo, mas agora tudo cheirava a flores e frutas, em vez de suor e podridão. Quando passei pela porta da casa, Foley me deu cinco CDs gravados: High Tide, Godspeed You! Black Emperor, Minsk, Sleep e Witchfinder General.

"Metal, cara", disse ele.

A primavera tinha invadido Bloughton. As cores me impressionavam. A caminho de casa, parei para olhar a monstruosidade extraterrestre de um girassol e enfiar a ponta da bota em um impenetrável canteiro de calêndulas. Abelhas surgiram e se interessaram por meus aromas de frutas e flores. Eu as deixei me levar de volta à estrada. Uma placa desejava boa sorte aos participantes do Spring Fling, enquanto o McDonald's anunciava SPRING FLING PARA SEMPRE GUARDE AS LEMBRANÇAS. Hewn Oak era um oásis para toda essa farsa, pelo menos. As abelhas andando por minha pele exposta provocavam uma sensação parecida com a dos contatos falsos de Celeste. Sacudi uma vez. Todas se afastaram.

Segundos depois, entrei na cabana. Harnett saiu do quarto com cara de sono e torceu o nariz. Eu me aproximei da pia, esperando que uma enxaguada rápida diminuísse o cheiro de manteiga de cacau e manga. Mas estava no meu casaco, na camisa e na calça, até na cueca. De algum jeito, esse cheiro agradável era parte de mim.

Harnett limpou o nariz com os dedos e se encostou à parede. Ele também espalhava um cheiro próprio, o aroma metálico de bebida barata. "É uma garota?"

"Quê? Não." Desesperado por alguma coisa para fazer, peguei a Raiz e a pedra de amolar.

"Porque você sabe que é perigoso."

"Harnett." Eu me sentia duas vezes mais forte com minha ferramenta perto de mim. "Não tem garota nenhuma."

Ele tentou tossir para se livrar do muco na garganta. Parecia magro e doente. Fui para o terreno na frente da cabana.

"Cheiro de defunto", resmungou ele.

Eu me virei para trás. "Quê?"

Ele retraiu os lábios e mostrou os dentes como um cachorro acuado. "Falei que você está com cheiro de defunto."

"Não, eu *estava*. Agora é só você que tem cheiro de cadáver aqui. E também parece um, aliás."

Eu tinha aberto a porta quando ele falou novamente:

"Eu disse defunto, não cadáver."

Eu só queria sair. Mas hoje não era um dia em que deixaria alguém ter a última palavra. Bati com a Raiz no chão. Harnett me olhou com paciência desprezível e falou devagar. Mesmo bêbado e em frangalhos, ele ainda era o professor, ainda estava cheio de si.

"Um cadáver é uma coisa na terra. Um defunto é uma coisa em cima de uma pedra. Mas você já devia saber a diferença. Já devia saber o que acontece nessa pedra. O embalsamador não se limita a encher o corpo de porcaria. Primeiro ele lava. Enxágua os orifícios com desinfetante. Penteia o cabelo. Passa colônia. Faz uma última barba. É a barba mais cuidadosa que alguém pode fazer, garoto, porque os cortes, dessa vez, não vão cicatrizar. E, quando tudo fica pronto, o cheiro é o mesmo que você tem agora. Cheiro de defunto."

Ele não ia falar comigo desse jeito arrogante. Nunca mais. A Raiz descreveu um movimento de pêndulo e bateu na porta da cabana uma vez. Não olhei para trás. "Nós dois temos cheiro de morto, então. Por mim, tudo bem."

23

Irritado com os buquês que se multiplicavam na porta de todas as salas e no corredor, com as guirlandas e os broches ofertados para enfeitar cada participante e com as atualizações de horário histéricas explodindo dos alto-falantes, fiquei aliviado quando Foley fingiu que estava doente no dia do Spring Fling, porque assim conseguimos fugir. Eu não queria participar do evento. Foley estava mais apreensivo que eu. Disse que eu o tinha deixado preocupado. Que não queria que eu fosse reprovado. Mais ainda, acrescentou ele, tinha alguma coisa em mim que deixava as pessoas nervosas.

Enquanto Harnett dormia bêbado, peguei a caminhonete e deixei Foley dirigir até outra cidade, onde ninguém poderia nos pegar por matar aula. Lá, não sabíamos bem o que fazer. Foley tinha levado um *frisbee*, mas minha coordenação só servia para manejar pás. Por volta da hora do almoço, andávamos por uma trilha em um bosque, mas eu perdia o fio da conversa cada vez que via um sistema interessante de raízes. À tarde, tentamos pegar umas bicicletas que estavam acorrentadas e folheamos revistas de uma banca, mas tanto no metal cromado das bicicletas quanto no espelho da banca eu via meu reflexo estranho: o tom azulado no rosto, o olhar estreito de alguém que não está habituado à luz do dia. Peguei uns óculos escuros caros e saí com eles sem pagar.

No caminho de volta para casa, Foley parou na cidade vizinha de Bloughton, que era ligeiramente maior e recebia moradores que iam fazer compras mais variadas e comemorar aniversários e formaturas com jantares chiques. Também era lá que ficava o cinema mais próximo. Foley estacionou a caminhonete e olhou para o relógio.

"São só cinco horas", disse. "Dá tempo de ver um filme."

Ajeitei os óculos. Pelo menos a sala estaria escura.

Não lembro do filme. Só lembro do cotovelo de Foley batendo no meu enquanto ele ria em momentos inadequados. A risada era alta, nervosa; não dei muita importância a ela até mais tarde, quando pensei no que aconteceu em seguida.

O filme acabou, e saímos da sala de projeção. Senti vagamente que alguma coisa estava estranha. Foley estava quieto e parecia enjoado. Disse a ele que precisava fazer xixi, e ele só resmungou uma resposta. Depois que terminei, eu o encontrei sentado em um banco de vinil no fim de um corredor sem saída, muito infeliz. Era o dia dele, ele tomava as decisões, e eu me sentei ao seu lado, sentindo embaixo dos pés a vibração suave do filme de ação na sala de exibição mais próxima.

Estupidamente, atribuí o silêncio à exaustão de um longo dia.

"Celeste se preparou bem pro lance de hoje à noite?", perguntou Foley.

A pergunta me pegou de surpresa. "Acho que sim", respondi, flexionando a mão direita e sentindo a tensão do couro, a pressão das fivelas.

"Vocês ainda se dão bem? Vi quando estava falando com ela no corredor." A voz, que havia sido entusiasmada durante o dia inteiro, agora tremia.

Dei de ombros. "Acho que sim."

"Que bom. Fico feliz. Sério."

"Legal."

"Fico feliz com qualquer coisa que você faça. Só quero participar."

"Legal."

"Tudo bem?"

"É claro."

"Tem certeza?"

"Acho que sim."

"Porque tenho medo de nunca mais ver você, depois que você for expulso do colégio."

"Vai sim."

"Você vai desaparecer, como nos últimos dois meses."
"Não vou."
"Tenho medo de não ter muito tempo."
"Tempo?"

Ele endireitou as costas e passou um braço em torno da minha cintura. Carne viva... — eu me afastei sobressaltado. Ele deixou os ombros caírem. Senti o braço se afastar e vi Foley esconder o rosto entre as mãos, o cabelo comprido caindo para a frente.

"Desculpa", falei.

O cabelo balançou quando ele sacudiu a cabeça com violência.

"Eu não sabia", continuei.

"Não sabia o quê?" Sua voz estava abafada e chorosa.

"Que você é gay." Entendi tudo de repente. Não dava para acreditar que eu não tinha percebido. As fantasias de viagens, os CDs, o banho na casa dele, nossa amizade inteira, pensando bem, sugeria interesse.

Ele resmungou uma frase ensaiada: "Ninguém mais é gay ou hétero".

"Tudo bem. Olha, não me importo. Sério, não ligo mesmo."

"Mas eu estraguei tudo", gemeu ele. "Estraguei tudo!"

Levantei a cabeça. Longe de nós, um funcionário do cinema recolhia pipocas do chão.

"Você não estragou nada." Eu queria dizer mais coisas —que ser gay podia ser considerado um crime contra a humanidade pelo Congresso de Aberrações, mas não era motivo para desespero no resto do mundo —, mas me sentia entorpecido. De certa forma, Foley estava tão preso quanto eu. Nós dois tínhamos segredos que outras pessoas poderiam explorar se descobrissem. Eu não podia ser irresponsável e sugerir que ele pendurasse uma bandeira arco-íris na porta do armário da escola.

Em vez disso, recitei uma amenidade. "Falar a verdade é saudável."

"Não é! Foi um tremendo erro!"

Um lampejo de coragem, uma verdade em troca de outra.

"Eu cavo túmulos", contei. "Cavo túmulos e roubo o que tem dentro deles. É assim que consigo as roupas, por isso elas cheiram mal."

"Para com isso!", gritou ele. E foi com desânimo que percebi que ele não acreditava em mim, jamais acreditaria. Nem todos os segredos têm a mesma importância.

O couro de sua jaqueta guinchava a cada soluço. Explosões digitais vibravam em nosso corpo enquanto, na sala mais próxima, os homens maus eram dizimados. O ruído suave de uma pipoqueira se espalhava pelos corredores escuros.

"Segura minha mão?"

Ele piscou com exagero. Mechas loiras grudaram no rosto molhado. Cinco dedos finos e hesitantes, um deles torto, se moveram.

"Só um segundo", pediu ele. "Só uma vez, só um segundo."

A mão pálida pairava sobre o tapete de estampas desbotadas. Como em um dos filmes além daquelas paredes, esse movimento poderia se repetir na memória para sempre e, querendo ou não, o que fiz a seguir seria parte do enredo. Não havia motivo para hesitação. Esse cara tinha coragem, muita coragem, e o mínimo que eu podia fazer era demonstrar alguma coragem também.

Segurei a mão dele. Os dedos se entrelaçaram nos meus. Por um momento, ficamos hipnotizados pela imagem. As fivelas prateadas, o couro vermelho, a madeira marrom, a sua pele branca. Depois ele fechou os olhos e apoiou o rosto na mão livre, enquanto as costas estremeciam.

A música dos créditos passava por uma porta aberta. Um casal grisalho passou por nós, um ajeitando o chapéu do outro. Instintivamente, tentei soltar a mão dele, mas senti seus dedos me segurarem com mais firmeza quando tentei. Tomado por um pânico misterioso, olhava para cada pessoa que saía do cinema. Alguns nem olhavam em nossa direção. Outros, sim, notando rapidamente os dois adolescentes de mãos dadas antes de desviarem o olhar. Risadas ecoavam dentro da sala, e aos poucos foram se aproximando. Pés empurravam a porta. Palmas abertas faziam barulho em contato com o vidro.

As pessoas ligavam os celulares e falavam sobre quantas mensagens tinham recebido durante o filme. Falavam e riam. Eram garotas animadas com namorados sonolentos, e vice-versa. Alguns estavam acompanhados por pessoas que pareciam ser pais. Havia até alguns avós relutantes que os seguiam com dificuldade. O estranho era que eu os reconhecia. Eram da Bloughton High, o que me confundiu, até lembrar o que uma atriz em formação tinha me falado enquanto se alongava até os limites da malha prateada: *Ensaiamos até o dia do Fling, e depois vamos ao cinema juntos algumas horas antes do show começar. Pra relaxar, sabe? É tipo uma tradição.*

Não consegui me mexer, nem quando eles apareceram. Rhino foi o primeiro, puxando pela mão uma ruiva de aparência frágil que enfiava pastilhas na boca, como uma cantora preocupada com a voz. Woody estava atrás dele e tirava migalhas de pipoca da camiseta. A ruiva foi a primeira a nos ver e apertou o braço de Rhino. Quando nos viu, Rhino virou para trás e empurrou Woody. Celeste limpava as mãos com um produto qualquer quando sentiu a cutucada de Woody e conseguiu jogar a embalagem dentro da bolsa sem desviar os olhos de nós. O produto entrou na bolsa, o celular cor-de-rosa saiu.

Os detalhes eram fáceis de improvisar. Simples, um dos veados chorava porque os dois tinham acabado de assistir a um romance meloso. E estavam sentados no escuro, porque onde mais duas bichas poderiam se pegar? Foley não percebeu que era observado até levantar a cabeça para a luz dos flashes. Era Celeste, plantada diante de nós com sapatos de sair, que tirava foto atrás de foto — *flash, flash, flash, flash*. Os olhos dela brilhavam. *Flash, flash*. Ela parecia ter fome. *Flash, flash, flash*. Como se documentar essa vinheta de mau gosto da Mera Realidade pudesse livrá-la dela para sempre.

Ela piscou para mim por cima do telefone, e foi como o cair de uma guilhotina. Pânico era decepado com a mesma facilidade que dedos. Uma calma efervescente se alojou entre meus ossos, permitindo que eu enxergasse com uma clareza normalmente reservada à especificação. Woody e Rhino: eles só apontavam para Foley. Celeste: a câmera estava apontada só para ele. O nariz dos Incorruptíveis era treinado para farejar medo, e em minha metamorfose para o Filho eu havia me livrado desse aroma. Um novo alvo, portanto, tinha sido escolhido.

Eu podia sentir o gosto do sangue deles. Lambia cada gota como um gatinho lambendo leite.

Não se pode mudar a criação de um podre. Gottschalk — vingança — havia sido forjado para humilhar, Woody — vingança — para punir, Celeste — vingança — para devorar tudo que se colocasse em seu caminho. Agora eu percebia que tinha sido criado para um objetivo oposto. Não haveria circulação — vingança — dessas fotos — vingança — na segunda-feira. Não haveria pichação — vingança — de palavras chulas no armário de Foley. Vingança — vingança — não haveria espancamentos nos vestiários e — vingança, vingança — nos estacionamentos. No corredor — vingança — escuro do cinema — vingança — eu perdi — vingança — toda a sensibilidade — vingança — do corpo — vingança, vingança —, mas de algum jeito — vingança — percebi que meu rosto — vingança, vingança, vingança — tinha se esticado em um sorriso.

24

Hoje é o dia em que Woody Trask morre. Sinto o gosto imediatamente: a queimação da bile no fundo da garganta. Ele ainda não sabe. Isso é o que torna a situação tão primorosa. Sua morte não será física, mas será morte ainda assim. Ele nunca mais vai pensar do mesmo jeito; nunca mais vai fazer as mesmas coisas com os outros; anos vão passar antes que ele seja capaz de acordar sem gritar.

A Corrupção dos Incorruptíveis. Cavei a noite toda. Você deveria ter visto.

Planejei tudo com tanto cuidado que é como se estivesse lá para ver. É como se especificar tanto me tornasse capaz de atravessar o tempo e o espaço. Ele acorda tarde. É sábado, um dia que ele odeia, porque não há plateias construídas para aplaudi-lo. Ele anda pela casa descalço e se detém um instante para olhar uma foto embaixo de um ímã de geladeira. Coça o saco e cutuca o nariz. Não lembra de ter visto a foto ali antes.

Eu a coloquei ali. Estive na casa dele e a encontrei no fundo de uma gaveta. Não resisti. A foto mostra Woody pequeno, com uns seis ou sete anos, abaixado em uma caixa de areia com outras crianças. É impressionante como alguns rostos mantêm os elementos básicos com o passar do tempo, e tenho certeza de que os dois garotos na caixa de areia são hoje adolescentes que Woody atormenta sempre que tem uma oportunidade. Há uma chance de ele olhar para a fotografia até mergulhar em um remorso tão profundo que acabe se enforcando no aparelho de musculação no porão. Mas é improvável. Ele é arrogante demais para enxergar naquela imagem alguma coisa além de crianças mais fracas que merecem o destino lamentável que têm.

Ele só vê o que está escrito no verso da foto depois de tomar banho, fazer a barba e se vestir. Incapaz de tirar o retrato da cabeça, ele o pega e vira. De início, pensa que é uma brincadeira.

sala de musculação
seis da tarde de hoje
vejo você lá
VADIA GORDA

Mas não pode ser brincadeira. Rhino é burro demais para organizar tudo isso. Pegadinha não é o forte da Celeste. E quem mais sabia que ele havia riscado o carro de Laverne, além de Escrotchi? Só quando está enchendo a boca de pizza no café da manhã ele se dá conta de que a pessoa que deixou a foto, quem quer que seja, esteve em sua casa. Sente algo que não sentia há muito tempo. Ele não sabe o que é. Eu sei. É medo.

Ele continua vivendo seu dia. Tem refeições para comer. Amigos para encontrar. Talvez um boquete mais tarde, se jogar bem as cartas que tem na manga. Mas aquilo continua incomodando, o bilhete atrás da foto. Não é algo que ele possa discutir com o pai. Isso provocaria muitas perguntas. Também não é um assunto que queira discutir com os amigos. E se Escrotchi, mesmo que só por um segundo, for melhor que ele?

Ele se preocupa. É uma coisa linda — dá para ver na cara dele. Não saboreia as refeições. Não se diverte com os amigos. Não se esforça muito por aquele boquete. Só consegue pensar nas seis da tarde e na sala de musculação. Está acabando com ele. Está acabando com ele de verdade e é lindo.

Às cinco ele vai para o colégio. Pensa em chegar cedo e surpreender quem estiver à sua espera. Aprendeu isso no esporte. Chegue mais cedo, treine com mais intensidade. É sábado, por isso ele não sabe que portas estarão destrancadas, se é que haverá alguma. Só a porta do fundo, a que fica mais perto do estacionamento, está encostada. No trajeto, ele passa pelas estantes de troféus, onde seu nome está gravado em várias placas. É de propósito. Aproveita, Woody. Saboreia a sensação pela última vez. Porque você sabe o que nomes lapidados me lembram?

Os corredores estão escuros. Ele é grandalhão, não tem medo. O ginásio está ainda mais escuro. Tudo bem, ele tem um pouco de medo. A escada que leva à sala de musculação é um breu total, porque eu desenrosquei as lâmpadas. Ele está com medo. Agora ele está com medo. O coração está acelerado como o de um passarinho. Lá está a porta. Pode haver qualquer coisa atrás dela. Mas ele não consegue parar. Nunca hesitou no interior da Bloughton High, não sabe como fazer isso.

Woody não sabe, mas escolhi a sala de musculação por seu simbolismo. Sem a sala de musculação, não haveria Diversão e Jogos, nem Celeste, nem Foley. Talvez nada disso tivesse acontecido. Devo muito a essa sala de musculação, e está na hora de pagar a dívida.

Ele abre a porta, entra e é ofuscado. Todas as luzes estão acesas. Ele cobre os olhos com a mão. Seus pés enroscam em barras de halteres. Ele cai, mãos, cotovelos e joelhos se chocam contra os pesos de dez, vinte, cinquenta quilos. Estão espalhados por toda parte desde a porta. Não estão onde deveriam estar. Isso é muita falta de cuidado, que tipo de babaca...

Um pano sobre sua boca.

Hoje também é o dia em que Celeste Carpenter morre. Mais precisamente, hoje é o dia em que ela se torna mais parecida com Joey Crouch, eternamente amedrontada e humilhada. Tal destino pode parecer ridículo para ela neste momento. No Spring Fling da noite anterior, sua coreografia foi impecável. Não, eu não estava lá. Mas é assim que a vida de Celeste funciona. Os aplausos são estrondosos. Ela ganha um ou dois prêmios. Pessoas que não sabem nada de dança juraram que aquela era sua forma de arte favorita. Não as culpo.

Também tem um bilhete esperando Celeste. Está do lado de fora da porta do quarto dela, em um envelope lacrado. Na primeira leitura, ela fica assustada. Depois de várias releituras, porém, ela descobre que é surpreendentemente fácil se convencer do número de vias legítimas pelas quais o bilhete poderia ter chegado até a porta. De qualquer maneira, não importa. A notícia contida no envelope é muito animadora.

Querida Celeste,
 Peço desculpas pelo outro dia. Para compensar, mexi meus pauzinhos. Representantes de uma companhia de teatro de Chicago estão na cidade. Não conseguiram assistir à sua apresentação ontem à noite, mas gostariam de vê-la hoje, às 19h30. Espero que seja possível. Esteja no palco às sete. Encontro você na sala verde.
 Parabéns.

 O que ela sente não é surpresa. Nem perto disso. O que sente é irritação por ter demorado tanto. Afinal, a resposta da plateia na noite anterior foi muito intensa. Afinal, Shasta McTagert, da televisão, não foi descoberta em um evento parecido? Celeste vive sua manhã com tranquilidade exagerada, segurando a xícara com delicadeza, prolongando o banho, inalando sem pressa o cheiro de pólen trazido pela brisa. Age como alguém que acredita estar sendo filmada.
 Ao longo do dia, ela quer me ligar e pedir mais informações, mas não pode. Não porque não tenho telefone, mas porque ela não lembra meu sobrenome para procurar o número. Por mais que tente, tudo que ela consegue lembrar é Escrotchi. E isso não pode ser um nome de verdade. Pode?
 O bilhete dizia para chegar às sete, mas ela é profissional. Chega às seis e quarenta e cinco. Não vê a caminhonete de Woody porque eu a mudei de lugar. Ela tenta entrar por várias portas, inclusive por aquela que Woody usou, mas todas estão trancadas. No fim, ela examina uma porta lateral que leva diretamente ao palco. E se surpreende ao descobrir que está apenas encostada. Essa procura demorou demais, e agora ela está atrasada. Vai diretamente à sala verde e encontra outro bilhete.

Querida Celeste,
 Espere aqui, e eu apresento você para os representantes. Se eu não voltar até às 19h30, por favor, comece a apresentação na hora marcada. Eles já estão sentados. Tenho certeza de que vão querer conhecer você depois.
 Parabéns de novo.

 Ai, que agonia! Ela espera por meia hora, agarrando o iPod preparado e louca para me fazer perguntas sobre o arranjo. Vai ter iluminação de palco, ou só as luzes da plateia? E a música? Não esperam que ela faça a coreografia sem música, esperam? Mas ela é profissional. Mantém a calma. Afinal, foi treinada para isso. Para isso dedicou tantas horas. Tudo se resume a isso.

São sete e meia. Ela faz uma respiração meditativa e vai para o palco. Da coxia, consegue ver que a decoração do Spring Fling continua no lugar. Rosa e amarelo dominam. Flores enfeitam as cortinas. Ela só percebe que a iluminação está toda errada quando sobe ao palco. Todo o espaço, cada lugarzinho, está iluminado na voltagem máxima. Pontos pretos dançam diante de seus olhos. Ela se vira e vê um som portátil perto do centro do palco. Tão graciosamente quanto é possível, pluga o iPod, depois ocupa a posição inicial. Sabe que apertar os olhos é feio, por isso aceita a cegueira temporária. Está tudo certo. Ela é profissional. A música começa, e ela faz o primeiro movimento.

Ao fazer uma pirueta, percebe que as flores já tinham começado a murchar. Isso deve explicar o cheiro ruim.

Finalmente, hoje é o dia em que as coisas mais importantes na vida de Gottschalk, a suposta carreira e a suposta reputação, acabam prematuramente. Ele vai desaparecer da vida dos alunos que toleram suas frases narcisistas e políticas injustas. Por experiência, sei que os alunos do ensino médio esquecem rapidamente aqueles que desaparecem. Quando Gottschalk sumir, vai ser como se estivesse morto.

Não há necessidade de bilhetes. Em vez disso, espero até cuidar de Woody e Celeste, e então telefono para ele. Devem ser quase oito horas. Ele atende no quarto toque e diz apenas uma palavra, *alô*, e eu queria não ter sido forçado a permitir nem isso. Hoje não quero ouvir vozes nem ver rostos. Não vivos, pelo menos.

"Tem alunos no seu colégio", falo. "Agora. Dois deles."

Desligo e me preparo. Não tenho dúvida de que ele virá sozinho. Em uma cidade desse tamanho, toda unidade convocada é anunciada no jornal. Para um novo diretor, isso não é muito bom. Além do mais, a ideia de mandar a polícia à escola afronta seu senso de soberania.

Ele encontra dois carros no estacionamento. Mudei a caminhonete de Woody e o automóvel de Celeste de lugar. Os dois estão parados nas vagas para deficientes ao lado da porta principal. Essa audácia o enfurece. Ele balança as chaves enquanto marcha para a entrada principal, mas a porta não está trancada. Agora ele está ainda mais irado. Prepara-se para abrir as portas seguintes, mas todas já foram abertas. A fúria o transtorna.

Acima de tudo, porém, ele é vaidoso e arrogante. Segue diretamente para sua sala de aula. É claro que sim. Se alguém invadiu a escola, é óbvio que foi para atacá-lo pessoalmente. Ele vê a porta encostada, a nesga de luz. Anda tão depressa que chega a rebolar. O enorme chaveiro tilinta como a malha de um cavaleiro. Os contornos bulbosos do rosto parecem prestes a se romper. Ele agarra a maçaneta e entra. Em silêncio, saio do armário onde estava escondido, fecho a porta da sala sem fazer barulho, enrolo um pedaço de corda na maçaneta, o estico uns seis metros e prendo a outra ponta na maçaneta da sala vizinha. Ele nem percebe que está preso. A coisa em cima da sua mesa o deixa hipnotizado.

25

Algum dia no futuro, quando homens furtivos se reunirem para contar histórias sobre Escavadores, eles falarão sobre aquela noite. Podem não gostar do que o Filho fez, mas não serão capazes de negar que foi obra de um mestre.

    Quando deixei Foley em casa depois do incidente no cinema, prometi que voltaria no dia seguinte para conversar. Na verdade, não tinha planos de vê--lo nunca mais. Era uma coisa brutal a que eu tinha que fazer, mas seria para protegê-lo, e, quando terminasse, não haveria futuro para mim em Bloughton.

    Antes de ir para o colégio, eu havia posto tudo o que era necessário dentro da minha mochila verde. Algumas peças de roupa, o trompete e o osso que retirei do caixão da minha mãe. Harnett também pegava as coisas dele. Preparava-se para outro Trabalho Ruim e não conseguia nem enfiar as ferramentas nos sacos. Grampos de lona caíam no chão fazendo barulho. Ele segurou uma garrafa para firmar as mãos. Fechei o zíper da mochila e pensei em me despedir ou desejar boa viagem. Era muito fácil imaginar como tudo acabaria. Em vez disso, só fiquei olhando enquanto ele derrubava as coisas como um velho e se abaixava para pegá-las.

    Saí apressado. Piedade não era uma emoção que eu queria sentir, não naquela noite. Concentrei-me na tarefa. Havia muito a fazer e o tempo era crucial. Não estava preocupado. Na verdade, me sentia mais feliz do que em muito tempo. Até cantei. "Viramos esquecimento" se tornou minha música por um tempo. Depois foi Sabbath: *O que é isso na minha frente?* Mas, quando desenrosquei as lâmpadas na sala de musculação e deixei o bilhete para Celeste falando sobre a sala verde, percebi que essa música também não servia. Escolhi a letra de uma canção do quarto álbum do Sabbath, entoada com o gemido suplicante de Ozzy, um dos refrãos mais emocionantes da banda: *Estou passando por mudanças.*

    Eu não era o único.

    Quando acordou, Woody sentiu a maciez — os tatames da sala. Mas essa era só uma parte. Os dedos dele sentiram a maciez; e os dedos dos pés; e as pernas. As *pernas*, suas pernas estavam nuas. Não deveriam estar, mas estavam. Ele abriu os olhos e viu seios e quadris e, por um momento, talvez tenha pensado que aquela era uma noite de sábado comum e ele havia ido a uma festa, bebido demais e caído em uma cama com alguma garota, ou três. Mas dessa vez a confusão de rostos não desapareceu quando ele esfregou os olhos. Isso porque, de fato, os rostos estavam borrados. Os olhos de uma garota pendiam das órbitas. O nariz de outra mulher havia sido totalmente comido. Woody se mexeu, e os lábios de outra mulher roçaram os dele, ou teriam roçado se o rosto não tivesse desaparecido do crânio havia muito tempo. Ele gritou, juro que ouvi a quilômetros de distância, e se debateu tentando sair do abraço inchado e púrpura dos três cadáveres nus. Ele também estava nu; os genitais secos e frios de seu harém pressionavam o dele. Eu torcia para ele estar pensando em Tess enquanto gritava. Torcia para estar pensando em Heidi. Torcia para estar pensando em Foley. Torcia para estar pensando em mim. Torcia para ele estar pensando em todo mundo que já havia atormentado na vida.

Depois que se adaptou à iluminação forte, Celeste percebeu outra ausência: a do barulho da plateia. Mas fazia sentido. Os representantes da companhia de teatro deviam ser poucos, afinal, e estavam compenetrados. Ela era profissional, por isso continuou dançando. Os olhos começaram a se adaptar, e ela se sentiu incentivada pelos sorrisos brancos que brilhavam na escuridão. O final se aproximava, e ela tentou se concentrar na coreografia. Tomou consciência de um som, um rangido estranho e um estalo. Aplausos? Seria possível que já estivessem aplaudindo? Ela executou o encerramento, caindo no palco como uma flor cortada e, sim, convenceu-se de que aquele som era de aplausos, tinha que ser. Ela se levantou, se curvou, e como não recebeu nenhuma instrução, protegeu os olhos com a mão e deu alguns passos à frente, saindo do alcance dos holofotes. O branco que tinha visto eram dentes, de fato. Mas o barulho era dos ratos. Havia uma turma de esqueletos sentada nas cadeiras, cada um com o crânio e a caixa torácica fechada com arames, de forma que cada um tinha um rato no lugar do cérebro e outro no lugar do coração. O ruído era de animais roendo em busca da liberdade. Alguns já haviam escapado e, gordos de tutano, arrastavam-se pelo corredor central. Ela não gritou. Encarou a plateia de frente. Talvez eu já tenha mencionado, mas Celeste Carpenter era profissional.

Minha vingança de Gottschalk não teve a exuberância sinistra das outras operações, mas, em sua relativa sutileza, era minha favorita. A mesa atrás da qual ele havia injustamente destruído meu nove, e ao lado da qual estivera enquanto me punia com sua varinha, havia sido limpa. Sobre ela havia uma lápide. Entalhados na pedra, seu nome e a data. Gottschalk não era burro. Soube imediatamente que o fim havia chegado. A porra da lápide estava na porra da sala dele. A terra grudada na pedra provava que o objeto era autêntico. Depois de registrar o barulho da porta sendo trancada, ele se espremeu em uma das carteiras e pensou que outros horrores se escondiam em seu colégio e que tipo de desgraça eles abrigariam. Quando ouviu os ecos distantes dos gritos de um homem vindos da direção do ginásio, ele começou a chorar. A cadeira machucava o corpo sacudido pelos soluços, por isso ele se deitou no chão, bem embaixo de sua lápide. Mesmo tão perto, provavelmente não percebia como o cheiro da pedra era parecido com o do aluno que ele havia atormentado por meses. Ele chorou até sentir dor no corpo. Depois de um tempo, se sentia como um cadáver de uma faculdade de medicina, ou mesmo uma daquelas ilustrações de seu livro, um corpo aberto para mostrar o coração atrofiado, os pulmões aumentados e os intestinos fibrosos. Sentia-se eviscerado, dissecado e sozinho. Finalmente, ele sabia qual era a sensação.

Ele não teve que esperar muito tempo. Eu já tinha chamado a polícia. Foi um risco, mas Harnett disse na primeira vez que enterrou meu dever de casa no quintal: *O tempo está sempre contra você.* Ele estava certo, e eu não queria que fosse diferente, porque, para mim, sempre foi assim. Peguei uma carona na estrada, um ônibus para o Oeste, que era a direção sugerida pelas polaroides mais recentes, e comecei a fazer perguntas aos moradores de rua que viviam no entorno da rodoviária. Nos dias seguintes, fui de cidade em cidade, lendo jornais locais e, quando a pista esquentava, seguindo o conselho de Harnett sobre cortar o cabelo em uma barbearia local. Fiquei sabendo que incidentes tinham acontecido duas cidades adiante. Investiguei pessoalmente aqueles cemitérios. Quando embarquei em outro ônibus e atravessei o rio Mississippi pela fronteira no oeste do estado, eu o sentia como facas na barriga.

Quando me aproximei da passagem subterrânea na estrada, pensei em minha mãe. Disse a ela que lamentava ter abandoando Harnett, lamentava que os planos que ela havia feito para mim tivessem fracassado, mas ao menos ela seria vingada. Lá na frente, vi uma construção pobre iluminada por uma fogueira discreta. Minhas veias me castigavam a cada batida do coração. Os músculos se contorciam com a expectativa. Eu tinha cuidado de Woody, Celeste e Gottschalk, mas ainda não havia acabado.

Cheguei perto da fogueira. A sensação era de que eu estava dentro dela. Um homem usava os dedos para tirar feijões de uma lata. Ele lambeu os dedos e acenou com a cabeça, indicando outra lata.

"Tem feijão", disse Boggs. "Só não come muito."

26

Estalactites pendiam do viaduto sobre nós como dentes, salivando quando caminhões passavam lá em cima. As extremidades viscosas pareciam se contorcer na direção do fogo como lesmas, desejando o calor das chamas. Boggs passou outro dedo pelos lábios. A língua que lambeu o resíduo pegajoso era vermelha e infeccionada.

"Não me incomodo de dividir." Ele deu de ombros. "Você parece estar com fome."

Ele se inclinou, e o meio sorriso surgiu da sombra. Alguma coisa estava muito errada. O rosto, que estava apenas avermelhado quando o conheci na lanchonete em West Virginia, tinha passado por uma transformação calamitosa. Trechos haviam sido corroídos como que por ácido, revelando camadas de carne desfigurada que cintilava úmida à luz mutante. O cabelo ralo tinha caído de maneira irregular em todas as direções, deixando cristas isoladas de seda cor de laranja que balançavam a cada sopro de vento. As narinas e os lábios, ressecados e cobertos de crostas, repuxavam tão intensamente a pele em torno deles que parecia que Boggs inalava o próprio rosto. O pior de tudo eram os olhos. O esquerdo ainda tinha uma beleza pura e azul. Mas os vasos que se insinuavam meses atrás haviam dominado completamente o direito, e o globo infectado parecia estar pendurado na beirada das pálpebras. Ele não se movia, enquanto o olho saudável girava, analisando meus punhos, meus bíceps maiores e mais fortes, as explosões contidas em mim.

Os movimentos brutais que eu havia me preparado para executar ficaram presos nas articulações. Esse não era o homem de que eu me lembrava. Pelo jeito, estava quase morto. Fiz uma pausa prolongada. O sorriso dele se alargou, e entre os dentes minúsculos eu notei ausências, duas, três, no mínimo.

"Você também parece louco." Seu sotaque sulista parecia ter se acentuado. Ele ainda usava o terno com colete, mas agora em frangalhos, e puxou as lapelas finas sobre o peito como se estivesse com frio. "Não que seja ruim. Você precisa dessa sensação de loucura. Os outros podres não têm, mas ela transborda de você como suor. Eu sabia. Assim que botei os olhos em você eu soube."

Pacotes de Cheetos, folhetos de propaganda amarelados e embalagens de preservativos se fundiam em um maço que fedia a borracha queimada. Minha mãe, minha mãe — eu me forcei a colocá-la novamente em primeiro plano. Era por ela que eu estava ali. Esse homem, que agora parecia fraco e infectado, tinha feito coisas horríveis com ela.

"Pena eu não ter podido me arrumar um pouco antes de você chegar. Ainda tenho o terno, mas o resto... estou envergonhado. Sei que minha aparência não é boa e estou com vergonha." Ele se inclinou para trás, e o rosto mergulhou nas sombras. "Pronto. Assim fica mais fácil?"

Pequenos raios de luz ainda exibiam dobras de pele e relevos irregulares.

Ele balançou a cabeça, espalhando uma pequena constelação de fagulhas. "Você não veio aqui pra falar, isso é claro como o dia. Veio aqui pra me matar. Isso é... acho que é muito interessante. Acho que me interessa saber como vai levar o plano adiante."

As palavras me causavam repugnância. Matar? Nunca admiti tal coisa. Matar nunca foi parte dos ensinamentos de Harnett, ou Lionel, ou qualquer Escavador da era moderna. Mas o que mais eu poderia estar fazendo aqui?

"Não tenha pressa", falou. A vibração rouca de sua voz dobrava, triplicava na câmara de concreto que nos abrigava, e era sentida como um cobertor de vermes. Ele se encostou em um carrinho de supermercado cheio de objetos indefiníveis. Felizmente, o desastre de seu rosto perdeu toda a definição. "É um grande momento. Você precisa ter certeza de que vai fazer tudo certo."

Não era como encarar Woody, Celeste e Gottschalk — nem como encarar Bloughton inteira. Aquelas pessoas e aquela cidade não sabiam nada sobre nenhum submundo e não tinham nenhuma esperança de conseguir se defender quando esse mundo invadia o delas. Antiochus Boggs, por outro lado, estava *abaixo* do submundo; ele se movia nas sombras das sombras, na margem das margens. Não havia nada que eu pudesse criar que sua mente distorcida já não tivesse considerado.

"Não fique triste. É difícil. Eu sei que é. Não vai ser fácil. E não posso garantir sucesso. Precisa ter em mente que vai perder um ou dois pedaços, pelo menos. Pode acabar mais parecido com tio Antiochus do que planejava. Mas o que são um pedaço ou dois? Estou vendo que já perdeu alguns dedos. O que são mais alguns?"

Mesmo na escuridão, mesmo com um olho só, ele havia notado a madeira na minha mão direita. Imaginei esses novos dedos impermeáveis penetrando a pele podre de seu pescoço, ultrapassando o perímetro flexível do olho projetado. Era estranho, não havia alegria nessa fantasia, só a sensação desesperadora de estar fazendo exatamente o que um animal moribundo queria que eu fizesse.

"Deixei tudo pior? Filho, me desculpa. Sou novo nisso — em ter um filho, essas coisas. Meu cérebro e eu estamos fazendo o melhor possível, juro. Vamos facilitar. Siga minhas instruções, e vamos em frente. Quer acabar comigo? Levante a mão. É só levantar a mão pra eu poder ver."

Antes que pudesse me conter, ouvi os dedos de madeira raspando no teto curvo do viaduto. Tive a sensação de que, ao seguir essa instrução simples, eu estava me colocando em desvantagem.

"Excelente. Bom. Agora dê um passo. Tudo bem? Dê um passo à frente, se quiser que isso aconteça agora."

Seguir essas ordens parecia errado, muito errado, mas era uma orientação em um momento desorientado. Meu pé subiu e se projetou. Dei um passo. De repente ele estava muito mais perto. O fantasma azul do fogo fez cócegas no meu dedão.

Boggs aplaudiu uma vez. "Olha só isso. Você se expressou, filho. Agora a gente sabe o que quer, eu e você. Isso é trabalho em equipe. Acho satisfatório. E você? Tudo bem, tudo bem, não responde. Não tem truque por aqui. Nenhuma bobagem de podre. Sou todo seu, filho. Vem me pegar."

Agora, tinha que ser agora, mais um segundo e eu seria impedido pelo medo de me mexer que havia marcado minha vida antes de me tornar o Filho. Dei um passo longo e curvo em volta do fogo. Ouvi o ruído distante de um dedo de madeira batendo em um carrinho de supermercado. A distância desapareceu; levantei os punhos.

"Uma coisa." Ele falou depressa. "Meu cérebro tem só uma coisa a dizer."

Os órgãos em meu corpo seguiram em frente e, por um momento, pressionaram minhas costelas e a barriga. Balancei como um bêbado e agarrei o ar para não cair em cima dele. Boggs era uma criatura pequena e escura encolhida em algum lugar lá embaixo.

"Aquela sei lá o quê", falou ele. "A cavilha de ouro. Seria negligência minha não mencionar a cavilha. Ah, filho. Aquele teste foi muito difícil. Desculpa por eu ter sido obrigado a fazer aquilo, tenho certeza de que faz muitas provas difíceis na escola. Mas, senhor. Joey. Filho. Você não decepcionou. Ninguém que conheci teria sido capaz de fazer melhor. Provavelmente, nem pensou naquilo dessa maneira. Foi só um podre que teve que desenterrar, alguns ratos que teve que reorganizar. Mas tem beleza no trabalho feito corretamente. Só queria que soubesse disso. Antes de a gente se atracar. Você é um poeta da terra. É isso que é, filho. Um poeta."

Não eram os pés de muitas garras do exército de roedores de Millers Field que eu sentia. Eram outras mãos, mãos ausentes, as do meu pai, talvez, que se afastavam de mim depois de cada escavação. Um olhar de desconfiança, isso foi tudo que recebi de Harnett depois de entregar a ele a outra cavilha.

"Uma noite", Boggs estava dizendo. "Só um pensamento maluco, me escute. Queria saber o que aconteceria se você me desse uma noite. As coisas que eu poderia ensinar, queria saber se isso valeria seu tempo. É difícil dizer. Mas é uma coisa interessante pra se considerar, não é?'

Dei alguns passos para o lado até conseguir segurar o carrinho. Durante meses, todas aquelas escavações que fiz sem meu pai; um fim de semana sem dormir, minha vingança extravagante; dias seguidos, a viagem e a perseguição que me trouxeram até aqui. Trabalhei muito, por muito tempo, e estive muito sozinho. Um adulto orientando meu caminho de novo, era tudo que eu queria.

Uma palma inchada adentrou o círculo de luz do fogo. "Vai com calma."

Meu vacilo encheu a fogueira de terra. Pequenas fagulhas se apagaram em minha pele pegajosa. Uma barata passou sobre meus dedos.

"Não vou a lugar nenhum, filho. Pode me atacar quando quiser. Mas dá pra ver que você precisa descansar. Você parece exausto."

A fadiga devastadora lutava contra a ânsia por vingança que havia me mantido em pé por tanto tempo. Eu me sentaria por um momento, tudo bem; descansaria os músculos por um tempo, tudo bem; ficaria aqui encolhido e permaneceria atento junto do fogo cuja luz era refletida de maneira diferente pelo olho bom e pelo olho morto. Quando os dois reflexos perdessem intensidade, ele dormiria, e então eu atacaria.

De repente, uma dúvida estranha me tomou de assalto.

"O que fez com aquilo?", perguntei.

"O que fiz com o quê?"

"A cavilha. A primeira cavilha."

Ouvi o rastejar de um sorriso lento. Um dedo machucado apontou um batalhão de comida enlatada. Os discos brilhantes de suas pálpebras pareciam flutuar.

"O que acha que patrocinou esse banquete?", perguntou ele. "Se estiver com fome, é só se servir."

27

Luz branca — se aproximando — a sensação de flutuar — era o paraíso e eu tinha perdido, dormindo primeiro, e, embora tivesse falhado com minha mãe, pelo menos a encontraria em breve.

Um sobressalto me fez abrir os olhos. Luz do sol. Uma antena de satélite enferrujada. Pedaços de sacolas plásticas presos em arame farpado. Símbolos pichados. Um céu azul e sem nuvens. Um *crac, crac, crac, crac*.

Outro sobressalto e olhei em volta. Estava me movendo. Barras dos dois lados, o guincho ensurdecedor de rodas sem lubrificação. O carrinho de supermercado, eu estava dobrado dentro do carrinho. Tentei levantar, mas meus joelhos e cotovelos tinham ficado dormentes e começavam a formigar. Minha cabeça estava espremida embaixo do cabo, o corpo sobre vários objetos sujos. Meus joelhos ultrapassavam a altura do carrinho com os de uma criança grande demais para seu carrinho de bebê, e meus pés disputavam espaço com uma vareta alta espetada na extremidade, enrolada em uma colcha imunda e amarrada com barbante.

Além do guincho incessante, ouvi música. O pomo de adão de Boggs descrevia movimentos paroxísmicos enquanto ele cantarolava uma canção alegre e me empurrava pela viela. De onde estava, eu conseguia ver a gravata preta e amassada em seu pescoço. Embaixo, os babados da camisa estavam duros de sujeira.

Seu olho esquerdo se voltou para baixo.

"Ótimo dia pra você, filho", ele disse.

Um pulso insistente latejava contra a região esponjosa embaixo do seu queixo. Meu estômago se contraiu com o desejo quase incontrolável de estrangular. Me encolhi alguns centímetros para dar impulso e ataquei com uma das mãos. O carrinho sacudiu de novo, outra pedra embaixo das rodas, e eu bati contra a grade de metal.

"Relaxe. Ordem do médico." Ele cantarolou com vigor renovado e riu quando o carrinho passou por cima de algum tipo de superfície irregular. "O passeio é cortesia. Meu jeito de agradecer por você ter permitido que eu e meu cérebro víssemos mais um dia resplandecente."

Agarrei as laterais do carrinho e tentei me convencer de que não era um problema eu ter apagado na noite passada, de que não era estranho ele não ter aproveitado a oportunidade para me matar. Essa escolha tinha sido dele, não minha. Uma noite era o que ele havia pedido e, tudo bem, eu daria isso a ele. Só isso. Havia uma coloração alaranjada no horizonte; logo a noite chegaria, e quando terminasse, Boggs também teria chegado ao fim.

Com as pernas trêmulas, saí do carrinho. Boggs ficou olhando com uma cara meio divertida enquanto eu tentava recuperar a sensibilidade das minhas extremidades. Não gostava de olhar para ele. Sua estatura o fazia parecer uma criança que havia sofrido queimaduras no corpo inteiro. Deviam ser as drogas, ou uma doença, ou o coquetel corrosivo formado pelas duas coisas. Eu não tinha tempo para pensar nisso. O *crac* insuportável anunciou que ele estava se movendo. Tentei acompanhar, mas o balançar do fraque revelava a velocidade perturbadora com que ele se movimentava. Segui em frente mancando e quase o perdi na névoa cinzenta do entardecer. Saímos da viela, atravessamos uma pista de mão dupla sem sinalização e entramos em outra viela. A distância entre nós aumentava. Ele manobrava o carrinho pelo estacionamento de um condomínio em construção. Sem se importar com a integridade das mãos, ele arrancou algumas tábuas antes de empurrar o carrinho por uma brecha na cerca. Passamos pelos restos de uma corrente de isolamento e chutamos para o lado pedaços de poltronas desmembradas e um aparelho de televisão. As rodas rangiam sobre o cascalho. A pá torta e castigada na parte inferior do carrinho vibrava com uma vida falsa. Estávamos perdidos em algum labirinto. Preso entre as velhas paredes internas de estruturas construídas muito próximas umas das outras, o vento girava formando pequenos tornados, e porções de lixo levitavam.

Estava escurecendo quando saímos do outro lado. Um grande cemitério esperava por nós. Boggs estacionou seu carrinho na entrada de um celeiro em ruínas e saiu de lá com a pá enferrujada. De longe, a ferramenta parecia uma bengala, e quando ele parou na entrada do cemitério para me chamar a escuridão o transformou momentaneamente em Fred Astaire, a bengala batucando, o colete visível pela fenda requintada do paletó, o sorriso brincalhão antecipando a dança elegante que logo aconteceria.

Eu o segui, mas de longe. Não confiava em mim muito perto dele. Quando a morte nos cercou, Boggs fez uma pirueta e apontou uma fileira de pedrinhas. Eram tão idênticas quanto as carteiras de uma escola. Cuidadoso, me empoleirei sobre uma delas enquanto Boggs corria para limpar as teias de aranha da lateral de uma cripta que tinha o tamanho aproximado de uma lousa. Ele bateu no quadro com a pá para chamar a atenção da classe. Eu me preparei. Ele ia me chamar à frente da sala, eu sabia.

"Prova oral." Ele farejou o ar. "Que cheiro você sente?"

Sem desviar os olhos dele, levantei o nariz. Sentia cheiro de cemitério, grama tratada, solo revolvido, flores murchando, o mofo nas pedras.

Boggs mordeu o lábio com os dentes pequeninos.

"O colégio acabou, filho. Você vai ter que se esforçar mais." Ele cravou a pá na terra e levantou o nariz no ar como um cachorro faminto. "Isso é ZadenScent. É um desinfetante pra túmulos. Não estou culpando ninguém, mas deveria saber disso. Também tem Garden Fresh, Chitterwick Original e Poloxy Plus. Cada um tem seu buquê especial. Pra mim, ZadenScent sempre tem cheio de torta de maçã e amônia. Não está sentindo? Deve ter um milhão de litros misturado com essa lama. Eles usam o desinfetante pra disfarçar o cheiro. As pessoas que vêm aos funerais não gostam muito do cheiro dos cadáveres. É claro, quando ele chega ao lençol freático, é pior que líquido de embalsamar, mas isso não é problema nosso. Por mim, tudo bem. Os podres não merecem coisa melhor."

Maçã, amônia... eu conseguia detectar as notas? Assustado, percebi que tinha fechado os olhos para me concentrar e saí da minha escrivaninha de túmulo, meio que esperando sentir a lâmina da pá na garganta. Ela continuava cravada na terra. Boggs permanecia ao lado de sua lousa. Disse a mim mesmo que não voltaria a tirar os olhos dos dois. Nunca mais.

"Senhor, filho. Você não sente o cheiro. Não sente mesmo. Que tipo de porcaria meu irmão ensinou pra você? ZadenScent? *ZadenScent?* Filho, você deveria sentir esse cheiro a um quilômetro de distância."

Olhei para ele e pisquei, sentindo a vergonha subir por meu pescoço.

Seu corpo compacto andava pela frente da sala de aula improvisada. O olho vivo cintilava, olhando para mim a cada volta rápida. Sem aviso, ele segurou a pá com as duas mãos e começou a bater com ela na cripta. Fagulhas mergulhavam na grama, lascas de pedra voavam; eu me encolhi. O barulho ecoava pelo cemitério, ia de pedra em pedra, e a pá ia entortando e perdendo o fio a cada pancada.

Ele abaixou a ferramenta, e os babados da camisa se expandiram com a inspiração profunda. Seu olho encontrou o meu e refletiu meu choque. Ele passou a mão livre nos músculos contraídos do pescoço, no contorno molhado da boca. Um dedo encontrou a orelha e a penetrou como se esperasse encontrar o cérebro.

"Desculpe. Senhor. Isso não é certo. Isso não é jeito de ensinar. Então, você não conhece ZadenScent. Tem crimes piores. Não estou zangado com você. De verdade, não estou mesmo. É aquele podre que não posso perdoar. Ele pôs você em perigo. Em risco. Preciso reverter esse jeito de podre. Escute o que eu digo. Você passou muito tempo pisando na ponta dos pés em flores, quando devia ter rasgado buracos até o inferno na lama."

Mais controlado, Boggs retomou a aula. "A concentração do desinfetante para túmulos serve para indicar o calibre de qualquer fazenda de mármore, o quanto um corpo fica perto do outro, o quanto a terra é compactada, o nível geral de decomposição. A marca também é esclarecedora; qualquer zelador competente usa Chitterwick Original, que combina bem com o pedigree da clientela. Se você detectar o inferior Poloxy Plus, a noite ainda pode ser lucrativa —porque o podre que cuida da fazenda de mármore certamente não se importa com nada. Cava como um maluco, porque as pestes vão levar a culpa."

Boggs era mais intenso que Harnett. Não consegui evitar: estava hipnotizado. Quando ele demonstrou como as diferentes marcas de grama podiam ser avaliadas enfiando as folhas na boca como se fossem tabaco, sua animação era contagiante. Por trás do entusiasmo, porém, havia euforia. Quando uma ideia não era articulada com facilidade ele se enfurecia, normalmente com Harnett, às vezes comigo, mas sempre, no fim, com ele mesmo, arrancando os cabelos e porções soltas de pele morta. Ele tentou me falar sobre o uso de retroescavadeiras, e eu me espantei. Máquinas barulhentas? Em uma escavação? Ele avançou até mim, parou a um braço de distância e vociferou sobre como era exatamente isso que estava reduzindo os Escavadores à obsolescência, essa recusa em usar máquinas que *estavam bem ali*, com a chave no contato. Falou sobre "cargas dinâmicas" e "cargas de impacto", terminologia relacionada a quanto peso um caixão conseguia suportar antes de ceder. Quando viu que eu ainda não estava convencido, um lampejo de pânico contorceu seus traços infantis. Talvez ele fosse tão mau quanto diziam, talvez seus métodos fossem ofensivos, talvez ele fosse um podre entre os podres — todas essas inseguranças e outras em uma única contração do olho vermelho e saltado.

Quando começou a falar de etimologia — por que Shadygrove Eternal era mais promissor que o Garden of Holy Crusader —, ele tremia sob a luminosidade que anunciava o amanhecer, recitando teorias brilhantes e incompletas, em meio a uma interminável ladainha de acusações e recriminação pessoal. Ele chorava e gritava e ria, e a tempestade de onde tudo isso vinha parecia emergir como tumores contra a pele irritada. Minha mente se apressava em agarrar os fragmentos de conhecimento antes que se encharcassem no caldo de sua aflição. Então, de repente ele ficou quieto. Endireitou as costas e levantou o queixo. O farfalhar das árvores e o ruído dos grilos se tornaram tão barulhentos quanto o caos na cantina da escola.

"Não tem graça. Esse é o problema. Não tem graça nenhuma." O azul cintilante do olho bom resistia ao amanhecer envolvente. "Medalhas de guerra? Rosários? Perucas? Não é por essas coisas que cavo. Também não foi por causa delas que você veio me procurar. É por causa daquela outra coisa. Meu propósito. Seu propósito também, de repente. Quer ver?"

Ele segurou a lapela. Através do tecido fino e gasto, reconheci o formato retangular de um livro. Meu coração acelerou. Foi com um desapontamento abstrato que senti o movimento afirmativo que fiz com a cabeça e o ressecamento nos lábios. Talvez uma olhada naquela coisa aplacasse minha sede.

A lapela voltou ao lugar. Ele a ajeitou.

"Hoje não", disse. "Está ficando tarde. Talvez amanhã. Acha que vale a pena? Mais um dia? Pense nisso. Mais um dia. Depois pode acabar comigo. É justo. O que você acha?"

Soube que minha vingança ia ter que esperar. Se queria ser o maior Escavador de todos os tempos, não poderia ser como os outros, apavorado com o que Lionel chamava de inovações de Boggs. Eu já balançava a cabeça como se ele puxasse uma corda. Ele me dominava.

28

O tempo passou como uma respiração difícil: dois dias, três, quatro. Eu não sabia quando Boggs estava dormindo. Seu olho azul me desejava um bom sono e me cumprimentava com um bom-dia todas as manhãs. Aquela sentinela nunca fraquejava. Continuei ganhando tempo até o tempo se perder. Foi ficando cada vez mais fácil esquecer Bloughton. Como qualquer escritor, eu estava completamente absorto na criação de um livro. Todo o resto perdia importância.

Durante o tempo que passamos perto do rio Missouri, nenhum buraco foi cavado. Isso o torturava. Eu o via apertar o livro contra o peito como se fosse seu coração fraco. Quando ficou claro que cada um de nós prolongaria a vida um do outro por mais algum tempo, a primeira coisa que fizemos foi voltar à base dele na Califórnia. No instante em que partimos, eliminamos a possibilidade de Harnett me caçar. Em seu estado lamentável, ele não conseguiria me perseguir além das fronteiras de Iowa. Tentei não me importar. Harnett era uma causa perdida. Boggs era o único Escavador vivo que nutria o mesmo grau de paixão que eu.

Nosso Hyundai foi abandonado em uma estrada de Los Angeles e, com nossos vários bens acomodados em um novo carrinho de compras, andamos pelas ruas. A separação geográfica do irmão havia afetado Boggs de maneiras desagradáveis. Ele se tornava mais irascível a cada empurrão do carrinho. Retraía a boca com tanta tensão que seu lábio se partiu no centro. Ele andava depressa, como se tivéssemos que cumprir um prazo apertado. Às vezes desaparecia por horas, depois voltava agitado e vermelho, com os bolsos do casaco cheios de drogas, eu suspeitava. Os únicos itens que me mostrava, porém, eram futilidades. Uma tarde, ele voltou com uma cartola que havia encontrado rolando em um estacionamento. Descreveu como a tinha perseguido por vinte minutos. Ele a enfiou na cabeça rosada e descamada com uma alegria óbvia, pois seu traje finalmente estava completo.

Assim vestido, ele nos conduziu à sua fazenda de mármore preferida e exigiu que eu desse uma demonstração do que tinha aprendido. Era nossa primeira escavação. A terra do Oeste era desconhecida, mas não precisei de muito tempo para fazer os ajustes. Mesmo assim, sentia falta da Raiz. Esperava que Harnett a estivesse usando. Odiava pensar em uma ferramenta daquela qualidade deixada de lado.

Trabalhei na noite morna da Califórnia usando o lixo velho de Boggs. Ele se mantinha alguns metros distante, vasculhando minha mochila em busca de comida. Pegou o trompete e soprou algumas notas flatulentas.

"Espero que não tenha planos de ensaiar de manhã", disse. "Eu durmo tarde."

Eu estava a uma profundidade suficiente para não ter que ver sua cara quando ele pegou o fêmur.

"Mas o que é isto?", gemeu Boggs. Imaginei os dedos pequenos e sujos afagando o osso. "É uma bela perna, e já vi muitas. Perna de atriz. De modelo. Não é à toa que a carrega com você. Uma perna como esta faz um homem se sentir menos solitário em uma noite fria, aposto."

Era verdade, mas ele já ria o suficiente sem minha ajuda. Ímpetos assassinos sacudiam meus ombros, mas disse a mim mesmo que era só mais um dia, só mais um dia, e então teria aprendido o bastante. Mergulhei na repetição relaxante dos movimentos da pá e já estava a pouco mais de um metro de profundidade quando uma mão me agarrou pela gola.

Virei-me e vi a cara rabugenta de uma criança pequena no centro do círculo de uma cartola. Seus dedinhos canalizavam a força do corpo todo. "O que está fazendo?"

Eu não me envergonhava das minhas habilidades. "Cavando um buraco, e dos bons."

"Um buraco? No singular? Filho, eu cavo três enquanto você fica aí brincando com esse. Vem. Sai, sai."

Ele me levantou pela gola. Era como se eu não pesasse nada. Minhas pernas balançaram no ar até finalmente encontrarem o chão. Ouvi o baque distante dos pés dele, os ruídos de sua obra. Inclinei-me sobre o buraco imaginando nitidamente aquele pescoço envolvido por meu braço, mas me contive ao ver seus movimentos frenéticos, como ele removia a terra depressa, como a silhueta quadrada se expandia a partir de um centro musculoso ainda maior que o de Harnett. Em momentos ele desapareceu na tempestade de terra, e tudo que eu conseguia registrar era o topo da cartola e os roncos da respiração.

De repente ele parou. As partículas ainda suspensas no ar caíram, mantendo um padrão organizado. Ele apoiou as mãos, uma em cada parede. Os músculos de seu pescoço se enrijeceram, e ele saiu do buraco como se fosse erguido por um elevador hidráulico. Parou na minha frente e apontou para baixo. A aba da cartola se inclinava, tocando meu rosto. "Destrói aquela terra, filho. Acaba com tudo. Sei que você consegue."

E empurrou a pá contra meu peito.

Uma vez no buraco, esperei o ataque. Não aconteceu, e fiquei feliz, porque a descida furiosa de Boggs havia me inspirado. Segurei a pá como ele a havia segurado; posicionei os pés como ele tinha posicionado; ajeitei os cotovelos naquela curiosa posição de estrela. Nada, nenhum progresso, fracasso... até que braços poderosos me envolveram. Eu me preparei para morrer, mas não foi o que aconteceu. Dez dedos grossos cobriram os meus, os braços fortes sobre meus braços. Resisti furiosamente. Esse homem que havia tocado minha mãe não podia me tocar também. Mas logo comecei a entender os movimentos. Eram o oposto do que eu tinha aprendido com Harnett. Os movimentos bruscos davam a impressão de que tentávamos surpreender a terra a cada ataque. Percebendo os incríveis resultados, seu toque me lembrou os dedos mágicos de Ted. Quando Boggs recuou, eu continuei como se ele ainda estivesse ali, arfando com a animação e me odiando por isso.

"Você é um tesouro." Seu sussurro era sufocado de emoção. "Meu menino. Você é uma joia."

Mas, quando comecei a abrir o caixão com o pé de cabra e revistar o corpo em busca de objetos de valor, seus sussurros orgulhosos se tornaram estridentes.

"Os podres estavam certos", ganiu ele. As paredes à minha volta tremeram e esfarelaram com o impacto de seus passos. "Perdi muito cérebro pra querer ensinar. Filho, olhe pra você. Parece que está fazendo amor com essa coisa. Parece que está tirando uma lingerie aí embaixo. Dá essa ferramenta. Filho, me dá a ferramenta. Agora olhe. Veja como eu faço. É só tratar a coisa como homem, só isso."

Não consegui disfarçar o choque. Foram mais dois túmulos naquela noite, três na noite seguinte, uns vinte e poucos até o fim da semana, e foi preciso cada um deles para meu desgosto se transformar em uma espécie de respeito relutante. Boggs não se dava ao trabalho de descobrir todo o terço superior de um caixão. Em vez disso, enfiava uma pequena vara até a cabeça e usava uma corda com um laço para envolver o cadáver e içá-lo. Se o corpo ficasse preso no caminho, Boggs tinha outra ferramenta: uma vareta comprida com um gancho de metal na ponta.

"Abracadáver", disse ele. "Desculpe... foi de mau gosto?"

Quando o corpo era tirado do buraco, a coisa ficava pior. A Califórnia era cheia de gente bonita que atravessava a rua quando nos via com o carrinho, e tudo que Boggs não podia dizer para aqueles podres com seios de silicone e transplantes capilares, ele dizia para suas contrapartes sepultadas. Manejava os corpos com tanta displicência que as extremidades quebravam. Não era raro ele estrangular o corpo que jazia ali indefeso. E socar. Chutar os dentes. Arrancar os cabelos transplantados e os implantes de silicone.

"Tem uma loira famosa", comentou ele durante um desses ataques. "Ela é tão famosa quanto uma loira pode ser. Não vou citar nomes, não é assim que eu faço. Mas ela está aqui perto, em uma cripta cor-de-rosa desbotada por todos os podres que vieram beijá-la. Dentro dessa cripta cor-de-rosa tem um caixão fabuloso. Bronze com acabamento prateado antigo, cetim cor de champanhe. E se der uma olhada lá dentro vai ver que o agente funerário que cuidou dessa loira, bom... como eu posso dizer de um jeito cavalheiro? Ele a *melhorou* pro funeral pra não decepcionar os fãs. Levei um tempo pra entrar lá e ver com meus próprios olhos. Levei anos. Mas vamos dizer que a loira foi *piorada*."

Durante esses ataques, Boggs rasgava camisas, casacos e vestidos com tanto fervor que era comum arrancar junto pedaços de carne fétida. Nem sempre foi assim — dava para ver pela sua cara de surpresa antes de a expressão se transformar em alguma coisa que parecia ser alegria. Esses punhados de matéria em decomposição ele jogava desdenhoso no rosto dos cadáveres, e eu me aproximava para contê-lo com violência. Porque isso que ele fazia com os mortos era muito parecido com estupro, muito parecido com o que ele tinha feito com minha mãe. Esse era um Trabalho Ruim, sua vida inteira tinha sido um Trabalho Ruim, e ele não era melhor — nem pior — que Harnett. A pá, quando eu a tinha comigo, era levantada.

E então ele pegava a câmera.

A câmera — fiquei sem ar na primeira vez que a vi. Quando ele aproximou o equipamento velho do rosto sujo, tive que me segurar para não o agarrar. O botão estalava, o flash estourava, e momentos depois eu estava abaixado na grama, debruçado sobre a imagem que se revelava. Metade do peso do carrinho de supermercado era de velhas latas empoeiradas de filmes de polaroide, e o tamanho absurdo do estoque deixava clara a ambição épica do projeto.

Meu interesse dava um imenso prazer a ele. Ele ficava perto de mim contraindo os lábios rachados e sangrentos, massageando meu ombro com sua mãozinha. "Todos os podres, filho, que pisam em nós, cagam em nós e esperam que a gente implore por mais? Você e eu vamos pegar os ossos e a carne dessa gente. A pele e os fluidos. Até a última gota do eflúvio nocivo deles. E vamos fazer essa gente olhar pra isso, não vamos? Vamos esfregar na cara deles. E pela primeira vez eles vão ver como são de verdade. Não é mesmo?"

Nesses momentos eu esquecia as atrocidades que ele praticava à beira dos túmulos e praticamente salivava. *O livro*, pensava. *Mostra o livro pra mim*.

Ele raramente tirava o livro do casaco, e nunca tirava o casaco. Mas se eu escondia meu ódio e me comportava bem, havia recompensas. Às vezes, quando estávamos à beira de uma fogueira improvisada em algum galpão abandonado depois de revirar um saco de lixo de restaurante, ele lambia os dedos e tirava o livro grosso do bolso interno, sempre alisando a capa manchada e deformada antes de entregá-lo. Folheá-lo era como ver meu passado e futuro: as muitas caras mortas que Harnett e eu tínhamos visto quando perseguíamos Boggs, bem como as páginas vazias que eu ajudaria a preencher, a lenda que ajudaria a criar.

Com bastante frequência, os momentos de contemplação eufórica eram arruinados. Perto do meio do livro havia fotos de alguém que eu reconhecia. Às vezes, demorava vários segundos para fazer a identificação. Boggs observava em silêncio, o fogo brilhando nos dentes que restavam, e o ódio dentro de mim ressurgia, o desejo de vingança me levava à beira das lágrimas. *Mais um dia*, dizia a mim mesmo. Repetia as palavras de outro professor: *Até a próxima aula, então*. Quando isso não funcionava, eu enfiava a mão na mochila e tocava o osso liso como Harnett um dia havia tocado o ombro de um cadáver. *Shh, logo isso tudo vai acabar*.

29

Era a febre da loucura encontrando o cotidiano. A Califórnia não era nada além de shoppings de concreto, carros se arrastando por interestaduais como insetos brilhantes e rostos de cabelos escovados piscando para nós em cartazes que anunciavam sucessos do cinema. O cinema estava por todos os lados: em workshops de artes cênicas, estúdios de filmagem, lojas de aluguel de câmeras, depósitos de figurinos, cenários de filmes independentes com suas equipes de hipsters de boné. A noite tomava a forma da louca esperança de entrar em um cinema escuro; o dia tinha o surrealismo desorientado de sair pelos fundos para encontrar um desajustado sol de matinê. A metáfora me dava a única lógica em que me segurar — era só um filme, só um filme, embora a maquiagem fosse boa demais e o desempenho do protagonista perdesse rapidamente a continuidade.

O combate continuava. Todas as noites eu tentava ficar acordado até ele dormir. Eram muitas horas trabalhando, poucas calorias ingeridas, e a exaustão sempre enfraquecia as articulações que me mantinham ereto. Ele sorria e girava a cartola entre as mãos enquanto eu começava a cochilar. Durante semanas, esperou que eu pegasse no sono para mexer em seus esconderijos — certas barras de ferro do carrinho, fendas secretas no casaco, o forro interno da cartola — e usar o variado estoque de drogas.

Era assim que ele me vencia todas as noites e acordava antes de mim todas as manhãs. Foi assim que superou Harnett e a mim nas escavações por tantos meses. Também era assim que ele vencia a aflição de ter falhado como meu professor, a inadequação que reafirmava mais uma vez sua posição de filho menos capacitado. O cérebro danificado reorganizava seu propósito. E daí se ele não conseguia me ensinar? Ainda podia me usar.

"Vinte e uma sepulturas, uma noite." A língua cutucava hesitante as feridas que contornavam seus lábios. O rosto estava inchado e úmido com a expectativa do excesso. "Mal tinha passado a idade da punheta, e era isso que Kenny e eu fazíamos. Mas você e eu? Você e eu vamos passar das vinte e cinco fácil. Trinta, até. Filho, vamos cavar até nossos dedos caírem. Ah, desculpa. Acho que os seus já caíram."

Eletrizado como estava pelo ácido que o corroía por dentro, os mortos não tinham chance contra ele. Passamos dos vinte e um em pouco mais de um mês. Ficamos parados nos vinte e nove, e o número primo irritava Boggs, mas, depois de elevar sua dose de produtos ilícitos, também ultrapassamos esse recorde. Esses marcos são fáceis de derrubar quando não há preocupação com os corpos — nem dos mortos, nem o seu, nem de ninguém. Tudo que importava era o livro. Nunca parávamos de trabalhar.

No fim, a necessidade se tornou maior que a discrição e Boggs passou a consumir drogas sem disfarçar. Ia do túmulo à loja de penhores e da loja de penhores para a esquina. Fumava substâncias com apetrechos improvisados e injetava lixo no corpo com agulhas tortas e arames de cabide. Alguns comprimidos, ele engolia sem água, outros ele amassava e aspirava. Cheirava venenos de sacos de comida do Wendy's e bebia xarope para tosse quando era só isso que conseguia arrumar. Elementos de sua personalidade foram se desdobrando até ele se desmanchar em nada; outras facetas eram isoladas com uma cruel e inesperada veemência. Ele saía dessas sessões transtornado, lambendo o sangue que escorria do nariz, e me espancava e estrangulava com seus dedos pequeninos sem nenhum aviso prévio.

Na primeira vez que isso aconteceu, eu quase o matei. Eram quase quatro horas da manhã. Eu estava exausto. A música de uma boate próxima fazia meu coração palpitar. Naquela noite, pingava água do viaduto, o que transformava nossa fogueira em fumaça. Olhei com desejo para o volume oval no carrinho, todo enrolado em sua colcha aconchegante, e perguntei a Boggs se podia pegá-la para nos manter secos. Sem responder, ele apanhou um pedaço de cimento quebrado e jogou em mim. Desviei a pedra com um cotovelo, mas atrás dela vieram outras coisas, mais pedras, latas, garrafas quebradas, seus polegares tortos na minha traqueia.

Chuta, falei para mim mesmo. *Soca, arranha, morde a cara.* Os objetos que ele havia jogado em mim estavam por perto, e eu provavelmente poderia pegar um deles e arrebentar sua cabeça. As mortes, a dele e a minha, competiram por alguns segundos torturantes, mas, em vez de aceitar o esquecimento que agora nós dois viraríamos, me descobri desesperado por mais um dia, mais uma aula — eu seria um bom aluno até o fim. Quando comecei a perder os sentidos, senti um pesar distante por ter esquecido o motivo original de ter procurado esse monstro. Alguma coisa a ver com a mãe de alguém, talvez a minha.

"Você está de olho em mim." Seu rosto estava úmido e rosado como carne malpassada. "Acha que estou drogado. Acha que não vejo. Mas você esquece, filho; meu cérebro está do lado de fora, em todos os lugares, observando de uma centena de ângulos. Sabe o que isso me diz? Que você fala como um podre. Pensa como um podre. Quando eu der as costas, você é o podre que vai tentar me dar a facada. Tenta. Ouviu? Vai em frente, tenta."

Ele me soltou. Senti o gosto do asfalto. Parei de ouvir e enxergava mal. Vi três Boggs abaixados perto da estrada, gritando para os carros que passavam, três Boggs batendo na própria cabeça e soluçando que eram eles, eles eram os podres. Todo o incidente foi chocante. Foi menos chocante quando aconteceu de novo. No quarto ou quinto ataque repentino, eu sabia que era só acenar com a cabeça como pudesse enquanto ele me enforcava. Era nesses momentos que me sentia muito superior a esse drogado maluco, e também quando eu me envergonhava por balbuciar: *Não, não sou um podre, estou do seu lado sempre. Você vai ser famoso. Todos os podres por aí vão se curvar diante de você antes dessa história acabar. Você vai ser o homem mais procurado do mundo, e eu quero estar perto pra ver.* Jesus de Dois Dedos que me perdoe, mas eu disse tudo isso e mais.

Uma noite, depois de um ataque desse tipo, acordei e vi que estava dentro de um Burger King abandonado. Um fogo fraco queimava dentro de um porta-guardanapos. Boggs recolhia embalagens de condimentos e parecia arrependido. Quando me viu abrir os olhos, ele se abaixou perto de mim e ajeitou seu presente de mostarda e sal. Arrumou a cartola, limpou a terra do casaco e, com grande humildade, tirou do casaco uma seringa suja.

"Vai, filho." Ele a aproximou de mim. Tentei me mostrar grato, mas balancei a cabeça. Ele rangeu os dentes. Forçou um sorriso e tentou de novo. "Sei que não é justo, sempre uso tudo sozinho. É claro que você não me acompanha. Peço desculpas, sinceramente. Você é meu garoto. Meu cérebro me lembrou disso. Vai em frente."

Resmunguei alguma coisa sobre o Burger King, o cheiro da grelha, como ainda conseguia sentir o gosto no ar. Ele não? Fagulhas voaram quando ele passou um pé no fogo, segurou a frente do carrinho e o empurrou contra a máquina de refrigerante.

"Não consigo entender o que você quer." Na escuridão, eu só enxergava sua silhueta diminuta se movendo entre os restos de cadeiras plásticas conjugadas, os dois pedaços da cauda do fraque, a ponta torta da cartola. "Quer ser que nem eu? Quer cavar uns dez buracos em cinco horas? Levantar podres gordos com só um braço? Ou quer ser como o sr. Ressurreicionista, que carrega podres como se plantasse narcisos? Eu te dou tudo, filho, tudo. Contei segredos que nunca tinha contado a ninguém. Tenta lembrar disso. Não? Não vai tentar ser grato? Sabe que nada me impede de deixar você pra trás."

Mais um abandono era algo que eu não poderia suportar, não tão perto da notoriedade do livro e da nossa fama. Assenti, me desculpando obediente, e fingi saborear uma embalagem de mostarda. O cardápio, antes iluminado, ainda era visível, e na minha cabeça somei o valor do pedido, paguei em dinheiro, contei o troco e criei uma cena familiar com mãe, pai e filho. Que fantasia maravilhosa. Sorrindo, me encolhi ao lado do que tinha sido a fritadeira e dormi. Algum tempo depois, não sei quanto, senti alguém se ajoelhando ao meu lado. Fiquei tenso esperando pela agulha imunda, mas o que senti foi um polegar afagando minha têmpora.

"Não me deixa." Seu sussurro era rouco. "Estou me esforçando muito. Tem coisas erradas em mim, eu sei. Acho que já falei sobre meu cérebro, mas, Senhor, está piorando. Alguma coisa rasteja no lugar onde antes ficava meu cérebro. É ele, talvez. Os dois, talvez. Estão bravos comigo. Dá pra perceber porque eles estão se controlando com muito esforço. Não quero que fiquem bravos. Também não quero você bravo. Só quero ser o Baby deles, e que você seja meu bebê... entende? Você vê como pode ser? Só precisamos ficar unidos, fazer nosso trabalho. Desse jeito a gente mostra pra eles o que o amor verdadeiro pode fazer."

Amor ou ódio: eu não conseguia decidir o que me dava mais medo. Depois dessas noites bizarras de ternura, eu sempre recebia o pedido de desculpas na forma de presentes. Boggs enchia o carrinho, me levava a um restaurante caro em Beverly Hills e balançava um maço de dinheiro na cara do maître até estarmos sentados, normalmente o mais longe possível dos outros clientes. Lá vivíamos o esplendor de um salão com um pianista tocando ao vivo, ou de uma varanda onde soprava o ar morno do Pacífico. De forma intuitiva, Boggs diminuía o impacto de sua persona o suficiente para convencer os clientes do lugar de que ele era só uma variedade domesticada de drogado. Até eu me convencia disso. Sentado ali, com as fileiras de talheres de prata e toalhas quentes, eu olhava para os empresários com seus tablets e reluzentes recém-nascidos em cadeirinhas, e me imaginava como um deles até ouvir o barulho de Boggs lambendo o interior da taça de vinho. Em uma refeição comíamos pratos requintados, como bacon caramelizado, ao som de melodias de piano, e na outra cagávamos a dois metros de onde havíamos tirado formigas das bordas de uma pizza.

Seu ressentimento contra o Pacto Monro-Barclay começou a fazer sentido. A Costa Oeste tinha acelerado sua corrupção, de fato. Essas folgas entre os podres que ele mais desprezava — atores, agentes, chefs famosos, até garçons de nariz empinado — provavam o tamanho do seu desespero para ter a atenção deles, e era esse o maior objetivo do Livro da Podridão. Cada vez que ele apontava a câmera para um cadáver californiano, era como um paparazzo tirando fotos não autorizadas e humilhantes de sujeitos distraídos. Mas era esta a missão do fotógrafo de tabloide — expor como todo mundo ficava igual quando a maquiagem era removida e as luzes se apagavam.

Restaurantes cinco estrelas não eram os únicos lugares estranhos aonde ele me levava. Pelo menos uma vez por semana, visitávamos uma biblioteca pública. Como Lionel e Harnett, eu também desconfiava de que a distribuição final do Livro da Podridão seria on-line, e Boggs era, de fato, um experiente usuário da internet. Ele prendia o carrinho de supermercado ao bicicletário ou à caixa de devolução dos livros na frente de uma câmera e se misturava a outros sem-teto. Às vezes, eu olhava de relance e o via babando no site de algum jornal de Iowa. Não precisava ler a matéria para saber que as consequências de minha vingança ainda eram sentidas.

Foi quando ele estava em uma dessas bibliotecas que fiz uma descoberta importante. Tentando evitar fazer parte de sua inevitável expulsão, fiquei sentado embaixo de uma palmeira, encostado ao carrinho. O barbante usado para prender a colcha sobre a carga escondida havia tanto tempo raspava em meu pescoço suado, e eu o empurrei irritado. A amarra se soltou e o cobertor se abriu. Embaixo dele, em vez da madeira comida por cupins que eu esperava ver, estava o mais refinado instrumento da história: Harpócrates.

Tudo que Lionel tinha dito era verdade: a lâmina de aço e ouro, o cabo com os galhos petrificados e trançados, o escaravelho de pedras preciosas. Mas nenhuma poesia ou hino poderia transmitir tal esplendor. Ainda que os tesouros míticos de Lionel realmente existissem, nada poderia se comparar a Harpócrates. A única indicação de uso era uma sombra delicada onde a mão de Boggs um dia havia se encaixado. Não era difícil deduzir por que ele não usava mais o instrumento. Era uma ferramenta dos deuses. Até Boggs, em seu delírio, havia questionado se seu trabalho atual era digno dela.

Mas Lionel e Harnett se enganaram sobre o destino de Harpócrates. Boggs resistiu a vendê-la. Em vez disso, era apegado ao maior presente de seu mestre. De repente vi Harpócrates e o Livro da Podridão como duas metades de um todo, a primeira exemplificando o que Boggs poderia ter sido, a última resumindo o que ele havia se tornado. Escondi a ferramenta no cobertor, amarrei o barbante e fiquei ali à sombra, cobrindo o rosto com meus dedos de carne e madeira. Eu também tinha duas metades, e esta era a que eu havia escolhido.

30

Apesar da ausência do calendário na pia, eu sabia que estava com Boggs havia muito tempo. Era verão, até na Califórnia eu percebia a diferença. Os biquínis ficaram menores, os conversíveis circulavam sem capota e a terra do cemitério se soltava de tal forma que parecia saltar para fora de nosso caminho.

E bem quando eu estava me acostumando às texturas e temperaturas da Costa Oeste, acabou. Acordei com o barulho de uma caminhonete enchendo nosso beco de fumaça. Meu cérebro confuso se esforçou para entender a ameaça. Estávamos perto de Colma, Califórnia. A cerca de vinte minutos de São Francisco, o lugar era bem conhecido por ter mais mortos que vivos em uma proporção de milhares para um. Conhecida como Cidade do Silêncio e marcada pelo irônico slogan É ótimo viver em Colma, a cidade abrigava dezoito cemitérios, e as celebridades ali enterradas iam de Wyatt Earp a Joe DiMaggio. Boggs, no estado de fuga que normalmente seguia uma madrugada de muita droga, havia falado a noite toda sobre suas diversas aventuras em Colma, apesar de termos passado as horas desde o anoitecer em um canto anônimo de um dos cemitérios menores. Mas talvez tenhamos fotografado algum famoso, afinal, porque ali estava uma pessoa, talvez um parente, engatilhando a arma da vingança. Vingança: isso dava propósito à vida. Alguma coisa naquele ruído era familiar para mim, embora eu não soubesse por quê.

O fluido que brotava dos esguichos no capô e o som dos limpadores de para-brisa afastando a sujeira. Boggs sorrindo através do crescente de vidro limpo — outro carro roubado. Ele buzinou de um jeito que supunha reconhecimento e balançou a cartola para fora da janela.

"Vamos embora daqui." Buzinou mais uma vez. "Quem fica parado é poste."

Uma lata de lixo serviu de apoio para eu me levantar. Minhas pernas tremiam, e olhei para os ossos castigados, para as faixas enfáticas de cartilagem. Não as achava feias. Pelo contrário, sentia prazer com minha forma cada vez mais reduzida. Dia a dia, eu ficava mais parecido com os personagens do Livro da Podridão. Era muito Hollywood, esse desejo de ser magro e famoso. Todo mundo ali sentia a mesma coisa. Finalmente eu era normal.

"Vai logo, filho. Já peguei as coisas." Notei na carroceria a pá velha, nossas coisas dentro de sacos, as latas de filme, o cobertor que envolvia Harpócrates. "Eu e você temos um livro pra terminar."

Igualmente tonto pela doença e pela animação, sentei no banco do motorista. Boggs já tinha escorregado para o lado do passageiro a fim de me deixar assumir o papel de motorista da rodada. Ele bateu no assento. Escamas de pele morta salpicaram o tecido manchado. Boggs as tirou dali e riu.

"Cavar os Escavadores." Sua voz gorgolejou com o catarro das drogas. "Capítulo final. O que acha? Isso não é poesia pra um poeta?"

Eu seguia ordens. Quilômetros foram deixados para trás tão depressa quanto tirar carne de osso. Havia tantas variações de paisagem quanto cores de podridão. Uma vespa entrou no carro quando atravessávamos o rio Columbia, e Boggs a deixou picá-lo duas vezes para poder sugar o veneno e esfregá-lo nas gengivas. Na maior parte do tempo, ele cantarolava e me olhava de soslaio com um olho só, o que me incomodava. Havia um Escavador, afinal, cuja inclusão no Livro da Podridão ainda não tinha sido discutida.

Nossa primeira parada aconteceu perto de um centro de treinamento militar no estado de Washington, e enquanto eu cavava Boggs se encolheu perto de uma lápide e ficou folheando um livro gasto de Ray Bradbury que tinha tirado do fundo de uma caçamba de lixo. Não reclamei; depois de exagerar nas drogas que tinha levado para a viagem, ele parecia pior que nunca. Metade do rosto havia sido devorada por uma erupção de aparência dolorosa com pústulas amarelas, e ele resmungava sem parar enquanto mantinha o nariz enfiado no livro. Não me parecia que Bradbury fosse humorista, mas Boggs riu até o olho azul lacrimejar.

Desenterrei um Escavador chamado Aberdeen. Boggs estava preocupado demais para controlar a câmera, então me encarreguei disso também. Aberdeen ficou mal na foto, com o couro cabeludo todo enrugado em sua derrota. Em Utah, olhei os restos de Copperhead e meu dedo pairou sobre o botão da câmera, lembrando vagamente a foto que eu havia tirado muito tempo atrás de Harnett e da mão cortada. Essa foto nunca viu a luz do dia, e esta também não deveria ver. Seu alinhamento no livro ficou torto. Eu não suportava olhar para ela quando virava as páginas. Não era certo. Alguma coisa nisso não era certa.

Em seguida fomos para o Texas desenterrar o homem conhecido como Boxer. Em pé ao lado do túmulo, segurando a pá, comecei a tossir e continuei tossindo até sufocar. Boggs viu as lágrimas provocadas pelo ataque de tosse e riu até engasgar também. No dia seguinte seria a vez de um homem chamado Wolff. Seu túmulo era bem protegido: um caixão de aço selado em uma câmara de concreto. Lasquei o revestimento com uma paciência entediada que eu não tinha. Atrás de mim, o ruído das páginas de Bradbury, página após página. Enquanto eu tossia, Boggs vomitou, e senti o cheiro familiar de urina quando ele se distraiu demais com a leitura. Mas seu olho bom dançava, e ele ria até quando estava dormindo.

Com a foto de Wolff colada no livro, seguimos para um homem chamado Dragão. A Pensilvânia, porém, era muito longe. Minha tosse se transformou em uma expectoração de catarro alojado no fundo dos pulmões. Logo chegou a diarreia. Era como o retorno da minha depressão de cemitério, e tínhamos que parar no acostamento constantemente. Eu passava os dias recuando perante a ameaça imaginária de Harpócrates, e as noites eram definidas pelo tamanho da dor de cabeça que dominava meu cérebro. A luz do sol me dava medo. Vozes humanas me causavam pânico. Alucinações de animais horríveis se dissolviam em pessoas pedalando bicicletas, cachorros em coleiras, crianças em balanços. Quando eu gritava para alguma imagem macabra que via correndo em direção à lateral do carro, Boggs levantava a cabeça do livro e assentia como se isso fosse um tipo de progresso.

Não restava muito de Bradbury. Boggs tinha usado a maioria das páginas para acender fogueiras e limpar a bunda, e tudo que ainda sobrava era uma história contada em apenas nove páginas. A história era sobre um homem que começa a acreditar que o próprio esqueleto trama contra ele. Sei disso porque Boggs lia essa história em voz alta todos os dias no carro, todas as noites no cemitério. No começo com tom de deboche, porque ele debochava de tudo, mas depois ele passou a ler com a piedade do renascido, marcando parágrafos com o polegar enquanto folheava o resto do livro e os comparava com passagens anteriores. Comecei a notar que ele cutucava o tronco e os membros com a ponta dos dedos, afastando músculos para poder sentir os ossos embaixo deles.

Um dia ele encontrou uma faca dentro de um balde com restos de frango frito. *Tenho que sair daqui*, pensei.

No começo ele usava só a ponta. Levantava a perna da calça até o joelho e fazia pequenas perfurações na canela.

"Não dói", dizia para si mesmo. "Isso não dói, é incrível."

Algumas noites depois, fui acordado por barulhos estridentes. Virei-me de lado e olhei através do fogo até ver o lampejo da chama no aço. A faca balançava com a ponta inserida entre duas costelas de Boggs.

Cada dentinho era uma faísca.

"Olha, filho." Ele respirava depressa pelo nariz e afastou um pouco mais a camisa de babados. "Não dói. Sabe o que isso significa?"

Apertei os olhos com força. Dia a dia, os choques perdiam força e se tornavam uma rotina repugnante. Ele lia as nove páginas e sangrava em cima delas. Coroas marrons de sangue manchavam suas roupas e o banco do passageiro do carro. Enquanto isso, ele esperava impaciente os outros Escavadores morrerem. O Apologista, que continuava em estado vegetativo na Virginia, era o que mais o incomodava. "Talvez a gente possa ajudar", sugeria Boggs com frequência suficiente para eu saber que não estava brincando. Poderíamos colaborar com a queda de Brownie, Parafuso e Pescador, ele comentou, despertando as suspeitas das pessoas da região de cada um, como aconteceu com Embaixo-da-Lama. Parecia estar deixando Harnett e Lionel para o final.

Finalmente, chegamos à Pensilvânia e fotografamos o Dragão. Montamos acampamento perto dali e ficamos esperando a morte dos Escavadores. Eu esperava a morte de Boggs. Ele também estava sempre de olho em mim, até a noite em que arrancou o olho doente com o polegar. Eu o vi quicar uma vez e cair no fogo com um barulho de fritura.

"Ah", disse ele. Inclinou-se para a frente, resgatou o órgão e o deixou no colo para abanar a fumaça. Depois de um tempo, ficou muito triste e segurou o rosto entre as mãos, chorando baixinho. Uma hora mais tarde, deixou escapar um suspiro profundo e corajoso, levantou-se e enterrou o olho em um buraco no limite do bosque. Tinha algo no ritual que me fez lembrar o enterro da Trituradora. Não era algo que eu devesse ver. Virei-me para o outro lado e disse a mim mesmo que nada disso podia estar acontecendo. Mas a luz do dia chegou e sua órbita direita parecia a boca de uma criança, feliz e cavernosa.

31

Foi a crueldade mais vulgar que nos levou a Wyoming. John Chorão tinha desaparecido nas montanhas havia muito tempo, provavelmente para morrer, mas profanar o corpo de sua vira-lata ainda estava ao nosso alcance. A ideia do flash da câmera documentando a transformação de uma amada companheira em uma coisa de matéria podre e osso... — foi demais. Ao entrar no cemitério da vez, eu me perguntava se meu coração aguentaria. Rezava pela parada cardíaca, aquele estado biológico simples que deveria ter sido o destino de minha mãe em vez de um ônibus. Enquanto procurava o Jesus de Dois Dedos para me amparar, Boggs ficou de quatro. Ele não sabia onde Foulie estava enterrada, mas removia a grama de centenas de covas e fazia deduções. Todas eram incorretas, mas fotografamos os corpos mesmo assim.

Ele lia, eu cavava. Tinha dominado seu método de içar o corpo com o gancho, mas, quando ele não estava prestando atenção, ainda gostava de fazer as coisas à moda antiga. Removi a tampa do caixão me valendo de uma mistura dos métodos de Harnett e Boggs e me debrucei para olhar o corpo.

Um Rei dos Ratos, bem ali na minha cara. Quase não contive o grito. Poderia ser uma alucinação. Inclinei mais o corpo. Certamente parecia real. O rosto e a parte superior do tronco do cadáver estavam completamente escondidos por pelagem escura, garras amarelas, caudas rosadas. Sem ar, cheguei ainda mais perto e tentei contar os corpos entrelaçados, mas me perdi no vinte e dois. Vi dentes maiores por causa da decomposição que devorava seus rostos. Centenas de costelas parecendo renda. Dezenas de garras como uma franja costurada. Era complexo, magnífico e monstruoso.

Em algum lugar lá em cima, ouvi uma página sendo virada e risadas.

Foi um Rei dos Ratos que previu a destruição da parceria entre Harnett e Boggs, a ira dos Gatlin e tudo mais que veio depois. Que aniquilações anunciava essa descoberta? Aproximei a cabeça dos inúmeros rostos. Meu coração quase parou quando aquilo falou.

Sussurros, sussurros de coisas e pessoas que eu havia esquecido.

Uma coisa era certa: se Boggs visse, não seria possível prever o que ele faria. Usei o pé de cabra para tentar empurrar o presságio para o pé do caixão, mas as caudas e patas estavam enroscadas em roupas e carne. Rangendo os dentes, segurei o emaranhado de criaturas com as mãos, mas a resistência cresceu. Os sussurros ficaram mais altos.

"Estão arrumando o cabelo um do outro?", gritou Boggs.

"Não tem nada", respondi com voz rouca. "Nada que valha a pena pegar."

"Então fotografa. Sai do buraco. Devolve a terra. Se quiser, posso segurar seu pipi mais tarde quando você for mijar."

Outra página virada, outra risadinha.

Desviei o olhar do Rei dos Ratos e verifiquei a câmera Polaroid pendurada por uma alça em meu pescoço. Não havia como tirar a foto sem revelar a Boggs a presença do monstro de muitas caudas. De algum jeito, eu sabia que isso significaria meu fim, e aí nunca poderia responder aos sussurros, sussurros, sussurros.

Ouvi o livro cair no chão.

"Senhor, filho." Ele se levantou com dificuldade. "Estou indo."

Não foi nada que eu tivesse planejado antes. Deitei em cima do corpo, escondendo o Rei dos Ratos, virei o rosto de lado e fechei os olhos. Boggs agora só olhava de passagem as fotos; talvez não notasse. O flash da câmera esquentou minha pele. Segundos depois, guardei a foto no bolso e comecei a devolver a tampa ao caixão, enquanto explosões fluorescentes desapareciam de meu campo de visão.

Enquanto enchia o buraco, descobri surpreso que estava chorando. Limpei as lágrimas, mas elas continuavam brotando de alguma reserva misteriosa. Só quando fui colar as polaroides da noite, reconheci as lágrimas dos dias que seguiram a morte de minha mãe. Eram lágrimas de luto, mas dessa vez eu chorava por mim. Era meu rosto colado no Livro da Podridão. Joey Crouch estava morto.

O Rei dos Ratos não acreditava nisso.

Continuei chorando enquanto Boggs vivia o delírio que tomava o lugar de seu sono. Eu não queria estar morto; queria estar vivo. A constatação chegou tão mansa quanto o amanhecer. A missão final de Boggs era suicida, e agora que eu tinha a lâmina envenenada sobre meu pulso, me percebia incapaz de cortar. Não podia ir com ele até o fim. E, se não podia ir até o fim, o que eu estava fazendo aqui?

O Rei dos Ratos implorava em uma infinidade de tons.

Eu disse não. Ele era convincente. Eu disse certo, está bem. Virei as páginas do Livro da Podridão até encontrar a foto de uma mulher que reconhecia. *Sim*, o Rei dos Ratos cochichou, e eu assenti chorando e respondi: *Sim*. Como eu havia enterrado fundo a verdade. Com que rapidez me reduzi a outro covarde dominado. Minha missão era muito simples: encontrar o fotógrafo e puni-lo.

Só havia um jeito de cumprir essa missão, e não era com a faca nem com minhas mãos. Havia um código imposto pelos próprios Escavadores cujos velhos corpos eu agora fotografava. Esses homens eram o Rei dos Ratos, vinham para corrigir meu caminho, tinham as caudas eternamente entrelaçadas para o meu bem. Esse sacrifício provocou mais lágrimas. Eram as vozes deles que sussurravam, sussurravam, sussurravam para o Filho desajustado que tinham encontrado.

Era difícil disfarçar meu entusiasmo. Levantamos, como sempre, com o sol a pino. "Iowa", disse ele, jogando seu corpo inflamado e estranho no carro. A ordem revelou tudo que eu precisava saber. Ele estava pronto para pular diretamente para o clímax do livro. Eu lamentava por ele, por saber que não viveria para ver seu projeto concluído. Então, no espelho retrovisor, vislumbrei em seu olho a insolência de novos segredos. Ele também tinha escutado os sussurros? Sabia o que eu planejava?

Seguimos viagem. Não falávamos. Ele preparava seringas no colo, lambia pó no painel, se enchia de substâncias até sua última terminação nervosa ser cauterizada. Sangrava e sufocava. O carro cheirava a cabelo queimado. Sim, o fim estava próximo. Juntos, nos abrigamos nas ruínas de um rinque de patinação em Akron, Ohio, e sentamos nos observando, um de cada lado de uma fogueira alimentada com destroços variados e vigas caídas. Depois de um tempo, Boggs voltou a cutucar seu esqueleto. Quando a faca ressurgiu, minha surpresa foi moderada. Nos primeiros dez minutos ele chorou, mas, quando esse estágio passou, fez um ruído como se estivesse entrando em uma banheira com água.

"Tem um podre." A voz dele estava rouca de heroísmo. "Dentro de mim."

32

Uma tristeza sinistra nos envolvia quando chegamos perto de Iowa. Meus músculos estavam fracos de tantas expectativas. Boggs, no entanto, não reconhecia mais minha presença. Estava ocupado demais reaprendendo a respirar e andar em harmonia com o estranho dentro dele. Parecia fascinado com sua capacidade de perseverar e olhava para si mesmo sem disfarçar o fascínio.

Harman, Indiana, era a última parada antes de Bloughton. Ajoelhei na beirada do túmulo aberto naquela noite. Ajustei as alças da mochila verde. Nessa noite, queria os pedaços do meu passado bem perto de mim. Examinei a lápide pela milésima vez. O nome gravado era tão comum que eu não conseguia mantê-lo na memória por mais que alguns segundos. Isso me preocupava. Eu queria conseguir lembrar. Quando Boggs estivesse no fundo desse buraco, embaixo de um metro e meio de terra, seria o nome, afinal, que tornaria a visita ao local de seu descanso eterno tão satisfatoriamente simples.

Olhei para fora do buraco. Boggs estava a uns dez metros de distância, de costas para mim, completamente compenetrado em seu Bradbury. Abaixei e comecei a remover a tampa. Seria preciso muito espaço para encaixá-lo ali dentro. A tristeza me atormentava enquanto eu abria espaço ao lado dos ossos no caixão. A vida de Boggs havia sido uma tragédia interminável. Mesmo agora, ele só queria ser lembrado. Em vez disso, seria enterrado em um túmulo tão anônimo que eu duvidava até de minha capacidade de especificá-lo.

Era hora. Saí do buraco e segurei a pá como um taco. Boggs não estava ali. Olhei com atenção e agucei os ouvidos, buscando a orientação do Rei dos Ratos. Nada. Baixei a ferramenta e explorei a área. Cada passo fazia crescer a certeza fria de que ele tinha ido embora. Qualquer que fosse a entidade que sentia dentro dele, ela o havia levado para longe por entre as lápides. A brisa morna esfriava meu suor enquanto eu procurava pegadas, uma cartola abandonada, rastros úmidos de sangue. Voltei para perto do túmulo e vi alguma coisa no meio da terra. Ajoelhei e peguei o objeto. Era um pedaço marrom de alguma coisa seca e inchada. Virei-me e vi letras. Bradbury — ele nunca o abandonaria — ah, não, ele ainda estava...

O baque da pá vibrou em minha pélvis. Caí e me recuperei a tempo de evitar o abismo. Tentei rastejar e me afastar dali, mas senti mãozinhas agarrando minhas roupas com força e me apertando contra o chão como uma mochila de academia jogada. O trompete e o osso dentro da mochila pressionavam minha coluna. Acima, um vento seco arrancava as páginas de Bradbury que tinham sido coladas com sangue no rosto e nos braços de Boggs como uma forma de armadura. Sua cartola escondia a lua. A faca erguida estava ensanguentada.

"Tem um podre em você também, filho." Ele assentiu prestativo e se ajoelhou. "Vou te ajudar a tirar ele daí."

Ele tentou enfiar a faca em minha barriga. Minhas pernas em movimento impediam o acesso. Envolvi o homenzinho em um abraço de urso e avancei, esperando sentir a facada a qualquer momento. Em vez disso, ele se soltou e se afastou de mim. Ofegante, ficou em pé e me examinou com o único olho: falanges, pélvis, clavícula, crânio.

"Não exagera. Não estou tentando te matar." Ele umedeceu os lábios inchados e se concentrou em meu peito. "Estou tentando te salvar."

E se aproximou de mim com passos delicados. Pulei por cima do buraco e, ainda no ar, reavaliei o que tinha visto: não era Bradbury que ele folheava enquanto se afastava. Era o Livro da Podridão, e ele finalmente tinha visto minha foto. As leis da física pouco significavam para ele, mas os livros eram a verdade. Se as páginas diziam que eu estava morto, eu estava morto.

Nossas coisas estavam a um braço de distância de onde aterrissei, então me joguei em cima de Harpócrates, apoderando-me dela como se fosse minha. Embora ainda estivesse envolta em um cobertor, a perfeição do peso e do equilíbrio da ferramenta me paralisou. Fiquei parado e perdido até uma faca surgir do nada e encontrar minha escápula. Senti o golpe nos dentes.

"Podre! Podre! Não toque nela!"

Ataquei com Harpócrates. Boggs era muito baixo, então ela passou por cima de sua cabeça e o cobertor se soltou com o movimento. O esforço me derrubou. Caí na grama. Boggs chutou meu nariz, a orelha quando me virei de novo, e os dentes quando me virei mais uma vez. Jatos de sangue e dor me envolveram. Não conseguia me mexer, mas me mexia: era Boggs, que me arrastava exatamente como Rhino tinha feito eras atrás no vestiário masculino.

Abri a boca e senti um gosto horrível — ZadenScent, eu tinha certeza. A gravidade compactou minhas entranhas e tudo que era verde e azul trocou de lugar. Caí. Ossos antigos se partiram contra meu peito. O oxigênio escapou dos pulmões. Minutos se perderam, muitos. Abri os olhos a tempo de ver a primeira pá de terra caindo sobre mim como um enxame de abelhas.

Doeu quando a terra caiu em meu rosto, um milhão de pequenos projéteis. Usei os cotovelos como escudo e gritei para ele parar. A terra cobriu minha língua. Continuava caindo com uma velocidade insana, escondendo o céu. O peso já era esmagador. Girei o corpo e me vi cara a cara com o esqueleto embaixo de mim, e por um instante pensei se não seria o meu — na queda, talvez eu tivesse expulsado o podre de dentro de mim.

Levantei e me agarrei à beirada da cova, mas a parte plana da pá acertou meus dedos. Caí e levantei depressa, me segurando com as duas mãos na esperança de conseguir me manter apoiado em uma delas. Não adiantou. Duas pancadas, e voltei ao fundo. Meus braços e ombros perdiam a sensibilidade. Eu tinha medo de ter perdido mais dedos. Mas tentei de novo, apoiando os pés nas paredes de terra e usando os cotovelos como alavancas rumo à superfície. Dessa vez a pá encontrou minha orelha esquerda, como aconteceu com minha mãe, duas orelhas machucadas, duas mortes.

Quando aterrissei, não houve barulho. A terra caiu sobre mim, muda como neve. A surdez se reverteu, e meu crânio vibrou com uma ascensão de ruído tão grande que arrancava lágrimas dos meus olhos. Tentar me esconder do clamor era a única esperança. Dobrei as pernas e me enterrei no interior do caixão. Puxei o que restava da tampa, mas quilos de terra emperravam as dobradiças, e o volume da minha mochila estava no caminho. Os dois problemas foram resolvidos em poucos segundos frenéticos, e então me vi isolado do peso e da luz. O apito estridente mudou para o lado esquerdo da cabeça. O ruído de terra seca em movimento atravessava a parede de som. Em algum lugar ali dentro havia o sussurro do Rei dos Ratos dizendo que eu deveria ter previsto tudo isso, que tive muitas chances, deveria ter acabado com ele antes.

O terror vibrava em fragmentos escuros. O nome comum no túmulo era o meu. Superfícies rígidas pressionavam meus cotovelos, os ossos da bacia, os joelhos. Meus lábios beijavam a tampa do caixão e comiam terra. Pontos esparsos de luz cintilavam pela escuridão, e eu confundi o lugar onde estava morrendo: embaixo das estrelas cadentes do quarto de Boris, no armário da sala da banda, na caixa abafada da sala de ensaio, na masmorra fria do vestiário masculino, no espaço imundo da pia da cabana.

De onde eu menos esperava — da garganta estéril do esqueleto — ergueu-se uma voz tão paciente que penetrou todo aquele barulho. Reconheci palavras que tínhamos repetido uma centena de vezes. Lembrei da mandíbula comprimida e da repetição persistente. Abracei ossos frios, fingi que era ele e implorei por mais uma vez, só mais uma: *Me ensina mais uma vez, juro que dessa vez eu vou ouvir.*

Os ossos falaram em meu ouvido e me mandaram repetir.

"Calma, fique calmo."

Dentro do espaço sem ar, minha voz não tinha harmonia.

"Ar, conserve o ar."

Seu medo, minha falta de atenção. Nada disso havia sido fácil para ele.

"Rasa, cova rasa."

Bem lá em cima, a terra era batida, o solo era compactado, e Boggs se afastava mancando em trégua temporária com seu podre interior: um Escavador a menos, próxima parada: Bloughton. Mas, apesar do que podia dar a entender o Livro da Podridão, eu não estava morto. O Ressurreicionista já havia realizado sua ressurreição. Batimentos cardíacos estáveis. Ar fétido circulando por minhas fossas nasais em intervalos determinados. Percebi que, mesmo a um metro e meio de profundidade, eu tinha todas as vantagens. A tampa já estava quebrada, eu sabia qual era o centro de equilíbrio e, mais importante, tinha uma ferramenta. Levei cinco minutos para tirar o fêmur da mochila. Teria que quebrá-lo ao meio para ter a alavanca certa, mas nada durava para sempre.

Em meio a tudo aquilo, enquanto ia emergindo da terra, eu pedia desculpas.

O cemitério se equilibrava em minhas costas. Eu me sacudia para me livrar dele e corria. Eu era feito de terra, e pedaços de mim caíam e se desmanchavam enquanto eu escapava. Dentro da mochila, o trompete brigava de um jeito musical com o pedaço restante de osso, um dueto que ultrapassava a vibração cada vez mais fraca. Passei por cima de uma cerca, cheguei à estrada. A caminhonete de Boggs tinha desaparecido, mas ele era meio cego, seu corpo não tinha mais a capacidade de operar máquinas. Ainda havia tempo, mas eu não podia falhar. Podia chegar antes dele a Bloughton, voltar à Hewn Oak, para a pequena cabana à margem do rio Big Oak, e salvar o homem que tinha trazido este garoto de volta dos mortos.

33

Era de manhã bem cedo quando achei um carro destrancado. Tinha visto Boggs fazer muitas ligações diretas e ainda era um bom aluno. Foram só trinta minutos tentando até o motor pegar. Engatei a marcha e saí dirigindo pela rua tranquila. Passarinhos cantavam nos fios; um rádio anunciava a previsão do tempo por uma janela. Esses estímulos amenos apagaram os últimos resíduos do ruído nos meus ouvidos. Eu me sentia leve e ágil. Era como se o buraco de onde tinha saído houvesse me aprisionado por meses. Os sons eram mais altos, os objetos eram mais definidos. A paisagem que me cercava era fabricada, mas bonita: filas de casas idênticas, varandas, gramados aparados salpicados de orvalho. Eram tão tentadoras essas armadilhas que foi difícil manter meu olhar à frente.

Um homem com uma pá. Na rua.

Desviei. O para-brisa explodiu em uma teia de aranha, e vi a lâmina dourada e prateada de Harpócrates ricochetear e voar longe. Pisei no freio, e minha testa encontrou o vidro. Os pneus cantaram. Em algum lugar próximo, uma pá caiu no cimento. Rápido demais, foi tudo muito rápido — ele não podia ter me localizado, ainda não. Cuspi para-brisa. Meu crânio vibrava. Os pulmões ardiam do impacto com o volante. Pisquei, e mais cacos de vidro caíram dos cílios.

Harpócrates raspou o cimento.

Chutei o para-brisa até abrir um buraco do tamanho de um punho, e por esse buraco vi Boggs avançando, a cartola meio caída, a pá girando de um jeito acrobático. Ele era real. Tinha me encontrado, provavelmente me seguido a noite toda. Se eu não houvesse encontrado um veículo, quanto tempo ele teria passado brincando comigo? Pisei no acelerador e virei o volante. Ouvi o rangido de borracha, e a janela do lado do motorista se estilhaçou.

Gritando alto o bastante para alcançar o guincho dos pneus cantando, olhei para a lateral de um carro estacionado, depois outro. Senti que saltava em direção ao meio da rua. Um sistema de irrigação começou a jorrar. Um homem permanecia imóvel na entrada de uma casa, segurando um saco de lixo. Merda... uma rua fechada. Beco sem saída. Puxei o cinto de segurança e o prendi. Olhei pelo retrovisor. A um quarteirão de distância, Boggs continuava avançando.

Depois de uma delirante manobra em três etapas, fiquei de frente para ele e acelerei. Toda aquela rua, e só levei alguns segundos para alcançá-lo. Ele não se moveu. Girava Harpócrates como a espada de um samurai. Embora eu estivesse dentro do carro, estava com medo. Puxei a direção. Senti dois pneus levantando do asfalto. As rodas voltaram ao chão e saltaram sobre a inclinação de um gramado na frente de uma casa, e através do buraco no para-brisa eu vi

Boggs ser silenciosamente jogado longe pelo para-choque dianteiro. Um instante depois, o capô se chocou contra uma suv. O para-brisa se desintegrou no meu colo. O cinto de segurança queimava meu pescoço.

Havia fumaça no ar, e o alarme da suv berrava enlouquecido. Soltei o cinto e levei a mão à porta, mas ela já pendia desencaixada. Peguei a mochila, coloquei um pé do lado de fora, depois o outro, e balancei como se um terremoto sacudisse o planeta. Tudo doía. O carro estava destruído. Do outro lado do capô arrebentado, vi manchas de sangue. Mas eu estava bem. Estava bem. Comecei a andar e me senti velho como Lionel. Direito, esquerdo. Mais um passo. Direito, esquerdo. Sobre a grama recém-cortada e passando por uma caixa de correspondência nova em forma de trator. Atrás de mim, o metal rangia e o plástico chiava.

"Podre. Podre."

Eu cambaleava no meio da rua. Atordoado, percebi rostos brancos surgindo nas janelas, homens segurando gravatas e mulheres recém-despertadas com os cabelos bagunçados. Relutante, encarei o desastre que tinha causado na entrada da casa de alguém. Boggs se levantava no meio do caos e usava Harpócrates como muleta. Os ossos do pé e do tornozelo esquerdos tinham se desligado, e o peso morto pendia pesado dentro do saco de pele. Ele deu mais um pulo, e o pé balançou tão solto que vi o contorno de um osso fraturado cutucar curioso seu recipiente mole.

"Podre, podre, podre, podre."

Talvez as drogas tivessem destruído os receptores de dor do cérebro dele. O terno fumegava, o colete chiava com óleo para motor, a cartola estava amassada e torta. Ele continuava avançando. Páginas de Bradbury ainda se mantinham coladas em sua pele, mas estalavam como se fossem incineradas por lâminas de calor. Ele continuava avançando. Seu rosto estava contorcido e preto, exceto por um olho perfeito e tão lindo quanto minha primeira visão do oceano entre árvores. Senti meus joelhos se dobrarem. Harpócrates poderia me partir ao meio, mesmo que fosse manejada por um homem todo quebrado como aquele.

Pequenas nuvens de ar saíam de seus lábios cortados.

"Podre, podre, podre, podre, podre, podre, podre, podre, podre, podre, podre."

Cambaleando sobre um canteiro de flores, ele passou pela caixa de correspondência em forma de trator, e eu dei um passo para trás. Nem tive essa intenção. A surpresa se estampou em seu rosto. Tentei de novo. Dei um segundo passo para trás, e ele fez uma careta consternada. Logo eu recuava com velocidade considerável. O olho azul queimava. Para mim, era um sinal: eu tinha que me manter em movimento. Sem carro, era verdade, mas sempre haveria mais carros. Por enquanto eu correria, sim, minhas pernas corriam, e tiraria proveito dos ferimentos dele. Dobradiças rangiam, as pessoas voltaram para dentro de casa para chamar a polícia. Os policiais chegariam tarde demais, pelo menos para mim; eu corria. Pela rua, entrando numa viela, atravessando ruas laterais, seus murmúrios me seguiram até muito depois de eu tê-lo perdido de vista.

"Podre, podre..."

34

Atravessando campos e cercas, com arame farpado enganchando nas mangas da roupa e cocô de vaca grudado nas solas do calçado, eu continuava acompanhando as interestaduais pelo cheiro de borracha derretida. Em Swenson, Indiana, queimei os dedos fazendo uma ligação direta num Skylark velho e atravessei o Mississippi naquele forno de lata. Fui até Tedrow, a menos de oitenta quilômetros de Bloughton. Deixei a lata velha no acostamento e continuei pelos bosques.

Levei quase três dias para fazer uma viagem que teria demorado oito horas. Sentia que estava muito atrasado, mas me obriguei a esperar o anoitecer antes de percorrer os últimos quinze quilômetros. Para passar o tempo, vasculhei latas de lixo procurando comida. Só quando percebi a quantidade incomum de pipocas em uma delas, foi que reconheci o cinema onde Foley e eu tínhamos dado as mãos. Abaixado junto da parede, comi doces que encontrei no lixo e revivi as atrocidades que haviam começado ali.

O relógio da torre marcava dez horas quando passei pela estação do trem Amtrak, onde eu tinha desembarcado quando cheguei a Bloughton, a loja onde eu tinha comprado uma câmera instantânea e um sabonete, a biblioteca onde Harnett e eu pesquisávamos corretores de lojas de penhor. Bloughton agora parecia ridiculamente insignificante, com esquinas muito acentuadas e ruas limpas demais para ser mais que uma réplica inabitada. Só se percebia vida nas janelas das salas, onde a luz piscava com a programação noturna. Sem perceber, comecei a me afastar. Ali eu era um criminoso, certamente um homem procurado.

A praça da cidade estava iluminada por muitas lâmpadas, e fui andando colado às fachadas das lojas. Correr era a única atitude sensata, mas eu me detive. Para o horário, tão avançando da noite, havia uma quantidade incomum de pessoas circulando. Olhando mais de perto, vi vários grupos de crianças brincando na grama e alguns adolescentes andando entre elas. Mais alguns passos, e agora eu estava no meio da rua. Vi vários objetos grandes no pavilhão central. Exceto pela exibição anual de Natal, a estrutura normalmente ficava vazia. Não consegui resistir; me aproximei.

Os objetos eram caixões. Os recipientes tinham se tornado tão comuns em minha vida que levei vários minutos para me dar conta da anormalidade de sua presença no meio da praça. Pessoas muito importantes deviam ter morrido. Cheguei ao limite do gramado e parei. Gottschalk, Woody, Celeste... e se o que fiz os tivesse levado ao suicídio, e esse fosse o velório coletivo? Por mais que eles tivessem sido péssimos, eu era pior. O nojo de mim mesmo me sufocava. Três garotos levantaram a cabeça e se afastaram. Limpei a boca e cheguei mais perto do pavilhão, até perceber que aqueles caixões não poderiam ser dos meus perseguidores. Não só tinham estilo e trabalho artístico de outra era como reconheci evidências de profanação. As marcas eram mais que conhecidas. Eram minhas.

Uma menina de seis ou sete anos parou ao meu lado. Seu cabelo preto e encaracolado estava dividido em duas tranças. Ela vestia shorts cor-de-rosa e uma camiseta com muitas cores, ainda mais colorida pelos respingos de um sorvete que tinha acabado havia muito tempo. Vi uma boneca Bratz na mão dela. Sua guardiã adolescente, que tinha os mesmos cabelos negros e encaracolados, estava ocupada com o celular, provavelmente trocando mensagens importantes. Forcei um sorriso para a garotinha e apontei os caixões.

"Por que..." Minha voz soou estranha e tossi para limpá-la, buscando alguma estabilidade. "Por que esses caixões estão aqui?"

"Pra pegar o homem mau." Ela parecia grata pela oportunidade de exibir o que havia decorado. "E pra lembrar as coisas ruins que ele fez. E também pra castigar o homem mau pelas coisas ruins que ele fez."

Falei com tanto cuidado que as palavras doíam. "O que o homem mau fez?"

"Tirou os caixões da terra, seu bobo."

Meu intestino deu um nó.

"Isso *foi* bobo", consegui responder. "Pegaram o homem mau?"

"Não, mas vão pegar. Meu pai diz que vão."

"Quando?"

"Agora, bobo", respondeu ela. "Eles foram pra estrada. Por isso minha irmã está cuidando de mim."

Tentei controlar a pulsação.

"Qual é o nome dele?", perguntei.

"Sangue", disse ela, apontando para o meu quadril. Depois apontou meu ombro. "Sangue."

"É, eu me machuquei. Qual é o seu nome, menininha?"

"Hazel", respondeu. "Hazel Geraldine Gatlin."

Ela estendeu a mão, mas eu já estava correndo pelas mesmas ruas que haviam me guiado em minha vingança inconsequente. Agora a vingança era deles. Era disso que Boggs ria cada vez que lia as notícias de Bloughton na internet. O que eu tinha feito no colégio tinha provocado uma caçada, que provavelmente havia ficado estagnada até o dia anterior, quando uma família de sobrenome Gatlin havia aparecido na cidade fazendo uma acusação em que os cidadãos acreditaram prontamente. Não era difícil imaginar quem tinha dado a dica para os Gatlin.

O fogo já era visível antes de eu chegar a Hewn Oak. Atravessei um bosque que se tornava encantador com o brilho vermelho e cheguei a uma clareira onde tudo ardia em chamas. A pilha de lenha queimava, a caminhonete de Harnett queimava, e labaredas brotavam da cabana com a velocidade de uma cachoeira.

As lâmpadas da frente da casa, as janelas fechadas por grades, as trancas... — todas as tentativas de impedir a entrada dos perigos do mundo agora derretiam. Passei por uma parede de homens emudecidos pela própria selvageria e parei ao lado de um desconhecido que segurava um galão de gasolina. Segundos depois, o vento quente se tornou insuportável, e tive a sensação de que meus cabelos se transformavam em fios de aço em brasa. Com um ombro, empurrei a porta, que explodiu para o interior da cabana, e entrei cambaleando na floresta de livros ardentes. Senti o fogo arder como formigas mordendo meus braços e me abaixei para engatinhar no chão. A fumaça preta se movia como o pelo de mil animais induzidas a matar. O suor de chumbo derretido corria pelas minhas costas.

Não havia mais direção. Eu chutava livros em chamas, empurrava fardos fumegantes de jornais. Estava na janela, cuja vidraça borbulhava e derretia sob meus dedos de madeira; estava no balcão, onde o fogo subia, emergindo da pia; estava na lareira, onde, estranhamente, não havia fogo, só uma nuvem nociva de cinzas descendo pela chaminé.

Havia bolhas nos dedos dos meus pés. A fumaça líquida borbulhante descia pela garganta. Passei por um círculo de fogo e bati na lateral do colchão parcialmente envolvido pelas labaredas, então vi uma silhueta encolhida perto da parede, o Ressurreicionista pronto para a cremação que sempre quis. Corri em sua direção e o levantei como tinha levantado tantos outros Escavadores nas últimas semanas de pesadelo, exceto que este eu tratava com menos cuidado, jogando-o sobre um ombro a caminho da janela.

As grades, aquelas que tínhamos tomado a decisão idiota de instalar, impediam a passagem. Segurei uma delas e recuei imediatamente. Estava fervendo. Soltei Harnett e me virei, mas não havia por onde escapar. A porta por onde entrei era uma torrente de forro liquefeito. Senti Harnett sofrer um espasmo junto de minha canela e me abaixei para protegê-lo da tempestade de fogo que se aproximava.

Um lampejo de luz vermelha chamou minha atenção. Na cama, ao lado de onde devia ter dormido, vi a Raiz. Eu a peguei em segundos. A sensação era maravilhosa. Eu me sentia completo. Encostei o metal morno no rosto e ri. Corri de novo até a janela e a encaixei entre as barras da grade. Harnett as havia instalado bem, mas essa não era uma pá comum, e eu não a manejava como um homem comum. Trabalhávamos juntos em uma loucura sublime. Vi uma barra se soltar do encaixe. Ouvi a Raiz ranger e entortar de um jeito irreparável. Outra barra se desprendeu. O cabo da ferramenta quebrou; a madeira começou a se partir em lascas na parte superior. Uma nuvem de fogo lambeu minha nuca. Minhas gargalhadas se transformaram em soluços de adeus. Eu havia destruído a Raiz, mas as barras se foram.

Seus restos retorcidos desapareceram na fumaça. Bati no vidro da janela com o punho. Ele se partiu com o impacto. Peguei Harnett e o passei pela abertura sem me importar com os cacos de vidro, empurrando seus ombros, o quadril e os joelhos até ele desaparecer de vista. Atrás de mim, metade da casa desabou com o barulho de uma árvore enorme caindo, e o deslocamento de ar me jogou contra a parede. Tudo acima de mim estava em chamas. Olhei para o alto e vi o fluxo de ar correndo pela janela estourada. Segui a direção dele.

Não estava mais fresco lá fora. Caí em cima de Harnett. A cabana estremeceu e se inclinou sobre nós. O telhado começou a deslizar. Mil pregos se projetaram, partidos em dois. Minhas mãos agarraram a camisa e o cabelo de Harnett. Senti que as mãos dele também se moviam, e as pernas pedalavam sem propósito. Corremos. A cabana desmoronou atrás de nós, e estilhaços quentes grudaram em nossa pele. Eu ainda estava queimando. Mas corria. Corria e o levava pelo terreno tumoroso de um quintal escavado e preenchido um milhão de vezes. Trechos aleatórios de grama queimavam. Havia uma descida; caímos. Havia água; rastejamos para dentro dela.

O rio Big Chief, onde Harnett uma vez pegou um peixe com as mãos, agora capturava duas novas criaturas que se contorciam. Joelhos, cintura, costelas, pescoço... — de repente a água cobriu minha cabeça. O fogo em minhas roupas se tornou nuvens cinzentas. Um bocado de fuligem molhada, o peso da mochila me puxando para baixo. Estávamos em movimento. A corrente agora nos levava. Passei um braço em torno dos ombros de Harnett. Ele me segurava pelo pescoço. As ondas eram escuras, vermelhas, douradas, azuis, roxas, amarelas. Em algum lugar atrás de nós, um inferno desenhava contornos brancos em torno de homens sem rosto reunidos para nos ver afogar. Na postura imóvel, eu via não só o horror do que tinham feito conosco, mas o que tínhamos feito com eles, a estonteante desumanidade do que tínhamos feito às pessoas que eles amavam. Senti aquilo como uma perda. Nenhuma outra perda se comparava a essa. A Raiz reduzida a cinzas. O insubstituível arquivo de jornais e livros, agora cinzas. A coleção de CDs de Foley, agora plástico derretido. O cofre fechado que continha nosso único bem, agora dividendos para incendiários cheios de ódio. O calendário na pia, todos aqueles dias agora irrecuperáveis. E o canteiro, as adoradas cebolas, agora murchando e se retorcendo em fios, a fumaça branca e pungente entrelaçada a colunas mais escuras.

35

A Escócia era um cemitério gigante. Cada trecho de grama era um xadrez de montinhos de terra — buracos preenchidos, era isso que pareciam para mim, um país inteiro semeado com corpos. Éramos só mais dois, andávamos sobre a terra, mas também estávamos mortos.

E então voltamos à vida. Eu a vi nele primeiro, o jeito como olhava para o céu de manhã, surpreso como uma criança; os sorrisos de prazer genuíno quando comprava salgados em uma padaria e, meio acanhado, murmurava: "saúde"; as garrafas e mais garrafas de água que bebia e depois urinava, como se limpasse todo veneno do organismo. Passamos a primeira semana em Glasgow, andando lentamente por ruas com cheiro de chuva, e a cada dia as dobras em sua pele se soltavam e a terra caía. Às vezes eu a limpava de seu casaco quando ele dormia.

Tínhamos pouco dinheiro. Depois de escapar do Big Chief, passamos uma noite silenciosa tremendo embaixo de espinheiros, encolhidos um contra o outro e prendendo a respiração cada vez que ouvíamos um ruído distante que pudesse anunciar homens ou cachorros. Quando a manhã chegou, Harnett nos conduziu para o sul. Ao anoitecer, estávamos em uma intersecção isolada em algum lugar perto da fronteira do Missouri, cavando com as mãos a exatos quinze passos da base de uma gigantesca árvore que se dividia em três. A pouco mais de um metro de profundidade havia uma caixa de metal, e dentro dela, embrulhado em uma toalha, um fundo reserva secreto de quase cinco mil dólares.

Eu nunca tinha viajado de avião, mas quarenta e oito horas depois percorria o último e mais longo trecho de um voo sobre o mar. O passaporte que mantive atualizado durante a vida inteira finalmente teve alguma utilidade; totalmente encharcado, eu o tirei do fundo da mochila verde e o apresentei ao agente. A mochila e o trompete eram nossa única bagagem, e escondi na perna da calça o pedaço de osso que sobrou da minha mãe antes de passar pela segurança. O avião estava cheio e sentei na fileira J, ele na M, cada um de nós com uma camiseta de turista tamanho GG que compramos em uma loja de presentes no aeroporto de Detroit. Uma comissária de bordo me deu fones de ouvido, e assisti a séries de humor de que nunca tinha ouvido falar. Fiz um esforço para controlar o jato de urina em um banheiro minúsculo e em movimento. Dormi enrolado em um pequeno cobertor de flanela, deliciando-me com a sensação de segurança por saber que meu pai podia me ver de onde estava sentado.

O dinheiro não ia durar muito. Nós dois sabíamos disso. Discutir bobagens não nos levaria a lugar nenhum, por isso nem nos demos a esse trabalho. Naquela primeira semana em Glasgow, dormimos em albergues e comemos em bares, enchendo a barriga de pão com geleia e purê de ervilhas. Harnett tinha cara de quem bebia, e eles sempre ofereciam bebida. Ele sorria, recusava, e o silêncio continuava.

Cuidamos de nossos ferimentos. A tosse acabou em uma dor de garganta que deixou sua marca na nova rouquidão da minha voz. Os cortes no quadril e no ombro provavelmente precisavam de pontos, mas sobrevivemos com medicamentos comprados em drogarias. Milagrosamente, não sofri queimaduras graves, embora cada centímetro de pele exposta durante o incêndio tivesse ficado avermelhado e depois descascado. Harnett havia inalado fumaça, o que o deixou com uma bronquite que não desaparecia, mas os ferimentos se resolveram com o passar dos dias. Com o tempo, nossos traumas cicatrizaram.

As histórias só começaram quando embarcamos no trem para Edimburgo. Harnett esticou o pescoço para ver a fumaça cuspida por chaminés industriais. Dos pedaços de metal que revestiam os trilhos até os vira-latas com as patas apoiadas em pequenos arbustos alegres, tudo parecia encantá-lo. Ele recuperou ainda mais vitalidade quando pisamos nas ruas de pedras de Edimburgo. Apontou para um castelo debruçado de forma catastrófica sobre a beirada de uma colina e riu do meu espanto. Entramos por uma porta entre as fachadas de lojas que se sucediam em zigue-zague e compramos canecas de sopa, que levamos para uma rua secundária onde Harnett exclamou com alegria quando encontrou uma livraria independente ainda em funcionamento. Ele examinou as prateleiras empoeiradas e conversou com o proprietário corpulento, e finalmente me deu um maço de páginas amareladas encadernadas com tecido: *The Diary of a Resurrectionist, 1811–1812, To Which Are Added an Account of the Resurrection Men of London and a Short History of the Passing of the Anatomy Act* [*O Diário de um Ressureicionista, 1811–1812, ao qual foi adicionado um relato dos Homens da Ressurreição de Londres e um breve histórico da aprovação do Ato de Anatomia*].

"Se for começar uma biblioteca", disse ele, "este é o primeiro livro que você precisa ter."

O volume custou o equivalente a três dias de comida, e eu media as palavras como se fossem igualmente essenciais. *A reclamação sobre a escassez de corpos para dissecação é tão antiga quanto a própria anatomia*, começava. Harnett disse essas palavras em voz alta enquanto eu as lia, e havia um orgulho em sua expressão que eu nunca tinha visto. Talvez os Escavadores estivessem acabados, e talvez não devessem ter existido por tanto tempo. Mas vinham de uma origem nobre, e era isso que ele queria me mostrar.

Fomos a pé até o Cemitério Greyfriars, onde Harnett me mostrou os gigantescos cofres mortuários com grades, construídos para conter os homens da ressurreição, ou homens do desenterro, como também eram chamados. Essas gaiolas, bem como os cofres de ferro fundido, as torres de vigilância nos cemitérios e o arame farpado enterrado, provaram a coragem desses homens que, apesar do trabalho desagradável e das multidões ameaçadoras, arriscavam tudo, por dinheiro, sim, mas também para arrancar a vida das garras da doença e do sofrimento. Sua valentia se igualava à dos cirurgiões que escondiam restos ilegais em canteiros de flores ou embaixo de tábuas do assoalho. Não éramos as primeiras vítimas da violência das massas — era isso que Harnett estava tentando me dizer.

"E foi assim que começou." Harnett testou a força dos cofres mortuários. "Os desenterradores daqui se tornaram os Escavadores de lá. Algumas gerações depois temos Lionel, e uma geração depois dele, eu."

"E depois eu", acrescentei.

Harnett levantou e limpou as mãos na calça.

"Mas agora acabou", disse ele. "Você precisa entender."

Batuquei com os dedos de madeira e dei uma olhada na necrópole.

"Só por não ter mais muitos de nós? É esse seu motivo?"

"Porque não há heroísmo nisso", respondeu Harnett. "Não mais."

Então, essa viagem ao começo era o fim, na verdade. Li meu livro e tentei entender o sentimento de vazio. Dormíamos em parques e comíamos restos de comida que os moradores e turistas pareciam felizes em nos dar. Um dia, Harnett me levou a uma fazenda e me fez olhar as vacas comendo do cocho até eu não suportar mais o mistério.

"Desisto."

"O cocho", ele falou. "Olha com mais atenção."

Chegamos mais perto, o suficiente para sentir o calor dos bovinos e ouvir o zumbido das moscas que voavam em torno das caudas. O cocho tinha a forma de um caixão. Uma investigação mais atenta revelou que era um dos lendários caixões de ferro, reformulado como recipiente para alimentação havia tanto tempo que o fazendeiro não devia nem ter ideia da importância da relíquia. Havia outros exemplos: uma antiga "casa de putrefação", construída para deixar os corpos apodrecerem completamente antes do enterro, era agora uma confeitaria; as marcas na lateral da igreja eram buracos de bala deixados por um confronto entre desenterradores concorrentes; as manchas vermelhas contavam que um estacionamento havia sido um matadouro, antes de ser fechado quando o excesso de túmulos levou à pestilência.

Os mistérios do passado eram solucionados a cada momento, e Harnett esperava que o conhecimento pudesse tornar mais fácil, para mim, desistir de cavar. Quando fomos embora da fazenda, percebi que meu sentimento de perda não poderia ser comparado ao dele.

"Só queria", admitiu ele uma noite quando estávamos em um festival à sombra do Castelo de Edimburgo, "ter visto as pirâmides. Ter cavado por lá como Lionel. Aquilo, sim, eram tumbas."

"Bom", respondi, "estamos na Europa. Podemos começar a viajar nessa direção."

Ele deu de ombros. "Não temos muitos recursos."

"Isso não é novidade."

Compramos mais uma salsicha empanada e a dividimos.

"Quando as leis da anatomia finalmente foram aprovadas aqui, a ideia era representarem o fim dos roubos de túmulos."

"Foi meio que o começo", deduzi.

"Isso mesmo. Foi o começo do trabalho de verdade. Mas o nosso é um capítulo que eles nunca vão saber escrever. Nós éramos o motivo pelo qual as coisas desapareciam ou mudavam de lugar. Lionel costumava dizer que éramos os ladrões do silêncio." Ele respirou fundo. As luzes nos brinquedos começaram a piscar.

"Nunca vamos poder voltar?"

"Garoto, olha pra gente. Não temos nada. Então não", respondeu ele. "Bom, não é bem assim. Você pode, se quiser. O que aconteceu no colégio... você sabe que acham que fui eu."

Visto na serenidade de Edimburgo, o garoto que tinha posto em prática aquela vingança tão repugnante era um estranho. Ondas gigantescas de vergonha me invadiram. Eu havia provocado a expulsão de Harnett de Bloughton, eu havia queimado a casa dele. Harnett me deixou remoer tudo isso em silêncio por vários minutos, mas não senti maldade. Se havia alguém propenso a perdoar Trabalhos Ruins, esse alguém era o meu pai.

"E os Gatlin?", perguntei finalmente.

"Enquanto não tiverem meu corpo, eles podem vir atrás de você."

"Que venham."

"É fácil falar."

"Eu sei correr. Sei lutar."

"A luta tem que acabar algum dia."

"E vai. Comigo, eu sou o último."

Harnett se esticou e encostou na beirada da pedra atrás de nós. Nuvens rosadas guardavam a chuva, e o ar tinha cheiro de açúcar.

"Tudo que aprendemos com Lionel, foi aqui que aprendemos." Ele estudou o céu, e parecia mais calmo do que jamais o vi. Soube instantaneamente que, se eu voltasse sozinho para os Estados Unidos, seria assim que gostaria de me

lembrar do meu pai. "O que Boggs disse era verdade. Éramos irmãos. Éramos."
Ele olhou para mim, depois ficou em pé. "Eu devia ter ido te buscar. Devia ter ido te procurar."
　O pesar doía tanto que meus dedos, os que sobraram, estavam dormentes. "Sinto muito." Por mais insuficiente que fosse, era tudo que eu podia dizer. "Harnett, sinto muito."
　"Ei, garoto, pode me chamar de Ken", disse ele.

36

Bebemos nosso chá na escada da frente de uma velha igreja, depois de acordarmos de uma noite no parque e rirmos dos desenhos que a grama tinha deixado em nossos rostos. A neblina pairava perto do chão, borrando a luminosidade das lâmpadas ao amanhecer, por isso foi uma grande surpresa quando um rapaz surgiu da névoa. Com a bolsa a tiracolo e o paletó de segunda mão, parecia um estudante, mas foi seu sotaque americano que confirmou a impressão.
　"Um de vocês é Ken Harnett?", perguntou ele.
　Olhamos um para o outro por cima da beirada fumegante dos copos de papel.
　"Ah, isso é incrível", continuou o rapaz. "Estive procurando por você em todos os lugares."
　Harnett ficou desconfiado imediatamente. "Ah, é?"
　"É! Eu sou americano!"
　Harnett e eu nos olhamos de novo.
　O homem deu uma risadinha. "Acho que isso é óbvio", disse. "Enfim, faço parte do programa Estude no Exterior. Engenharia. Não na George Square, infelizmente. Na Kings Buildings, uns três quilômetros ao sul do centro. Conhece?"
　Harnett balançou a cabeça para dizer que sim.
　"Maravilha, maravilha. É sempre maravilhoso conhecer um compatriota! Sou de Dakota do Norte! Mas enfim, tenho uma coisa pra você."
　Ele levou a mão ao bolso interno do paletó e pegou um envelope. Estava manchado e amassado, como se tivesse viajado de muito longe para nos encontrar.
　"Trabalho no centro de correspondência, e isto chegou há alguns dias dentro de um envelope maior, e nele havia três instruções especiais. Dizia que era para um americano chamado Ken Harnett, que estava aqui com o filho de dezessete anos. E tinha uma lista de lugares onde você poderia estar. E agora vem a parte mais louca. Havia dinheiro. Cinquenta dólares. Não é brincadeira, tinha uma nota de cinquenta presa com fita adesiva no fim da carta. Muita gente teria só ficado com o dinheiro, mas eu pensei..."

Harnett estendeu a mão. "Pode me dar."

"Ah, sim." O rapaz olhou para a carta meio desolado. "Estive em cada albergue e parque em um raio de quase quarenta quilômetros daqui. Nos cemitérios também, por algum motivo."

Harnett estalou os dedos. "Dá."

O rapaz deu de ombros. "Não que os ingleses não tivessem feito a mesma coisa, mas um americano..."

Harnett arrancou a carta da mão do homem e começou a rasgar o envelope. O estudante ficou surpreso demais para se ofender.

"Queria que a gente pudesse te dar alguma coisa", comentei. "Mas tem os cinquenta dólares, pelo menos."

"É, ei, não, tudo bem, já é incrível que eu tenha encontrado vocês, sabe? Agora tenho uma história."

Trocamos mais algumas gentilezas, mas era evidente que a conversa tinha acabado. Ele pediu licença, dizendo que tinha aula, e foi embora.

Harnett parecia um moribundo que era informado sobre uma cura. Ele pôs a carta em minha mão. Em uma caligrafia conhecida de mão idosa, ela dizia:

K./J.:
Msg. de Lahn: Lio. mrto. Sem funeral. Mandei flores.
URGENTE: *a pedido de Lio., epitáfio acrescentado: Jó 20.15. Alerta Escvdrs. Sepultamento: 29. Pssagns em* EDI. *Vão com Deus. — Kx*

"Ele morreu", falei. "Lionel morreu."

Harnett balançava a cabeça.

Senti meu coração bater forte com a esperança.

"Ele não morreu?"

Harnett pegou a carta de volta e a sacudiu.

"Sim. Ele morreu. Ele está morto, e eu estou triste." Depois, para minha surpresa, seu rosto se iluminou com o sorriso mais alegre que já vi. "Mas ele deixou um presente pra nós."

Quando um pastor à paisana chegou dez minutos depois, ele riu da minha agitação, abriu a porta da igreja e me levou para dentro, até uma grande Bíblia sobre um púlpito. Virei as páginas para a frente e para trás. O homem me empurrou para o lado e lambeu um dedo. Depois de um momento, apontou o versículo pertinente.

"'Ele vomitará as riquezas que engoliu; Deus fará seu estômago lançá-las fora.'" Repeti o versículo para Harnett segundos depois. Ele segurou meu cotovelo e começou a me puxar pela calçada.

"O tesouro", disse.

"Espera. Quer dizer que é real?"

"'As riquezas que engoliu.'"

Íamos na direção da rodoviária, de onde partiríamos rumo à A8 e para o Aeroporto de Edimburgo, onde Knox tinha deixado as passagens reservadas.

"Está com ele", falei e dei um tapa na cabeça. "Dentro do caixão."

"'Deus fará seu estômago lançá-las para fora..'"

"Ele quer que a gente cave. Por isso quis mostrar o lugar."

Harnett olhou para o céu e, lá em cima, eu vi o que ele via: um caminho para nós dois, dinheiro suficiente para ele viver seus dias de ócio na Europa e para eu seguir o caminho que considerasse melhor. Ele sussurrou: "Maluco filho da mãe".

"Mas Knox mandou a mesma mensagem pra todos os Escavadores", argumentei. "Não dá tempo, não vamos chegar na hora."

"A mensagem diz dia 29. Faltam dois dias. Temos tempo." Harnett acelerou o passo. "Mas você vai ter que calar a boca e se mexer."

Ao meio-dia, estávamos no Aeroporto Internacional de Glasgow, quase um mês depois de termos chegado, novamente só com as roupas do corpo, um trompete velho e uma mochila quase destruída. A caminho do guichê da segurança, escondi de novo o pedaço de osso da coxa de minha mãe em uma perna da calça e olhei para um monitor de segurança. Havia uma tempestade em formação se aproximando do Sudeste dos Estados Unidos, a Tempestade Tropical Gilbert, como eles chamavam, mas esperava-se que ela enfraquecesse antes de atingir a terra. O homem do tempo parecia confiante. Não pensei mais nisso.

37

Pousamos em Washington, D.C., embaixo de um céu carregado. Vi os primeiros pingos de chuva através da janela de um carro alugado que não pretendíamos devolver. Quando chegamos a Richmond, Virginia, a tempestade caía forte sobre o capô e o para-brisa, uma chuva tão intensa que a todo momento eu via Harpócrates voando em direção ao vidro.

O rádio contava a história. A Tempestade Tropical Gilbert era agora o Furacão Gilbert e se dirigia para as Outer Banks atingindo a categoria cinco em nível de intensidade. Os ventos poderiam passar dos duzentos quilômetros por hora. Evacuações em massa aconteciam em toda a área. Não dava nem para comprar água mineral. Quando chegamos à Carolina do Norte, uma caravana de automóveis ocupava a interestadual, congestionada no sentido contrário. Nem pensamos em parar. Em poucas horas, teríamos a chance de dar por encerrados os dias de miséria, e Valerie Crouch finalmente poderia descansar em paz.

Fomos obrigados a parar para abastecer umas duas horas antes do nosso destino. Veículos esperavam em filas enormes para usar as bombas. A chuva se movia na horizontal, arrancando o capuz da cabeça das pessoas, que viam suas palavras saírem da boca e serem levadas pelo vento. Havia uma sensação de apocalipse iminente. Os homens se agitavam com a ameaça. Harnett passou cinco segundos na chuva para entrar na loja e voltou encharcado. Ele deixou uma pá comum e uma lanterna no banco de trás. Jogou para mim um pacote de cereal, evidência da trágica falta de Doritos. Lá fora, um armário transportado na carroceria de uma caminhonete foi desmontado pela ventania. Perdemos trinta minutos, uma hora. E a estação de rádio continuava anunciando más notícias: a casa de Lionel parecia ser território inacessível.

Com o tanque cheio, voltamos à rua, enfrentando o vento centímetro a centímetro. O carro rangia e estalava. Harnett parou por um instante, desanimado como se até o esforço de dirigir fosse demais. Quando retomamos a viagem, não passávamos de quarenta quilômetros por hora — ultrapassando um pouco essa velocidade, já sentíamos as rodas saindo do chão.

A uns cinquenta quilômetros da costa, a estrada de duas pistas desapareceu embaixo de um lago. Havia carros abandonados com água na altura da maçaneta das portas. Paramos à beira d'água. Harnett olhou para mim, depois pisou no acelerador. O movimento provocou um barulho que lembrava fita isolante sendo arrancada. Dois leques de água marrom se abriram. A onda nos sacudia como um imenso monstro subaquático. A água começou a empoçar em torno dos meus pés.

Mas de alguma forma conseguimos. Enfrentamos mais dois alagamentos e contornamos grupos de árvores caídas. Menos de dez quilômetros antes da casa de Lionel, paramos o carro e descemos correndo para tirar um pedaço de cerca do caminho. Imediatamente, a porta do carro bateu e prendeu meus dedos. Esperei a dor, mas não senti nada, porque os dedos eram de madeira. Abaixado, fui atrás de Harnett. Gravetos e pedras nos atacavam fazendo barulho. Árvores dos dois lados se partiam. Ele segurou a ponta da cerca, eu peguei o outro lado. Puxamos e empurramos. Percebi que ele gritava alguma coisa. Ele acenou com as mãos e se deitou no asfalto. Olhei para trás e vi o enorme luminoso amarelo de uma placa do McDonald's voando em nossa direção. Ela passou por cima de nós, depois caiu. Eu me joguei no chão e senti a água que caía em cima de mim mudar de direção quando o objeto passou por nós. Um barulho alto, abafado pelo estrondo da tempestade, e, quando nos atrevemos a levantar a cabeça, vimos que o teto do nosso carro tinha sido atingido. Ainda ouvíamos a voz do rádio murmurando notícias ruins.

Harnett pegou a pá e a lanterna. Eu peguei a mochila. Corremos, mas a sensação era de que estávamos caminhando.

Cabos elétricos caídos se moviam como serpentes. Placas de sinalização eram arrancadas, brilhando no asfalto a cada volta que davam. Levamos vinte minutos para atravessar uma pequena ponte escorregadia coberta de água. Chegamos a um semáforo que pendia a somente trinta centímetros do chão, e caímos sobre ele ofegantes, agarrados ao amparo. Era imenso. Apoiei a cabeça na lente vermelha e, por um momento, o uivo da tempestade diminuiu. A noite chegava depressa.

O gracioso telhado de acabamento cor-de-rosa da casa de Lionel tinha caído no quintal, levando com ele a parede da sala de estar, agora uma pilha de entulho. A mobília elegante e as fotos emolduradas haviam sido sugadas e levadas para o céu. Fomos cambaleando pela clareira desprotegida e entramos no caminho estreito do bosque. Árvores castigavam a trilha como duas intermináveis fileiras de punhos. A luz desaparecia. O perigo era palpável.

Harnett aproximou a boca de minha orelha. "PODE FICAR AQUI."

Balancei a cabeça.

"FICA AQUI." Ele assentiu. A chuva ricocheteava em sua pele.

Não há heroísmo, não mais... — em Edimburgo, essa havia sido a justificativa de Harnett para o fim dos Escavadores. Mas eu via no brilho enlouquecido de seus olhos que havia uma última chance para o heroísmo, e era agora.

Agarrei a gola de sua camisa e sacudi a cabeça. Ele comprimiu a mandíbula e talvez tenha suprimido um sorriso. Depois envolveu minhas costas com um braço. Juntos, seguimos rumo aos uivos estridentes e às torrentes violentas. A madeira estalava como trovões e galhos pesados batiam em nossos ombros. Harnett os afastava com a pá, e nesses ataques corajosos pensei ter visto alguma coisa acontecer entre a pá e ele, um acordo entre homem e instrumento, mas não podia ter certeza.

As árvores tinham ficado para trás, e lá estava a encosta que descia até o cemitério e para o oceano além dele. Exceto que a encosta tinha se tornado uma polpa de destroços e o cemitério tinha desaparecido. Não podia estar certo. Ajoelhei e tentei enxergar através do lixo prateado. Harnett apontou a luz da lanterna, que só serviu para definir os lençóis de chuva. Ele a apagou, nós ficamos olhando e, depois de um tempo, entendemos.

O oceano tinha subido tanto que não só tomava o cemitério, mas também o digeria. A área era agora um pântano de caixões ondulando e corpos em movimento. Lápides eram jogadas de um lado para o outro como folhas. Ossos rolavam como a espuma branca do mar. Gêiseres de lama explodiam com a colisão de coisas grotescas.

Nós dávamos um passo, escorregávamos, e caíamos. Fui arrastado pela água, que alcançava meu peito. Segurei os restos de uma cerca e olhei em volta, até encontrar Harnett se levantando a alguns metros de mim. Atravessei a água em sua direção. Ele segurou meu braço e fomos em frente acompanhando a cerca, procurando o caminho mais fácil para entrar.

Harnett parou quando alcançamos a entrada e tentou me virar para o outro lado. Era tarde demais. Havia um homem empalado nas estacas quadradas da cerca. A chuva lavava seus olhos abertos e enchia sua boca. Era o Pescador, o velho tagarela que falava por meio de metáforas confusas e preferia vermes de túmulo a qualquer outro tipo de equipamento. Nós o subestimamos — ele havia sido o primeiro a chegar ao cemitério de Lionel, e o primeiro a morrer.

Harnett me puxou para perto e entrou no vórtice. Mãos invisíveis nos puxavam para o caldo abominável. Ergui o queixo acima do nível da água, apertei os pés na lama, senti os dedos roçarem um caixão que passava por baixo dos meus tênis. Estendi a mão na direção de uma lápide, mas ela passou boiando e escapou.

Vi uma água escura passar por entre os dentes de Harnett quando ele gritou, mas seu esforço era inútil em meio às constantes explosões do oceano. A enchente provocada pela tempestade levantava corpos que bloqueavam seu caminho. Ele os afastava com a pá. Tentei ir atrás dele. Meu braço afundou em uma caixa torácica. Eu me sacudi furiosamente para me soltar. Um raio iluminou a área, e vi caixões subindo e descendo como pistões. Harnett se equilibrava contra uma lápide enorme perigosamente inclinada em direção à terra firme. Ele me chamou com um gesto. Desmoronei contra um Jesus que tinha ainda menos dedos que eu.

"NÃO CONSIGO ENCONTRAR!" Seu rosto brilhava com a luz da lua refletida no sal. "NÃO CONSIGO VER, NÃO CONSIGO LEMBRAR!"

Havia desespero na voz do meu pai. Estava perdido, como toda a nossa esperança. Eu me inclinei, e nossas testas se colaram com a lama. Tentei dizer a ele que não era verdade. Havia esperança, e essa esperança era eu. De repente, lembrei...

— *o carvalho bifurcado lá em cima* —
— *o universo ramificado de copas de árvores sem folhas riscando o horizonte* —
— *alfabetos cursivos inventados por nossas pegadas* —
— *a fíbula de praia dura e cintilante lá embaixo* —
— *a espuma biliosa das ondas* —
— *pedras espalhadas desenhando pentagramas invisíveis entre pontos* —
— *o formato da rocha que se projetava: uma folha de bordo caída feita de pedra* —

... tudo que eu tinha especificado no dia em que Lionel nos trouxe aqui. Fechei um pouco os olhos e vi tons mais suaves, mais claros, mais brilhantes daquele dia transpostos contra o tumulto fervilhante. Marcos se revelavam. Em meio a uma centena de corpos e dirigíveis de caixões e lápides, eu enxerguei o caminho. Agradeci em silêncio à mãe que havia acolhido essa habilidade, depois dei o primeiro passo. Sorri e olhei para trás a fim de dar a boa notícia ao meu pai.

Harpócrates cortou a chuva como se fosse tecido. O pescoço de Harnett foi atingido com tanta força que eu recuei, escorreguei e caí embaixo d'água. Um rosto branco e inchado passou rolando por mim e eu o soquei, deslocando o queixo em um jato de sangue. Voltei ao planeta que se desintegrava lá em cima — Eu não conseguia ver Harnett e Boggs, não tinha ideia de onde estavam. Um caixão bateu no meu cotovelo e eu caí em cima dele, onde esperei pela luz. Eu estava flutuando para longe.

Lá — a uma distância chocante de mim, Harnett rastejava de bruços pela lama. Boggs o seguia cambaleando. Os restos do terno cobriam seu corpo como farrapos sujos. De algum jeito, a cartola não tinha caído da cabeça. A aba havia entortado para baixo, e tive uma desagradável certeza de que ele a havia costurado nas orelhas. Cortando a chuva estava Harpócrates enquanto alternava entre arma e muleta. Percebi horrorizado que Boggs não tinha curado nem amputado o pé. O apêndice morto ainda balançava na bolsa de pele escura e gangrenosa.

Não tinha nada que eu pudesse fazer para reverter a maré. Vi Harpócrates brilhar e Harnett interceptar o golpe com sua ferramenta sobre um túmulo esvaziado. As lâminas se encontraram e entortaram. Boggs recuou e atacou de novo com um golpe lateral curvo. Harnett se esquivou para a esquerda e imobilizou Harpócrates com um golpe em arco de sua ferramenta simples. Os corpos dos homens se aproximaram, e isso foi tudo que vi. A correnteza me girou e eu os perdi de vista, embora ouvisse os assobios finos de seus instrumentos e os choques entre eles, antes que esses sons também se tornassem parte da textura da tempestade.

O caixão que eu cavalgava se chocou contra alguma coisa rígida, e eu caí. Mais um mergulho, e fui levado em direção ao rugido de locomotiva do oceano antes mesmo de voltar à superfície. Eu resistia às rajadas, piscando muito e virando a cabeça para registrar cada marco especificado. Confundia a tempestade lá em cima com a que estava acontecendo lá embaixo. Confundi pedaços de carne que boiavam com peixes. Era uma marcha sombria que acabaria me matando.

O oceano, que antes estivera quinze metros abaixo da superfície, agora cobria a terra, deixando apenas uma pequena ilha de lama em seu ponto mais alto, o promontório que se projetava sobre a praia, a árvore bifurcada, a lápide humilde. Consegui sair daquela agitação e andei de quatro até minhas mãos agarrarem a pedra. Com dedos trêmulos, limpei a lama que cobria o nome entalhado: LIONEL MARTIN. JÓ 20.15.

A água cintilava com uma luz verde e cruel. Abracei a pedra e ri contra a rocha fria. Fiz o que nenhum outro conseguiu. Encontrei o tesouro de Lionel.

Harnett, porém, jamais me encontraria. Levantei a cabeça para o dilúvio que me cegava e gritei; o som foi roubado de forma injusta. Bati com as mãos na lama; o gesto foi tão silencioso quanto uma pedra jogada no mar revolto. Tirei a mochila dos ombros e me preparei para bater com ela no chão, quando reconheci o peso que se movia lá dentro.

Afastei para o lado parte do osso de minha mãe e peguei o outro objeto. Senti o trompete morno em minha mão, e a chuva escorria por suas curvas douradas. Meus dedos o envolveram de maneira confortável, mas hesitei quando os dedos de madeira encontraram os pistões. Não havia sensibilidade. Nada. Meu corpo aleijado não podia produzir nenhuma canção. Levei o instrumento à boca e descobri que estava errado, havia um som que eu era capaz de tocar, o tema da família Harnett, e soprei na tempestade nossa nota única de fracasso, que talvez, só esta noite, não falhasse:

FÁ, FÁ, FÁ, FÁ, FÁ, FÁ, FÁ, FÁ, FÁ, FÁ, FÁ, FÁ, FÁ, FÁ, FÁ, FÁ, FÁ, FÁ, FÁ, FÁ,
FÁ, FÁ, FÁ, FÁ, FÁ, FÁ, FÁ, FÁ, FÁ, FÁ, FÁ, FÁ, FÁ, FÁ, FÁ, FÁ, FÁ, FÁ, FÁ, FÁ,
FÁ, FÁ, FÁ, FÁ, FÁ, FÁ, FÁ, FÁ, FÁ, FÁ, FÁ, FÁ, FÁ, FÁ, FÁ, FÁ, FÁ, FÁ, FÁ, FÁ,
FÁ, FÁ, FÁ, FÁ, FÁ, FÁ, FÁ, FÁ, FÁ, FÁ, FÁ, FÁ, FÁ, FÁ, FÁ, FÁ, FÁ, FÁ, FÁ, FÁ,
FÁ, FÁ, FÁ, FÁ, FÁ, FÁ, FÁ, FÁ, FÁ, FÁ, FÁ, FÁ, FÁ, FÁ, FÁ, FÁ, FÁ, FÁ, FÁ, FÁ,
FÁ, FÁ, FÁ, FÁ, FÁ, FÁ, FÁ, FÁ, FÁ, FÁ, FÁ, FÁ, FÁ, FÁ, FÁ, FÁ, FÁ, FÁ, FÁ, FÁ,
FÁ, FÁ, FÁ, FÁ, FÁ, FÁ, FÁ, FÁ, FÁ, FÁ, FÁ, FÁ, FÁ, FÁ, FÁ, FÁ, FÁ, FÁ, FÁ, FÁ,
FÁ, FÁ, FÁ, FÁ, FÁ, FÁ, FÁ, FÁ, FÁ, FÁ, FÁ, FÁ, FÁ, FÁ, FÁ, FÁ, FÁ, FÁ, FÁ, FÁ,
FÁ, FÁ, FÁ, FÁ, FÁ, FÁ, FÁ, FÁ, FÁ, FÁ, FÁ, FÁ, FÁ, FÁ, FÁ, FÁ, FÁ, FÁ, FÁ, FÁ,
FÁ, FÁ, FÁ, FÁ, FÁ, FÁ, FÁ, FÁ, FÁ, FÁ, FÁ, FÁ, FÁ, FÁ, FÁ, FÁ, FÁ, FÁ, FÁ, FÁ,
FÁ, FÁ, FÁ, FÁ, FÁ, FÁ, FÁ, FÁ, FÁ, FÁ, FÁ, FÁ, FÁ, FÁ, FÁ, FÁ, FÁ, FÁ, FÁ, FÁ,
FÁ, FÁ, FÁ, FÁ, FÁ, FÁ, FÁ, FÁ, FÁ, FÁ, FÁ, FÁ, FÁ, FÁ, FÁ, FÁ, FÁ, FÁ, FÁ, FÁ,
FÁ, FÁ, FÁ, FÁ, FÁ, FÁ, FÁ, FÁ, FÁ, FÁ, FÁ, FÁ, FÁ, FÁ, FÁ, FÁ, FÁ, FÁ, FÁ, FÁ,
FÁ, FÁ, FÁ, FÁ, FÁ, FÁ, FÁ, FÁ, FÁ, FÁ, FÁ, FÁ, FÁ, FÁ, FÁ, FÁ, FÁ, FÁ, FÁ, FÁ,
FÁ, FÁ, FÁ, FÁ, FÁ, FÁ, FÁ, FÁ, FÁ, FÁ, FÁ, FÁ, FÁ, FÁ, FÁ, FÁ, FÁ, FÁ, FÁ, FÁ,
FÁ, FÁ, FÁ, FÁ, FÁ, FÁ, FÁ, FÁ, FÁ, FÁ, FÁ, FÁ, FÁ, FÁ, FÁ, FÁ, FÁ, FÁ, FÁ, FÁ,
FÁ, FÁ, FÁ, FÁ, FÁ, FÁ, FÁ, FÁ, FÁ, FÁ, FÁ, FÁ, FÁ, FÁ, FÁ, FÁ, FÁ, FÁ, FÁ, FÁ,
FÁ, FÁ, FÁ, FÁ, FÁ, FÁ, FÁ, FÁ, FÁ, FÁ, FÁ, FÁ, FÁ, FÁ, FÁ, FÁ, FÁ, FÁ, FÁ, FÁ,
FÁ, FÁ, FÁ, FÁ, FÁ, FÁ, FÁ, FÁ, FÁ, FÁ, FÁ, FÁ, FÁ, FÁ, FÁ, FÁ, FÁ, FÁ, FÁ, FÁ,
FÁ, FÁ, FÁ, FÁ, FÁ, FÁ, FÁ, FÁ, FÁ, FÁ, FÁ, FÁ, FÁ, FÁ, FÁ, FÁ, FÁ, FÁ, FÁ, FÁ,
FÁ, FÁ, FÁ, FÁ, FÁ, FÁ, FÁ, FÁ, FÁ, FÁ, FÁ, FÁ, FÁ, FÁ, FÁ, FÁ, FÁ, FÁ, FÁ, FÁ,
FÁ, FÁ, FÁ, FÁ, FÁ, FÁ, FÁ, FÁ, FÁ, FÁ, FÁ, FÁ, FÁ, FÁ, FÁ, FÁ, FÁ, FÁ, FÁ, FÁ,
FÁ, FÁ, FÁ, FÁ, FÁ, FÁ, FÁ, FÁ, FÁ, FÁ, FÁ, FÁ, FÁ, FÁ, FÁ, FÁ, FÁ, FÁ, FÁ, FÁ,
FÁ, FÁ, FÁ, FÁ, FÁ, FÁ, FÁ, FÁ, FÁ, FÁ, FÁ, FÁ, FÁ, FÁ, FÁ, FÁ, FÁ, FÁ, FÁ, FÁ,
FÁ, FÁ, FÁ, FÁ, FÁ, FÁ, FÁ, FÁ, FÁ, FÁ, FÁ, FÁ, FÁ, FÁ, FÁ, FÁ, FÁ, FÁ, FÁ, FÁ,
FÁ, FÁ, FÁ, FÁ, FÁ, FÁ, FÁ, FÁ, FÁ, FÁ, FÁ, FÁ, FÁ, FÁ, FÁ, FÁ, FÁ, FÁ, FÁ, FÁ,
FÁ, FÁ, FÁ, FÁ, FÁ, FÁ, FÁ, FÁ, FÁ, FÁ, FÁ, FÁ, FÁ, FÁ, FÁ, FÁ, FÁ, FÁ, FÁ, FÁ,
FÁ, FÁ, FÁ, FÁ, FÁ, FÁ, FÁ, FÁ, FÁ, FÁ, FÁ, FÁ, FÁ, FÁ, FÁ, FÁ, FÁ, FÁ, FÁ, FÁ,
FÁ, FÁ, FÁ, FÁ, FÁ, FÁ, FÁ, FÁ, FÁ, FÁ, FÁ, FÁ, FÁ, FÁ, FÁ, FÁ, FÁ, FÁ, FÁ, FÁ,
FÁ, FÁ, FÁ, FÁ, FÁ, FÁ, FÁ, FÁ, FÁ, FÁ, FÁ, FÁ, FÁ, FÁ, FÁ, FÁ, FÁ, FÁ, FÁ, FÁ,

FÁ, FÁ, FÁ, FÁ, FÁ, FÁ, FÁ, FÁ, FÁ, FÁ, FÁ, FÁ, FÁ, FÁ, FÁ, FÁ, FÁ, FÁ, FÁ, FÁ, FÁ, FÁ,
FÁ, FÁ, FÁ, FÁ, FÁ, FÁ, FÁ, FÁ, FÁ, FÁ, FÁ, FÁ, FÁ, FÁ, FÁ, FÁ, FÁ, FÁ, FÁ, FÁ, FÁ, FÁ,
FÁ, FÁ, FÁ, FÁ, FÁ, FÁ, FÁ, FÁ, FÁ, FÁ, FÁ, FÁ, FÁ, FÁ, FÁ, FÁ, FÁ, FÁ, FÁ, FÁ, FÁ, FÁ,
FÁ, FÁ, FÁ, FÁ, FÁ, FÁ, FÁ, FÁ, FÁ, FÁ, FÁ, FÁ, FÁ, FÁ, FÁ, FÁ, FÁ, FÁ, FÁ, FÁ, FÁ, FÁ,
FÁ, FÁ, FÁ, FÁ, FÁ, FÁ, FÁ, FÁ, FÁ, FÁ, FÁ, FÁ, FÁ, FÁ, FÁ, FÁ, FÁ, FÁ, FÁ, FÁ, FÁ, FÁ,
FÁ, FÁ, FÁ, FÁ, FÁ, FÁ, FÁ, FÁ, FÁ, FÁ, FÁ, FÁ, FÁ, FÁ, FÁ, FÁ, FÁ, FÁ, FÁ, FÁ, FÁ, FÁ,
FÁ, FÁ, FÁ, FÁ, FÁ, FÁ, FÁ, FÁ, FÁ, FÁ, FÁ, FÁ, FÁ, FÁ, FÁ, FÁ, FÁ, FÁ, FÁ, FÁ, FÁ, FÁ,
FÁ, FÁ, FÁ, FÁ, FÁ, FÁ, FÁ, FÁ, FÁ, FÁ, FÁ, FÁ, FÁ, FÁ, FÁ, FÁ, FÁ, FÁ, FÁ, FÁ, FÁ, FÁ,
FÁ, FÁ, FÁ, FÁ, FÁ, FÁ, FÁ, FÁ, FÁ, FÁ, FÁ, FÁ, FÁ, FÁ, FÁ, FÁ, FÁ, FÁ, FÁ, FÁ, FÁ, FÁ,
FÁ, FÁ, FÁ, FÁ, FÁ, FÁ, FÁ, FÁ, FÁ, FÁ, FÁ, FÁ, FÁ, FÁ, FÁ, FÁ, FÁ, FÁ, FÁ, FÁ, FÁ, FÁ,
FÁ, FÁ, FÁ, FÁ, FÁ, FÁ, FÁ, FÁ, FÁ, FÁ, FÁ, FÁ, FÁ, FÁ, FÁ, FÁ, FÁ, FÁ, FÁ, FÁ, FÁ, FÁ,
FÁ, FÁ, FÁ, FÁ, FÁ, FÁ, FÁ, FÁ, FÁ, FÁ, FÁ, FÁ, FÁ, FÁ, FÁ, FÁ, FÁ, FÁ, FÁ, FÁ, FÁ, FÁ,
FÁ, FÁ, FÁ, FÁ, FÁ, FÁ, FÁ, FÁ, FÁ, FÁ, FÁ, FÁ, FÁ, FÁ, FÁ, FÁ, FÁ, FÁ, FÁ, FÁ, FÁ, FÁ,
FÁ, FÁ, FÁ, FÁ, FÁ, FÁ, FÁ, FÁ, FÁ, FÁ, FÁ, FÁ, FÁ, FÁ, FÁ, FÁ, FÁ, FÁ, FÁ, FÁ, FÁ, FÁ,
FÁ, FÁ, FÁ, FÁ, FÁ, FÁ, FÁ, FÁ, FÁ, FÁ, FÁ, FÁ, FÁ, FÁ, FÁ, FÁ, FÁ, FÁ, FÁ, FÁ, FÁ, FÁ,
FÁ, FÁ, FÁ, FÁ, FÁ, FÁ, FÁ, FÁ, FÁ, FÁ, FÁ, FÁ, FÁ, FÁ, FÁ, FÁ, FÁ, FÁ, FÁ, FÁ, FÁ, FÁ,
FÁ, FÁ, FÁ, FÁ, FÁ, FÁ, FÁ, FÁ, FÁ, FÁ, FÁ, FÁ, FÁ, FÁ, FÁ, FÁ, FÁ, FÁ, FÁ, FÁ, FÁ, FÁ,
FÁ, FÁ, FÁ, FÁ, FÁ, FÁ, FÁ, FÁ, FÁ, FÁ, FÁ, FÁ, FÁ, FÁ, FÁ, FÁ, FÁ, FÁ, FÁ, FÁ, FÁ, FÁ,
FÁ, FÁ, FÁ, FÁ, FÁ, FÁ, FÁ, FÁ, FÁ, FÁ, FÁ, FÁ, FÁ, FÁ, FÁ, FÁ, FÁ, FÁ, FÁ, FÁ, FÁ, FÁ,
FÁ, FÁ, FÁ, FÁ, FÁ, FÁ, FÁ, FÁ, FÁ, FÁ, FÁ, FÁ, FÁ, FÁ, FÁ, FÁ, FÁ, FÁ, FÁ, FÁ, FÁ, FÁ,
FÁ, FÁ, FÁ, FÁ, FÁ, FÁ, FÁ, FÁ, FÁ, FÁ, FÁ, FÁ, FÁ, FÁ, FÁ, FÁ, FÁ, FÁ, FÁ, FÁ, FÁ, FÁ,
FÁ, FÁ, FÁ, FÁ, FÁ, FÁ, FÁ, FÁ, FÁ, FÁ, FÁ, FÁ, FÁ, FÁ, FÁ, FÁ, FÁ, FÁ, FÁ, FÁ, FÁ, FÁ,
FÁ, FÁ, FÁ, FÁ, FÁ, FÁ, FÁ, FÁ, FÁ, FÁ, FÁ, FÁ, FÁ, FÁ, FÁ, FÁ, FÁ, FÁ, FÁ, FÁ, FÁ, FÁ,
FÁ, FÁ, FÁ, FÁ, FÁ, FÁ, FÁ, FÁ, FÁ, FÁ, FÁ, FÁ, FÁ, FÁ, FÁ, FÁ, FÁ, FÁ, FÁ, FÁ, FÁ, FÁ,
FÁ, FÁ, FÁ, FÁ, FÁ, FÁ, FÁ, FÁ, FÁ, FÁ, FÁ, FÁ, FÁ, FÁ, FÁ, FÁ, FÁ, FÁ, FÁ, FÁ, FÁ, FÁ,
FÁ, FÁ, FÁ, FÁ, FÁ, FÁ, FÁ, FÁ, FÁ, FÁ, FÁ, FÁ, FÁ, FÁ, FÁ, FÁ, FÁ, FÁ, FÁ, FÁ, FÁ, FÁ,
FÁ, FÁ, FÁ, FÁ, FÁ, FÁ, FÁ, FÁ, FÁ, FÁ, FÁ, FÁ, FÁ, FÁ, FÁ, FÁ, FÁ, FÁ, FÁ, FÁ, FÁ, FÁ,
FÁ, FÁ, FÁ, FÁ, FÁ, FÁ, FÁ, FÁ, FÁ, FÁ, FÁ, FÁ, FÁ, FÁ, FÁ, FÁ, FÁ, FÁ, FÁ, FÁ, FÁ, FÁ,
FÁ, FÁ, FÁ, FÁ, FÁ, FÁ, FÁ, FÁ, FÁ, FÁ, FÁ, FÁ, FÁ, FÁ, FÁ, FÁ, FÁ, FÁ, FÁ, FÁ, FÁ, FÁ,
FÁ, FÁ, FÁ, FÁ, FÁ, FÁ, FÁ, FÁ, FÁ, FÁ, FÁ, FÁ, FÁ, FÁ, FÁ, FÁ, FÁ, FÁ, FÁ, FÁ, FÁ, FÁ,
FÁ, FÁ, FÁ, FÁ, FÁ, FÁ, FÁ, FÁ, FÁ, FÁ, FÁ, FÁ, FÁ, FÁ, FÁ, FÁ, FÁ, FÁ, FÁ, FÁ, FÁ, FÁ,
FÁ, FÁ, FÁ, FÁ, FÁ, FÁ, FÁ, FÁ, FÁ, FÁ, FÁ, FÁ, FÁ, FÁ, FÁ, FÁ, FÁ, FÁ, FÁ, FÁ, FÁ, FÁ,
FÁ, FÁ, FÁ, FÁ, FÁ, FÁ, FÁ, FÁ, FÁ, FÁ, FÁ, FÁ, FÁ, FÁ, FÁ, FÁ, FÁ, FÁ, FÁ, FÁ, FÁ, FÁ,
FÁ, FÁ, FÁ, FÁ, FÁ, FÁ, FÁ, FÁ, FÁ, FÁ, FÁ, FÁ, FÁ, FÁ, FÁ, FÁ, FÁ, FÁ.

Com sangue jorrando do nariz e um pedaço de carne faltando no pescoço, embaixo da orelha, Harnett chegou. A pá do posto de gasolina ainda estava em suas mãos crispadas. Ele tossia lama e andava como se tivesse os joelhos quebrados. Mas estava ali, tinha ouvido e seguido meu chamado, e agora segurava minha cabeça entre as mãos e sorria. Tinha perdido dentes. Cobri as mãos dele com as minhas e ri.

O furacão nos chicoteou enquanto cavamos. A pá era uma vantagem, mas a terra estava tão solta que eu podia conseguir quase o mesmo resultado com as mãos. Cavei como nunca tinha cavado. Abria o buraco com a cabeça enfiada na terra, como um animal. E mesmo no meio da tempestade aguda a pontaria de Harnett era certeira: ele removia pilhas de terra maiores que nós dois.

O caixão de Lionel era uma caixa simples de madeira. Juntos, nós o arrastamos para a ilha e caímos sobre ele em um abraço exausto. A chuva lavava nossa fadiga, nossa dor e nosso sangue, até sermos dois homens limpos de todas as nossas maldades. Naquele momento, e só então, éramos Incorruptíveis.

Ele olhou para mim. Eu assenti. Ele encaixou a ponta da pá embaixo da tampa e olhou para mim surpreso quando ela cedeu sem resistência. Considerando, talvez pela primeira vez, o homem que estava ali dentro, Harnett hesitou. Olhou para mim de novo como se pedisse permissão.

"Abre", disse eu.

Ele empurrou a tampa para o lado. Mesmo na escuridão, o brilho estava lá. Em cima de tudo havia uma urna — Lionel havia sido cremado, afinal, o mentiroso — e nela havia uma inscrição de Lahn. Não era para nós, não tínhamos que ler, e a empurramos para o lado. Embaixo da urna estavam os primeiros poucos centímetros de brilhos sobrenaturais e centelhas galácticas. Ouro, pedras valiosíssimas, artefatos de origem inacreditável — estava tudo ali em uma caixa comum, um museu autônomo do Escavador. Queria que minha mãe estivesse ali com a gente para ver isso.

"Pai e podre, podre e filho."

Boggs se arrastava na lama. O lodo transbordava de sua órbita vazia, produzindo uma piscada insana. Ele cravou o punho pequeno, depois Harpócrates, na terra e fez força até o corpo pequenino emergir das profundezas, pingando obsidiana. A cartola havia desaparecido, as orelhas entalhadas sangravam como uma versão sombria da orelha da minha mãe. Ele ria, cuspindo coisas que havia mastigado dos mortos flutuantes.

Ele se levantou; caiu. Rosnando, se levantou; caiu de novo. O bulbo infeccionado na extremidade da perna esquerda se dobrava como um balão de água a cada passo. Nem mesmo com Harpócrates como muleta ele conseguia subir a margem instável. Sério e intrigado, estendeu o pé morto como se quisesse só observá-lo, e então o atacou com a pá com uma precisão brutal.

O corte foi certeiro. O apêndice frouxo caiu em pé, depois deslizou para as ondas. Boggs olhava carrancudo para o membro amputado, como se a visão do osso exposto o fizesse lembrar o podre que vivia dentro dele. Mas, em vez de extrair o invasor, ele levantou a cabeça e sorriu em meio à cortina de chuva.
"OLHA O QUE O CÉREBRO DO BABY OBRIGOU O BABY A FAZER!"
O terno restringia seus movimentos. Sem nenhuma dificuldade, ele despiu o tecido rasgado e o deixou cair na lama com um barulho molhado. Por baixo do terno, estava sem camisa e emaciado; os destroços magrelos dos músculos peitorais se contorciam como lesmas subcutâneas, e seus braços estavam empolados pelas incontáveis marcas de incisões hipodérmicas. Um único objeto balançava, pendurado por uma faixa em seu pescoço: a câmera Polaroid pronta para as últimas fotos. Harpócrates girava nas mãos dele, e a extremidade afiada estava apontada para nós. Ele deu um salto, e a lâmina se aproximou.

Harnett levantou a pá e tentou ficar em pé. O joelho cedeu e ele caiu. Corri para ajudá-lo, mas entrei em pânico de repente. O caixão de Lionel... onde estava? Virei-me e olhei para a tempestade. Lá, a noventa centímetros, um metro, um metro e vinte... escorregando pela margem lamacenta, a caminho do penhasco e para o oceano lá embaixo.

Ventos monstruosos me castigavam pela indecisão. Boggs pulava na direção de Harnett, que tinha conseguido sentar com as costas apoiadas na lápide de Lionel. Do outro lado, o caixão com o tesouro continuava deslizando.

Boggs atacou. Harpócrates se moveu como um míssil. Harnett levantou a pá como um escudo. O instrumento egípcio era muito mais poderoso e quebrou a ferramenta de Harnett ao meio. Avancei contra Boggs, mas ele projetou o cabo com o escaravelho, que me acertou no peito e me fez sair escorregando sentado pela encosta. Fui parar perto do caixão de Lionel e, reagindo por instinto, agarrei a beirada. Era pesado, muito pesado, e já começava a se inclinar para o oceano.

Mais relâmpagos — vimos relances da carnificina dos mortos do cemitério, e também da nossa. Enterrei os pés na terra escorregadia e puxei o caixão. Ouvi um grito de guerra, mesmo com toda a cacofonia, e me virei a tempo de ver Boggs dando um golpe para a esquerda, que jogou longe metade da pá de Harnett, e outro para a direita, que jogou longe o outro pedaço. Um terceiro golpe, e Harnett conseguiu se defender flexionando habilmente os cotovelos. Em pânico, puxei o caixão alguns centímetros para cima na encosta e torci para que ficasse parado. Entrei na batalha, mas já era tarde demais.

Harpócrates estava enterrada no peito do meu pai. Boggs encaixou a alça da pá na axila e a empurrou até seu nariz quase tocar o de Harnett. A tempestade vibrou como metal contra seu grito austero.

"*EU AMAVA ELE!*" Boggs esmurrava a lápide de Lionel a cada palavra que dizia, dilacerando os ossos dos dedos. "*AMAVA ELA! AMAVA VOCÊ! É MUITO DIFÍCIL DE ENTENDER? SÓ QUERIA QUE UM DE VOCÊS, QUALQUER UM, SEUS PODRES FEDIDOS, QUERIA QUE UM ME AMASSE TAMBÉM! EU! EU, O BABY DE VOCÊS! O GAROTINHO DE VOCÊS!*" Boggs levantou o rosto para o céu escuro e berrou, enquanto a ventania devolvia as lágrimas para dentro de seu olho. "*DAÍ VOCÊ, SEU PODRE GANANCIOSO, VOCÊ FOI E TIROU ELE DE MIM TAMBÉM!*"

Ele apontava um dedo deformado para o lugar onde pensava que eu estivesse. Mas eu tinha mudado de posição.

Boggs caiu, o rosto molhado em contato com o de Harnett, os dentes pequenos e afiados arranhando a pele do meu pai. Lodo, sangue e lágrimas fluíam de um irmão para o outro. A mão de Harnett passou por cima de Harpócrates e segurou o rosto do irmão. Boggs apertou com mais força o cabo escorregadio de seu instrumento.

"*ELES SÃO MEUS AGORA, ENTENDEU? TODOS ELES! ENTENDEU? BOA NOITE, IRMÃO, MEU ÚNICO IRMÃO! E ME PERDOA, ESTÁ BEM? ESTÁ BEM? SERÁ QUE PODE ME PERDOAR, POR FAVOR?*"

Os lábios de Harnett: *Eu te perdoo.*

Boggs recuou para desferir o movimento fatal.

Mas não teve tempo. Eu ataquei antes. Seu rosto de querubim se contorceu. Ele abriu a boca em um lamento e um balde de sangue jorrou sobre seu peito. Ele ergueu a mão mutilada e encontrou o fragmento de osso da perna da minha mãe cravado em seu pescoço. Boggs se levantou sobre o único pé e girou. Vi a ponta do osso dentro de sua boca aberta. Com um uivo lancinante, ele cambaleou em direção ao oceano. Eu o segui de joelhos.

Encontrei Boggs caído sobre o caixão de Lionel, com a cabeça enfiada no tesouro. Quando ele ergueu o rosto, havia diamantes encaixados na órbita vazia, pedras preciosas enterradas nas faces esponjosas, ouro alojado nas gengivas. Ele riu, e parte da riqueza desapareceu em sua garganta. Boggs se inclinou para a frente de novo, abraçou tudo que restava de Lionel, a urna modesta, e chorou, balbuciou e cantou.

O caixão se inclinou sobre a beirada da encosta e mergulhou no mar. Ondas do tamanho do mundo o devoraram. O sal inundou meu nariz e me empurrou para trás. Enxuguei os olhos e vi Boggs mais uma vez, emergindo de uma onda, ainda agarrado ao caixão de Lionel em uma apologia imortal, brilhando em meio às riquezas, a boca rasgada em um sorriso exagerado, a risada ecoando o uivo doentio do céu que desabava.

Os ventos começaram a perder força. O olho calmo da tempestade se aproximava. Voltei para perto de Harnett e caí ao lado dele. Seus olhos estavam fixos no céu incandescente. O cabelo grisalho formava uma coroa de lama. Harpócrates ainda brotava de seu peito. Estendi a mão para ela. Bolhas de ar escapavam da ferida.

"Espera." A palavra fluiu para dentro dele.
Interpretei mal sua preocupação. "Não, olha, tenho ele aqui", falei. Tateei o chão encharcado até encontrar o casaco de Boggs. Dentro do bolso interno, como sempre, estava o Livro da Podridão. Ele se soltou das fivelas. "Está aqui, olha, podemos acabar com ele."
Harnett fechou os olhos. Lágrimas escaparam deles e foram levadas pelo vento.
A mão dele agarrou o ar. Eu a segurei, e seus dedos esmagaram os meus. Com força inesperada, ele me puxou até sentir minha cabeça encaixada em seu ombro. Os lábios estavam colados à minha orelha. Senti a aspereza dos pelos de seu rosto. Esperei as palavras. Nada. Mas havia dedos em meus cabelos. As mãos calejadas afagaram, afagaram. Também segurei seus cabelos e apertei as minhas pálpebras frias contra seu pescoço quente. As mãos continuaram afagando, e eram como as mãos da minha mãe. O corpo começou a se dobrar, e eu o guiei de maneira que sua cabeça descansasse na lápide de Lionel. Ele adormeceu. Eu me sentei. A chuva o pressionava contra a terra. Em algum momento, ele morreu. Não percebi, estava ocupado estudando a pedra. Lixeiro, Ressurreicionista, Escavador, Podre, Kenny, Harnett, Pai, Papai: ele havia sido chamado por muitos nomes, mas só um deles serviria.

Epílogo
ATÉ A PRÓXIMA AULA

Eles chegavam aos montes. Os mais corajosos atravessavam o cemitério em carros, enquanto os outros colavam o rosto à mesma cerca onde, um dia, Foley e eu tínhamos passado um Halloween planejando viagens que nunca aconteceriam.

Fechei o zíper do casaco e ajeitei os óculos de sol. Houve uma comoção animada quando eles viram meus dedos de madeira. Tentei me concentrar na leitura da escritura. O pastor parecia ter dificuldades com as palavras; a multidão que se reunia, maior do que qualquer outra que ele via aos domingos, parecia perturbá-lo. Olhei para o reverendo Knox, que deu de ombros diante da performance, como se dissesse: *O que você vai fazer?*

Knox e Ted eram os únicos suficientemente destemidos para se juntar a mim na beira da sepultura. Todos os outros estavam ali por outro motivo. Queriam ver se Ken Harnett seria enterrado em um caixão comum, em uma cova comum.

Tive que me esforçar para não rir. Quem poderia esquecer sua fantasia tibetana de ser bicado e cagado por pássaros? Em vez disso, eu o enterrava e me divertia com isso. Infantilidade minha, talvez, mas sei que o cara teria acabado admitindo que havia antecipado tudo isso.

Cinco anos tinham passado desde sua morte. Mas só ontem de manhã Knox havia aparecido em meu apartamento alugado. Estávamos em novembro, e seu paletó não era suficiente. Sentindo-me como Lionel agasalhando seus hóspedes, fiz questão de que ele aceitasse um casaco velho meu e o coloquei sentado em uma poltrona, enquanto preparava café. A mão que segurava a muleta estava deformada, e a única perna tremia com uma fraqueza inédita. Pensei na deformidade de Boggs e nos dedos que perdi, e imaginei se, por alguma razão, Deus queria tanto os Escavadores que, às vezes, arrancava pedaços deles.

Knox estava muito velho. Logo teria que pôr fim às viagens incessantes. Servi seu café e ouvi o epílogo melancólico. Com a morte de Lionel, do Ressurreicionista, de Baby e do Pescador durante o furacão cinco anos atrás, o desaparecimento de John Chorão e a morte de Embaixo-da-Lama, sem mencionar o renascimento cristão de Brownie e Parafuso, simplesmente não existiam mais Escavadores. Só o Apologista ainda vivia, sustentado em sua sobrevivência comatosa por um benfeitor desconhecido. Ele que sempre havia sido silencioso e astuto. Eu o imaginava fugindo todas as noites para cavar e voltando ao hospital todas as manhãs para se religar aos tubos, o crime perfeito.

"Você fez a coisa certa, desistindo", disse Knox. "Deus não é bom?"

Assenti e segurei sua mão reumática. Ele havia escrito para mim de vez em quando ao longo dos anos com uma letra cada vez mais ilegível, mas nunca conversamos sobre os dias seguintes à morte do meu pai. Ele extraía as informações de mim como faz um bom tutor que consegue tirar um objeto da boca de seu cachorro. Protegido pelo olho do furacão, abandonei o trompete e a mochila e tentei carregar o corpo de Harnett. Consegui tirá-lo do pântano e subir a encosta escorregadia, mas não fui além disso. Procurei o ponto mais alto que pude acessar e o enterrei em uma cova rasa que especifiquei até torná-la tão familiar para mim quanto o meu reflexo.

Um veículo militar me encontrou a alguns quilômetros dali e passei os dois dias seguintes em um abrigo de emergência, dormindo em um colchonete de lona e me lavando em um chuveiro portátil. Quando o nível da água baixou o suficiente, acompanhei um ajudante do xerife ao local onde havia enterrado Harnett. Ele ainda estava lá. Mais de uma dezena de pessoas tinha morrido na tempestade. Foram poucas as suspeitas. Preenchi formulários e dei autorização para o sepultamento dos restos em um cemitério da região. Não pensei muito naquilo. Minha cabeça estava no futuro.

Acabei voltando para Iowa. Procurei Ted, e ele providenciou um quarto de hotel, onde foi me visitar na noite em que cheguei. Expliquei minha intenção de voltar a Chicago. Ele não tentou me dissuadir, mas sugeriu que eu passasse algumas semanas em Bloughton para superar o trauma. Respondi que ele estava maluco. Bloughton era um lugar onde coisas horríveis aconteciam com os heróis do colégio, onde incendiários quase haviam matado Harnett e eu.

"Você sabe que puseram a culpa de tudo isso no seu pai. E ele está morto. Entende o que eu quero dizer?"

Havia alguma coisa no olhar de Ted que eu não conseguia entender. Ele sabia a verdade?

"Você está dizendo que não me culpam."

"Sim, é isso aí." Seu bigode tremeu. "Mas também estou dizendo que aqui existe uma solidariedade por você e sua... situação."

"Como assim, eles se sentem mal por mim?"

O bigode tremeu de novo. "Existe solidariedade."

Talvez por também ter morado em uma cidade grande, Ted tinha o distanciamento necessário para deduzir os padrões de comportamento de uma cidade pequena. De qualquer maneira, ele estava certo. Por mais que a cidade tivesse me isolado quando cheguei, naquele momento ela estava me acolhendo com o dobro de entusiasmo. Era surreal. Ted me levou para almoçar como uma espécie de experimento, e as garçonetes tocavam minhas costas e pareciam à beira das lágrimas. Depois fomos ao Sookie's Foods, e o gerente nos encontrou no corredor de cereais, pôs a mão no meu ombro e disse que tinha uma vaga de estoquista, se eu achasse que o trabalho poderia me ajudar a voltar aos eixos. Foi a mesma coisa em todos os lugares onde estivemos.

À noite, na frente da televisão do quarto de hotel, contei ao meu pai como a cidade inteira me concedia um perdão que eu não merecia. "Olha", sussurrei, "as pessoas não são tão horríveis como você pensava. Como eu pensava. Elas querem ser legais."

Mesmo morto, Harnett era desconfiado. Eu o imaginei irritado com minha eterna ingenuidade. Ele me disse para olhar com mais atenção para os rostos contraídos e suados. Está vendo a vergonha? Eles têm vergonha de como trataram a gente. Está vendo o desespero? Estão desesperados para afastar essa vergonha com generosidade. A rapidez dessa aceitação, disse Harnett, não tem nada a ver com você. Tem a ver com eles.

"Tanto faz", respondi. "Eu vou aceitar."

E aceitei. Fiquei com a vaga de estoquista, e seis semanas depois passei para o caixa. No primeiro dia nesse posto, eu estava tremendo. Conversar era o último ritual que eu precisava reaprender. Já conseguia acordar ao amanhecer, não mais ao anoitecer, usava camisa branca e calça cáqui e não tinha medo de me expor. Durante muito tempo, virei o rosto para que as pessoas não conseguissem memorizar meus traços, apenas resmungava para que não pudessem identificar minha voz. Velhos truques dos Escavadores não serviam para a fila do caixa. Logo descobri que nada normaliza uma pessoa mais depressa do que vê-la registrar seus pudins industrializados e seus pacotes de fraldas tamanho econômico. Todos na cidade eram clientes do Sookie's, e as pessoas esperavam dez minutos a mais só para passar no meu caixa, só para conseguir me dizer duas ou três palavras de solidariedade ou compreensão. Eu sorria, agradecia com um aceno de cabeça e perguntava se iam pagar em dinheiro ou cartão.

Houve dificuldades. Durante um tempo, foi difícil não calcular o valor post mortem de seus brincos, relógios e abotoaduras. Mas acabei aprendendo a superar o hábito, ou a evitá-lo pelo menos. As conversas forçadas se tornaram menos forçadas. Eu me pegava perguntando sobre cônjuges doentes e bichinhos de estimação problemáticos, porque realmente queria saber. Sem notar o momento do início da mudança, comecei a dar valor à vida de cada pessoa, e não mais à morte.

Ted me ajudou a encontrar o apartamento de um cômodo mais barato da cidade, um imóvel que já havia sido um escritório em cima da oficina Fielder's Auto e cheirava a óleo e cigarro. Eu adorei. Trabalhava quarenta, cinquenta horas por semana no Sookie's e tinha orgulho de pagar meu aluguel. Mas Ted não parou por aí. Logo começou a insistir para que eu concluísse o ensino médio.

"Você é maluco", disse a ele. "Eles não estão preparados pra isso. Eu não estou preparado pra isso."

"Depois de tudo que você passou, vai deixar um bando de colegiais assustar você?"

"Pode ter certeza que sim."

Essa era uma batalha que ele não venceria. Como eu calaria os gritos fantasmagóricos que ecoavam da sala de musculação, do teatro, do laboratório de biologia? Decidi terminar o ensino médio fazendo provas de supletivo. Ted providenciou o material de estudo. Precisei de algumas horas de revisão para perceber que conseguiria nota máxima naquela coisa. Eu não tinha sido um aluno exemplar à toa. No fundo, em algum lugar dentro de mim, despertava outra ideia, que tinha a ver com uma carreira, uma profissão de verdade que envolvesse a educação superior tão valorizada por minha mãe, alguma coisa muito distante de empacotar leite, ovos e vegetais.

Fiz dezoito anos um dia antes da prova de conclusão do ensino médio, e o banco liberou meu acesso à conta poupança da minha mãe: 11.375,02 dólares. Para mim, o número parecia bem alto, prova numérica do esforço nobre que ela havia feito para economizar cada centavo. Eu não a decepcionaria. Esse valor, inclusive os dois benditos centavos, me conduziriam ao futuro. Meu emprego atual era só um treinamento. Mais alguns mil produtos, e eu conseguiria controlar as emoções. Dobrei o extrato bancário e pedi que minha mãe esperasse. Disse pra mim a mesma coisa. Não ia demorar.

Nunca pensei que teria lições a aprender ficando em Bloughton, em vez de fugindo da cidade. No fim de outubro eu me sentia feliz. Era um sentimento em que eu não confiava e tinha o cuidado de não aceitá-lo com muito entusiasmo. Quase destruí vidas, afinal, e ainda teria que pagar por isso. Gottschalk não foi demitido depois dos eventos macabros no colégio — ele quem se demitiu imediatamente. Meus colegas no mercado — fofoqueiros entusiasmados, todos eles — me contaram que houve um jantar de despedida para ele no Elk's e muita gente foi brindar seus muitos anos de serviço. Ele e a esposa — cuja existência me surpreendeu imensamente — se mudaram para a Flórida antes de os Gatlin chegarem à cidade. A porção da minha vingança que coube a ele, a lápide sobre sua mesa, foi única parte incorporada aos registros de Bloughton. O que aconteceu com Woody e Celeste foi encoberto pelas autoridades, ou porque as vítimas eram menores de idade, ou porque os atos eram simplesmente macabros demais, passando a existir apenas como uma lenda ilusória e louca.

Woody Trask não voltou para a Bloughton High. Se minha intenção era encerrar seu reinado como o macho alfa do colégio, consegui. Naquele outono, a família o mandou para a casa dos tios em um estado vizinho e nunca mais ouvi falar dele. Nos momentos de otimismo, eu imaginava que seus últimos anos de colégio tivessem sido prósperos, suas habilidades de atleta assegurando a ele aceitação imediata. Mas, nos meus momentos mais sombrios, eu achava esse cenário improvável. Eu o imaginava chorando acordado a noite toda, molhando a cama, com fobia de tocar pele feminina. Mais ainda, tinha certeza de que ele sabia que o culpado era eu, não Harnett, e não importava o que as autoridades tivessem dito. Naquela noite havia um cheiro peculiar na sala de musculação, e ele devia ter reconhecido o odor que lavara de mim pessoalmente no chuveiro do vestiário. Eu não poderia esperar que Woody desaparecesse por completo. Ele era forte demais para isso, e a vingança estava em seu sangue. Se um dia ele decidisse se vingar, eu teria que aceitar. Os Trask poderiam se tornar meus Gatlin, e até essa ameaça tinha sua dose de conforto; era alguma coisa para a qual eu poderia me preparar e da qual me proteger; era para sempre, vida eterna, a própria religião.

Celeste Carpenter permaneceu em Bloughton depois da formatura. Durante dois anos, li o nome dela nos jornais em anúncios de apresentações locais, mas essas menções desapareceram com o tempo. No quarto ano, ouvi dizer que ela estava morando em outra cidade, casada e grávida do segundo filho e fazendo teatro amador. Durante anos, todas as noites, rezei pelo perdão dela e para ser digno de tê-lo um dia. Não sabia se ela havia ficado traumatizada pela minha atitude ou se encarava a experiência com coragem, mas, de qualquer maneira, sabia que ela era a maior estrela que sua nova cidade tinha visto, e que certamente conquistaria o afeto e a inveja de todos que pusessem os olhos nela. À noite, eu ainda sonhava que tocava sua pele perfeita, mas mesmo nos sonhos a sensação era fraca. Com três dedos falsos, eu quase não sentia nada, e um rosto tão perfeito não deveria ser arranhado por madeira gasta.

Meus colegas de trabalho não se lembravam de Foley, mas foram se informar e me disseram que ele havia ido embora. Por um tempo, eu o imaginei sofrendo destino semelhante ao de Woody, exilado em alguma cidade estranha e abandonado às consequências de ter me conhecido. Mas depois um dos nossos açougueiros me disse que a família de Foley tinha se mudado para Chicago. Meu coração ficou leve. Vi novamente seus dedos fazendo o gesto dos metaleiros, a cabeça balançando e os cabelos sacudindo ao som niilista do Vorvolakas, e ele insistindo que queria esquecimento quando, na verdade, queria tudo, menos isso. A cidade tinha seus perigos, mas eu sabia que Foley ia sobreviver. Encontraria um Boris. Provavelmente um namorado também. Eu sentia sua falta, mas sabia que ele estava melhor sem mim. Diferente dos meus pais, Foley e eu não tínhamos feito nenhum pacto formal que me obrigasse a evitar Chicago, mas disse a mim mesmo que faria isso. Agora a cidade era de Foley. Ele merecia.

Ted, obviamente, ainda é o mesmo Ted. Quando jantamos juntos, ele se desculpa por não termos conseguido ir ver *Fausto* no Met, mas promete que iremos em breve — é uma perspectiva animadora, porque Nova York nunca foi meu território. E quando nos encontramos na loja ou na rua ele resmunga sobre os medíocres que fazem parte de sua banda e como este será o ano em que o Exército do Ted finalmente irá para a batalha. Depois ele se acalma e seus olhos se iluminam um pouco. "Tem *aquela* menina", diz. Ou: "Esse moleque apareceu hoje, nunca pegou em um sax e já começou a tocar que nem o Coltrane". Ele também começou a falar sobre um trompete usado que tinha visto na vitrine de uma loja de penhores. Consigo ver seu velho refrão pulsando na ponta do bigode, esperando para sair.

Com exceção dele, a única pessoa que ainda vejo é Heidi Goehring. Ela se lembrava de mim das poucas vezes que formamos duplas na aula de Diversão e Jogos e, para meu espanto, lembrava com carinho. Ela se formou como melhor aluna da turma, foi para Northern Iowa, se formou como melhor aluna da turma por lá também, e voltou a Bloughton para fazer estágio no consultório de um médico enquanto guarda dinheiro para a faculdade de medicina. Ela vai ao mercado regularmente, e nos últimos tempos parece levar ao caixa objetos bem aleatórios — um abridor de garrafa, um protetor labial. Às vezes aparece tarde, quando o movimento é fraco, e fica no balcão conversando comigo por uns quinze, vinte minutos. Uma vez até apareceu na hora do meu intervalo e fomos tomar café na lanchonete no fim do quarteirão. Ela não faz perguntas sobre meu pai, mas pergunta muito sobre mim. No começo queria saber que programas de TV eu via. Não via muitos, então, naquela noite escolhi alguns e comecei a vê-los para ter sobre do que falar com ela. Na visita seguinte, ela riu das minhas escolhas, uma comédia sobre quatro mulheres negras tentando encontrar o amor na Big Apple, um reality show no qual as pessoas disputavam o privilégio de namorar gêmeas loiras bissexuais, e um programa de entrevistas com políticos que era exibido tarde da noite e apresentado por alguém que Heidi chamava de "idiota insano de direita". Mas mesmo assim ela opinou bastante sobre as três opções. Ela sabe tudo de televisão e gosta de me contar sobre os bastidores de cada programa, a carreira dos artistas, o número de Emmys que cada programa ganhou e assim por diante. Jamais vou saber tanto quanto ela, nem quero. Não seria tão divertido.

Foi depois de uma dessas visitas de Heidi que comecei a pensar novamente em Harnett. De acordo com qualquer avaliação racional, minha vida ficou melhor sem ele. Meu apartamento era limpo, eu tomava banho todos os dias, tinha uma rotina saudável, um emprego estável, comia bem e tinha até alguns amigos. Estava mais calmo e mais forte e começava a me lembrar de quem eu era: não o Ressurreicionista, nem Baby, nem o Filho — só o Joey. Mas sentia saudades do meu pai. Ele sempre viu uma divisão na vida: nós e os mortos de um lado, e o resto do universo do outro, e morreu buscando um tesouro do qual, ele pensava, eu precisaria para sobreviver. Estava enganado sobre isso, mas eu não podia criticá-lo, e logo comecei a me arrepender por tê-lo sepultado em um terreno aleatório na Carolina do Norte. Quase cinco anos depois do dia em que ele morreu, comecei a tomar as providências para transferir seu corpo para Bloughton.

Não contei a ninguém, mas a história vazou de algum jeito. Paguei caro para desenterrar seu caixão e transferi-lo para uma funerária na cidade vizinha. Mandei avisar Knox e pedi a um pastor local para dizer algumas palavras. Comprei a lápide mais barata possível, uma pedra quadrada onde mandei gravar só um H simples.

Na noite anterior ao novo enterro, desencostei a cama da parede e levantei uma tábua do assoalho. Tirei desse espaço meu único e secreto bem: o Livro da Podridão. O banho que ele havia levado cinco anos antes o tinha borrado quase além de qualquer chance de reconhecimento, e mais recentemente ratos e cupins decidiram que ele era delicioso. Ele estalou quando abri a capa, e uma nuvem de poeira subiu quando arranquei página por página. As fotos manchadas e deformadas dentro dele ainda eram coerentes.

Eu tinha a intenção de inventar uma desculpa para passar um momento sozinho com os restos do meu pai, abrir a tampa do caixão e encaixar o livro embaixo de seu braço como evidência da vida que os Escavadores viveram. Então ouvi a última palavra dele: *Espera*. É muito fácil atribuir significado às últimas palavras de alguém, e eu sabia disso. Mesmo assim, interpretei como um sinal. Olhando o livro em meu apartamento, com a trilha sonora de rock de outro reality show brotando da TV e o micro-ondas apitando para me avisar que o burrito estava pronto, mudei de ideia. Talvez existisse um Deus, talvez não, mas caso Ele não estivesse olhando decidi que valia a pena tentar eliminar as evidências.

Minha primeira ideia foi enterrar o livro, mas eu sabia bem que qualquer coisa enterrada poderia ser desenterrada. Em vez disso, eu o queimei na pia. Demorei a noite inteira. Uma pequena parte de mim gritava que eu estava cometendo um erro, que o lugar dele era em um museu, que esse era o único registro de sua categoria, um álbum de fotos da maior família do mundo. Mas queimei assim mesmo. Senti satisfação quando as fotos de minha mãe foram incineradas. E me senti ainda melhor quando minha foto foi consumida pelo fogo e sumiu. Os outros cremados naquela noite não eram mais podres para mim, eram gente, e, se eu quisesse descansar em paz algum dia, eles teriam que descansar em paz primeiro.

Assim, Ken Harnett foi enterrado em Bloughton como havia sido enterrado na Carolina do Norte: sozinho. O pastor terminou sua leitura medíocre e nos abençoou. Atrás dele, um Jesus com todos os dedos nos abençoou melhor. Um aparato automático baixou o caixão de Harnett para a sepultura aberta por outra máquina. Um metro e meio, superfície plana, sem pedras, sem raízes, alvo fácil — pisquei e desviei o olhar. Ted batia no meu ombro para me dizer que levaria comida para mim mais tarde. Knox segurava minha mão avisando que passaria em casa para se despedir depois que tirasse um cochilo. Logo fiquei ali sozinho, enquanto alguns homens se aproximavam com uma retroescavadeira.

Saí do caminho deles, e foi quando notei os rostos. Eles ainda estavam lá, todos eles, olhando do outro lado da cerca do cemitério. Especifiquei tantos quanto pude e imaginei se o pessimismo de Harnett era certeiro. Talvez esta divisão perdurasse para sempre: eles de um lado da cerca e nós do outro. Talvez o desejo de cavar ainda doesse em meus ossos. Talvez a era não tivesse acabado. Fazia poucos dias, afinal, que me deram uma pá e me mandaram remover a neve da calçada na frente do Sookie's, e a ferramenta e meu corpo se encaixaram em perfeita sincronicidade. Até passou pela minha cabeça um nome para ela, o nome perfeito, a empunhadura perfeita, o instrumento perfeito. Seria um desperdício não usar uma pá como aquela.

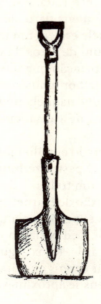

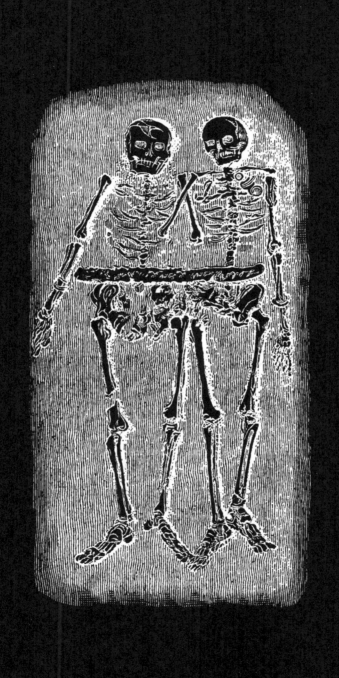

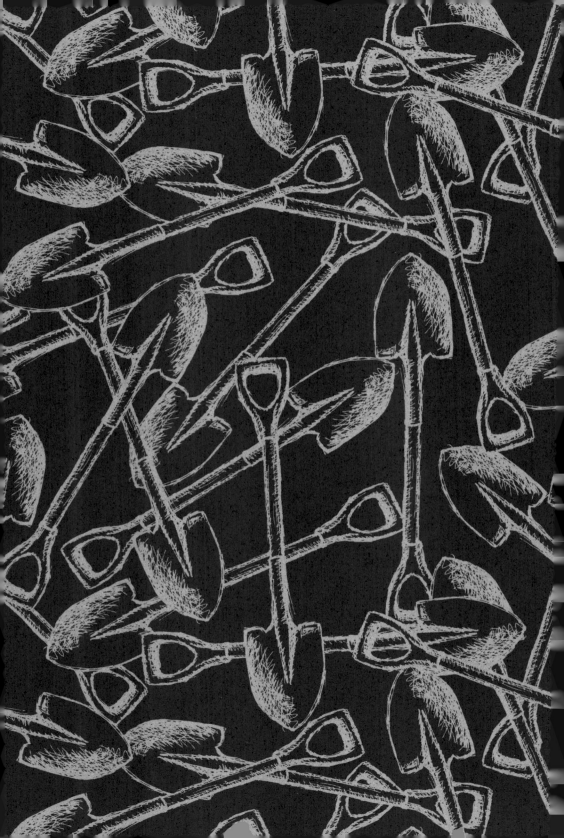

AGRADECIMENTOS

Richard Abate, Joshua Ferris, Beverly Horowitz, Craig Ouellette e Grant Rosenberg — nenhum de vocês é podre em meu livro.

DANIEL KRAUS (1975) é escritor, editor e cineasta. Nasceu no Michigan e estudou no Columbia College, em Chicago. Kraus é autor de vários livros, incluindo *Exumados*, *Scowler*, *The Death and Life of Zebulon Finch* e *Bent Heavens*. Ele escreveu, junto com Guillermo del Toro, o livro *A Forma da Água*, novelização do filme vencedor do Oscar de Melhor Filme em 2018. Também com Del Toro escreveu o livro *Caçadores de Trolls*, que inspirou a série da Netflix. Além de sua carreira de escritor, Kraus também trabalhou como editor e produtor de cinema. Saiba mais em danielkraus.com

MACABRA
DARKSIDE

FEAR IS NATURAL ©MACABRA.TV   DARKSIDEBOOKS.COM